KB269085

황금열쇠

황금열쇠 1

지은이_박이수 | 초판 1쇄 인쇄_2008년 5월 16일 | 초판 1쇄 발행_2008년 5월 27일 | 발행처_도서출판 청어람 | 발행인_서경석 | 편집장_문혜영 | 편집책임_이재권 | 주소_경기도 부천시 원미구 심곡1동 350-1 남성B/D 3F | 등록_1999년 5월 31일(제1081-1-89호) | 문의전화_032)656-4452 | 팩스_032)656-4453 | http://www.chungeoram.com | 전자우편_eoram99@chollian.net | 어람번호_8-0007 | 파본은 구입하신 서점에서 교환하여 드립니다. 저자와 협의하여 인지를 붙이지 않습니다. 이 책은 도서출판 청어람과 저작자의 계약에 의해 출판된 것이므로, 무단 전재 및 유포·공유를 금합니다. 책값은 뒤에 있습니다.

ISBN 978-89-251-1274-9 04810
ISBN 978-89-251-1273-2 (SET)

박이수 소설

황금열쇠

Golden Key

미궁에 빠지다

1

도서출판
청어람

Chapter 1

미궁에 빠지다

"얌전히 굴어, 죽고 싶지 않으면."

거친 속삭임과 함께 악취 나는 입김이 훅 끼얹어졌다. 셰이는 숨을 멈추고 등을 더욱 꼿꼿이 세웠다. 자신이 두려움에 싸여 있길 놈들이 원하고 있다는 건 잘 안다. 그들에게 감정을 내보이지 않는 편이 낫다는 것 또한 모르지 않았다.

그러나 두 손목이 묶이고, 눈은 가려지고 입에 재갈까지 물린 상태에서 평정을 유지하기란 결코 쉬운 일이 아니다. 더군다나 목엔 시퍼렇게 날을 세운 단검이 밀착되어 있기까지 했다. 숨만 크게 쉬어도 섬뜩한 칼날이 살갗을 파고들지 모른다. 전신을 옥죄어오는 공포가 셰이를 옴짝달싹 못하게 얽매고 있었다. 그 사이로 다른 생각이 끼어든다는 것 자체가 불가능에 가까웠다.

눈에 씌워졌던 천이 풀리며 희미한 빛이 시야에 들어왔다. 본능적으로 눈앞의 다섯 남자를 훑어본 셰이는 조금이나마 공포심을 덜어낼 수 있었다. 만약 납치범들에게 그녀를 죽일 의도가 있다면 복면으로 얼굴을 가리는 성가신 일은 하지 않았으리라.

셰이는 재빨리 주위를 둘러봤다. 검붉은 흙이 고스란히 드러난 사방의 벽과 바닥, 그리 높지 않은 천장이 보였다. 어디선가 스며든 물기가 뒤쪽에 작은 진흙탕을 만들어놓은 상태였고, 그나마 덜 질척한 구석진 바닥엔 나무 의자와 램프 두 개가 나란히 놓여 있었다. 자연적으로 생긴 것인지 인위적으로 만든 것인지는 모르지만, 한눈에도 토굴임을 짐작할 수 있었다.

셰이는 도망이 불가능한 곳이라는 사실을 깨닫고 실망을 금치 못했다. 밖으로 연결된 곳은 녹슨 쇠고리가 박힌 자그마한 문이 고작이었는데, 그나마도 건장한 다섯 사내에게 막혀 온전히 보이지도 않았다.

"어디 자세히 좀 봐야겠어. 이런 좋은 기회를 놓칠 순 없잖아? 그렇지 않으면 지체 높으신 분을 언감생심 내가 어디서 또 볼 수 있겠어?"

뒤쪽에 있던 한 남자가 셰이에게 다가왔다.

"그것도 요렇게 가까이에서."

셰이를 향해 얼굴을 들이대며 남자가 히죽 웃었다. 그녀는 남자의 눈을 똑바로 쳐다봤다. 심장이 쉴 새 없이 고동쳤지만 움츠러들 순 없었다. 왕족으로서의 긍지와 자존심이 그걸 용납하지 않았다. 셰이가 좀처럼 시선을 피하지 않자 남자의 얼굴에 불편한 기색이 나타났다.

세 시간 전, 고모인 알바레즈 공작 부인의 병문안을 마치고 저택을 나설 당시만 해도 그녀는 앞으로의 일에 대해 조금도 걱정하지 않았다. 호위기사들의 모습이 보이지 않았을 때도 그랬고, 심지어는 낯선 사내들이 자신을 둘러쌌을 때 역시 마찬가지였다.

"나도 준비한 선물이 있어. 꽤 근사한 것이니까 기대하고 있어, 셰이. 내가 오늘 너한테 받은 것과는 비교가 안 될 정도로 특별한 선물이니까."

얼굴이며 머리, 어깨에 이르기까지 온통 하얀 분가루를 뒤집어쓴 채 그레인은 그렇게 말했었다. 박장대소를 하고 있던 셰이는 흘러내리는 눈물을 닦으며 혀를 날름 내밀어 보였다. 동갑내기이며 고종 사촌지간인 셰이와 그레인은 어린 시절부터 서로에게 둘도 없는 친구사이였다.

요즘엔 당한 만큼 갚아주겠다고 주먹을 흔들어댈 때가 압도적으로 많았지만 말이다. 사이좋게 지낸 시간보다 티격태격 싸울 때가 더 많았던 두 사람은 몇 년 전부터 경쟁적으로 서로를 놀리고 골탕 먹이는 재미에 푹 빠져 있었다.

난 이번 일도 네가 꾸민 장난인 줄 알았어, 그레인. 그래서 바보같이 대항은커녕 비명도 지르지 않았단 말이야.

그레인이 미친 듯이 달려오며 고함을 쳐대지 않았다면, 겁에 질린 그의 얼굴을 보지 못했다면 지금도 셰이는 사태의 심각성을 깨닫지 못한 채 하품이나 하고 있을지도 모른다.

정신 차려! 이건 실없는 놀이나 장난이 아니야. 난 납치당했어. 어쩌면 최악의 경우 목숨을 잃을지도 몰라.

그나마 그레인이 이번 일을 목격한 것이 다행이라면 다행이었다. 그녀가 탄 마차가 낯선 남자들에 의해 어디론가 사라지는 광경을 보자마자 그레인은 지체없이 그가 할 수 있는 모든 조치를 취했을 것이다.

이곳을 찾아내는 건 시간문제야. 서트린은 물론 두란 지역까지 초비상일 테니까. 난 어떻게 해서든 그 시간 동안 무사히 버텨내면 되는 거야.

셰이는 정신 똑바로 차리자는 생각을 거듭 떠올리며 마음을 가다듬었다.

"원하는 게 뭐냐?"

"성가신 일을 벌이는 대다수 납치범들과 그리 다르지 않습니다."

문에 기대서 있던 남자가 셰이의 말을 받으며 어슬렁어슬렁 앞으로 나왔다. 왼쪽 눈을 가린 검은 안대 때문인지, 다른 사내들보다 더욱 위협적으로 느껴졌다. 그의 눈짓을 받은 남자가 굽실거리며 뒤로 물러섰다. 무리의 두목임이 분명해 보였다.

"돈이군."

"예, 그렇습니다."

"얼마를 원하느냐?"

"그건 알 필요 없는 일이라고 감히 말씀 올리는 바입니다."

과장되게 허리를 숙여 보인 두목이 옆구리에 끼고 있던 꾸러미를 셰이의 발치에 던졌다.

"거기 있는 옷으로 갈아입으십시오. 몸에 지니고 있는 것들도 얌전히 내놓으시고요. 하나도 남김없이 모조리 말입니다."

경어를 사용했으나 그의 말투는 확연한 명령조였다. 셰이는 동요를 보이지 않았다. 돈을 원한다는 말에 자신이 겪게 될 일을 어느 정도 예측하고 있었기 때문이다. 갖가지 보석이 박힌 장신구는 물론이고, 그녀가 입고 있는 드레스며 숄도 암시장에서 대단히 높은 금액으로 거래되리란 건 어렵지 않게 짐작할 수 있었다.

"여기서 나가라. 그럼 옷을 갈아입겠다."

"죄송스럽기 짝이 없지만 그렇게는 못하겠습니다. 어서 움직이십시오."

셰이는 떨리는 숨결을 남몰래 내쉰 뒤, 오만한 태도로 턱을 치켜들었다.

"너희들이나 어서 움직여라."

"아직도 상황 판단이 잘 안 되시나 본데, 자꾸 그러면 제가 직접 갈아입혀 드릴 수도 있습니다. 소인의 이 친절한 두 손으로요."

두목의 이죽거림이 끝나자 상황을 주시하고 있던 사내들에게서 웃음이 터졌다. 곧이어 두목까지 합세해 배꼽을 잡아댔고, 두세 명의 남자는 요란하게 휘파람까지 불었다. 셰이는 입술을 지그시 깨물었다. 모욕감이나 두려움보단 실망감 때문이었다.

인가나 도움을 청할 만한 사람이 가까이에 있다면, 이렇게 마음 놓고 웃고 떠들진 못할 거야.

"혹시 그걸 바라고 이렇게 버티고 계신 건 아닙니까? 아름답고 고귀하신 왕녀 전하."

히죽거리던 두목의 얼굴에서 점차 비웃음이 사라졌다. 그가 셰이를 가리켜, '아름답고 고귀하신 왕녀 전하'라 부른 건 그녀를 조롱하려는 속셈에서였다. 사실 아름답다는 말은 눈앞의 소녀에게 썩 어울리는 표현은 아니다. 하지만 소녀는 쉽사리 눈을 떼지 못하게 만드는 무언가를 가지고 있었다.

다소 헝클어지고 먼지가 묻긴 했으나, 더없이 매끄러워 보이는 빨간 머리카락이 소녀의 어깨를 따라 등까지 흘러내려 와 있었다. 섬세한 우윳빛 피부로 인해 더욱 도드라져 보이는 빨간 머리카락. 그보다 더 인상적인 건 소녀의 눈동자였다. 강렬하게 시선을 잡아끄는 호박빛 눈동자는 마치 남자들을 꼼짝 못하게 만들어 죽음으로 유혹하는 바다의 불꽃을 연상시켰다. 사실 소녀의 전체적인 인상은 장난기가 묻어나는 소년 같았다. 자그맣고 오뚝한 콧등 위에 뿌려진 주근깨가 그런 분위기를 한층 깊게 만들어주었다.

홀리기라도 한 듯 셰이에게 시선을 못 박고 있던 두목이 빨간 머리채를 향해 팔을 뻗었다. 뭉뚝한 손가락이 머리카락에 닿으려는 순간, 셰이는 두목의 따귀를 힘껏 후려쳤다. 끼고 있던 반지에 걸려 복면이 찢어지며 관자놀이에 손가락 길이만 한 찰상이 생겼다. 벙벙한 표정이던 두목이 상처를 더듬어 묻어난 피를 확인했다.

"피! 피가 나오잖아!"

더부룩한 턱수염이 실룩거리더니, 가뜩이나 험상궂게 생긴 얼굴이 더욱 험악해졌다.

"제기랄! 이게 곱게 대해줬더니!"

두목이 번쩍 팔을 치켜올렸다.

"네 손끝이 내 몸에 스치기라도 하는 날엔 네 버러지 같은 인생도 끝장날 줄 알아.”

서릿발같이 매서운 경고에 그는 무의식적으로 한 발 물러섰다. 비록 얼굴엔 거뭇거뭇한 얼룩이 묻어 있었지만, 셰이의 두 눈엔 섣불리 대할 수 없는 위엄이 흘렀다.

“셰이엔 가이스카 리베 폰 라시에, 장차 바르샤르 왕국의 여왕이 될 내 이름에 걸고 맹세하겠어. 지금 당장 손을 내리지 않으면, 너는 물론 네 피가 한 방울이라고 섞인 모든 피붙이들을 잡아들여 모조리 씨를 말려 버리겠어.”

“우, 웃기지 마!”

일말의 자존심에 겨우 매달려 있을 뿐 그의 기세는 완전히 꺾인 상태였다.

“왜, 내가 못할 것 같아?”

“그런 협박 따위 하나도 겁나지 않아!”

말과는 달리 그의 팔은 이미 주춤주춤 떨어지고 있었다. 두목과 셰이를 주시하고 있던 사내들은 걱정스런 눈길을 주고받았다. 인질의 당당한 태도와 우두머리의 기죽은 모습은 그들에게 감당하기 힘든 어마어마한 일을 벌였다는 불안을 가중시켰다. 사실 그들은 방금 전 두목의 말을 듣기 전까지도 셰이가 돈 많은 어느 귀족의 딸인 줄로만 알고 있었다. 그런데 다른 사람도 아니고, 바르샤르 왕국의 왕녀라니! 생각만으로도 오금이 저려 왔다.

“이번 한번만 봐줄 테니 후딱 갈아입는 게 좋을 거야. 다음에 또 건방지게 굴면 재미없을 줄 알아!”

괜한 허세를 부려본 두목이 사내들을 이끌고 문으로 향했다.

"명심해, 넌 그 잘난 왕족이기 이전에 목숨을 구걸해야 하는 우리의 인질이란걸!"

혼자 남겨지자, 셰이는 의자에 풀썩 주저앉았다. 다리에 힘이 완전히 풀리기 전에 납치범들이 나가준 것이 그나마 다행이라는 생각이 들었다.

놈들이 원하는 게 돈이라면 날 해치지는 않을 거야. 그래, 조금만 견디면 무사히 여길 나갈 수 있을 거야.

잘못엔 엄하지만 평소엔 그 누구보다 따뜻하고 인자하신 어머니, 강아지처럼 그녀 뒤를 졸졸 따라다니는 귀여운 남동생 루셀, 사촌이며 둘도 없는 친구인 그레인, 그녀만 보면 몸조심하라고 입이 닳도록 잔소리를 늘어놓는 유모. 지금쯤 그녀에 대한 걱정으로 반쯤 정신이 나가 버렸을 사람들. 그녀가 세상에서 가장 사랑하는 이들의 얼굴이 뇌리를 맴돌았다.

그들을 위해, 아니, 그 누구보다 나 자신을 위해 아무 탈 없이 왕궁으로 돌아가야 해.

셰이는 결연한 얼굴로 일어나 바닥에 놓인 옷 꾸러미를 집어 들었다.

✻

"잠이 안 오니?

듀이는 고개를 돌렸다. 가벼운 겉옷만을 걸친 아버지가 팔꿈치까지 접어 올린 소맷자락을 내리며 가까이 다가왔다.

"아니요, 그냥 좀… 답답해서요."

옆에 멈춰 서는 아버지를 곁눈질로 살피다 듀이는 의식적으로 얄팍한 어깨를 폈다. 기골이 장대한 아버지는 자랑스럽기도 했지만 한편으론 그를 주눅 들게 만들었다. 그와는 달리 네 명의 형은 모두 아버지를 닮아 골격이 굵고 체구도 건장했다. 누나 둘 역시 보기 좋게 근육이 붙어 날렵하면서도 강단있어 보이는 외모의 소유자들이었다. 듀이만이 가족들과 닮은 데를 찾기 힘든 외돌토리 같은 신세였다.

듀이는 자신의 가는 뼈대와 마른 몸이 싫었다. 주위 사람들의 깔보는 눈빛도, 측은하다는 표정도 지긋지긋했다. 아버지가 종종 꺼내곤 하시는 일곱 형제 중, 육 년 전에 돌아가신 어머니를 제일 많이 닮았다는 얘기도 언제부터인가 질책처럼 느껴졌다.

듀이가 피 흘리는 토끼를 보고 처음 기절한 다섯 살 이후—그 뒤로도 피 때문에 스물한 번이나 더 실신했고, 토한 건 부지기수였다—그를 지칭하는 말 앞엔 늘 '겁쟁이'나 '약골' 같은 달갑지 않은 수식어가 붙어 다녔다. '겁쟁이 듀이', '델코 집안의 약골 아들내미' 식이었다. 그럴 때면 듀이는 상처 입은 마음을 숨기기 위해 일부러 더 명랑한 척 자신을 꾸미곤 했다. 마음을 다잡기 전에 눈물부터 나와 버린 적도 한두 번이 아니지만 말이다.

수렵을 천직으로 알고 살아온 집안의 일원으로서 그의 약한 체력, 지나치리만치 예민한 감수성, 그리고 사냥에 대한 두려움은 받아들이기 힘든 약점일 수밖에 없었다. 더군다나 델코 집안이 대대로 살고 있는 칼루스 역시 주민들 대부분이 수렵으로 먹고사는 사냥꾼 촌락이었다.

"내일 잘할 수 있지?"

한동안 조용히 먼 산만 바라보던 아버지가 불쑥 물었다. 듀이는 입을 열었다가 맥없이 닫았다. '자신없다'는 말이 솔직한 답변이었으나 아버지를 실망시키고 싶지 않았다.

어차피 내일이 되면 실망하실 게 뻔할 테지만.

내일은 칼루스의 오랜 전통인 합동수렵회가 있는 날이다. 합동수렵회는 마을 사람들 간의 친목을 도모하고 사냥 솜씨를 겨루기 위해 일 년에 한 번 열리는 행사이다. 초창기엔 마을 잔치에 불과했지만, 요즘은 다른 마을들에서도 찾아올 정도로 유명해졌고 규모도 커졌다.

합동수렵회에서 가장 인기있는 행사는 성년을 앞둔 소년소녀들의 사냥대회였다. 사냥에 성공한 소년소녀들은 그 이후부터 충분히 자신의 밥벌이를 할 수 있는 정식 사냥꾼으로 대접받았다. 또한 그중 가장 출중한 실력을 보인 사람에겐 만 페어라는 적지 않은 상금까지 수여된다. 때문에 칼루스에 사는 소년소녀들은 몇 달 전부터 합동수렵회를 준비해 사냥 기술을 갈고닦았다. 상금을 타기 위해 수년의 준비 기간을 갖는 이들도 한둘이 아니었다. 물론 사냥대회 참가 자체가 고문과 다를 바 없는 듀이에겐 먼 나라 이야기일 수밖에 없었다.

이대로 시간이 멈춰져, 영원히 내일이 오지 않았으면 좋겠다는 허망한 바람이 떠오르자 듀이는 자신이 더욱 못나게 느껴졌다.

"아버지… 저는 왜 이럴까요? 형들이나 누나들은 안 그러는데… 달리기도 잘하고, 사냥도 잘하고, 가죽도 잘 다루고, 심지어 물수제비도 잘 띄우는데…… 왜 저는 잘하는 게 하나도 없는 거죠?"

"그런 말 하지 마라. 네가 잘하는 게 왜 없니? 피에르 신관님이 얼마 전에 그러시더라, 지금까지 너만큼 글씨를 잘 쓰는 아이는 본 적이 없다고 말이다."

"하지만… 하지만 그건 다른 거잖아요. 글씨 못 쓴다고 놀림거리가 되지는 않잖아요."

아버지는 아무것도 모른다고 소리치고 싶었다. 하지만 생각뿐, 듀이의 마음은 더욱 안으로 움츠러들었다. 아버지의 시선이 느껴졌으나 고개를 들지 않았다. 애꿎은 자신의 주먹만 노려보고 있었다. 입김이 하얗게 피어올랐다.

내가 얼마나 힘든지… 나 자신이 얼마나 못나고 한심하게 느껴지는지 아버지는 모르실 거예요…….

듀이의 아버지는 칼루스에서도 손꼽히는 전문 사냥꾼이었다. 델코가의 일곱 형제가 지금껏 배를 곯지 않고 살 수 있었던 것도 아버지의 뛰어난 사냥 기술 덕분이었다.

'겁쟁이' 니 '마을의 수치' 라느니 '토끼한테 잡아먹힐까 봐 숲에도 못 들어가는 멍청이' 라느니… 그런 말 듣는 게 얼마나 끔찍한 일인지 아버지는 모르세요.

잠시 정적이 흐른 뒤 아버지가 말문을 열었다.

"듀이야, 사람은 말이다. 세상을 살아가다 보면 도저히 넘지 못할 것 같은 장벽과 맞닥뜨릴 때가 있다. 용기있는 자는 그 장벽을 넘기 위해 모든 노력을 기울이지만, 겁쟁이는 시도조차 해보지 않은 채 지레 겁을 먹고 포기해 버린단다. '장벽을 넘기 위해 무엇을 했느냐' 가 실제 장벽을 넘는 것보다 더 중요하다는 말이다. 내가 무슨 말 하는지 알겠니?"

듀이는 발밑을 내려다보던 자세 그대로 작게 고개를 끄덕였다. 아버지의 낮은 한숨 소리가 들렸다. 묵직한 팔이 어깨에 둘러지자 듀이는 아버지를 향해 시선을 가져갔다. 희끗희끗한 귀밑머리, 어느새 정수리 부근까지 머리카락이 빠져 버린 아버지의 눈엔 아들에 대한 염려와 애정이 담겨 있었다. 마흔일곱이라는 나이보다 십 년은 더 들어 보이는 아버지의 모습. 아버지가 합동수렵회와 막내아들에 대한 걱정 때문에 요 며칠간 잠도 제대로 이루지 못했다는 건 듀이도 눈치 채고 있었다. 죄송스러움에 목이 잠기려 하자 듀이는 깊게 숨을 들이쉬었다.

"아버지가 한 말뜻 알겠지?"

"네, 물론 알고말고요! 제게 해주신 훌륭하신 말씀, 처음부터 끝까지 머릿속에 또렷이 새겨놓았다가 저를 꼭 닮은 귀여운 듀이 2세에게 말해주겠습니다!"

듀이는 일부러 씩씩하게, 또 익살스럽게 대답했다. 늘 과묵하기만 했던 아버지의 얼굴에 옅은 미소가 번졌다.

"넌 네 엄마를 많이 닮았어, 정말 많이……."

아버지가 혼잣말처럼 중얼거렸다. 목소리에서 슬픔 어린 아련한 그리움 같은 것이 느껴졌다. 엄마를 닮았다는 아버지의 말이 질책이 아니었을지 모른다는 생각이 들었다.

"내일 일찍 일어나야 할 테니 그만 들어가 자거라."

"조금만 더 있다가 들어갈게요."

"그래라, 그럼."

듀이는 아버지의 뒷모습을 바라보다 별이 총총히 박혀 있는 밤하늘로 시선을 옮겼다.

제게 장벽을 넘을 수 있는 힘과 용기를 주세요. 무사히 합동수렵회를 마칠 수 있게 해주세요.

듀이는 기도하듯 두 손을 맞잡았다.

"아버지를 실망시켜 드리고 싶지 않아요……. 도와주세요, 어머니……."

한기가 가져온 진저리에 퍼뜩 잠이 깨었다. 무릎을 꼭 안은 채 웅크리고 있던 셰이는 경계 어린 시선으로 사방을 살폈다. 주위는 아직 어두웠으나 새벽이 벌써 시작되었음이 피부로 느껴졌다. 그렇다면 그녀가 납치된 지 족히 열두 시간은 흘렀으리라.

어제저녁 납치범들이 옷가지와 소지품들을 챙겨간 후, 셰이는 빛이 사라진 토굴 속에서 칠흑 같은 밤을 견뎠다. 추위와 불안에 떨며 악몽의 밤이 이번 한 번으로 끝나기를 간절히 기원했다.

내가 언제 잠든 거지? 이런 곳에선 단 몇 초도 잠잘 수 없을 것 같았는데…….

으슬으슬 한기가 들자 셰이는 양팔을 문지르며 뻣뻣한 다리를 세웠다.

이상할 정도로 조용하다는 생각이 들었다. 밖을 지키던 남자들의 기척도, 밤새도록 흘러들던 그들의 웅얼거림과 코 고는 소리도 더 이상 들리지 않았다. 셰이는 살금살금 다가가 문에 귀를 가져다 대고 밖의 동정을 살폈다. 돌연 문이 미세하게 흔들렸다.

세상에!

문은 잠겨 있지 않았다. 미끄러진 문이 주먹 하나가 오갈 정도의 틈을 만들었다.

곧 납치범들이 날 안으로 밀어 넣고 문을 닫아버릴 거야. 그보다 더 험한 일을 당할지도 몰라. 하지만… 하지만 만약 기적이 일어난다면… 기적이 일어나 무사히 이곳을 탈출할 수 있다면…….

끼이익, 소음을 내며 문이 움직였다. 가슴이 세차게 두근거렸다. 셰이는 고개를 내밀었다. 그녀가 바라던 기적처럼 밖엔 아무도 없었다.

이미 몸값을 받은 건가? 아니면 그저 부주의한 실수에 불과할까?

이유가 무엇이든 시간을 끌어 좋을 건 없었다. 셰이는 재빨리 걸음을 옮겼다. 문밖으로도 토굴이 제법 길게 이어져 있었다. 이제 자유가 얼마 남지 않았다. 토굴을 나서자 서늘한 새벽빛이 그녀를 맞아주었다.

합동수렵회의 실질적인 시작을 알린 건, 촌장의 지루한 개회사가 아닌 사람들의 기대에 찬 함성이었다. 쌀쌀한 날씨에 몸을 움츠리고 있던 사람들은 따뜻한 스프와 빵이 차려진 탁자로 몰려들었다. 새벽녘부터 일어나 막바지 준비를 끝낸 수렵회 임원들과 주민들을 위한 음식이었으나, 상당수의 발 빠른 구경꾼들도 칼루스의 넉넉한 인심덕을 볼 수 있었다.

저녁에 있을 통구이 바비큐를 준비하기 위해 서둘러 탁자가 치워진 뒤, 구경꾼들의 관심은 본행사인 사냥대회로 쏠렸다. 소년 소녀를 위한 사냥대회가 오전에, 정식 사냥꾼들이 솜씨를 겨루는 행사가 오후에 치러질 예정이었다. 그 외에도 '사냥물의 가죽 벗기기'나 '무두질 대회', '맛있는 훈제고기 뽑기', '사냥개 다루기', '사냥물 많이 들어 옮기기' 등과 같은 다양한 행사가 준비되어 있었다.

"자신있지?"

셋째 형 카일이 듀이의 어깨에 팔을 척 둘렀다. 바로 뒤에서 따라오던 휴이가 냉큼 말을 받았다.

"자신은 무슨? 쟤 얼굴 좀 봐. 자신은커녕 울음보 참느라고 기를 쓰고 있잖아."

듀이보다 한 살이 많은 휴이는 사사건건 트집을 잡고 하루에도 열두 번씩 싸움을 걸곤 했다. 잔뜩 긴장해 있던 듀이는 그의 말을 무시하고 걸음을 빨리해 휘적휘적 앞으로 나아갔다. 휴이가 히죽거리며 잽싸게 따라붙었다.

"야, 겁쟁이 울보! 내 말이 맞지? 지금 겁나 죽겠지? 다 그만두고 집에 가고 싶지? 집에 가서 이불 뒤집어쓰고 울고 싶지? 그렇지? 내 말이 맞지?"

"그만 해!"

둘째 누나인 애니가 도끼눈을 뜨고 노려보자 휴이는 인상을 구기면서도 입을 다물었다. 그가 아버지 다음으로 무서워하는 사람이 바로 집안의 경제권을 쥐고 있는 애니였다.

듀이를 포함하여 델코 집안사람 모두 합동수렵회에 참가해 있었다. 세 달 전 혼례를 치르고 옆 마을인 브리언에 새살림을 차린 첫째 형도 볼이 유난히 발그스레한 형수와 함께 어제저녁에 도착했다.

집합 장소엔 대회에 참가한 소년소녀들 대부분이 모여 있었다. 애니가 듀이의 팔을 잡아 멈춰 세웠다.

"내가 말해준 대로만 해, 마음 편히 먹고. 그럼 되는 거야. 알았지?"

드디어 올 시간이 왔어.

듀이는 꿀꺽 마른침을 삼켰다. 주위를 에워싼 형제들이 저마다 한마디씩 격려의 말을 꺼냈다.

"잘해라, 듀이!"

"사냥대회 따위 아무것도 아니야!"

"정신 똑바로 차려, 듀이 델코!"

"듀이, 넌 할 수 있어!"

"넌 위대한 델코 집안의 당당한 일원이야! 가서 몽땅 뭉개 버려!"

형제들 중 제일 과격한 성격인 카린 누나가 듀이의 눈앞에 대고 주먹을 흔들어댔다. 밉살스럽기만 하던 휴이까지 멋쩍은 표정을 지은 채 듀이의 등을 툭툭 건드렸다. 듀이는 비장한 얼굴로 고개를 끄덕였다. 기운이 불끈 솟아났다. 마치 형제들에게서 용기한 조각씩을 나눠 받은 느낌이었다. 가슴이 부풀도록 숨을 들이마셨다. 없던 근육까지 볼록볼록 튀어나오는 것 같았다.

듀이는 형제들을 향해 주먹을 들어 보인 후, 씩씩하게 걸음을 내디뎠다. 오른편으로 격한 숨을 내쉬며 코를 킁킁거리는 개들이 보였다. 사냥개와 몰이꾼들은 대회의 원활한 진행과 아직은 기술이 모자란 예비 사냥꾼들을 보조하기 위해 동원된 것이었다.

　시작을 알리는 뿔피리 소리가 길게 울려 퍼졌다. 몰이꾼들이 재빨리 목줄을 풀자 사냥개들이 무서운 기세로 땅을 박차고 달려 나갔다. 그에 발맞춰 소년소녀들도 사냥물을 포획하기 유리한 지점을 먼저 차지하기 위해 경쟁적으로 이동했다. 저마다 챙겨 든 무기엔 각자의 성명이 적힌 이름표가 달려 있었다. 판정의 정확도를 확보하기 위한 방책이었다.

　뒤처져서 걷고 있던 듀이는 며칠 전에 세워둔 계획을 따라 튼튼해 보이는 나무 위로 올라갔다. 가장 먼저 한 일은 시아를 확보하는 일이다. 듀이는 나뭇잎과 가지를 대충 떼어낸 다음, 살통에서 화살 하나를 꺼내 활에 재었다. 활쏘기는 어느 정도 자신있었다. 비록 나무 과녁을 이용하긴 했지만, 지난 2년 동안 남모르게 꾸준히 연마해 왔기 때문이다.

　문제는 내가 살아 있는 동물을 향해 활을 쏠 수 있느냐 하는 거지. 만약 실패하면 어떤 일이 벌어질까? 마을 사람들은 그럼 그렇지 하는 얼굴로 날 쳐다보겠지. 시튼 패거리들은 야단법석을 떨며 날 비웃어댈 테고… 형과 누나들은 전처럼 구제불능의 딱한 동생 취급을 할 테고, 아버지는… 정말 많이 실망하실 거야… 정말 많이…….

　"생각하지 마, 이런 못난 생각을 하고 있으면 될 일도 안 되게 마련이야."

　듀이는 눈앞으로 흘러내린 몇 가닥의 머리카락을 후～ 불어 떼어냈다.

"난 할 수 있어. 난 할 수 있어."

주문처럼 같은 말을 중얼대며 듀이는 딱딱하게 굳은 어깨와 팔을 조심스레 움직여 보았다. 활과 화살을 움켜쥐고 있는 손가락도 이완시키기 위해 노력했다.

됐어, 모든 준비가 끝났어.

이제 정신을 온전히 사냥물에만 집중해야 한다. 듀이는 천천히 심호흡을 하며 앞을 주시했다. 컹컹대는 개 짖는 소리, 사냥물을 뒤쫓는 다급한 발소리와 고함 소리, 발에 밟히는 나뭇잎 소리와 가지 부러지는 소리, 머리카락을 날리며 귓전을 스쳐 가는 바람 소리. 세상에 존재하는 모든 소리들이 조금씩 흐릿해졌다. 이마와 콧등, 윗입술에 자잘한 땀방울이 맺혔다. 혀로 입술을 핥자 짠맛이 느껴졌다. 갑자기 희미한 진동이 감지됐다. 듀이는 무엇인가 엄청난 것이 다가오고 있음을 직감했다.

"듀이!"

카린 누나의 목소리가 들렸다. 시야에 적갈색 덩어리가 뛰어들었다. 그 순간 듀이는 화살을 쏘았다.

됐어! 명중이야!

듀이는 허겁지겁 나무 아래로 내려섰다. 볼과 손바닥에 찰과상이 생겼지만 너무 흥분한 탓인지 통증도 느껴지지 않았다.

"저쪽이야, 저쪽!"

이름도 모르는 젊은 여자가 한쪽 방향을 가리켰다. 듀이는 곧장 그쪽으로 뛰어갔다. 숨이 턱에 닿도록 달음박질을 했지만 사냥물은 보이지 않았다. 치명상을 입히지 못해 놓쳐 버렸다는 생각이 들 무렵, 저만치 한 군데 모여 있는 사람들의 무리가 눈에 띄었다. 듀이가 다가가자 그를 알아본 이들이 길을 비켜주었다. 드디어 바닥에 놓여 있는 적갈색 덩어리가 시야에 잡혔다. 그건 놀랄 만큼 거대한 수사슴이었다.

"저렇게 큰 놈은 처음 봐."

입을 다물지 못하고 있던 중년 남자가 옆 사람을 향해 소곤댔다. 수사슴은 아직 숨이 끊어지지 않은 상태였다. 화살이 박힌 목에서 커컥대는 탁한 숨소리가 새어 나왔다.

"이야! 대단한데!"

전속력으로 달려온 카일 형이 옆구리를 부여잡고 듀이 옆에 멈춰 섰다. 뒤따라온 카린 누나가 흥분을 감추지 못하고 듀이의 등을 철썩 때렸다.

"드디어 해냈구나, 듀이 델코!"

멍한 얼굴로 서 있던 듀이는 정신을 차리고 주위를 둘러봤다. 대여섯 명에 불과하던 구경꾼들이 어느새 서른 명 가까이로 늘어난 상태였다. 그중엔 늘 듀이를 놀리고 괴롭히던 시튼 패거리도 끼어 있었는데, 하나같이 떨떠름한 표정들이었다.

"자, 이제 마무리를 해라."

한스 아저씨가 말했다. 그는 아버지의 친구로 칼루스에서 둘째 가라면 서러울 정도의 실력을 지닌 전문 사냥꾼이었다. 한스 아저씨의 손에 들린 채점표를 본 뒤에야, 그와 함께 사냥대회의 감독을 맡게 됐다던 아버지의 말이 떠올랐다.

아버지도 여기 계신 건가?

무슨 생각을 하는지 눈치 챈 카일 형이 옆구리를 찌르며 뒤쪽을 보라는 눈짓을 했다. 아버지의 모습을 확인한 듀이는 어금니를 지그시 문 채 몸을 바로잡았다. 아들에 대한 자랑스러움이 그대로 드러난 아버지의 얼굴이 계속해서 눈앞에 어른거렸다.

해내야 해. 어떻게 해서든 내 손으로 해내야만 해. 무슨 일이 있어도 아버지를 실망시켜 드릴 수는 없어. 무슨 일이 있어도…….

듀이는 허리에 두른 가죽 검집에서 단검을 빼 들었다. 사냥은 아직 끝나지 않았다. 숨이 붙어 있는 사냥물이 그를 기다리고 있었다.

"잘해, 듀이. 그냥 단검을 목에 찔러 넣어. 그럼 다 끝나는 거야."

카린 누나가 듀이의 등을 부드럽게 밀었다. 듀이는 뻣뻣한 동작으로 한발 한발 걸음을 옮겼다.

난 할 수 있어, 할 수 있어, 할 수 있어…….

같은 말이 꼬리에 꼬리를 물고 떠올랐다.

"난 할 수 있어."

듀이는 스스로를 격려하며 입속말을 중얼거렸다. 그가 걸음을 멈춘 순간 사슴이 펄쩍 뛰어올랐다. 여기저기서 비명 소리가 터졌다. 본능적으로 상체를 젖힌 듀이는 중심을 잃고 엉덩방아를 찧었다.

사슴의 살기 위한 마지막 시도는 곧 수포로 돌아갔다. 대여섯 보만을 간신히 도망친 채 다시 바닥에 쓰러지고 말았다.

"빨리 해치워 버려! 거기 앉아서 지금 뭐 하는 거야?"

답답함을 참지 못한 구경꾼 하나가 소리쳤다. 듀이는 엉거주춤 일어났다. 사슴이 누워 있던 바닥에 작은 피 웅덩이가 만들어져 있었다.

붉은 피… 나 때문에… 나로 인해 생긴… 내 손으로 만든 붉은 피 웅덩이…….

현기증이 나며 무릎에서 힘이 빠져나갔다. 당장이라도 그 자리에 주저앉을 것만 같았다. 듀이를 간신히 버티게 한 건 그 순간 떠오른 아버지의 얼굴이었다. 그는 다시 사슴을 향해 다가갔다. 점차 가까워지는 죽음의 냄새를 맡은 사슴이 몸을 버둥거렸다. 필사적인 다릿짓에 땅이 파이며 먼지가 피어올랐다. 사슴의 연갈색 눈이 듀이를 똑바로 올려다봤다. 숨이 막혔다. 생기를 잃어가는 커다란 눈망울 속엔 고통과 공포가 가득했다. 그 처절한 눈빛이 마지막 남은 듀이의 용기와 의지를 산산조각 내버렸다.

난 못해… 도저히… 도저히 할 수가 없어…….

듀이는 얕고 가쁜 숨을 뱉어내며 뒷걸음질쳤다.

"그럼 그렇지! 저럴 줄 내가 진작 알았다니까!"

흥이 난 시튼이 의기양양하게 소리쳤다. 그의 패거리들도 앞다투어 합세했다.

"겁쟁이 듀이! 지금 울고 있냐?"

"사슴한테 잡아먹힐까 봐 겁나 죽겠지?"

"혹시 오줌이라도 지린 거 아닐까?"

"어쩐지 아까부터 웬 구린내가 이렇게 나나 했더니만."

시튼 패거리들이 계속해서 낄낄거리자 다른 구경꾼들에게까지 웃음이 번졌다.

"시끄러워! 조용히 해!"

카린 누나가 버럭 소리쳤지만 점점 커지는 웃음소리를 막진 못했다. 자신을 향한 비웃음의 홍수 속에서 듀이는 급속도로 움츠러들었다. 도망치고 싶었다. 아니, 손톱만큼의 용기라도 낼 수 있다면 카린 누나처럼 사람들을 향해 꽥! 고함이라도 지르고 싶었다. 하지만 마음뿐 손가락 하나 움직여지지 않았다. 그의 몸은 이미 뼛속까지 굳어버린 상태였다. 겁쟁이 듀이가 할 수 있는 건 눈을 부릅뜨고 울지 않기 위해 안간힘을 쓰는 것이 고작이었다.

그래, 난 겁쟁이일 뿐이야. 의기양양하게 활을 쏠 줄만 알지, 그로 인해 발생한 결과에선 눈을 돌려 버리는… 제대로 쳐다볼 수조차 없는 한심한 겁쟁이…….

듀이는 이를 악물고 고개를 들어 올렸다. 목을 관통한 화살 주위로 선혈이 배어든 갈색 털이 보였다. 화살 끝에 매달린 핏빛 이름표가 바람에 흔들렸다. 듀이 델코… 노란색을 잃어버린 채 죽음의 빛깔로 물들어 있는 그의 이름표.

"이거나 먹어라!"

무엇인가가 둔탁한 소리를 내며 어깨에 부딪쳤다. 반사적으로 뒤를 돌아본 순간 시튼이 그의 얼굴을 겨냥해 거무스름한 물체를 집어 던졌다. 피할 사이도 없이 딱딱하게 말라붙은 동물의 대변 덩어리가 이마를 가격했다.

"하하하하! 꼴좋다!"

"멋진데! 듀이 델코! 델코 집안의 자랑거리!"

"나 같으면 그 자리에서 자결이라도 할 거다!"

"겁쟁이 듀이한테 그럴 용기가 있을 것 같아? 그 정도였다면 애초에 똥도 맞지 않았을걸?"

"잠깐! 지금 똥 덩어리가 하는 말 못 들었어? 기분 나쁜 건 듀이 델코가 아니라 오히려 나 똥 덩어리야, 이러잖아!"

시튼 패거리들이 몸을 뒤틀며 자지러지게 웃어댔다. 구경꾼들 중 일부는 그들과 함께 박장대소를 터뜨렸고, 그렇지 않은 사람들은 듀이를 향해 동정 어린 시선을 보내고 있었다. 그리고 그들 속에 아버지가 서 있었다. 듀이는 아버지가 실망과 분노에 차 있으리라 생각했다. 하지만 아버지의 눈에서 발견한 건 가슴 쓰린 비통함이었다. 그 순간 듀이는 숨을 쉴 수 없었다. 사슴의 숨통을 관통한 화살이 자신의 심장까지 꿰뚫어 버린 느낌이었다. 점점 아픔이 심해졌다.

여기서 벗어나고 싶어! 여기서 벗어나고 싶어! 여기서 벗어나고 싶어!

미쳐 버릴 것 같은 좌절과 절망의 소용돌이 속에서 듀이는 생명 줄에 매달리듯 오직 하나만을 염원했다. 이 자리에서 벗어날 수 있다면, 아버지의 시선에서 도망칠 수만 있다면 무엇이든 할 수 있을 것 같았다.

이 거지 같은 곳에서 벗어나고 싶다고!

"정말?"

별안간 낯선 목소리가 들렸다. 마치 누군가 머릿속에서 말을 건 듯한 느낌. 그 괴상한 감각을 되돌아볼 틈도 없이 아찔한 어지러움이 듀이를 덮쳤다. 마치 어둠이 크게 입을 벌린 채 그를 부르고 있는 것 같았다. 저항해야 한다는 생각을 떠올릴 겨를도 없었다. 듀이는 암흑과 망각과 무(無)의 심연 속으로 빨려 들어갔다.

"이상한데?"

셰이는 좀 더 자세히 살펴보기 위해 마차 창문으로 고개를 내밀었다. 그녀의 첫 느낌 그대로 왕궁 주변은 차분하기만 했다. 내부 사정을 모르는 사람이 봤다면 왕녀 납치 사건이 발생했으리라는 일말의 의심조차 갖기 힘든 분위기였다.

하긴 공개적으로 알려 사건을 크게 만들 필요는 없을 테지.

셰이는 안전하게 돌아온 자신을 보면 모두들 얼마나 기뻐할까, 생각하며 옷매무새를 가다듬었다. 그러나 엄밀히 말해 그녀의 행색은 가다듬어서 나아질 만큼의 수준도 되지 못했다. 납치범들이 준비해 놓은 옷 자체가 시종들이 부리는 심부름꾼 복장보다도 더 후줄근했을 뿐 아니라, 도망치는 과정에서 그마저도 차마 눈뜨고 볼 수 없을 지경으로 망가져 버리고 말았다.

셰이가 갇혀 있던 동굴은 이름도 알지 못하는 어느 숲 속에 위치해 있었다. 낯설고 험한 숲길을 허겁지겁 도망치는 과정에서 그녀는 다량의 흙먼지를 뒤집어쓰게 되었다. 거기에 더해 서너 번 넘어지기까지 하는 통에 진흙범벅이 되어 있었고, 바짓가랑이와 팔소매는 찢어져 보기 흉하게 늘어진 상태였다. 그녀가 마차를 얻어 타고 왕궁까지 올 수 있었다는 사실 자체가 기적 같은 일이었다.

대부분의 마차꾼들은 셰이의 말을 들어주는 건 고사하고 마치 역병 환자처럼 피하기 바빴다. 셰이는 다섯 차례나 허무하게 서서 마차의 뒤꽁무니를 바라본 뒤, 연초를 피우며 잠시 휴식을 취하고 있는 마차꾼을 향해 무작정 돌진했다. 의심 어린 눈으로 자신을 훑어보는 마차꾼을 설득하는 일은 생각만큼 그리 어렵지 않았다. 그녀는 '불행한 사건으로 인해 행색이 말이 아니게 되었다', '왕궁까지 데려다 주면 보통 마차 삯의 열 배를 주겠다' 라는 말을 위엄 어린 음조로 전했다. 잠시 생각해 보던 마차꾼은 넓적한 콧잔등을 문지르며 입을 열었다.

"일없소. 딴 데 가서 알아보슈."

"스무 배!"

셰이는 마차꾼이 처음 접해보는 매우 거만한 태도로 일관했다. 그건 효과적으로 작용해 마차꾼은 반신반의하면서도 그녀를 위해 마차 문을 열어주었다.

피곤한 탓도 있지만 어느 정도 긴장이 풀려서인지 셰이는 대부분 꾸벅꾸벅 졸면서 왕궁으로의 여정을 보냈다.

"다 왔소!"

마차꾼이 고삐를 당기며 셰이를 흘긋 돌아봤다. 셰이는 여기저기 쑤시고 결리는 몸을 힘겹게 마차 밖으로 끄집어냈다.

"돈은?"

셰이가 줄행랑칠지 모른다는 걱정에 마차꾼이 서둘러 물었다. 셰이는 기다리라는 눈짓을 보낸 뒤 성문을 향해 걸어갔다. 사람을 시켜 마차 삯을 전달할 생각이었으나 조심성 많은 마차꾼은 부랴부랴 그녀의 뒤를 따라붙었다.

"멈춰라!"

별다른 제지 없이 사람들을 통과시키던 경비병이 창으로 셰이의 앞을 가로막았다.

"그런 너저분한 차림으로 감히 어딜 들어가려는 거냐?"

"무엄하다!"

셰이는 매서운 눈초리로 경비병을 노려봤다. 일순 멍하던 경비병의 얼굴이 삽시간에 험상궂어졌다. 셰이는 한숨을 삼켰다. 자신을 제대로 본 적조차 없는 병사들과 마주치리라는 건 능히 예상할 수 있는 문제였다. 그러나 그녀는 지금 기진맥진할 정도로 지친 상태였다. 빵 한 조각, 물 한 모금 입에 대지 못하고 버틴 게 몇 시간째인지 기억도 나지 않았다. 셰이는 경비병에게 가까이 오라는 손짓을 했다.

"난 셰이엔 가이스카 리베 폰 라시에, 바르샤르 국의 왕녀다. 이래도 내 신분이 의심스럽다면 지금 즉시 드레이크 단장을 불러와라. 단장이 내 신분을 확인해 줄 것이다."

경비병의 눈이 휘둥그레졌다. 마른침을 꿀꺽 삼킨 그가 괜히 주위를 휘휘 둘러보다 셰이의 얼굴을 조심스레 살폈다.

"이, 이름이 뭐라고… 요?"

"어서 드레이크 단장을 불러오래도!"

치미는 짜증을 억누르지 못하고 소리가 높아졌다. 셰이는 당장 움직이지 않으면 땅을 치고 후회하게 만들어주겠다고 생각하며 성문 안쪽을 가리켰다.

"어서!"

"네, 네!"

얼떨결에 대답한 경비병이 서둘러 몸을 돌렸다.

"무슨 일이야?!"

성문 반대편을 지키던 다른 경비병이 소리쳤다.

"아무것도 아니야!"

셰이를 돌아본 경비병이 뛰다시피 잰걸음을 옮겨 성문 안으로 사라졌다. 셰이는 드레이크 단장이 나오기만을 초조하게 기다렸다. 드레이크는 현재 여왕 직속 기사단의 단장이나, 과거 왕실 호위기사로 있을 때엔 셰이와 동생 루셀을 누구보다 가까이에서 보호해 주던 사람이었다. 그녀에게 남몰래 호신술이며 검술을 가르쳐 준 사람도 그였고, 나무에서 떨어져 팔이 부러졌을 때 눈물을 닦아준 사람도 그였다. 셰이에게 있어 드레이크는 호위기사이기 전에 친구였고, 믿음직스러운 오빠와 같은 존재였다.

내 이름이 나오자마자 모든 일 제쳐 두고 이곳으로 달려오고 있을 거야.

드레이크의 모습이 보이자 셰이의 안색이 단번에 환해졌다. 예상과 달리 서두르는 기색을 발견할 수 없었으나, 친숙한 얼굴을 만난 것만으로도 그녀는 전신을 짓누르던 고단함이 날아가 버린 듯한 기분이었다.

"드레이크!"

셰이는 앞뒤 생각할 것 없이 성문을 지나 그를 향해 달려갔다. 드레이크가 주춤하며 걸음을 멈췄다.

"나 돌아왔어! 이렇게 무사히 돌아왔다고! 내 걱정 많이 했지? 어머니는 지금 어디 계셔? 먼저 어머니부터 뵈어야겠어, 드레이크. 지금 내 몰골이 좀 우습지만, 이런 상황에서 그건 중요한 게 아니잖아. 그렇지?"

잔뜩 흥분한 셰이는 숨 가쁘게 말을 쏟아냈다. 드레이크를 덥석 안기라도 할 기세였다.

"뭐야, 이거?!"

드레이크가 버럭 고함쳤다. 순간 셰이는 멍해졌다. 그녀의 얼굴에서 웃음기가 천천히 빠져나갔다.

"지금 무슨 말……."

드레이크는 셰이를 무시하고 엉거주춤 서 있는 경비병을 노려봤다.

"네가 지금 제정신이냐? 실성한 여자 애 하나 처리하지 못해서, 나까지 불러? 정말 한심하기 짝이 없구나!"

"죄, 죄송합니다! 단장님!"

"멍청한 놈! 내 이번 일은 절대 그냥 넘기지 않을 것이다!"

새파랗게 질려 있던 경비병의 얼굴이 울상으로 변했다.

"이름을 말하는데 너무 그럴듯하게 들려서 그만……. 바보짓인 줄 알면서도 혹시… 혹시… 폐하께서 숨겨놓으신 왕녀님일지도……."

"그 더러운 주둥이 닥치지 못해!"

"아, 아이고! 잘못했습니다! 잘못했습니다, 단장님! 감히 그런 끔찍한 말을 입에 담다니!"

자신의 말실수를 깨달은 경비병이 드레이크 앞에 털썩 무릎을 꿇었다.

"죽을죄를 지었습니다! 그저 목숨만, 목숨만 살려주십시오!"

보통 왕족을 모욕했다 해도 당장 목이 잘릴 터인데, 하물며 그 대상이 바르샤르 왕국의 여왕이라면 반역에 준하는 대역죄를 범한 셈이었다. 즉, 상황에 따라 모든 피붙이들이 몰살당하는 참극이 벌어질지도 모르는 판이었다.

"내, 네놈의 극악한 망발은 못 들은 것으로 해주겠다. 그러니

어서 이 실성한 여자 애나 조용히 처리해라!"

드레이크는 넋이 나간 듯 보이는 셰이에게 짤막한 시선을 던졌다.

"실성한… 여자 애……."

셰이는 자신이 들었다고는 도저히 믿어지지 않는 말을 중얼댔다. 물기 어린 눈을 끔벅이던 경비병이 귓속말이라도 하려는 듯 드레이크에게 고개를 기울였다.

"조용히 처리하라시면… 혹시 죽이라는……."

"소란 피우지 못하게 빨리 내쫓으라는 뜻이다, 멍청아!"

화를 참지 못한 드레이크가 주먹으로 경비병의 머리를 쥐어박았다. 지은 죄 때문에 비명도 지르지 못한 경비병이 눈물을 찔끔거리며 머리를 비벼댔다. 드레이크는 엉덩이라도 걷어차 줄까, 잠시 고민하다 쯧쯧 혀를 차며 걸음을 내디뎠다.

"드레이크 밀러 에스테반!"

셰이는 다소 떨리지만 분명한 어조로 드레이크를 불러 세웠다. 드레이크가 짜증 섞인 몸짓으로 휙 고개를 돌렸다.

"감히 나에게 실성한 여자 애라고? 내 앞에서 어떻게 감히 그런 망언을 할 수 있느냐? 실성한 건 내가 아니라 바로 단장이야!"

드레이크의 얼굴에 기가 막히다는 표정이 떠올랐다.

"무슨 속셈이냐? 대체 무슨 속셈으로 이런 짓을 하는 거냔 말이다!"

"조용히 해! 여기가 어디라고 이렇게 소란을 피우는 거야?"

경비병이 드레이크의 눈치를 살피며 셰이의 팔을 움켜잡았다. 셰이는 매몰차게 그의 손을 뿌리쳤다.

"내게 더러운 손을 대지 마라! 난 셰이엔 가이스카 리베 폰 라시에다!"

셰이는 자신의 분노를 숨김없이 드러내며 똑바로 걸어가 드레이크의 정면에 멈춰 섰다.

"내 이름에 걸고 맹세하는데, 내일 해가 뜨기 전에 너희 둘의 목이 저 성문 앞에 걸리게 될 것이다!"

그래, 내 너희를 절대 살려두지 않으리라.

몸이 부들거릴 정도로 격분에 싸여 있었지만, 그보다 더 셰이를 괴롭힌 건 마음 한쪽을 점령한 불안과 혼란이었다.

어떤 일이, 그것도 굉장히 안 좋은 일이 벌어진 게 분명해. 내가 아는 드레이크는 절대로 이럴 사람이 아니야. 목에 칼이 들어와도 나한테 이런 짓을 저지를 사람이 아니야. 대체 무슨 일이 생긴 걸까? 혹시…….

갤러웨이 공작의 얼굴이 불쑥 떠오르자 셰이는 숨을 죽였다. 갤러웨이 공작은 바르샤르 왕국의 동북부 지역 귀족들의 대표 격이자 중심 실세로 그 어느 고위 귀족보다 막강한 권력을 휘두르는 자였다. 더군다나 어마어마한 재력가에 권력욕 또한 대단했기에 셰이엔의 어머니인 예르체리나 여왕도 항상 촉각을 곤두세우고 동정 살피기를 게을리 하지 않는 위험 인물이었다.

만약 갤러웨이 공작이 내가 없는 사이에 반란을 일으켰다면? 맞아, 이번 납치사건도 갤러웨이가 꾸민 짓이 틀림없어!

생각해 보니 모든 것이 들어맞았다. 드레이크의 행동도 그녀를 보호하려는 나름대로의 고육지책일지 모른다.

어머니! 어서 어머니를 뵈어야 해!

셰이는 허겁지겁 내성을 향해 달려갔다.

"어, 어어어!"

뜻밖의 사태에 놀란 경비병이 괴성을 터뜨렸다.

"뭐 하고 있는 거야? 빨리 잡지 않고!"

드레이크가 셰이의 뒤를 따라 내달리며 버럭 소리쳤다.

셰이는 다리에 모든 힘을 쏟아 부었다. 일단 내성 가까이만 접근하면 잡히지 않을 자신이 있었다. 이곳에서 나고 자란 그녀였다. 걸음마를 배우기 시작할 무렵부터 구석구석을 헤집고 다니다시피 한 그녀보다 더 왕궁을 잘 아는 사람은 없었다.

미친 듯이 돌진한 셰이는 성루와 연결된 돌계단 뒤쪽, 이둡게 그늘진 곳으로 뛰어들었다. 거기엔 내성과 이어지는 작은 구멍이 있었다. 어린 시절 숨바꼭질을 하다 우연히 발견한 곳으로, 3년 전 먼지투성이 고문서들을 뒤져서 알아낸 바에 의하면, 그건 셰이의 외고조모가 은밀히 만든 비밀 통로였다. 그녀는 반쯤 좀이 쏜 고문서를 통해 암살을 두려워 한 외고조모가 후에 비밀 통로를 막아버렸다는 사실도 찾아낼 수 있었다. 비밀 통로를 가리고 있던 벽이 세월의 무게를 이기지 못하고 허물어져 작은 구멍을 만들었다는 건 셰이와 동생 루셀만이 알고 있었다. 셰이는 허물없이 지내는 그레인에게조차 구멍의 존재를 말하지 않았다.

셰이가 구멍 속으로 들어가기도 전에 드레이크가 격한 숨을 몰아쉬며 계단 앞에 도착했다.

"분명히 이쪽으로 갔는데… 대체 어디 숨은 거야?"

셰이는 드레이크가 다른 곳으로 갈 때까지 미동없이 앉아 있었다. 이제 움직여도 안전하다는 판단이 서자 그녀는 퀴퀴한 냄새로 뒤덮인 비밀 통로로 몸을 밀어 넣었다. 축축한 어둠이 전신을 감쌌다.

셰이는 벽을 더듬으며 한발 한발 앞으로 나아갔다. 한 점의 빛도 없는 상태에서 비밀 통로를 헤매게 되는 날이 오리라고는 상상해 본 적도 없었다. 사실 비밀 통로에 발을 디딘 건 전부 합해 네 차례에 불과했다. 그중 세 번은 루셀이 동행했으며, 그녀 혼자였던 적은 처음 통로를 발견한 날뿐이었다. 그날도 고작 열 걸음 정도 이동한 것에 지나지 않았다.

셰이와 루셀은 비밀 통로를 샅샅이 탐험해 본 후 내부 지도를 만들자는 계획을 세워놓고 있었다. 하지만 자신이나 동생이나 꽉 짜여진 일정에 맞춰 생활하느라 그동안 시간 내기가 쉽지 않았다. 또한, 유모의 날카로운 감시망을 피하는 것도 만만치 않은 일이었다.

유모… 유모는 어떻게 되었을까? 설마…….

불길한 생각이 떠오르려 하자 셰이는 고개를 휘휘 내저었다. 지금은 오직 비밀 통로를 무사히 통과하는 일에 전심전력을 기울어야 한다. 어머니, 루셀, 유모…… 그녀가 사랑하는 사람들에 대한 걱정에 사로잡혀 버린다면 냉정을 잃고 돌이킬 수 없는 실수를 저지를지도 모른다.

셰이는 자신이 맞게 방향을 잡았는지 확신할 수 없었다. 비밀 통로는 한눈에도 꽤나 복잡해 보였다. 중요한 장소와 연결되어 있으리라는 심증은 갔으나 그 중요한 장소가 어디인지는 짐작되지 않았다.

어머니나 루셀, 유모를 만날 수 있는 곳이면 좋겠는데…….

　시간이 얼마나 흘렀는지 감이 잡히지 않았다. 시야가 막히자 감각까지 마비된 것 같았다. 기분 나쁜 느낌이 손등 위로 슬금슬금 기어갔다. 셰이는 손을 흔들어 턴 뒤 윗옷에 대고 문질렀다. 벌써 아홉 번째였다. 그녀는 비명이라도 지르고 싶은 충동을 가까스로 참아냈다. 살갗이나 발 주변을 돌아다니는 불쾌한 생명체들도 지긋지긋했지만, 그보다 셰이를 더욱 못 견디게 만든 건 길을 잃었다는 사실이다. 암흑 속에서 영원히 헤매게 될지도 모른다는 두려움이 그녀의 용기를 갉아먹고 있었다.

　평정을 잃지 않길 바라며 셰이는 천천히 숨을 내쉬었다가 깊이 들이마셨다. 그녀가 다시 한 번 심호흡을 했을 때, 아주 작은 소곤거림이 귀를 스쳤다. 셰이는 재빨리 소리를 따라 이동했다. 손에 돌벽이 아닌 목재의 감촉이 느껴졌다. 셰이는 자신이 나무 문 앞에 서 있다는 사실을 알아차렸다. 그 즉시 문을 열고 밖으로 달려나가고 싶은 마음을 억제하며 신중히 귀를 기울였다. 너무나 친숙한 목소리가 들렸다. 셰이는 힘껏 문을 잡아당겼다. 무엇인가 갈라지는 듯한 소리와 함께 빛이 들어왔다. 그녀는 지체없이 빛 속으로 뛰어들었다. 날카로운 비명 소리가 터졌다.

　"으, 으아악!"

　"뭐, 뭐야?"

　의자에서 벌떡 일어선 루셸과 바닥에 주저앉아 버린 유모를 마주하자 셰이는 반가움과 안도감에 울음이라도 터뜨릴 지경이 되었다.

　"유모! 루셸! 정말 무슨 말을 해야 할지!"

　셰이는 시큰거리는 코를 문지르며 활짝 웃었다.

"내 걱정 많이 했지, 유모?"

"이게 무슨… 이게 무슨……."

소스라치게 놀랐는지 유모는 제대로 말도 하지 못하는 상태였다.

"미안해, 유모. 하지만 그럴 만한 사정이 있었어. 내가 나중에 다 말해줄게. 그러니 잔소리는 참았다가 나중에 조금만 해줘."

셰이는 두 팔을 활짝 벌린 채 루셀에게 다가갔다. 루셀의 눈이 휑해 보일 정도로 휘둥그레졌다.

"루셀, 하나밖에 없는 내 동생 루셀. 무사히 돌아가 널 만나게 해달라고 얼마나 기도했는지 몰라……."

목소리에서 울음기가 묻어 나왔다. 그녀는 동생에 대한 깊은 사랑을 새삼스레 느끼며 가냘픈 어깨를 꼭 끌어안았다.

"오, 오, 오… 맙소사! 성스러운 아스트라한이시여! 전하를 보호해 주소서!"

셰이는 거칠게 밀쳐져 카펫 바닥에 쓰러진 뒤에도 잠시 동안 무슨 일이 벌어졌는지 깨닫지 못했다.

"천벌이 두렵지 않느냐? 천하디천한 상것 주제에! 그 더러운 손을 감히 전하께 대다니!"

씩씩대며 셰이를 노려보던 유모가 문을 향해 소리쳤다.

"경비병! 경비병! 여기 침입자가 있소! 침입자!"

곧 호위기사 둘과 네 명의 근위병이 안으로 뛰어들어 왔다.

"저것이 감히 왕자 전하께 위해를 가하려 했소! 빨리 끌어내시오!"

근위병 두 명이 셰이의 양팔과 어깨를 잡고 거칠게 일으켜 세웠다.

"그러잖아도 수상한 자가 내성에 침입한 것 같다는 보고를 받고 수색 활동을 벌이던 참이었습니다. 심려를 끼쳐 드려 죄송합니다, 전하."

호의기사 한 명이 루셀을 향해 허리를 굽혔다.

"이 손 놔라! 감히 누구에게 손을 대는 거냐?"

셰이가 몸을 비틀자 근위병들의 손아귀 힘이 더욱 강해졌다.

"루셀! 루셀! 넌 날 알지? 이자들한테 내가 누군지 말해줘! 루셀! 어서, 루셀!"

내내 의혹과 경계의 눈초리로 그녀를 응시하던 루셀이 움찔하며 한 걸음 물러섰다. 유모가 보호하듯 그 앞으로 나섰다.

"전하, 신경 쓰지 마세요. 실성해서 떠드는 헛소리에 불과합니다."

"헛소리? 헛소리라고? 루셀! 어서 말해! 내가 네 누나라고 말하란 말이야!"

"뭐, 뭐라고? 네가 뭐라고?"

유모가 귀를 의심하는 얼굴로 반문했다. 셰이는 온몸을 휩싸고 있는 공포심을 억누르기 위해 안간힘을 썼다.

"유모, 나한테 이러지 마. 나 지금 너무 힘들어. 이런 농담 받아들일 기운도 없단 말이야. 루셀, 유모, 제발 그만 해."

"네가 미쳐도 단단히 미쳤구나!"

셰이에게 꽂힌 유모의 눈엔 경악과 불신, 그리고 분노만이 가득했다.

"왜 그래, 유모? 왜 그러는 거야, 루셀? 이거 장난이지? 지금 나

놀리려고 장난치는 거지? 장난이지, 유모? 조금도 재미없어! 그러니까 그만 해! 이제 제발 좀 그만 하라고!"

미칠 듯한 혼란과 두려움에 사로잡힌 셰이는 날카로운 어조로 소리쳤다.

"입 닥쳐라! 천한 상것 주제에, 여기가 어느 안전이라고 소란을 피우는 거냐?"

순간 세상이 빙글 돌았다. 기절할 것만 같았다.

이래서는 안 돼! 정신 차려야 해!

머릿속에서 무너지면 안 된다는, 버텨야 한다는 외침이 울려왔다.

"지금 뭐 하고 있는 거요? 어서 빨리 침입자를 끌어내시오! 전하께서 얼마나 놀라셨겠소? 나도 아직까지 다리가 후들거리는데 말이오!"

"유, 유모……."

목소리가 부들부들 떨려 나왔다.

"나 몰라? 정말 내가 누군지 모르겠어? 나 셰이야, 유모… 나 셰이야……."

셰이는 목에서 터져 나오려 하는 고통에 찬 흐느낌을 간신히 억눌렀다.

"저것이 미쳤나? 내가 너 같은 걸 어떻게 안다는 거냐?"

근위병에게 끌려가지 않으려고 악착같이 버티며 셰이는 루셀과 유모를 바라봤다. 시야가 점점 흐릿해졌다.

"어떻게 날 잊을 수 있어? 날 업어 키운 사람이 누군데! 내가 누구 젖을 먹고 자랐는데! 아플 때마다 유모가 밤을 새며 날 돌봐줬잖아! 세상에서 제일 사랑하는 사람이 누구냐고 물으면 언제나 나라고 말했잖아. 날 이 세상에서 제일 사랑한다고 했잖아… 그런데 어떻게 그럴 수 있어… 어떻게 유모가 날… 잊을 수 있어… 어떻게……."

막을 새도 없이 눈물이 볼을 타고 흘러내렸다. 억센 손길에 잡혀 질질 끌려가며 셰이는 다시 한 번 소용없는 질문을 던졌다.

"어떻게 날… 잊을 수 있어……?"

"루세리안, 많이 놀랐겠구나. 그래, 마음은 좀 진정이 됐느냐?"

에르체리나는 걱정스런 눈길로 어린 아들의 얼굴을 찬찬히 살폈다.

"네, 어마마마. 그런데……."

무슨 말인가를 꺼내려던 루셀이 머뭇거리다 입을 다물었다.

"무슨 일이냐, 루세리안?"

"지금 바쁘세요?"

에르체리나는 부드럽게 웃었다.

"조금 바쁘긴 하다만, 네게 시간을 못 내줄 정도는 아니란다."

여왕의 눈짓을 받은 의전관과 시종들이 서둘러 자리에서 물러났다.

"오늘 그 여자 애 말이에요, 침입자라는… 이름이 셰이라고 했어요. 셰이… 혹시 들어보신 적 있으세요?"

"셰이라… 셰이……. 처음 들어보는 이름이구나. 왜, 신경 쓰이니?"

"예, 조금 쓰여요."

루셀은 자신의 본마음을 솔직히 털어놓았다. 엄하지만 한없이 자애로운 어머니였기에 전부터 그는 사소한 것 하나도 숨기는 법이 없었다.

"절 루셀이라고 불렀어요, 그 여자 애가요. '루셀, 하나밖에 없는 내 동생……' 그렇게 말하면서 절 끌어안았어요."

"실성한 아이가 한 말이다. 네가 이렇게 신경 쓸 이유가 없단다, 루세리안. 깨끗이 잊어버려라."

"하지만… 정말 이상했어요, 어마마마. 지금까지 절 루셀이라고 부른 사람은 한 명도 없잖아요. 그런데 처음 듣는 것 같지가 않았어요. 정말… 정말 이상했어요."

예르체리나는 한숨을 내쉬었다.

"착각일 뿐이다. 넌 어려서 잘 모르겠지만, 살다 보면 이해할 수 없는 감정이 느껴질 때가 있어. 사람은 다 그렇단다, 루세리안. 사람이기 때문에 그런 이상한 감정도 생기는 거야."

심각한 얼굴로 생각에 잠겨 있던 루셀이 앉은 자세를 고쳤다.

"돌아가신 증조 외할머니께서 빨간 머리를 갖고 계셨다고 제가 꼬마였을 때 어마마마가 말씀해 주셨죠?"

"그래, 언제인지 정확한 기억은 안 나지만, 그런 말을 해준 적이 있지."

"그 셰이라는 여자 애 말이에요……."

"그 아이 머리카락이 빨간색인 게로구나!"

예르체리나는 약간 날카로운 어투로 루셀의 말을 잘랐다. 어머니의 심기가 불편해졌음을 알아챈 루셀은 금세 풀이 죽었다.

"다시 한 번 말하지만, 그 아인 네가 신경 쓸 만한 존재가 아니다. 오늘 너무 놀란 나머지 아직도 충격에서 회복되지 못한 것 같구나. 어서 돌아가 푹 쉬고 있거라. 네 상태에 알맞은 보약을 준비하라 어의에게 일러두겠다.”

“알겠습니다, 어마마마. 편히 쉬십시오.”

루셀은 몇 걸음 옮기다 어머니에게 다시 시선을 돌렸다.

“어떻게 되는 건가요? 그 여자 애 말이에요.”

“글쎄다, 아직 생각해 보지 않았다만…….”

예르체리나는 말끝을 흐렸으나 내심으론 유야무야 넘어가서는 안 된다고 생각했다.

마음은 내키지 않지만 무엇보다 중요한 건 루세리인의 안전이야. 이번 일을 그냥 덮고 넘어가면, 모두들 왕궁 침입 정도는 아무것도 아니라고 여기게 될 거야. 그럼 앞으로 더 큰 위험이 닥칠 수도 있어.

엄벌로 다스리는 쪽으로 결정을 내렸으나, 마음 약한 어린 아들에게 알려 충격을 줄 수는 없었다.

“그 아이 문제는 드레이크 단장에게 일임할 생각이다. 아마 모르긴 몰라도 가벼운 처벌 후에 왕궁 밖으로 내보내질 것 같구나.”

심각하던 루셀의 얼굴이 눈에 띄게 밝아졌다. 그가 문을 나서자 예르체리나는 한숨을 삼키며 욱신거리는 관자놀이를 문질렀다.

잘못되었다. 무언가, 아니, 모든 것이 잘못되었다.

대체 무슨 일이 벌어진 걸까? 왜 이런 말도 안 되는 일이 벌어지고 있는 걸까? 혹시 내가 미쳐 가고 있는 건 아닐까?

셰이는 자신의 손을 내려다봤다. 확연히 보일 정도로 손끝이 파르르 떨렸다. 지하 감옥의 차가운 냉기 탓만은 아니었다. 그녀는 감당하기 힘든 무서운 악몽 속에서 허우적거리고 있었다.

"말도 안 돼……. 이건 진짜가 아니야……. 끔찍한 악몽일 뿐이야……."

셰이는 이런 터무니없는 상황을 도저히 현실이라고 믿을 수 없었다. 잠에서 깨어나면 모든 것이 정상으로 되돌아가 있으리라는 생각이 들었다.

"어서 악몽에서 깨어나야 해……."

셰이는 자신의 팔뚝을 세게 꼬집었다. 따끔한 아픔이 느껴졌다.

꿈이 아니야! 꿈이 아니었어!

숨이 막혀왔다. 무시무시한 공포가 몰려들며 가까스로 유지하고 있던 자제력이 일순간 빠져나갔다. 셰이는 쇠창살을 부여잡고 미친 듯이 흔들었다.

"이 문 열어! 난 바르샤르의 왕녀다! 어머님을 뵈어야 해! 어머님께서 내가 누군지 알려주실 거다! 어서 이 문 열어라! 어서!"

셰이는 목이 터져라 고함쳤다. 마치 산 채로 생매장당하며 비명을 지르는 사람 같았다. 새된 목소리가 지하 감옥 전체를 울렸지만, 미리 지시를 받은 듯 그 누구도 응대하지 않았다.

"절대 가만두지 않겠어! 너희들 모두 죗값을 치르게 만들어주겠어!"

두려움을 넘어 화가 치밀어 올랐다. 마구잡이로 쇠창살을 걷어차던 셰이는 기진맥진한 채 바닥에 주저앉았다. 숨결이 가쁘고

몸도 축 늘어졌지만 이상하게도 공포심이 조금 가라앉았다. 격렬한 폭발이 오히려 이성을 되찾아준 듯했다.

이 모든 일은 꿈이 아니었다. 지금 실제로 벌어지고 있는, 외면할 수 없는 현실이었다. 셰이는 달아날 생각도, 숨고 싶은 마음도 없었다. 받아들이기 힘든 두려운 현실이라 해도 직시하고 맞부딪쳐야 한다.

아무리 무섭고 겁이 나도 자제력을 잃으면 안 돼. 흥분해서 날뛰는 바보짓은 이미 넘치도록 했어.

이성을 잃고 소란을 피울수록 상황만 악화될 것이 분명했다. 지금보다 더 끔찍한 일을 겪게 되더라도 앞으로는 처음부디 끝까지 침착하게 대응해야 한다.

어디서부터 일이 잘못되기 시작한 것일까? 어디서부터…….

악몽 같은 현실에 빠지게 된 이후 처음으로 셰이는 곰곰이 생각에 잠겼다.

"맞아!"

납치! 납치가 바로 이번 일의 시작이야! 그때부터 어떤 일이 벌어지기 시작한 거야!

한꺼번에 몰아친 충격적인 일들로 인해 셰이는 어느덧 납치 사건을 까맣게 잊고 있었다. 그녀는 자신이 납치당하던 순간부터 지금까지의 시간들을 차근차근 되짚어보았다. 납치범들에게 끌려가 갇혀 있던 동굴, 검은 복면으로 얼굴을 가리고 있던 다섯 명의 남자, 어서 도망이라도 치라는 것처럼 열려 있던 문, 그리고 왕궁에서의 일들, 마치 머리에서 그녀의 존재 자체가 지워져 버린 듯한 사람들의 반응.

내가 무엇인가 중요한 걸 놓치고 있는 것은 아닐까?

셰이는 머리를 움켜잡으며 긴 신음을 토해냈다. 도움이 될 만한 어떠한 생각도 떠오르지 않았다. 그저 당장이라도 가슴이 터져 버릴 것 같이 답답하기만 했다. 그녀는 악몽 속에 갇힌 상태였고, 뒷골이 쭈뼛할 정도로 겁에 질려 있었다. 용기를 내야 한다는 건 알고 있었으나 악몽이 영영 자신을 놓아주지 않을 것이라는 공포를 쉽사리 떨쳐 버릴 수 없었다.

어머니, 전 어떻게 해야 하나요? 어머니는 절 잊지 않으셨죠? 절 기억하고 계시는 거죠? 제발 절 기억해 주세요, 어머니… 제발…….

기도하듯 두 손을 모았을 때, 철문이 열리며 계단을 내려오는 여러 개의 발소리가 들렸다.

"어디냐?"

셰이는 번쩍 고개를 쳐들었다. 루셀의 목소리가 틀림없었다.

"저기 안쪽에서 두 번째 감옥입니다, 전하."

"너희는 여기서 대기하고 있어라, 나 혼자 만나볼 테니."

"그, 그건 안 됩니다, 전하! 정체불명의 침입자입니다! 위험한 일을 당하실 수도 있습니다!"

"너 바보지? 감옥에 갇혀 있는 사람이 무슨 위험한 일을 저지른다는 거야? 침 뱉는 일?"

그녀의 얼굴에 그림자를 드리우며 루셀이 나타났다. 가슴 고동이 빨라졌지만 셰이는 최대한 침착하게 보이기 위해 노력했다. 동생에게만큼은 최소한 자신이 실성한 사람이 아니라는 것을 인정받고 싶었다. 셰이는 자세를 바로잡으면서도 루셀에게서 눈을

떼지 않았다. 그녀의 시선이 불편한 듯 루셀이 몸을 약간 비스듬
히 틀었다.

"네 얘기를 어마마마께 했어, 방금 전에. 으음… 뭐라 그럴까?
네가 좀 신경 쓰였다고나 할까? 아무튼 그래서."

"어머니가 뭐라고 하셨어?"

루셀이 마음에 안 든다는 듯 입술을 삐죽였다.

"어머니라고 부르지 마! 내 어머니지, 너의 어머니가 아니잖
아!"

셰이는 그제야 루셀이 불쾌감을 나타낸 건 자신의 말투 때문이
아니라는 사실을 알아챘다. 그녀는 루셀의 말을 반박하려다 마음
을 고쳤다.

"그래, 그 말이 맞다 치고, 빨리 대답이나 해봐!"

"너 같은 거 모른다고 하셨어! 저~얼대로!"

루셀이 고소하다는 표정을 지었다.

"그래… 그러셨구나…….""

이미 예상한 답변이었다. 그런데도 루셀의 말은 그녀의 가슴을
깊숙이 할퀴고 지나갔다.

"이름이 셰이라고, 내 이름이 셰이엔이라는 말도 했어?"

"으… 응."

셰이의 절박한 마음을 느낀 루셀이 머뭇거리며 대답했다.

"그거 말해주려고 온 거야?"

루셀은 대기하고 있던 호위병을 향해 소리쳤다.

"빨리 이쪽으로 와봐, 그거 가지고!"

부리나케 달려온 호위병의 손엔 금박으로 장식된 두툼한 가죽

양장본이 들려 있었다.

"이게 뭐냐 하면……."

"왕족계보서(王族系譜書)."

셰이가 망설임없이 답을 내놓자 루셀의 눈이 휘둥그레졌다.

"그걸 어떻게 알았어?"

찰거머리 교육관 세르바니가 일주일에 두 번씩 날 들들 볶아댔으니까, 자신의 혈통부터 알아야 어머니처럼 훌륭한 통치자가 될 수 있다고 하면서.

어떠한 근심도 걱정도 없었던 과거의 시간들이 되살아나려 하자 셰이는 서둘러 말머리를 돌렸다.

"거기에도 셰이엔이란 이름은 안 적혀 있지?"

"응, 한번 볼래?"

셰이는 고개를 끄덕였다. 루셀이 먼저 확인했을 게 분명하지만 희망을 버릴 수 없었다. 자신의 눈으로 직접 찾아봐야만 했다.

"계보서를 건네줘!"

루셀이 명령했다. 호위병은 꺼림칙한 마음을 애써 감추며, 조심스레 받쳐 들고 있던 왕족계보서를 내밀었다. 셰이는 호위병의 못마땅한 눈길을 무시하고 서둘러 어머니의 함자부터 찾았다. 입 안이 바짝 말라왔다. 예르체리나 여왕의 직계 손으로는 오직 하나의 이름만 등재되어 있었다. 루세리안 하이저 리베 폰 라시에. 내내 품고 있던 한가닥 희망이 무너져 내렸다. 셰이는 바르르 떨리는 입술을 굳게 다물었다.

누가 뭐래도 난 셰이엔 가이스카 리베 폰 라시에야, 누가 뭐래도.

"이제 알았지?"

눈이 마주치자 루셀이 직접 답을 꺼냈다.

"네가 미쳤다는 거."

"난 미치지 않았어."

"원래 자신이 미쳤다고 말하는 미친 사람은 한 명도 없어."

코끝을 치켜든 루셀이 거만한 동작으로 팔짱을 꼈다.

뭐야, 지금 내 앞에서 잘난 체하는 거야? 코흘리개 땅꼬마 주제에!

셰이의 눈초리가 날카로워졌다. 그녀는 자신의 어머니를 제외한 그 누구에게도 지고는 못사는 성격이었고, 그 상대가 아홉 살 아래의 나이 어린 동생이라면 두말할 필요도 없었다. 셰이는 지체없이 공격으로 들어갔다.

"미친 사람으로 몰린 멀쩡한 사람도 안 미쳤다고 말해. 미친 사람, 멀쩡한 사람 할 것 없이 모두 안 미쳤다고 말한단 말이야. 그걸 가려낼 수 있는 사람이 진짜 현명한 사람이야. 그 둘을 구분하는 방법이 뭔지 알아?"

"그건……."

말문이 막히자 루셀의 볼에 엷은 홍조가 나타났다.

"왜 말씀을 하다 마십니까, 왕자 전하?"

셰이는 슬쩍 비꼰 다음 코웃음까지 날렸다. 얼굴이 화끈 달아오른 루셀이 주먹을 불끈 쥐었다.

"어떻게 구분하는데?"

"안 가르쳐 줘."

셰이는 딱 잘라 거절했다. 그리고 관심없다는 듯 벽에 등을 기대고 잠을 청하는 척했다. 그녀는 어머니나 루셸의 유모보다도 더 그를 능숙하게 다룰 수 있었다. 아장아장 걸음마를 배우던 시절부터 루셸은 셰이를 졸졸 따라다녔고, 그녀의 말이며 행동 하나하나를 거의 숭배하다시피 했었다.

"명령이다! 빨리 말해라!"

셰이는 들은 체도 하지 않았다. 시간이 좀 더 흘러가자 답답함을 참지 못한 루셸이 마침내 두 손을 들었다.

"말해줘, 응? 어떻게 구분하는지 말해줘! 빨리 말해줘."

"그렇게나 알고 싶어?"

"아니, 뭐… 조금……."

대답과 달리 궁금해 못 견딜 지경에 이른 것이 분명했다. 셰이는 그제야 눈을 떴다.

"좋아, 말해주겠어."

루셸의 얼굴이 환해졌다. 셰이는 재빨리 말을 붙였다.

"단, 조건이 있어."

"조건?"

셰이는 고개를 끄덕였다.

"세상에 공짜는 없어. 뭐 하나 얻어내려고 기를 쓰는 사람들이 바글바글한 곳, 그게 바로 세상이야. 잘 알아둬."

"알았어. 그런데 조건이 뭐야?"

"들어줄 건지, 말 건지부터 말해."

잠시 망설이던 루셸이 입을 열었다.

"좋아, 들어주겠어. 내가 들어줄 수 있는 것이라면."

"날 여기서 나가게 해줘."

말문이 막힌 루셀이 입술을 달싹였다. 잠시 후 그는 셰이가 예상치 못한 말을 꺼냈다.

"내가 할 수 있을까?"

자신없는 말투였다. 그러나 진지하게 반짝이는 눈에서 그녀를 구해주고 싶어하는 루셀의 진심을 엿볼 수 있었다.

"당연하지, 할 수 있고말고."

넌 할 수 있어, 루셀. 그리고 반드시 해내야만 하고.

셰이는 이번 기회를 놓치면 십중팔구 처형될 것임을 확신하고 있었다. 왕궁에 침입한 정신병자를 살려주리라 기대하는 건 허황된 망상에 불과했다.

"넌 어차피 여기서 나가게 될 거야, 간단한 처벌만 받은 후에. 그렇게 들었어."

"그 말을 믿어?"

선뜻 대답하지 못하던 루셀이 결연한 표정을 지었다.

"그래, 내가 여기서 구해줄게."

루셀은 그 즉시 호위병에게 감옥 열쇠를 가져오라고 명령했다. 우왕좌왕하는 것 같은 요란한 발소리가 들리더니 호위기사와 호위병, 간수 등 열 명 정도가 모습을 보였다.

"감옥 문을 열어라!"

"전하, 그, 그건 좀……."

"어허, 감히 내 명령을 거역하려는 것이냐?"

루셀은 잔뜩 무게를 잡으며 호령했다.

"아, 아닙니다, 전하! 지금 당장 명을 따르겠습니다!"

당황한 나머지 쩔쩔매는 간수에게서 열쇠를 빼앗은 호위기사

가 자물쇠를 풀었다. 셰이는 따가운 눈총을 한 몸에 받으며 감옥
을 나왔다.

"여기 있는 이 아이의 죄는 이제……."

"셰이엔."

셰이는 재빨리 말을 가로챘다.

"뭐?"

"내 이름, 셰이엔라고."

고개를 끄덕여 보인 루셀이 다시 입을 열었다.

"셰이엔의 죄는 이제 없어졌다. 그러니 안전하게 왕궁 밖으로
내보내줘라."

"그건 아니 될 말씀이십니다, 전하."

성큼성큼 걸어온 드레이크가 루셀을 향해 고개를 숙였다. 호위
병의 보고를 받자마자 줄곧 뛰어온 까닭에 호흡이 거칠었다.

"이 아이는 왕족을 모욕하고, 내성까지 몰래 들어와 감히 왕자
전하께 위해를 가하려 했습니다. 누구의 사주를 받았든, 실성으
로 인한 망령된 행동에 불과하든 참형을 받아 마땅한 중죄인입니
다. 그런데 그런 중죄인을 풀어주려 하시다니요? 바라옵건대, 명
령을 거두어주십시오, 전하!"

"거둘 생각 없소! 그러니 더 이상 말하지 마시오!"

"하지만, 전하!"

"드레이크 단장! 한 번만 더 내 명을 거역하면, 단장부터 처형
대에 매달리게 될 줄 아시오!"

여덟 살이란 나이가 믿기지 않을 정도로 루셀의 온몸에서 위엄
이 풍겨 나왔다. 셰이는 가슴 뿌듯한 자랑스러움을 느꼈다. 마냥

어린 줄 알았는데, 언제 이렇게 어른스러워졌는지 동생이 대견하기만 했다.

"셰이엔? 날 따라와. 내가 직접 성문까지 데려다 줄 테니까."

셰이의 손을 잡으려던 루셀은 쑥스러운 마음에 안심하라는 눈짓만 보낸 뒤, 앞장서서 지하 감옥을 나섰다. 한 번도 본 적 없는 얼굴임이 분명한데, 그는 이상하게도 셰이가 낯설게 느껴지지 않았다. 그보다 더 이해할 수 없는 건 어느새 그녀를 지켜주고 싶다는, 일종의 보호 본능과 비슷한 감정까지 갖게 되었다는 점이다. 나중에 어머니께 꾸중을 듣게 될 것이 분명하지만, 처형대 위에서 목이 잘리도록 내버려 두고 싶지는 않았다.

왕족이 되고 싶어 정신까지 나간 불쌍한 여자 애일 뿐이야. 풀어준다고 해서 큰일이 생기거나 하진 않는다고.

루셀은 어깨 너머로 슬쩍 셰이를 살폈다. 그녀는 열 명이 넘는 병사와 기사들한테 에워싸인 채 침울한 얼굴로 루셀을 따라오고 있었다. 왕족계보서까지 챙겨 들고 직접 감옥으로 찾아간 것도, 유치한 말장난을 나눈 것도, 모두 이런 결과가 생기기를 바라고 한 행동일지 모른다.

성문 앞에 이르자 루셀은 문을 열라고 명한 뒤, 셰이를 마주 봤다.

"앞으로 왕궁 주변엔 얼씬도 하지 마. 그림자라도 보이는 날엔 더 이상 목숨을 보존하지 못할 테니까."

"아니, 난 다시 돌아올 거야. 활짝 열린 성문을 지나, 모두가 보는 앞에서 내 발로 내성까지 걸어갈 거야, 반드시."

이곳까지 오는 내내 한시도 감시의 끈을 늦추지 않던 드레이크가 맹수처럼 이를 드러냈다.

"그날이 너의 장삿날이 될 거다!"

셰이는 드레이크를 무시했다. 그저 앞만 똑바로 응시한 채 성문을 향해 걸어갔다. 루셀에게 시선을 주지도 않았고, 왕궁을 돌아보지도 않았다. 나고 자란 곳, 그녀는 지금 자신이 아는 유일한 세계에서 떠밀려 나고 있었다. 철저히 버림받고 함부로 내동댕이쳐진 기분이었다. 셰이는 부르르 진저리를 쳤다. 떨쳐지지 않는 두려움과 혼란이 발작적인 한기로 변해 그녀를 공격했다. 머리가 터져 버릴 것 같은 분노, 가슴 밑바닥에서 치밀어 오르는 원망과 서글픔, 세상에 혼자 남겨진 듯한 외로움과 막막함, 까마득한 절망감… 온갖 감정들이 마치 살아 있는 생명체처럼 꿈틀대며 셰이를 몰아붙였다. 제발 날 버리지 말라는 애원이 터져 나올 것 같아 으스러져라 이를 악물었다. 그렇게 그녀는 한 걸음 한 걸음 고통스럽게 나아갔다.

"잠깐만!"

호위병이 헐레벌떡 뛰어왔다.

"전하께서 답이 뭐냐고 물으시는데?"

"눈 크게 뜨고 정신 똑바로 차리기."

"그게 뭐야?"

어리둥절해진 호위병이 미간에 주름을 잡았다.

"멀쩡한 세상에선 미친 사람이 비정상이지만, 미쳐 버린 세상에선 미친 사람이 정상인 법이야. 즉, 정상인인지 미친 사람인지를 구별하려면 그들이 살고 있는 세상부터 살펴야 한다는 뜻이야."

셰이는 성문을 통과해 밖으로 나갔다.

정상일까? 비정상일까? 미쳐 버린 세상 속에 감금된 나는.

낯선 바람이 살기를 품은 맹수처럼 사납게 와 닿았다.

✳

어둠이 부드럽고 포근한 담요처럼 몸을 덮고 있었다. 깊이 뿌리내린 고요 속에서 듀이는 편안한 어둠 속을 유영하듯 떠다녔다. 무언가 미약한 거슬림이 평온을 방해했다. 무의식의 세계에 머무르고 싶었으나 한줄기 빛이 피고들디니 어둠이 빠르게 흩어져 버렸다. 듀이는 순식간에 달갑지 않은 세계로 떠밀려졌다. 그를 맞은 건 달콤하면서도 씁쓰레한 느낌이 감도는 향내였다.

무슨 냄새지?

눈을 떠보려 했지만 어떻게 눈꺼풀을 들어 올려야 하는지 생각나지 않았다. 낮은 소곤거림이 귀로 스며들었다.

"깨어나려는 것 같은데?"

"뭐, 벌써? 약 먹은 지 얼마나 지났다고 벌써 깨어나?"

"악질 중의 악질이라서 약발이 잘 듣지 않는 거 아닐까?"

악질? 대체 누굴 말하는 걸까?

듀이는 멍하니 생각했다.

"하긴 이놈 때문에 죽은 사람이 어디 한둘인가? 그 원혼들 때문에라도 곱게 죽여선 안 되지. 암, 그렇고 말고."

"에라, 이 나쁜 놈! 이거나 먹어라!"

왼쪽 볼에 둔탁한 아픔이 느껴졌다. 듀이는 번쩍 눈을 떴다.

"으, 으아악!"

듀이를 향해 상체를 굽히고 있던 중년 남자가 비명을 지르며 펄쩍 뛰어올랐다. 덩달아 놀란 듀이는 눈을 깜박이며 자신을 둘러싼 상황을 이해하기 위해 노력했다. 정교한 그림이 그려진 둥근 천장이 보였다. 점점 현실이 인식되자 듀이의 입술이 저절로 벌어졌다. 그는 두 형과 함께 쓰던 방보다도 더 큰 침대에 누워 있었다. 그것만으로도 말이 안 나올 지경인데, 지금껏 상상조차 못했던 거대하고 육중하며 호화로운 가구들과 눈으로 보기에도 겁나는 휘황찬란한 장식품들이 그를 포위하고 있었다.

여기가 바로 천국인가? 내가 죽어서 하늘나라에 온 건가?

듀이는 천국이 틀림없다고 생각했다. 이런 엄청난 곳이 실제 세상에 존재할 리 없었다.

"약! 약 가져와! 빨리!"

"아, 알았어!"

마치 정신이라도 나간 듯 이리저리 뛰어다니는 세 명의 남자는 머리에 연한 쪽빛 관을 썼고, 아래위가 붙은 흰색 정복 차림이었다. 그중 한 남자가 그릇이 올려진 은쟁반을 들고 침대로 다가왔다.

"당신들……."

당신들 누구냐고 물으려던 듀이는 도저히 알아들을 수 없는 목쉰 음성이 흘러나오자 입을 다물고 말았다.

"야, 약을 드셔야 하니… 이, 입을 벌리십시오."

긴장한 기색이 역력한 남자가 쟁반에서 그릇을 들어 올렸다. 듀이는 고개를 절레절레 가로저었다. 배도 고프고 목도 말랐지만, 무엇인지도 모르는 약을 넙죽 받아 마실 수는 없었다.

"그러시다면……."

듀이는 어지러운 혼란에 휩싸인 채, 다른 남자 두 명에게 신호를 보내는 사내를 지켜봤다. 고개를 끄덕여 보인 남자가 별안간 듀이의 목덜미를 받쳤다. 억지로 약을 먹이려는 수작이 분명했다. 듀이는 젖 먹던 힘까지 끌어 모아 버둥거렸다. 제대로 몸이 움직여지지 않았다. 그제야 듀이는 자신의 두 팔과 두 다리가 침대에 묶인 상태임을 깨달았다.

뭐, 뭐야? 이거 뭐야?

정신을 차릴 새도 없이 뒤쪽에 있던 남자가 후닥닥 튀어나오더니 다짜고짜 듀이의 코를 움켜잡았다. 곧 질척한 느낌이 입 안 가득 밀려들었다. 숨이 막혔다. 꽉 조여든 목을 타고 시커먼 액체가 쿨럭쿨럭 넘어왔다. 활활 타오르는 불덩어리를 삼킨 것만 같았다. 너무나 아파 듀이는 거칠게 헐떡거렸다. 몸부림이라도 치고 싶었지만 불가능했다. 손목과 발목만 고통스러울 뿐 옆으로 몸을 돌릴 수조차 없었다.

야만적인 으르렁거림이 뇌리에 메아리치며 모든 감각이 마비되어 갔다. 이대로 무기력하게 당하면 안 된다는 생각이 떠올랐지만, 정신은 급속도로 몽롱해졌다. 듀이는 분노와 두려움만을 안은 채 아득한 세계로 끝없이 추락했다. 그를 가둔 건 천국이 아닌 지옥이었다.

Chapter 2

눈먼 자들의 세상

"키는 나보다 조금 컸던 것 같고, 살집이 약간 있는 체형이었소. 그리고 왼쪽 눈에 안대를 하고 있었는데… 검은색에 좌우가 넓은 타원형 모양이었소. 아, 몸에서 고약한 냄새도 났었소."

이가 모조리 빠져 버린 노인이 붉은 잇몸을 드러내며 낄낄거렸다. 여기저기 곰팡이 핀 거적때기가 뼈만 앙상한 엉덩이 밑에 깔려 있었고, 앞에는 개밥 그릇으로도 안 쓸 것 같은 지저분한 동냥 그릇이 놓여 있었다.

"나만큼이나 구린내가 나나 보지?"

"누군지 알겠소?"

주위의 소음에 묻히지 않기 위해 셰이는 더욱 목청을 높였다. 그녀는 자신을 납치했던 사람들을 찾고 있었다. 그들을 찾는다면 어떤 실마리를 얻을 수 있으리라는 예감이 들었다. 엉망으로 망

가져 버린 세상을 되돌릴 단서 말이다.

"돈 좀 있어?"

"없소."

"그럼 몰라."

"만약 돈이 있다면?"

"그럼 얘기가 달라지지. 얼마 있는데? 이천 페어만 내놔봐. 눈 구녕에 개눈깔 박은 놈이 사는 곳은 물론이고, 그놈 똥 싸는 곳까지 가르쳐 줄 테니까. 삼천 페어면 내가 직접 데려다 줄 수도 있어."

노인의 탁한 동공이 탐욕스럽게 빛났다. 돈을 바라고 괜한 허풍을 떤다는 것이 눈에 빤히 보였다.

"돈은 없소."

셰이는 미련없이 발길을 돌렸다.

"그 모가지 한번 뻣뻣하네! 어디 똥줄이 빠질 때까지 백날 들쑤시고 다녀봐라! 그런다고 개눈박이가 찾아지나! 여기 쿠린내 풍기는 놈이 어디 한둘인 줄 알아?"

노인이 들으라는 듯 크게 콧방귀를 뀌었다. 그의 말처럼 벌써 몇 번째 허탕인지 일일이 헤아릴 수도 없었다. 사람들은 볼품없는 차림새의 그녀를 본체만체할 뿐, 말을 들어주려 하지도 않았다. 시장 바닥을 헤매고 다닌 끝에 얻은 건 물집 잡히고 허물 벗겨진 발과 거기서 느껴지는 통증뿐이었다. 처음 가졌던 희망도 실망이 거듭될수록 작아져 이젠 말라붙은 흔적만이 겨우 남아 있었다.

이런 식으론 안 돼. 다른 방법을 찾아야 해.

셰이는 아픈 발을 조금씩 끌며 노인에게 되돌아갔다.

"좀 전에 말한 사람을 꼭 찾아야 하오. 노인이 나라면 어떻게 하겠소?"

"난 그런 맹추 같은 짓 따윈 절대 안 해. 빌어먹고 살기도 지랄 같은 세상인데, 뭐 하러 대가리 빠개질 일을 하고 돌아다녀?"

"잘났소! 지랄 같은 세상에서 잘 빌어먹고 사시오! 그럴 날도 얼마 남아 있지 않은 것 같으니!"

셰이는 치미는 화를 참을 수 없었다. 역정을 낼 줄 알았던 노인이 뜻밖에도 웃음을 터뜨렸다.

"누가 빨간머리 아니랄까 봐, 거 성질 한번 더럽네그려."

"내 머리는 빨강색이 아니라, 붉은빛이 도는… 됐소! 늙은이와 입씨름을 하느니 차라리 독약 한 사발을 마시는 게 낫지!"

하늘을 향해 한숨을 푹 내쉰 다음, 셰이는 맥없이 몸을 돌렸다.

"독약 대신 저기 저 '고래술통'에 가서 당밀주나 한잔 마셔."

노인이 셰이의 등에 대고 말했다.

"싫소. 술은 좋아하지도 않소."

그녀는 뒤도 돌아보지 않은 채 무뚝뚝하게 대꾸했다.

"그럼 가서 엉덩이 꼭 붙이고 앉아 구정물이라도 한 사발 달라고 해."

말투에서 미묘한 어감이 느껴지자 셰이는 날카로운 시선을 노인에게 던졌다.

"정 싫으면 말고."

노인이 잇몸을 내보이며 히죽 웃었다. 셰이는 썩 내키지 않았지만 지푸라기라도 잡는 심정으로 노인의 말을 따랐다.

‘고래술통’은 바스코 시장거리에서 흔히 볼 수 있는 보통 크기의 허름한 술집이었다. 셰이는 때가 낀 탁자를 하나씩 차지하고 있는 지저분한 사람들을 둘러보다 입구에서 가장 가까운 의자에 앉았다. 상황에 따라 언제든지 밖으로 나갈 수 있어야 한다는 생각에서였다. 그녀가 자리를 잡자 몹시 피곤한 안색의 중년 여자가 느릿느릿 걸어왔다.

“어떤 술?”

만사가 다 귀찮다는 듯 중년 여인이 말을 툭 던졌다.

“술보다 요기가 될 만한 음식이 있으면 좋겠는데…….”

셰이는 간절한 바람을 담아 여인의 눈치를 살폈다. 그녀는 거의 아사 직전에 몰려 있었다. 납치를 당한 이후로 지금까지, 이틀 동안 먹은 음식이라곤 감옥에서 몇 조각 입에 댄 딱딱한 빵이 전부였다. 돈 한 푼 없는 그녀로선 작은 과실 하나 구할 수 없었다.

생전 처음 겪어보는 굶주림이 견디기 힘들 만큼 버거워지면 물로 배를 채워야 했다. 다행히 바스코 시장 중심부엔 누구든 사용 가능한 공동 식수터가 있었다. 납치범을 찾아다니는 과정에서, 구걸하는 사람들을 심심찮게 만났지만, 굶어 죽는 한이 있어도 그들처럼 행동할 수는 없었다.

“귀리 빵, 양고기 버섯 스튜, 구운 버찌 파이. 어떤 거?”

“전부 다!”

셰이는 망설임없이 대답했다. 무일푼이라는 처지는 나중에 고민해 볼 생각이었다. 우선은 굶주림의 고통에서 벗어나는 문제가 시급했다. 그녀는 주방 입구에 시선을 못 박은 채 이제나저제나 음식이 나오기만을 기다렸다. 일 년같이 느껴지는 몇 분이 흐른 뒤, 드디어 빵과 스튜가 눈앞에 놓여졌다.

파이는 좀 더 기다려야 한다는 말에 셰이는 열심히 고개를 끄덕였다. 구수한 스튜 냄새를 맡자 아찔한 현기증까지 느껴지며 빈 위장이 요동을 쳐댔다. 스튜를 그릇째 들이켜고 싶은 마음에 손가락이 떨려왔다. 하지만 몸에 배인 식사 예절과 자제력 덕분에 충동을 억누를 수 있었다. 셰이는 숟가락 가득 스튜를 퍼 올렸다. 다음 순간, 무엇인가 뾰족한 것이 옆구리를 찔렀다.

"얌전히 일어서! 허튼짓하면 배때기에 구멍날 줄 알아."

거칠고 탁한 목소리가 귀전을 울렸다. 일순 흠칫한 셰이는 한 입이라도 먹고 싶은 마음에 숟가락을 입으로 가져갔다.

"젠장! 빨리 움직여!"

날카로운 칼끝이 옷자락을 뚫고 들어왔다. 따끔한 아픔이 느껴지자 셰이는 괴로운 신음성을 흘리며 몸을 일으켰다. 어찌나 안타까운지 식사를 방해한 악당의 목을 졸라 버리고 싶은 심정이었다.

"저기 맨 구석에 놓인 탁자 보이지? 그리로 천천히 걸어가."

의자에 앉으며 그녀는 남자를 곁눈질했다. 검은 안대가 시야에 잡혔다.

그자야! 바로 그 납치범이야!

셰이는 눈을 부릅뜨고 남자를 주시했다. 그동안 고생고생하며 찾아 헤매게 만들었던 장본인이 탁자 모서리 쪽에 자리 잡았다. 일부러 통로를 막아버렸음을 짐작할 수 있었다.

"너, 정체가 뭐야?"

남자가 으르듯 험악하게 인상을 썼다.

"그건 내가 하고 싶은 말이야!"

말이 끝나기가 무섭게 남자가 탁자 한가운데에 단도를 박아 넣었다.

"허튼수작하면 그 자리에서 뒈질 줄 알아!"

셰이는 조금도 겁나지 않는다는 기세로 남자와 시선을 맞댔다. 어차피 그녀는 지금 천 길 낭떠러지 끝에 서 있었다. 물러설 수도, 그럴 마음도 없었다. 남자의 위협처럼 죽음이 닥친다 해도 말이다.

"이 바닥에서 처음 보는 빨간머리 계집애가 여기저기 쑤시고 다니며 날 찾는다는 말을 들었다. 무슨 이유에서냐?"

"용건을 밝히기 전에 우선 짚고 넘어가야 할 게 있어. 첫째, 내 머리는 빨강색이 아니라 붉은빛을 띤 적금발이야."

셰이의 머리카락을 유심히 살피던 남자의 눈에 '아닌 것 같은데?' 하는 기색이 떠올랐다.

"둘째, 다시 한 번 날 계집애라 부르면 맹세하건대, 세상에서 가장 고통스런 죽음을 맞게 해주겠어."

조용하고 나지막한 어조였으나, 음절 하나하나엔 무시하고 넘길 수 없는 힘이 담겨 있었다. 호박색 눈동자가 뇌리를 파고드는 듯하자 남자는 슬그머니 시선을 내렸다. 평범한 여자 애가 아니라는 직감이 그를 긴장시켰다.

"빈말 아니니 명심해 둬."

"빈말이든 아니든 관심없으니까, 날 찾은 용건이나 말해."

"이틀 전 너와 네 패거리들이 날 납치했어."

"뭐어? 그게 무슨 개소리야?"

예전 같으면 당장 극형에 처했을 막말을 무시하고, 셰이는 얘기를 계속했다.

"누구의 사주를 받고 그런 일을 벌인 거야?"

그 당시 눈앞의 남자는 셰이의 신분을 알고 있었다. 좀 전에 그녀의 경고를 받고 꼬리를 내리던 걸로 미루어 짐작하건대, 그 스스로 왕녀 납치 사건을 도모했을 가능성은 매우 낮았다. 인상 역시 검은 안대와 더부룩한 수염 때문에 험상궂어 보일 뿐, 그런 어마어마한 일을 저지를 만큼 대담한 사람으로 여겨지진 않았다.

"사주는 뭐고, 납치는 또 뭐야?"

"내가 한 얘기 못 들었어? 네 패거리들이 날 납치했다고, 바로 이틀 전에!"

기가 막힌 남자가 헛웃음을 토해내며 의자에 털썩 등을 기댔다.

평범한 애가 아닌 것 같더라니, 고작 정신 나간 애였잖아!

"미친 소리 들어줄 시간 없어."

남자는 탁자에 박힌 단도를 빼어 들고 자리에서 일어섰다.

"너희들은 날 동굴로 데려갔어!"

다급해진 나머지 목소리가 높아졌다. 멈칫한 남자가 휘둥그레진 눈으로 셰이를 내려다봤다.

"여기서 마차로 반나절쯤 걸리는 곳에 숲이 있었어. 어느 정도인지는 정확하지 않지만 그 숲 깊숙한 곳에 동굴이 있었고. 동굴 입구엔 덤불이 무성했어. 오른편으로는 붉은 열매가 달린 관목이 여러 그루 서 있었고, 위가 평평한 바위가 왼쪽에 놓여 있었어."

뭐에 홀린 것 같은 얼굴의 남자가 부스스 의자에 앉았다.

"네가 어떻게 그 동굴을 알아? 거긴 나하고 내 부하들만 아는 곳인데……."

"말했잖아, 너와 네 패거리들이 날 납치했다고!"

"하지만 난 널 납치한 적이 없어, 절대로! 그런 일을 까먹을 정도로 멍청하진 않다고!"

"어제오늘, 뭔가 이상한 거 없었어?"

"이상한 거? 널 만난 것만큼 이상한 게 또 있으려고? 젠장! 차라리 도랑에 대갈통 박고 있는 게 낫지! 여긴 괜히 나와서 미친 개소리나 듣고 앉아 있네!"

마음의 동요를 감추고 싶은 생각에 남자는 일부러 거칠게 나갔다.

"잘 좀 생각해 봐! 예를 들어, 기억에 없는 어떤 물건이나 흔적 같은 걸 보지 못했어?"

남자의 얼굴에 심상치 않은 기미가 나타났다. 셰이는 흥분을 참지 못하고 그를 향해 와락 상체를 내밀었다.

"무언가 있는 거지? 뭔가 이상한 걸 본 거지?"

"그 자루……."

남자의 입에서 낮은 중얼거림이 새어 나왔다. 자루를 찾아낸 건 바로 오늘 아침이었다. 차갑게 식은 스튜로 대충 요기를 때운 뒤, 평소와 같이 느긋하게 등을 기대고 앉아 궐련에 불을 붙였다. 그때 침상 아래 그림자 속에서 삐죽 한쪽 코를 내밀고 있는 자루를 발견했다. 그는 궁금한 마음에 서둘러 자루를 풀었고, 내용물을 확인한 순간 까무러칠 정도로 놀라고 말았다. 태어나 평생 한 번도 구경 못했던 수천 개의 금화가 자루를 가득 채우고 있었다.

"자루? 무슨 자루? 무슨 자루를 말하는 거야?"

셰이는 남자의 멱살이라도 잡아챌 기세로 캐물었다.

"아, 아무것도 아니야!"

남자는 세차게 머리를 흔들었다. 자신이 어떤 예사롭지 않은 일에 연루되어 있다는 건 의심의 여지가 없었다. 눈앞에 있는 빨간머리여자 애도 그렇지만, 침상 아래에 숨겨놓은 금화 자루가 무엇보다 명백한 증거였다. 하지만 남자는 그 심상치 않은 일에 대해 알고 싶지 않았다.

제길, 난 아는 게 없어! 무슨 일이 있었는지 기억도 나지 않는다고!

인정하고 싶진 않았으나 남자는 겁에 질려 있었다.

금화를 가지고 여길 뜨자! 그래, 아주아주 먼 곳으로 가는 거야! 거기서 이번 일은 몽땅 다 잊어버리고 마음 편하게 사는 거야!

"네가 무슨 말을 하는지 도통 모르겠어. 난 납치 같은 건 한 번도 해본 적이 없는 사람이야."

남자는 뻣뻣한 자세로 셰이의 시선을 피하며 자리에서 일어났다. 셰이도 다급히 그를 따라 몸을 세웠다. 뭐라 딱 잘라 말할 순 없지만 남자가 어떤 실마리를 쥐고 있다는 직감이 들었다. 이대로 그를 놓쳐서는 안 된다.

"왼쪽 뺨에 난 상처는? 그 상처가 어떻게 생기게 된 건지 기억 안 나?"

남자는 쓰라린 통증이 느껴지는 상처를 손으로 더듬었다. 관자놀이에서 입가로 이어지는 긴 찰상을 발견한 건 어제아침 잠에서 막 깨어났을 때였다. 투덜거리며 기억을 더듬어봤지만 어쩌다가

상처를 입게 되었는지는 끝끝내 생각나지 않았다.

"그 상처를 낸 건 바로 나야. 동굴로 끌려갔을 때, 내가 당신 뺨을 때렸어. 그때 생긴 상처야."

"동굴……."

뇌리에서 일순 기묘한 빛이 번쩍이자 남자는 숨을 죽였다. 곧이어 이해할 수 없는 조각난 형상들이 섬광처럼 작렬했다.

"눈동자… 날 노려보던 호박색 눈동자……."

동굴에서처럼 두 사람의 시선이 마주쳤다.

"기, 기억이, 뭔가 기억이……."

별안간 남자의 눈동자에 공포가 들어찼다. 그의 두려움이 전해진 것처럼 일순 셰이의 등골이 오싹해졌다. 셰이는 자신도 모르게 손을 내밀었다. 그녀의 손을 잡으려던 남자가 느닷없이 허리춤에서 단도를 빼어 들었다. 셰이는 본능적으로 몸을 움츠렸다.

"도, 도, 도와줘……."

제대로 알아듣기 어려울 만큼 부들부들 떨리는 목소리. 너무나 혼란스러워 셰이는 갈피를 잡을 수 없었다. 감당하기 힘든 최악의 상황으로 치닫고 있다는 불안감만 점점 강해졌다.

남자가 단도를 높이 추켜올렸다. 그리고 막을 새도 없이 자신의 심장을 향해 내리꽂았다. 셰이는 의자에 털썩 주저앉았다. 헉헉, 격한 숨소리만 토해질 뿐 비명도 나오지 않았다. 술에 취한 사람처럼 비틀거리던 남자가 탁자를 부여잡고 쓰러졌다.

"뭐야? 작작 좀 마시지, 벌건 대낮부터!"

"어어, 좀 이상한데? 설마 죽은 건 아니겠지?"

"피! 피야! 저기 저거 피 맞지?"

“이, 이럴 수가! 사람이, 사람이 죽었다!”

남자에게 집중됐던 사람들의 시선이 셰이를 향해 몰려들었다.

“쟤가 죽였나 봐!”

“살인자! 살인자다!”

“머리에 피도 안 마른 게 사람을 죽여?”

“사람을 죽이고도 네가 무사할 줄 알아?”

“어서 잡아 목을 매달아 버리자!”

“그래! 목을 매달자! 목을 매달아 저기 저 시장 입구에 걸어놓는 거야!”

다시 한 번 세상이 미쳐 돌아가고 있었다.

“아니야! 내가 죽인 게 아니야!”

셰이는 필사적으로 소리쳤지만 사람들은 이미 그녀를 확고부동한 살인자로 믿고 있었다.

어떡하지? 어떻게 하면 되는 거지?

짐승을 몰 듯 사람들이 한 발, 한 발 거리를 좁혀왔다.

빨리 도망쳐! 어서! 시간이 없어!

셰이는 본능이 시키는 대로 황급히 남자의 사체를 뒤집었다. 그리고 심장에 박힌 단도를 빼냈다.

“맙소사! 저게 칼을 들었어요!”

“성스러운 아스트라한이시여! 저 극악무도한 죄인에게 천벌을 내리소서!”

“가까이 오지 마! 가까이 오면 누구든 죽여 버릴 테다!”

셰이가 위협적으로 단도를 휘두르자 사람들이 주춤거리며 뒤로 물러섰다. 그녀는 사람들과 팽팽히 대치한 채 조금씩 앞으로 나아갔다.

출입구를 두세 걸음 남겨놓았을 때였다. 기회를 노리고 있던 젊은 남자가 셰이의 손을 겨냥해 가죽 고삐를 휘둘렀다. 화염이 스친 듯 강렬한 통증이 느껴진 순간 쨍, 소리를 내며 단도가 바닥에 떨어졌다. 셰이는 문을 향해 몸을 날렸다. 생각할 시간 따위는 사치에 지나지 않았다. 오직 움직이는 것만이 살 수 있는 유일한 길이었다.

"어! 저것이 도망을 친다!"

"어서 잡아! 놓치면 안 돼!"

"살인자! 어서 살인지를 잡아라!"

살기 어린 아우성 소리를 들으며 셰이는 미친 듯이 내달렸다. 그녀를 쫓는 발소리가 섬뜩하게 뒷골을 울려댔다.

잡히면 안 돼! 잡히면 안 돼! 잡히면 안 돼!

끊임없이 심장을 조여드는 공포에 질린 경고. 셰이는 달리고 또 달렸다. 숨이 턱밑까지 차올랐다. 가슴이 산산조각날 것 같은 통증이 일며 다리에서 힘이 빠져나갔다. 그녀는 이미 한계에 다다라 있었다.

시장을 막 벗어난 지점에서 셰이는 골목으로 접어들었다. 골목 끄트머리에 놓인 거적이 보였다. 처음엔 말리려고 울담에 대충 걸쳐 놓은 것이라 생각했지만 거적은 땅을 파 만든 자그마한 움집을 덮고 있는 지붕이었다. 체력이 바닥을 드러낸 셰이는 허겁지겁 움집 속으로 몸을 밀어 넣었다. 그녀가 머리 위로 거적을 덮어썼을 때, 골목 어귀에 사람들의 모습이 나타났다. 격한 숨소리가 밖으로 새어나갈까 봐 셰이는 손으로 입을 막았다. 얼굴을 적신 땀방울이 쉴 새 없이 옷깃 속으로 흘러들었다.

"어! 여기도 없잖아!"

"거봐, 내가 아까부터 못 잡을 것 같다고 했지?"

"지금 그런 말하면 뭐 해? 젠장! 괜히 죽어라 뛰어왔네!"

"대체 어디로 튄 거지?"

"제기랄! 알 게 뭐야? 놓친 게 확실한데!"

잠시 험한 욕설과 투덜거림이 이어지더니 고요가 찾아왔다. 세이는 입을 막고 있던 손으로 코를 잡았다. 약간이나마 긴장이 풀려서인지 그동안 의식하지 못했던 악취가 코를 찔러댔다. 몸을 움직이자 손바닥에 뭉클한 감각이 느껴졌다. 세이는 오만상을 찌푸리며 거적을 걷고 밖으로 기어나왔다. 썩어 뭉그러진 채소가 나뒹굴고 있는 흙바닥이 드러났다. 그걸 보고 나서야 그녀는 자신이 숨은 움집이 겨우내 채소를 저장하던 곳임을 알 수 있었다. 끈적끈적한 액이 묻은 손바닥을 담에 대충 문질러 닦았다. 옷 여기저기에도 얼룩이 생겨 있었지만 그런 건 아무래도 상관없었다.

이제 어떻게 해야 하지? 어디로 가야 하는 거지?

막막했다. 아무것도 생각나지 않았다. 모든 걸 포기하고 그 자리에 주저앉아 버리고 싶었다.

사람이 죽었어, 내 눈앞에서… 단 하나의 희망이었는데… 죽어 버렸어…….

세이는 사람들의 시선을 피해야 한다는 생각도 잊은 채, 넋 나간 얼굴로 터벅터벅 걸음을 옮겼다.

혹시 나 때문에 죽은 건 아닐까? 나에 대한 기억을 떠올리려 해서…….

자신의 심장을 향해 단도를 내리꽂던 남자. 그 눈동자를 가득 채웠던 섬뜩한 공포는 영원히 잊지 못할 것 같았다.

어머니… 전 이제 어쩌죠? 무얼 어떻게 해야 하는 거죠?

미치도록 어머니가 보고 싶었다. 그러나 왕궁으로 돌아갈 수는 없었다. 이 뒤틀린 세상에선 그녀를 반기는 곳도, 그녀를 기억해 주는 사람도 남아 있지 않았다.

한 명이라도 좋아… 날 기억해 주는 사람… 예전의 나, 본래의 나를 기억해 주는 사람이 있으면…….

그녀를 잊지 않은 사람이 단 한 명이라도 있다면, 셰이는 더 이상 바랄 게 없을 것 같았다. 시야가 뿌옇게 흐려졌다. 그녀는 물기가 차오른 눈을 팔소매로 거칠게 문질렀다.

울지 마! 난 셰이엔 가이스카 리베 폰 라시에야! 난 예르체리나 여왕의 딸이야! 누가 뭐래도 난 바르샤르 국의 왕녀야!

이대로 무너질 순 없었다. 아직 희망은 남아 있었다. 한 사람, 그녀를 기억하고 있을 단 한 사람이 있다면……. 그건 그레인이 분명했다. 고종 사촌이자 누구보다 그녀를 잘 아는 친구, 그레인. 그를 만나야 한다.

마음이 진정되자 비로소 위태로운 현 상황이 의식되었다. 셰이는 사람들의 시선을 피하기 위해 고개를 깊숙이 꺾은 채, 발길을 재촉했다.

육중한 현관문이 열리며, 삼삼오오 무리를 지은 소년들이 계단을 내려왔다. 장난치며 와자지껄 웃고 떠드는 그들로 인해 차분했던 거리가 갑작스레 어수선해졌다. 소년들은 방금 아다무스 검술회를 마치고 나오는 길이었다. 아다무스 검술회는 '전설의 검술사' 로 칭송받는 아다무스 장군의 이름을 딴 것으로, 명칭과는 다르게 귀족 자제들로만 이루어진 일종의 사교 모임이었다.

그레인이 일주일에 두 번씩 아다무스 검술회에 참석한다는 사실은 셰이도 잘 알고 있었다. 인맥을 넓혀야 한다는 이유로 고모에게 등 떠밀려 가입한 이후 초기엔 시큰둥했으나 재미를 붙인 뒤로 여간해서는 모임에 빠지지 않았다.

셰이는 나무 뒤에 몸을 숨기고 그레인이 나오기만을 마음 졸이며 기다렸다. 그는 다른 소년들이 거의 빠져나온 후, 친구 두 명과 얘기를 나누며 계단을 내려왔다.

"잠깐 집에 들렀다 갈게."

"그럴 필요가 뭐 있어? 우리하고 지금 곧바로 가면 되지."

"글쎄… 그럼 나도 편하긴 한데, 아까 낮에 땀을 좀 많이 흘렸거든."

팔을 들어 올려 냄새를 킁킁 맡아보던 그레인이 미간을 찌푸렸다.

"아무래도 집에 가서 옷을 갈아입어야 할 것 같아."

"사내 녀석이 까탈스럽긴!"

"그럼 빨리 서둘러, 그레인. 어머니가 늦지 말라고 신신당부하셨단 말이야."

"알았어."

그레인은 대여섯 계단을 한꺼번에 훌쩍 뛰어넘어 바닥에 착지했다. 간단한 인사말을 건네려던 그는 벌린 입을 다물지도 못한 채 정면에 서 있는 셰이를 응시했다.

셰이는 불안과 긴장 때문에 숨도 제대로 쉬지 못할 정도였다. 어서 빨리 무슨 말이든 꺼내야 한다는 초조감에 입술이 타 들어 갔다. 그녀는 땀이 배어든 손바닥을 옷자락에 대고 문질렀다. 호박색 눈동자에 고정돼 있던 시선이 그녀의 움직임을 따라왔다. 그제야 그레인은 셰이의 초라한 행색을 알아차릴 수 있었다. 셰이를 요모조모 뜯어보던 친구 한 명이 그의 팔을 툭 건드렸다.

"아는 애야?"

셰이는 기도하는 심정으로 대답을 기다렸다. 간절함이 담긴 눈으로 자신을 뚫어져라 주시하는 그녀의 모습이 그레인은 기이하기만 했다.

"아니."

그레인은 친구가 아닌 셰이를 향해 대답했다. 그림자가 덮이듯 그녀의 호박색 눈동자가 어두워졌다. 거기엔 슬픔과 체념, 그리고 깊은 절망이 깃들어 있었다. 그레인은 마음이 불편해졌다. 엄청난 잘못을 저지른 것 같은 느낌에 심지어는 죄책감까지 들었다. 그는 주머니를 뒤적였다. 동전 하나가 손끝에 걸렸다. 하필이면 오늘 친구 녀석에게 생일 선물을 사주는 바람에 생긴 결과였다. 양가죽으로 만든 최고급 승마 부츠를 사기 위해 가진 돈을 탈탈 털다시피 했던 것이다.

그레인은 잠시 망설이다가 50페어짜리 동전을 꺼내 내밀었다.

"모르긴 몰라도 빵 한두 개는 살 수 있을 거야."

받을 기미가 보이지 않자 그레인은 셰이의 손목을 잡고 동전을 쥐어주었다.

"내가 원한 건 이런 게 아니야."

셰이는 속삭였다. 그레인에게만 들릴 정도로 아주 작은 소리였다. 또다시 반갑지 않은 죄책감이 찾아오자, 그레인은 일부러 거칠게 맞받았다.

"대체 얼마를 원하는데? 지금은 가진 게 그것밖에 없어! 하여튼 요즘 거지들은 창피한 줄도 모르고 엄청 밝힌다니까!"

"그건 그래. 그게 바로 거지 근성이라는 거겠지."

"맞아. 빌어먹고 살려면 최소한 얼굴에 철판 서너 개쯤은 깔아야 하지 않겠어?"

친구들이 낄낄거리며 한마디씩 거들고 나섰다. 셰이는 가만히 서서 손바닥 위에 놓인 동전을 내려다봤다. 모욕을 당했지만 화도 나지 않았다. 이 모든 게 마치 남의 일인 것 같았다.

"그만 하고 어서 움직이자. 이럴 시간 없잖아."

그레인은 친구들의 팔을 잡아끌었다.

"귀찮은데 나도 그냥 너희들과 함께 가야겠어. 땀 냄새 정도야 나의 막강한 매력으로 얼마든지 극복할 수 있을 테니까!"

"막강한 매력 좋아하네! 어머니가 꼭 초대하라고 날 들들 볶아대지 않았다면, 내 생일파티에서까지 네 녀석의 밥맛없는 얼굴을 참아줘야 할 일은 없었을 거다!"

그레인은 친구들과 짓궂은 농담을 주고받으며 슬그머니 뒤를 돌아봤다. 셰이는 꼼짝도 하지 않은 채 여전히 그 자리에 서 있었다.

신경 쓰지 말자. 어차피 처음 보는 여자 애야, 이름도 모르는.

그레인은 다시 한 번 신경 쓸 필요없다고 되뇌었다. 하지만 호박색 눈동자의 소녀는 끈질기게 뇌리를 맴돌았다. 그날 이후 그레인은 아다무스 검술회에 참석할 때마다 입구에 멈춰 서서 주위를 두리번거리는 버릇이 생겨 버렸다.

셰이는 시야에서 완전히 사라질 때까지 그레인의 뒷모습을 바라보고 있었다. 그가 자신을 기억해 주리라는 기대는 애초부터 그리 크지 않았다.

루셀도 유모도 어머니도 날 잊어버렸으니까…….

실낱같던 희망도 끝끝내 셰이를 외면해 버렸다. 완전한 외돌토리가 되었다는 현실뿐, 이제 그녀에겐 아무것도 없었다. 하지만 더 이상 애가 타지 않았다. 무섭거나 화가 나지도 않았다. 자신의 존재가 꿈과 현실의 경계에서 분리되어 버린 느낌이었다. 몸은 분명히 현실 속에 그대로 실존하는데, 이상하게도 실체는 쪼개진 채 꿈속에 잠겨 있는 것만 같았다. 셰이는 본능적으로 그런 무감각한 상태를 놓지 않으려 했다. 완전한 현실로 돌아온다면 의식의 가장자리를 맴돌고 있던 광기가 자신을 한입에 삼켜 버릴지 모른다는 사실을 직감하고 있었다.

"멍청히 서서 뭐 하는 거야?"

별안간 낯선 목소리가 들렸다. 건물 관리인으로 보이는 남자가 셰이를 향해 잔뜩 인상을 구겼다.

"여긴 너 같은 애가 올 곳이 아니야! 빨리 다른 데로 가지 않으면 혼날 줄 알아!"

셰이는 관리인이 미는 대로 비척거리며 걸음을 내디뎠다. 목적지도 없었고, 앞일을 생각할 기력도 남아 있지 않았다. 너무나 피곤했다. 이대로 가라앉아 흔적도 없이 사라질 것 같은 피로감이 전신을 짓눌러댔다.

모든 게 꿈이었을지 몰라. 왕궁도, 왕녀로서의 삶도, 셰이엔이란 이름도 실제가 아닌 그저 허무한 꿈에 지나지 않을지도 몰라……. 혹시 사람들의 말처럼 내가 미친 건 아닐까? 완전히 미쳐버려서 나 스스로 헛된 망상을 만들어낸 것은 아닐까?

부질없는 싸움을 하고 있다는 생각이 들었다. 미친 듯이 발버둥쳐도 잔인한 현실에서 벗어날 수 없으리라는 절망이 그녀를 잠식해 들어왔다.

갑작스런 돌풍에 머리카락과 옷자락이 휘날렸다. 그제야 셰이는 자신이 메이르 강을 마주 보고 서 있다는 사실을 깨달았다. 왕궁과 비교적 거리가 가까워 답답할 때면 가끔 바람 쐬러 나오곤 하던 곳이었다. 그중 몇 번은 그레인과 동행했고, 어린 루셀과 손을 잡고 나들이를 나온 적도 있었다.

그땐 모든 게 좋았는데… 설령 덧없는 꿈이었다 해도… 정말 행복했는데… 정말… 너무나 행복했는데…….

속에서 무언가 뚝, 하고 부러진 것처럼 고통에 찬 흐느낌이 새어 나왔다. 셰이는 소리 내어 울음을 터뜨렸다. 도저히 참을 수가 없었다. 목이 메고 가슴이 아려왔다. 예리한 칼날이 이미 만신창이가 된 마음속을 헤집어대는 것 같았다. 셰이는 무릎을 꿇고 주저앉았다. 걷잡을 수 없이 쏟아지는 눈물이 얼굴을 적시고 하염없이 바닥을 두드렸다. 그녀 자체가 눈물로 녹아내려 영영 땅속으로 스며들어 갈 것만 같았다.

영원히 이어질 듯하던 울음소리가 점차 잦아들었다. 셰이는 코를 훌쩍이며 이미 흥건히 젖어버린 소맷부리로 얼굴을 대충 닦았다. 조금은 마음이 후련했다.

"평생 흘릴 눈물을 오늘 다 흘렸으니까 앞으론 웃는 일만 생길 거야."

잔뜩 잠겨 버린 코맹맹이 소리로 셰이는 애써 씩씩하게 말했다. 비록 어떤 상대와 싸워야 할지 모르지만, 그녀는 아직 싸움을 포기할 마음이 없었다. 악몽은 결국 깨어지고 말 것이다. 그 희망에 매달려 힘껏 버텨내는 수밖에 없었다.

영원히 계속될 수 없는 그저 지나가는 공포의 시간일 뿐이야.

셰이는 자리를 털고 일어나 천천히 심호흡을 했다. 느슨해진 손아귀 틈으로 여태껏 쥐고 있는지도 몰랐던 동전이 빠져나왔디. 동전은 경사를 따라 빠르게 굴러갔다. 셰이는 부랴부랴 동전을 쫓았다. 눈꺼풀과 눈두덩이가 부어올라 제대로 앞을 보기가 힘들었다. 체력도 벌써 탈진 상태로 접어든지라 무릎까지 후들거렸다. 그러나 동전을 잃어버릴 수는 없었다. 셰이에게 그건 단순히 50페어짜리 동전이 아니었다. 그녀는 동전을 그레인과 자신을 잇는 가느다란 인연의 끈으로 느끼고 있었다.

"제발 좀 멈춰줘! 이제 더 이상 뛸 힘도 없단 말이야!"

비틀거리며 하소연하듯 소리쳤을 때였다. 날카로운 말 울음소리가 바로 코앞에서 터졌다. 그와 동시에 집채만 한 흑마가 머리를 내리찍을 기세로 번쩍 앞다리를 치켜들었다. 비명을 지를 새도 없었다. 셰이는 본능적으로 몸을 웅크리며 팔로 머리를 감쌌다. 하지만 죽음을 피하기엔 너무 늦었음을 마음 깊은 곳에선 이미 직감하고 있었다.

"죽고 싶으면 나무에 목이나 매달아. 무작정 말 앞으로 뛰어드는 것보단 손쉬울 테니까.”

오싹할 만큼 냉기 서린 목소리가 굳어버린 정신을 일깨웠다. 셰이는 뻣뻣한 동작으로 몸을 돌렸다. 그녀 앞에 한 남자가 서 있었다.

“주······.”

남자와 시선이 마주친 순간 셰이는 할 말을 잃어버렸다. 태양의 파편이 박힌 듯한 금빛 눈동자가 뇌리를 뚫고 들어와 영혼을 사로잡아 버린 것 같았다. 일순 아무것도 생각나지 않았다.

남자는 그녀가 지금까지 보아온 사람들 중, 그 누구보다도 수려한 외모의 소유자였다. 아니, 감히 범접할 수 없는 위엄 어린 아름다움과 현실 세계를 초월한 듯한 신비스러운 분위기는 그녀의 상상 속에서도 존재한 적이 없었다.

셰이는 자신을 꽁꽁 옭아매고 있는 금빛 눈동자에서 힘겹게 시선을 떼어냈다. 영묘한 푸른빛이 감도는 남자의 검은 머리카락을 훔쳐보며 그녀는 참고 있던 숨을 천천히 내쉬었다. 이상하게 목이 무척이나 말라왔다. 남자가 푸푸, 거친 숨을 몰아쉬는 흑마의 목덜미를 가볍게 쓸어내렸다. 그제야 셰이는 그 거대한 말에 밟혀 죽을 뻔했다는 사실과 자신이 무슨 얘기를 꺼내려 했는지 기억할 수 있었다.

“죽을 생각 같은 거 없었어. 동전을 떨어뜨려서 그걸 찾고 있었던 거야.”

자신의 귀에도 구차한 변명처럼 들리자 셰이는 동전의 행방을 찾아 이리저리 주위를 두리번거렸다.

“난 정말 죽을 생각은 하지 않았어, 단 한순간도.”

셰이는 재차 강조했다. 왜 남자의 생각이 그토록 신경 쓰이는지 이유는 알 수 없었지만, 어떻게 해서든 오해를 풀어주고 싶었다.

"정말이야, 동전을 찾다가 미처 앞을 보지 못했던 것뿐이야."

남자가 군더더기없는 매끈한 동작으로 말 등에 올랐다. 그녀 따위는 상대할 가치도 없다는 듯 철저히 무시한 채였다. 셰이는 어금니를 악물었다. 업신여김을 당했다는 사실에 분노가 끓어올랐다. 지금은 비록 처량한 신세가 돼버렸지만, 얼마 전까지 그녀는 바르샤르 왕국에서 왕위 계승 서열 첫 번째로 꼽히는 최고위 왕족이었다. 죽으면 죽었지, 이런 모욕을 당하고 그냥 넘어길 수는 없었다.

어느 누구도 날 무시하지 못해, 세상 그 누구라도!

"멈춰!"

셰이는 딱딱한 어조로 명령했다. 그녀를 흘긋 쳐다본 남자가 말을 출발시키려 했다.

"내가 분명히 멈추라고 했어!"

재빨리 움직인 셰이는 말고삐를 단단히 틀어쥐었다. 어떻게 하겠다는 생각 같은 건 없었다. 다만 그녀는 자신 앞에 거만하게 버티고 선 남자를 굴복시키길 원했을 따름이다.

"너, 누구야? 이름이 뭐야?"

셰이는 남자와 시선을 맞댔다. 어스름한 저녁 빛에 드러난 호박색 눈동자에 강렬한 섬광이 일었다. 남자의 얼굴에 일순 주의 깊은 날카로움이 스쳤다. 심상치 않은 느낌이 전해지자 셰이는 미간을 찌푸렸다.

"이제 보니 철부지 왕녀였군."

남자의 입술에서 나지막한 혼잣말이 흘러나왔다. 자신의 모든 생각과 사고(思考)를 초월하는 말에 셰이는 귀를 의심할 수밖에 없었다.

뭐라고 한 거지? 내가 무슨 말을 들은 거지?

"지, 지금 뭐라고… 날 뭐라고… 부른 거야? 나를… 나를 알아?"

"모른다! 예르체리나의 딸이라는 것 외에는."

잘못 들은 게 아니었어!

셰이는 눈을 질끈 감았다.

"알고 싶지도 않고."

감정을 완전히 배제한 목소리가 들리더니, 말이 땅을 박차고 앞으로 튀어나갔다.

"안 돼!"

힘찬 말발굽 소리 뒤로 안타까운 외침이 터져 올랐다. 셰이는 허겁지겁 남자를 쫓아 달음박질쳤다. 무슨 일이 있어도 그를 놓칠 수는 없었다. 자신을 기억하는 단 한 사람, 그토록 간절히 바라던 단 한 사람을 만났는데 이렇게 어이없게 잃어버릴 수는 없었다.

셰이는 남아 있는 모든 힘을 끌어 모아 달리고 또 달렸다. 하지만 피 끓는 노력에도 불구하고 남자와의 거리는 급속도로 멀어질 뿐이었다. 얼마 못 가 한계에 다다른 셰이는 비척거리며 몇 걸음 내딛다가 끝내 바닥에 주저앉고 말았다.

"가, 가지 마… 제발… 가지 마……."

헐떡거림 사이로 절박한 애원이 흘러나왔다. 마치 듣기라도 한 것처럼 남자가 말을 세우고 그녀를 돌아봤다.

제발 나 혼자만 두고 가지 마…….

셰이는 그를 향해 팔을 내밀었다. 잠시 그녀를 응시하던 남자가 다시 말을 출발시켰다.

"날 잊지 마! 내가 꼭 찾아갈 테니 나 잊어버리면 안 돼! 나 절대 잊지 마!"

셰이는 손나발을 하고 목청껏 소리를 질렀다. 팔을 내리며 그녀는 주먹을 불끈 쥐었다.

찾을 거야. 무슨 수를 쓰든 내 힘으로 찾아낼 거야.

그러기 위해선 먼저 기운을 차려야 하리라. 셰이는 마지막으로 동전을 본 지점으로 돌아가 그 주변을 샅샅이 뒤졌다. 동전은 남자가 놀란 말을 달래던 부근에 떨어져 있었다. 지금 필요한 건 빵 하나와 마실 물이었다. 그거면 충분했다. 동전을 조심스레 주머니에 밀어 넣는 셰이의 눈동자에 생기가 돌았다. 작지만 분명한 한 조각의 희망이 어느새 그녀의 내면 깊숙이 스며들어 있었다.

셰이는 확신했다, 자신의 목표를 달성하는 일이 그다지 어렵진 않으리라고. 금빛 눈동자를 가진, 기절할 정도로 아름답고, 살인 충동을 불러일으킬 만큼 거만한 남자가 한 집 걸러 한 명씩 살고 있지는 않을 테니 말이다. 더군다나 수수께끼의 남자는 가벼운 셔츠 차림이었다. 그가 타고 간 미끈한 흑마에도 짐 비슷한 군더더기는 보이지 않았다. 그렇다면 남자가 여행자일지 모른다는 가설은 일단 접어놓아도 큰 무리가 없을 것이다.

문제는 미처 생각지 못한, 아니, 잠시 잊고 있던 곳에서 발생했다. 빵을 사서 나오다 두 명의 병사와 마주쳤을 때, 셰이는 무심코 그들을 지나쳤다. 그 후 얼마 지나지 않아 저만치 길 건너편에 모여 있는 병사들의 모습이 눈에 들어왔다. 그때서야 셰이는 거리에 감도는 예사롭지 않은 분위기를 감지했다. 그녀는 서두르지 않고 일정한 보폭을 유지한 채 사람들의 왕래가 뜸한 골목으로 들어갔다. 그곳에 숨어 상황을 살펴본 바에 따르면, 우려했던 대로 그녀를 잡기 위해 출동한 병사들이 거리 곳곳에 포진해 있었다. 멋모르고 스쳐 지난 두 명의 병사를 떠올리며 셰이는 가슴을 쓸어내렸다.

자, 이제 어쩐다?

셰이는 담에 기대서서 빵을 조금씩 뜯어먹으며 고민에 잠겼다. 빵집 주인을 비롯해 셰이를 본 사람들이 수배령이 내려진 살인자와 그녀를 연관시키지 못한 건 행운이라 할 수 있었다. 그러나 운이 언제까지 이어질지 모르는 상태에서 무턱대고 수수께끼 남자를 찾아다니는 모험을 할 수는 없는 노릇이었다.

셰이는 사방을 휘둘러보다 빨랫줄에 널린 기다란 천을 걷어 재빨리 머리를 감쌌다. 도둑질까지 하게 된 이상, 그녀에게 후퇴는 고려 대상이 아니었다. 남아 있는 유일한 길은 어느 정도의 위험을 감수하고 과감히 행동하는 것뿐이었다.

골목에서 나온 셰이는 가장 먼저 눈에 띈 노파 두 명에게 접근했다. 그들은 쪼그리고 앉아 통밀 자루에서 썩은 낟알들을 골라내고 있었다.

"저, 말씀 좀 묻겠습니다."

셰이는 존대어로 말문을 열었다. 평민을 상대로 말을 높이는 일이 마냥 어색하고 불편했지만 시선을 끄는 행동은 되도록 삼가야 했다.

"물어봐."

머리가 온통 하얗게 센 백발의 노파가 흘긋 쳐다보더니, 흥미가 동한 듯 몸을 돌려 앉았다.

"아니, 그전에 기저귀는 왜 뒤집어쓰고 돌아다니는지 그 이유부터 말해봐."

기저귀… 기저귀였어…….

욕이 튀어나오려 하자 셰이는 지레 놀라 입술을 깨물었다. 비참한 처지로 굴러 떨어지긴 했으나 왕녀인 그녀가 저속한 욕설을 입에 담을 수는 없었다.

"요샌 별 요상한 게 다 유행이라니까! 뒤집어쓸 게 없어서 똥오줌 싸댄 기저귀를 뒤집어쓰고 다니느냔 말이야! 말세여, 말세!"

반백의 머리를 가진 다른 할머니가 요란하게 혀를 차댔다.

"이건 기저귀가 아니라 평범한 머리쓰개입니다."

"에이, 기저귀 같은데?"

"아닙니다."

셰이는 왕녀였을 당시 사람들을 꼼짝 못하게 만들었던 매우 냉정한 어투로 우겨댔다.

"저기 저쪽에 누리끼리한 얼룩도 보이고… 아무래도 기저귀 같은데……."

할머니들이 헷갈린다는 듯 고개를 갸웃거렸다.

"어떤 사람을 찾고 있습니다."

“기저귀가 아니라 치고, 아무래도 기저귀 같지만… 누굴 찾는데?”

“누구냐 하면…….”

“연인?”

백발의 노파가 말을 가로챘다.

“아니요!”

셰이는 반사적으로 강하게 부정했다. 맞다고 하는 편이 의심을 덜 사게 되리라는 생각이 뒤늦게 떠올랐지만, 이미 고개까지 휘휘 돌려 버린 후였다.

“아니긴 뭐가 아니야. 척하면 딱이지!”

“맞아, 사랑하는 연인을 찾는 게 분명하구먼. 얼굴 빨개진 것만 봐도 알겠어.”

할머니들이 킬킬 웃어대며 셰이의 얼굴을 노골적으로 훑어봤다.

“저 얼굴 안 빨개졌는데요.”

셰이는 이상스레 화끈거리는 뺨을 무시하고 말했다.

“안 빨개지긴? 엄청시리 빨갛구먼! 너무 익어 배 터진 홍시가 친구하자고 달라붙겠네그려.”

“내 얼굴은 원래 이래요, 날 때부터 유달리 빨갰대요.”

별거 아닌 일에도 얼굴이 붉어지는 자신의 특이체질을 저주하며 셰이는 고집스레 밀고 나갔다. 금세 못마땅한 표정이 된 할머니들이 쪼글쪼글한 입술을 삐죽였다.

“하여튼, 요새 젊은것들은 터럭만큼도 잘해줄 필요가 없다니까. 죄다 지들이 세상에서 제일 잘난 줄로만 알아요!”

"누가 아니래? 우리 같은 늙은이들을 아무것도 모르는 멍텅구리로 안다니까! 즈들은 영원히 팔팔할 줄 아나?"

셰이는 할머니들의 투덜거림을 못 들은 체하고 본론으로 넘어갔다.

"굉장히 잘생긴 남자예요."

언짢은 감정이 풀리지 않은 할머니들은 셰이의 말을 무시했다.

"아니, 잘생긴 정도가 아니라……."

할머니들이 귀를 쫑긋 세우는 기미가 느껴지자, 셰이는 극적인 효과를 높일 속셈으로 더욱 길게 말을 늘였다.

"그러다 꼴까닥 숨넘어가겠네! 어여, 빨리 말해봐!"

답답함을 못 참은 할머니 한 명이 언성을 높였다.

"한마디로 말해, 보는 순간 까무러칠 정도의 어마어마한 외모를 지닌 남자예요."

이 정도면 관심을 안 가질 수 없겠지?

"아니, 그런 엄청난 남정네가 우리 동네에 산단 말이야?"

"좀 조용히 해봐! 그리고?"

노안으로 게슴츠레하던 그들의 눈동자가 놀랄 만큼 열정적으로 반짝였다. 셰이는 머리에 쓴 기저귀를 바로잡은 척하며 슬쩍 회심의 미소를 흘렸다.

"푸른빛이 도는 길고 검은 머리를 가지고 있고요, 키가 굉장히 커요. 그리고……."

자신을 꿰뚫듯 응시하던 눈동자가 떠오르자 이상스레 음조가 나지막해졌다.

"눈 색깔이 금빛이에요. 황금색 눈동자를 가지고 있어요."

"그, 금색! 황금색 눈동자라고?"

경악에 찬 외침이 터져 올랐다. 셰이는 휘둥그레진 눈으로 바닥에 털썩 주저앉는 할머니들을 쳐다봤다.

"그 사람이 누군지 아는군요?"

"난 몰라! 난 아무것도 몰라! 그러니 딴 데 가서 알아봐!"

숨 가쁘게 말을 토해내던 반백의 할머니가 엉금엉금 기다시피 움직여 집 안으로 들어갔다. 다른 노파는 몹시 허둥대며 기껏 골라낸 썩은 통밀을 자루에 도로 붓고 있었다.

"대체 그 사람이 누군데 이러는 거예요?"

"자비로운 신, 우리의 아스트라한이시여! 힘없고 불쌍한 저희를 굽어 살펴주세요!"

통밀 자루를 들고 일어선 노파가 기도를 중얼거리며 현관문을 열었다.

"잠깐만요!"

셰이는 황급히 노파의 팔을 잡았다. 경련을 일으킨 듯 파들거리는 떨림이 고스란히 전해졌다. 노파가 느끼는 공포심이 너무나 생생해 그녀는 한순간 말을 꺼낼 수 없었다.

"그가 누구예요? 금빛 눈을 가진 남자가 누군데 이렇게 무서워하는 거예요?"

노파가 비밀을 털어놓 듯 셰이의 귓가로 바짝 얼굴을 가져왔다.

"저주받은 마법사… 저주받은 마법사야!"

순간 호박색 눈동자에 불꽃이 튀었다. 셰이는 느릿느릿 입술을 움직였다.

“이샤무딘…….”

“마, 마, 맙소사!”

거칠게 떠밀려 엉덩방아를 찧게 된 셰이는 놀라움과 황당함 어린 눈으로 노파를 올려다봤다.

“그 이름을 입에 올려선 안 돼, 절대로!”

“왜요?”

“저주가 내리니까! 알아? 그 이름을 입에 올린 사람은 저주를 받게 돼! 그래서 모조리 죽는단 말이야!”

셰이는 허둥지둥 안으로 들어가 문을 닫아거는 노파를 더 이상 잡지 않았다. 비록 풍문으로 들은 것에 불과하지만, 금빛 눈동자를 가진 남자는 그녀가 익히 아는 존재였다.

그의 이름은 이샤무딘이었다.

이샤무딘… 악명 높은 흑마법사… 마음 내키는 대로 사람들을 도륙한다는 냉혈 살인마…….

다리에서 힘이 빠져나갔다. 셰이는 쓰러지지 않기 위해 돌담에 몸을 의지했다. 찰나의 시간에 불과할지언정 인생에서 절대로 마주치고 싶지 않은 존재. 두려움의 대상이 아니라 실존하는 공포 그 자체. 그가 바로 이샤무딘이었다.

그 많고 많은 사람들 중에 하필이면… 하필이면… 냉혈 흑마법사라니…….

길고 괴로운 탄식을 흘리며 셰이는 어지러운 머리를 감싸 쥐었다.

✳

“정신이 좀 드세요?”

안개가 낀 듯 뿌연 시야 속으로 희끄무레한 형체가 들어왔다. 듀이는 천천히 눈을 깜박였다. 뺨 주위가 유난히 발그스레한 소녀의 얼굴이 조금씩 뚜렷해졌다. 소녀는 열네다섯 살 정도 되어 보였고, 윤기 나는 밤색 머리카락을 말끔하게 땋아 올리고 있었다.

누굴까? 처음 보는 얼굴인데…….

겁먹은 얼굴로 쭈뼛쭈뼛하던 소녀가 조심스레 입을 열었다.

“야, 약 좀 드릴…….”

“약? 약이라고?”

듀이는 소녀의 말을 가로챘다. 약이라는 말 한마디에 일순 모든 기억이 되살아났다. 듀이는 벌떡 상체를 일으켰다. 화들짝 놀란 소녀가 몸을 웅크렸다. 머리가 쪼개지는 듯한 두통을 참으며 듀이는 사방을 둘러봤다.

“꿈이 아니었어! 젠장! 꿈을 꾼 게 아니었어!”

새파랗게 질린 소녀가 주춤주춤 문으로 다가갔다.

“잠깐! 나가지 마!”

다급히 소녀를 잡으려 하다 듀이는 침대 아래로 굴러 떨어졌다. 소녀가 외마디 소리를 질렀다. 문이 벌컥 열리며 한 무리의 병사들이 뛰어들어 왔다.

“무슨 일이야?”

“저놈이 또 무슨 짓을 한 거야?”

“무슨 흉악한 짓거리를 하려던 게 틀림없어!”

험악하게 인상을 구긴 병사들이 잡아먹을 듯 듀이를 노려봤다. 그중 한 명이 바르르 떨고 있는 소녀의 어깨를 두어 차례 다독였다.

"괜찮다, 얘야. 진정해라."

"그러게 애당초 왜 이 방에 달랑 혼자 들어오느냔 말이야?"

"마르틴 어의관께서 향불이 꺼지지 않았는지 확인하고 오라 하셔서……."

"아무리 그래도 다른 아이랑 함께 들어왔어야지. 괜히 혼자 왔다가 저놈한테 험한 꼴 당할 뻔했잖아."

"할 짓이 없어서 어린애를 해치려 해? 에이, 쳐 죽일 놈!"

병사 한 명이 바닥에 침을 퉤, 뱉었다.

"그게 아니라… 제가 괜히 놀라서 큰 소리가 나온 거예요. 저분은 아무 짓도 하지 않으셨어요."

소녀가 기어들어 가는 어조로 말했다.

"아무 짓도 하지 않았다고?"

"네."

"정말 아무 짓도 하지 않았단 말이야? 저놈한테 협박을 받아서 이러는 거라면 겁내지 말고 솔직히 얘기해. 우리가 지켜줄 테니까."

소녀는 의혹에 찬 병사의 눈을 똑바로 쳐다봤다.

"솔직히 말한 거예요. 정말 저분은 제게 어떤 해도 끼치지 않으셨어요. 그럴 기운도 없으시고요."

겸연쩍어진 병사들이 그렇다면 천만다행이라는 둥, 어서 볼일 끝내고 나오라는 둥, 위험한 일이 벌어지면 소리치라는 둥의 말을 남기고 밖으로 나갔다. 듀이는 그때까지도 일어나지 못한 채 힘없이 바닥에 앉아 있었다. 망설이던 소녀가 그를 부축해 침대 위에 눕혔다. 고작 그것만으로도 숨이 가빠지고 전신에 식은땀이 배어들었다. 하루아침에 죽음만을 기다리는 노쇠한 사냥개가 된 느낌이었다.

“약효가 아직 남아 있어 기운이 없으실 거예요.”

남자 셋이 달려들어 억지로 입에 쏟아 붓던 시커먼 액체가 떠올랐다.

“나한테 먹인 게 뭔데?”

“자세한 건 저도 모르고, 잠을 자게 만드는 약이라는 말만 들었어요.”

“잠? 잠을 자게 한 거라고? 왜 약까지 먹여가며 잠을 재운 거야?”

“그게…….”

머뭇거리던 소녀가 듀이를 조심스레 훔쳐보며 말을 이었다.

“자꾸 사람들을 공격하시고…….”

“내가? 내가 사람들을 공격했다고?”

도무지 믿어지지 않아서 듀이는 얼른 되물었다.

“예, 과도를 던지셔서 베르나르 어의관께서 어깨를 다치셨어요. 마르틴 어의관님은 얼굴에 멍이 생기셨구요. 또 병사들과 시녀들 중에도 다친 사람이 꽤 많은가 봐요.”

“그래서 팔과 다리까지 묶어놨던 거야?”

“그것도 그렇고… 자꾸 자해를 하려 드셔서…….”

자해? 자해라고? 이거 완전 미친놈이잖아!

듀이는 머뭇거리다 어렵사리 입을 열었다.

"저기… 난 누구야?"

자신이 완전히 다른 사람이 되어버렸다는 사실은 알고 있었다. 다만 겁에 질린 약한 마음이 그 실체와 마주치게 되는 순간을 자꾸만 늦추었을 뿐이다.

"무, 무슨… 말씀이신지……."

소녀의 얼굴에 잠시간 사라졌던 두려움이 다시 돌아왔다. 듀이는 조급해지려 하는 마음을 애써 다잡았다.

"놀라지 말고 들어. 나, 기억나는 게 아무것도 없어. 내가 누군지, 어디에 있는지, 하나도 모르겠어."

소녀의 눈이 튀어나올 듯 휘둥그레졌다.

"기, 기억을 잃으셨다고요?"

듀이는 고개를 끄덕거렸다.

"당장 마르틴 어의관께 알려야 해요!"

"잠깐, 기다려!"

듀이는 부리나케 몸을 돌리는 소녀의 손목을 재빨리 붙잡았다. 당장이라도 뒤로 넘어갈 것 같은 소녀의 표정에 그는 급히 입을 열었다.

"소리 지르지 마! 해치지 않을게."

"아, 알겠어요."

소녀의 뺨에 불그스레한 홍조가 피어올랐다. 왠지 모르게 불편해진 듀이는 슬쩍 손목을 놔주었다.

"먼저 내가 누군지 알아야겠어. 나 좀 도와줘……. 근데 이름이 뭐야?"

"아미요."

"아아, 아미⋯⋯. 내 이름은?"

"아룬델님이세요."

아룬델? 아룬델이라⋯⋯.

기억을 더듬어보았으나 떠오르는 건 없었다.

"성은 뭔데?"

"그저 아룬델님이라고만 불리셨어요. 어쩌면 국왕 폐하, 아니, 전 국왕 폐하께선 아셨을지도 모르지만요."

전 국왕 폐하? 그건 또 뭔 소리야?

듀이는 무겁게 한숨지었다. 뭐가 뭔지 아무것도 알 수 없었다. 모든 것이 혼란스럽고 답답하고 두려울 뿐이었다. 그의 심정을 눈치 챈 아미는 두서없이 말을 꺼낸 자신을 나무라며 서둘러 생각을 정리했다.

"보름 전에 승하하신 전 국왕 폐하께서 아룬델님을 몹시 아끼셨어요. 이상한 소문이 날 정도로요."

아미의 얼굴 전체가 선홍색으로 물들었다. 괜스레 부끄러운 마음이 들자 그녀는 듀이에게 제대로 시선을 맞추지도 못했다.

아룬델이 헤이론 국의 왕궁에 처음 모습을 보인 것은 2년 전이었다. 빼어난 외모를 가진 그는 그라무스 3세인 파비앙의 마음을 단번에 사로잡아 버렸다. 아룬델의 정체도, 자신에게 접근한 속셈도 몰랐지만 파비앙은 혼이 나가기라도 한 듯 그에게 정신없이 빠져들었다. 왕의 그런 태도는 아룬델에게 막강한 힘을 안겨주었다.

오래지 않아 파비앙은 허수아비 왕으로 전락해 버렸다. 한편, 달콤한 권력의 맛에 중독된 아룬델은 마음 내키는 대로 권세를 휘

둘렀다. 정도를 모르는 그의 횡포는 시간이 흐를수록 더욱 심해
져, 수많은 사람들의 피를 부르는 지경에까지 이르렀다. 당연한
결과로 무능한 왕과 탐욕스런 그의 애첩은 몇몇 간신배들을 제외
한 대다수 귀족들과 국민들의 원성을 사게 되었다. 그때를 놓치지
않고 뜻이 맞는 귀족들과 힘을 합해 국왕을 권좌에서 내리고, 권
력을 잡은 이가 바로 파비앙의 이복동생인 세르지오였다.

듀이는 단 한마디라도 놓칠세라 정신을 집중하고 아미의 설명
에 귀를 기울였다. 칼루스에 살 때 풍문으로 들은 것에 불과하지
만, 어렴풋이 기억나는 부분도 있었다. 그러나 남색에 빠져 국정
은 돌보지 않고, 향락만 일삼는다는 먼 나라의 왕은 그 당시 듀이
에게 큰 관심거리가 되지 못했다.

그러니까 내가 지금 있는 곳이 헤이론 국이란 말이지? 겉모습
은 아룬델이란 사람이고.

"이런 젠장! 젠장!"

저절로 욕지거리가 튀어나왔다.

"많이 놀라셨을 거예요, 기억을 잃으셨으니."

아미는 듀이의 심정을 조금은 이해할 수 있었다.

"저기… 거울 좀 가져다 드릴까요?"

아미는 수줍어하며 시선을 내리깔았다. 충격의 여파에서 벗어
나지 못한 듀이는 아룬델이 어떻게 생겼는지 알고 싶지도 않았
다. 거절하려던 그가 마음을 바꿔 아미의 배려를 받아들인 건 이
낯선 곳에 혼자 남기 싫은 마음 때문이었다.

듀이는 아미가 내미는 거울을 받아 얼굴을 비춰봤다. 가장 먼
저 눈에 들어온 건 긴장한 기색이 역력한 연초록 눈동자였다. 갸

름한 턱 선을 따라 흘러내린 짙은 금발을 보며 듀이는 인상을 찌푸렸다. 위로 살짝 들린 오뚝한 콧날하며 다소 좁아 보이는 미간, 투명하도록 하얀 피부, 그린 듯 선이 고운 붉은 입술까지 한마디로 절세미인이란 찬사가 아깝지 않은 외모였다.

"아룬델이란 사람, 남자 맞아?"

아무래도 믿어지지 않는다는 말투에 아미는 가벼운 웃음을 날렸다.

"그럼요, 아룬델님과 비슷한 의혹을 가지고 있는 사람들이 한 둘이 아니지만요."

아미는 향이며 약그릇 등을 쟁반에 주섬주섬 챙겨 들었다.

"전 이만 나가볼게요. 아룬델님께서 기억을 잃으셨다는 걸 어서 마르틴 어의관께 알려 드려야 하니까요. 아룬델님의 건강이나 몸 상태에 관한 건 마르틴 어의관께서 전담하고 계시거든요. 그럼, 편히 쉬세요."

고개를 숙여 보인 아미가 종종걸음을 쳤다.

"난 어떻게 되는 거야?"

듀이는 내내 외면하고 있던 문제를 꺼냈다. 아미가 주춤주춤 그를 돌아봤다.

"처형당하는 거지?"

"그건… 모르겠어요. 제 주제에 그런 것까지 어떻게 알겠어요?"

아미는 매우 서툴게 듀이의 시선을 피했다. 십중팔구 목이 잘리게 되리라는 소문이 왕궁은 물론 헤이론 국 전체에 퍼져 있었다. 듀이는 그녀의 얼굴에서 모든 걸 알아차릴 수 있었다.

난 죽게 되는 거야… 우리나라도 아니고 잘 알지도 못하는 외국에서 죽음을 맞는 거야…….

발작적으로 비명이 터지려 하자 듀이는 질끈 혀를 깨물었다. 비릿한 피가 입 안에 고여들었다. 가슴 가득 공포감만이 차오를 뿐 아픔은 느껴지지도 않았다.

난 버틀랜드 국의 칼루스에서 나고 자란 듀이 델코야! 헤이론 국에서 죽게 될 아룬델 따위가 아니야! 나에겐 아버지도 계시고, 여섯 명이나 되는 형과 누나들도 있어. 그런데… 그런데 왜 이런 일이 생긴 거야? 왜 하필 나한테 이런 일이 생기게 된 거냐고?

당장 이곳에서 도망쳐 집으로 돌아가야 한다는 생각이 떠올랐다. 하지만 그는 도망은커녕 혼자 힘으로 침대 위에서 내려설 수도 없는 처지였다.

시야가 흐려지며 점점 집중하기가 힘겨워졌다. 정신을 차리려고 했으나 마음뿐, 듀이는 원치 않는 잠 속으로 빠져들었다. 두려움을 담은 눈물 한 방울이 눈꺼풀 사이를 비집고 흘러나왔다.

자신이 처한 상황을 알게 된 이후 듀이는 조금도 반항하지 않았다. 그에게 행해지는 말과 행동들을 얌전히 받아들였다. 창백하게 질린 침울한 얼굴을 본 사람들은 그가 모든 걸 체념했다고 여겼다. 마음을 놓지 않던 이들도 지루하도록 조용한 시간이 나흘이나 흐르자 어느 정도 경계심을 누그러뜨렸다. 덕분에 듀이는 잠드는 약을 더 이상 목에 쏟아 붓지 않을 수 있게 되었다. 그러나 그에게 꽂히는 짧은 시선부터 말 한마디에 이르기까지 속속들이 배어든 적대감은 조금도 줄어들지 않았다.

저들이 미워하고 증오하는 건 내가 아니라 진짜 아룬델이야.

하루에도 수십 번씩 되뇌며 대범하게 넘기려 했지만, 말 그대로 생각일 뿐 듀이는 어느새 움츠러든 자신을 발견하곤 했다. 더군다나 그의 성격은 대범이란 단어하고는 거리가 멀어도 한참 멀었다.

형들이나 누나들의 반만이라도 대범했다면 내가 이런 꼴이 되지는 않았을 테지.

듀이에게 생각할 시간은 차고 넘쳤다. 할 일이라곤 누워서 눈만 깜박이는 것 외엔 없다고 해도 과언이 아닌 상태였기 때문이다. 물론 대부분의 시간들은 '어쩌다 나한테 이런 황당한 일이 생긴 것일까?'에 대한 의문을 푸는 데 사용됐다. 그 결과 별 뾰족한 해답을 얻진 못했으나, 한 가지만은 확실했다. 이 모든 일의 원흉은 아룬델이란 너무나 잘난 위인이라는 사실 말이다.

대체 그놈은 무슨 원수가 졌기에 날 이런 시궁창에 밀어 넣은 거야?

화가 치밀자 듀이는 주먹으로 퍽퍽, 베개를 내려쳤다. 덧없는 화풀이조차 되지 못하겠지만, 한편으론 어리석은 행동을 하게 만든 분노가 반갑기도 했다. 그런 순간마저 없었더라면 그는 한시도 떨어지지 않는 공포감에 짓눌려 미쳐 버렸을지도 모른다.

시시각각 다가오는 죽음보다 인간을 더 두렵게 만드는 게 있을까?

현실을 인식한 이후 듀이의 본능은 쉬지 않고 악을 써댔다. '도망쳐! 어서 도망쳐! 개죽음당하기 전에 도망쳐!'라고. 그가 그동안 되도록 조용히 시간을 보낸 이유도 죽음에서 벗어날 방법을 찾기 위해서였다. 그러려면 심신을 무력하게 만드는 약에서 벗어나는 일이 무엇보다 급선무였다. 약 기운이 점차 사라짐에 따라 기력을 회복할 수 있었고, 덤으로 주변 상황을 파악할 시간도 얻게 되었다.

듀이가 현재 머무르고 있는 곳은 아룬델이 쓰던 내실이었다. 그는 아미를 통해 아룬델의 내실이 내성에서도 깊숙이 들어온 곳에 위치해 있음을 알아냈다. 이 사실은 듀이에게 큰 실망을 안겨주었다. 그뿐 아니라 밖으로 연결되는 통로 주위엔 어김없이 무기를 든 병사들이 진을 치고 있었다. 두 개의 출입구는 물론이고, 어린애만 겨우 빠져나갈 수 있을 것 같은 협소한 창문도 예외가 아니었다. 간단히 말해 그는 도망은 꿈도 못 꾸는 최악의 상황에 처해 있는 것이다.

듀이는 암울한 절망에서 잠시나마 벗어나고 싶어 문에 시선을 고정했다. 아미가 식사를 가지고 올 시간이 거의 되어가고 있었다. 그녀는 하루에 두 번씩 간단한 음식을 가져다주었다. 아미가 아룬델의 포악한 성격을 누그러뜨렸다고 판단한 마르틴 어의관의 특별 지시 때문이었다. 아미는 적대감없이 대해주는 유일한 사람이었기에 듀이는 그녀와의 만남이 은근히 기다려지곤 했다. 그에게 있어 아미는 그나마 편하게 숨을 쉴 수 있는 자그마한 안식처 같은 존재였다.

밖에서 인기척이 들리자 듀이는 부스스 일어나 앉았다. 문이 열리며 사십대 초반으로 보이는 남자가 일곱 명의 기사를 거느리고 나타났다.

"국왕 폐하이시다! 죄인은 예를 갖춰라!"

전혀 예상치 못한 사태에 듀이는 얼어붙었다. 손가락 하나 꼼짝하지 못한 채 거만하게 서 있는 남자를 바라보고만 있었다. 헤이론의 새로운 국왕, 세르지오는 듀이의 아버지처럼 건장한 체격의 소유자였다. 붉은 기가 도는 갈색 피부에 얼굴은 둥그스름했고, 상대적으로 작아 보이는 고동색 눈과 넓적한 코를 가지고 있었다. 크고 두툼한 입술 위의 콧수염은 지나치게 가늘었으며, 머리숱 또한 정수리 부분이 휑할 정도로 줄어든 상태였다.

"어서 예를 갖춰라!"

듀이에게서 도통 움직일 기미가 보이지 않자, 호위기사 한 명이 버럭 소리쳤다. 정신이 번쩍 난 듀이는 부랴부랴 침상에서 내려섰다.

예를 갖추라니? 도대체 어떻게 하는 게 예를 갖추는 거야?

당황한 탓도 있지만, 왕궁 예절을 알 길이 없는 듀이는 세르지오를 향해 꾸벅 고개를 숙였다. 다음 순간 호위기사들은 물론 문밖에서 훔쳐보던 경비병들까지도 격하게 숨을 들이켰다.

"저, 저런 건방진……!"

세르지오가 흘긋 시선을 던지자 노기등등하던 호위기사가 황급히 입을 다물었다.

"모두 여기서 나가라!"

"폐하를 이곳에 홀로 계시게 할 수는 없습니다!"

며칠 전 호위기사 단장이 된 훈터가 반대하고 나섰다.

새 국왕의 성격을 파악할 시간이 없었던 다른 기사들은 서로 눈치 보기 바빴지만, 훈터는 이십 년이 넘도록 누구보다 충실히 세르지오의 곁을 지킨 사람이었다. 또한 그가 권좌에 오를 수 있도록 모든 면에서 주도적인 역할을 한 인물이기도 했다.

“훈터, 그렇게 나를 모르는가?”

세르지오의 미간에 깊은 주름이 잡혔다.

“알겠습니다, 폐하. 명을 받들겠습니다.”

훈터는 엉거주춤 서 있는 듀이에게 날카로운 시선을 던진 후 문을 나섰다. 다른 기사들도 신속히 그의 뒤를 쫓았다.

“앉아라.”

세르지오가 턱으로 중앙에 놓여 있는 안락의자를 가리켰다. 듀이는 군말없이 그의 명령에 순응했다. 세르지오는 듀이의 생사를 한 손에 거머쥐고 있었다. 그런 존재를 화나게 해 종말을 앞당기는 바보짓은 무슨 일이 있어도 막아야 했다.

“솔직히 말해 그동안 이곳에 오는 걸 많이 망설였다. 널 보면 내 손으로 목을 따게 될 것 같아서 말이다.”

간담이 서늘해지는 말을 들으며 듀이는 마른침을 삼켰다.

“네 추악한 피로 내 손을 더럽히고 싶진 않으니, 기사나 경비병을 시켜 심장을 파내게 할 수도 있었겠지. 롬버그 광장에 세워 사람들로 하여금 돌로 쳐 죽이도록 명을 내렸을지도 모르고… 아니면 팔다리를 수레에 묶어 사지가 찢어지는 고통을 맛보게 해주었을지도 모른다. 또 불에 달군 통 속에 집어넣어 산 채로 온몸을 익혀 버렸을 수도 있겠고… 그것도 아니면 전국에 있는 도살꾼들을 모조리 불러 모아…….”

갖가지 피비린내 나는 처형 방법이 끝을 모르고 이어졌다. 시간이 지남에 따라 듀이를 괴롭히던 두려움은 지루함을 거쳐 졸음으로 변해갔다.

“네가 얼마나 끔찍한 죄를 범했는지 알겠느냐?”

"압니다, 알고말고요."

고개를 꺾은 채 졸고 있던 듀이는 얼른 맞장구를 쳤다.

"그렇다면 왜 그러고 있는 거냐?"

"예에?"

영문을 모르게 된 듀이는 눈만 끔벅였다.

"그러니까, 내 말은……."

답답하다는 듯 한숨을 푹 내쉰 세르지오가 문을 돌아본 후, 목소리를 낮췄다.

"왜 아무것도 안 하고 그렇게 석상처럼 앉아 있느냔 말이다."

무릎 꿇고 잘못했다고 싹싹 빌기라도 하란 말인가? 그럼 살려 준다는 뜻인가?

듀이는 세르지오의 눈치를 살피며 머뭇머뭇 몸을 일으켰다.

"내 이럴 줄 알았어! 네 마음도 나와 같을 줄 알았어!"

흥분을 고스란히 드러낸 세르지오가 부리나케 달려와 듀이를 열정적으로 끌어안았다.

"오오, 아룬! 너무나 아름다운 나의 아룬! 널 독차지한 형이 얼마나 미웠는지!"

엄청난 충격이 가해지자 듀이의 머릿속은 하얗게 비워지고 말았다. 그를 움직이게 한 건 오직 본능뿐이었다. 먼저 카일 형이 가르쳐 준 격투기 동작대로 세르지오의 코에 힘껏 박치기를 했다. 그리고 뒤이어 카린 누나가 말해준 호신술을 따라 급소를 겨냥해 무릎을 차올렸다.

"으아악!"

고통에 찬 비명이 공기를 뒤흔들었다. 그 순간 거세게 열린 문이 쾅! 소리를 내며 벽에 부딪쳤다. 기사와 병사들이 목격한 건 코와 급소를 감싸 쥔 채 데굴데굴 바닥을 뒹구는 왕의 모습이었다.

"폐, 폐하!"

"마, 맙소사!"

"폐하, 괜찮으십니까?"

소스라치게 놀란 기사와 병사들이 앞 다투어 뛰어들었다.

"어서 폐하를 안전하게 뫼시고, 어의관들을 모조리 불러들여라!"

훈터가 강한 어조로 명령을 내리자 혼란이 빠르게 진정되었다. 자신이 어떤 짓을 저질렀는지 깨달은 듀이는 숨조차 쉴 수 없었다.

난 방금 내 손으로 내 목을 처형대에 매달고 말았어! 어떡하지? 대체 이 일을 어떻게 수습하지?

충격에 빠져 허우적거리는 그에게 분노에 치를 떠는 훈터의 눈총이 날아와 박혔다.

"네놈이 감히! 감히 폐하께 위해를 가해?"

훈터는 검을 뽑아 들었다. 듀이에게 다가서는 그의 전신에서 이글거리는 살기가 뿜어져 나왔다. 듀이는 주춤주춤 뒷걸음질쳤다.

"그, 그러려고 한 게 아닌데… 자, 잘못했습니다… 한 번만 용서를……."

"더러운 주둥이 닥쳐라! 내 손으로 네놈의 멱을 따주마!"

번뜩이는 검날이 공기를 가르며 무자비하게 허공으로 치솟았다.

"으, 으아악!"

듀이의 목에서 비명이 터진 순간,

"멈춰라!"

세르지오가 크게 소리쳤다.

"이놈을 살려주란 말씀입니까?"

분노를 이기지 못한 훈터의 목소리가 토막토막 끊어져 나왔다. 세르지오는 연이어 흘러내리는 코피를 손수건으로 틀어막으며 호위기사들의 부축을 뿌리쳤다.

"그렇다, 지금 당장은."

듀이는 눈을 질끈 감았다. 눈앞의 아수라장은 사라졌지만, 가혹한 운명은 곧장 그를 찾아내고야 말았다.

"앞으로 사흘 후면 전 국왕이자 한심하기 짝이 없는 내 형의 출생 일이 된다. 네놈은 바로 그날 처형될 것이다! 내 기필코 네놈한테 송장이 되어서도 잊지 못할 죽음을 선사해 주마!"

밖으로 나가기 직전 세르지오는 휘청거리는 듀이에게 최후의 일격을 가했다.

"세상에서 가장 참혹하고 고통스러운 죽음을!"

문이 닫히는 소리를 들으며 듀이는 맥없이 바닥에 주저앉았다.

✻

헉헉, 거친 숨이 쏟아졌다. 셰이는 아랫부분이 패어 야트막한 동굴 형태가 된 거대한 바위에 등을 기대고 앉았다. 얼굴만 겨우 가릴 정도의 손바닥만 한 그늘이 드리워졌다. 잠시 쉬며 땀을 식히기에 그다지 만족스러운 곳은 아니지만, 셰이는 이 보잘것없는 휴식처를 고맙게 받아들였다. 비록 엉덩이와 등이 배기고 뾰족하게 돌출된 모서리가 사정없이 뒷목을 찔러댔지만 말이다. 이 모든 불편을 기꺼이 감수할 만큼 그녀는 휴식이 절실한 상태였다.

이샤무딘이 산다는 타브리스 산에 발을 디딘 건 바로 오늘 아침이었다. 그때부터 현재에 이르기까지 셰이는 매순간 체력과 인내심의 한계에 부딪쳐야 했다.

세상에 바위로만 이루어진 산이 어디 있단 말인가?

주위에 보이는 거라곤 거대한 바위, 다양한 크기의 돌멩이와 모난 자갈, 뻣뻣하기 그지없는 잡초가 전부였다. 셰이는 사방을 둘러보다 땅이 꺼져라 한숨을 내쉬었다. 이샤무딘이 이 산 어디쯤에 사는지조차 알지 못하는 상황이었다. 잠시 쉬어갈 그늘 한 점 찾기 힘든 척박한 땅을 얼마나 더 견뎌내야 하는지 암담하기만 했다.

그 무엇보다 셰이를 가장 괴롭히는 건 목이 타 들어가는 듯한 살인적인 갈증이었다. 입술과 혀는 말라 버린 지 오래였고, 얼마 전부터는 목과 가슴까지 아파왔다.

이러다간 이샤무딘을 만나기 전에 목이 말라 죽게 될 거야. 아, 목말라…….

셰이는 까칠까칠 말라 버린 입술을 핥았다. 너무나 힘들어 잠깐이라도 다른 걸 생각하고 싶었지만, 극한의 갈증을 잊기란 사실상 불가능했다.

물 한 모금만 마실 수 있다면, 악질 흑마법사보다 더 무시무시한…….

악질 흑마법사보다 더 무시무시한 것이 뭔지 도통 알 수가 없었다.

아무튼 악질 흑마법사보다 더 무시무시한 존재가 떼를 지어 오더라도 두 팔 벌려 반갑게 맞아줄 텐데… 물 한 모금만 마실 수 있다면…….

셰이는 기적을 바라는 심정으로 좁은 동굴 안을 살폈다. 뒤쪽 구석진 부분에 자잘한 이끼가 끼어 있었다. 이끼를 따라 등을 뒤틀다시피 구부려 바위틈 사이로 고개를 들이밀었다. 그녀가 그 구석지고 어두운 곳에서 희미한 물기의 흔적을 발견하게 된 건 엄청난 행운이라 할 수 있었다. 오목하게 파인 구멍은 짙은 그림자나 얼룩으로 착각할 만큼 작았다. 셰이는 집게손가락을 좁은 구멍 속으로 집어넣어 보았다.

이럴 수가!

물의 감촉이 느껴진 순간 저절로 탄성이 터졌다. 셰이는 한 방울이라도 흘릴세라 재빨리 손가락을 빨았다. 입구는 좁았지만 안은 제법 깊은지 손가락 끝마디까지 젖어 있었다. 벅찬 감격에 싸인 그녀는 환하게 웃으며 손가락을 적셔 열심히 입으로 가져갔다. 그러나 감질나고 애가 탈 뿐, 시간이 지나도 목마름은 별반 나아지지 않았다. 미소도 빠르게 사라져 갔다.

이런 식으론 날이 저물도록 여기 앉아 손가락만 빨게 될 거야. 뭐 좋은 방법 없을까?

일단 동굴 밖으로 나온 셰이는 발밑에 난 풀을 뜯어 잎사귀를 살폈다. 줄기를 둥그스름하게 감싼 잎사귀가 어쩌면 도움이 될지도 모른다는 생각이 들었다. 줄기에서 잎을 잘라지지 않게 조심스레 떼어내어 돌돌 말았다. 가느다란 풀 막대가 만들어지자 셰이는 그 끝 부분을 물이 고여 있는 구멍에 꽂아 넣고, 그 반대쪽으로 공기를 빨아들였다. 막대를 타고 올라온 물이 입 안으로 흘러들었다.

물맛은 기가 막혔다. 신들이 마시는 천상의 샘물이라도 이보다 더 시원하고 달콤하진 못하리라 장담할 수 있었다.

흡족하진 않지만 어느 정도 갈증이 해소되자 천근만근 늘어지던 팔다리에도 힘이 돌아온 것 같았다. 기운차게 자리를 털고 일어난 셰이는 걸음을 내딛기에 앞서 신발을 점검했다. 우려한 대로 싸구려 가죽으로 만든 신발은 엉망이 되어 있었다. 양쪽 모두 뒤축이 너덜너덜했고, 벌어진 틈 사이로 왼쪽 엄지발가락이 삐죽 고개를 내밀고 있었으며, 오른쪽 신발 밑창엔 셰이의 코만 한 구멍이 뚫린 상태였다. 이런 만신창이 신발로 무사히 목표를 달성할 수 있을지 걱정부터 앞섰다.

어차피 바위투성이 산을 맨발로 걸을 수는 없잖아. 완전히 망가지지 않기만을 바라며 조심조심 걷는 수밖에.

셰이는 비교적 길게 자란 잡풀들을 꼬아 바닥부터 발등까지 가죽신을 대충 감쌌다. 어차피 지금 상황에선 이 정도 손을 본 것만도 다행이었다. 사실 셰이는 그런 방법을 고안해 낸 스스로가 대견스러웠다. 며칠 새 놀랄 만큼 환경에 잘 적응한 자신이 신기하기도 했다.

다른 왕족이나 귀족들에 비해 바깥 활동을 즐기는 편에 불과했지, 이런 바위산은 생전 구경해 본 적도 없었다. 더군다나 요 며칠 동안 닥친 가혹한 시련들은 셰이를 거의 빈사 상태로 몰아넣었다. 어리석은 줄은 알지만, 그녀는 악몽에서 깨어나면 세상이 원래대로 돌아가 있을지 모른다는 환상을 버릴 수 없었다. 이샤무딘을 찾아 험한 산을 헤매면서도 그런 갈망이 마음 한편을 차지하고 있었다.

어서 이샤무딘을 만나야 돼. 그는 왜 이런 일이 벌어졌는지 알고 있을 거야. 어떻게 하면 내가 속해 있던 본래 세상을 되찾을 수 있는지도 알고 있을 거야.

셰이는 크게 한번 심호흡을 한 뒤, 다시 힘든 여정에 올랐다.

✻

"그래, 폐하께선 뭐라 하셨대?"

듀이는 아미가 내실로 들어서자마자 질문부터 던졌다.

"그게, 저……."

아미는 듀이의 시선을 피해 눈을 내리깔며 말끝을 흐렸다. 듀이는 벌떡 일어나 문가에 엉거주춤 서 있는 그녀에게 다가갔다. 어찌나 불안하고 초조한지 가만히 앉아 있기가 힘들었다.

"내가 보낸 서신은 읽어보신 거지?"

이미 살펴보았으면서도 듀이는 아미의 손에 답신이 들려 있는지 다시 한 번 확인했다. 그는 결코 잊을 수 없는 세르지오와의 만남이 있은 뒤, 밤을 새워가며 서신을 작성했다. 자신의 극악한 실수를 가슴 깊이 통렬히 뉘우치며, 뼈를 깎는 참회의 시간을 보내고 있다는 것이 주요 내용이었다. 그리고 정말 내키지 않았지만, 목숨만 살려준다면 폐하를 위해 못할 일이 없다는 언급도 빠뜨리지 않았다. 시시각각 다가오는 죽음을 피할 수만 있다면, 듀이는 어떠한 고난과 괴로움도 기꺼이 감수할 각오가 되어 있었다.

혹시 전달도 하지 못한 거 아닐까?

듀이는 그의 마지막 생명줄인 서신을 아미에게 맡겼다. 믿을 수 있는 유일한 사람이었고, 왕에게 비교적 접근이 용이한 마르틴 어의관을 숙부로 두고 있었기 때문이다. 이 사실은 왕궁 내에서 듀이만이 알 뿐, 다른 사람들은 그녀를 단순히 마르틴 어의관

† 108 †

의 심부름꾼 정도로 여기고 있었다. 어쨌든 아미가 서신을 왕에게 올려달라며 최선을 다해 자신의 숙부를 설득한 덕분에—칼을 목에 겨눈 채 들어주지 않으면 자결하겠다고 울며 소리쳤다고 한다—듀이는 마지막 희망을 버리지 않을 수 있었다.

"서신을 전하긴 전한 거지?"

아미가 고개를 끄덕였다. 그녀가 우물쭈물할 뿐 속 시원히 말을 꺼내지 않자 듀이는 애가 타 죽을 지경이 되었다.

"그런데?"

"그게……."

"어서 좀 말해봐! 괜찮으니까 들은 대로만 말해줘!"

"국왕 폐하께서… 다시 한 번 이런 한심한 짓을 하면 네 목부터 자르겠다고 하시며… 서신은 불태워 버리라고 명하셨대요."

깜깜한 절망감에 휩싸인 듀이는 망연자실한 얼굴로 허공을 응시했다.

난 이제 죽는 거야… 꼼짝없이 처형당하게 되는 거야…….

"아룬델님… 이제 어떡하죠?"

아미가 파르르 입술을 떨며 울먹였다. 눈물이 그렁그렁한 그녀의 눈과 마주치자 가슴 밑바닥에서 설움이 북받쳐 올랐다. 굵은 눈물방울이 듀이의 볼을 적시고 바닥으로 떨어져 내렸다.

"오, 이런… 울지 마세요, 아룬델님… 울지 마세요……."

흑흑, 소리 내어 흐느끼면서도 아미는 듀이를 위로하려고 애썼다.

"뭐야, 이거? 무슨 소리야?"

울음소리를 들은 경비병이 문을 빼꼼히 열고 안을 들여다봤다.

"얼씨구! 울고불고 아주 초상집이 따로 없네! 네 말 한마디 때문에 목이 잘린 사람들이 얼마나 많은데, 이렇게 생난리를 치고 있는 거야? 그 사람들 눈물은 똥값이고, 네놈 눈물은 금값이냐?"

키득거림과 함께 문틈이 조금 더 벌어지더니 다른 경비병 세 명이 끼어들었다.

"왜 죽을 날이 다가오니까, 무서워?"

"무섭기야 하겠지. 죽음이 코앞에서 살랑살랑 손을 흔들어대는데, 그럼 안 무섭겠어?"

"그렇게 기세등등하더니만, 이래서 사람 팔자는 아무도 모르는 거라니까!"

"난 요새 저놈 꼴만 생각하면 자다가도 헤죽헤죽 웃음이 나오더라고!"

"나도 그래! 얼굴에도 어찌나 화색이 도는지, 글쎄 내 마누라는지 서방이 바람난 줄 알고 있더라니까!"

경비병들이 웃음을 터뜨렸다.

"정말 너무들 하세요! 꼭 그렇게 잔인하게 굴어야 직성이 풀리나요?"

발끈한 아미가 듀이와 경비병들 사이를 막고 나섰다.

"잔인하다고? 저놈이 했던 짓거리와 비교하면 우리 행동은 새 발의 피에 달라붙은 먼지만큼도 안 돼. 그리고 너야말로 그러는 거 아니다."

"맞아. 왜 저런 놈 옆에 찰싹 달라붙어 있는 거야?"

"보나마나 생김새에 혹한 거 아니겠어? 저 상판을 좀 봐, 여자깨나 홀리게 생겼잖아."

"여자뿐이겠어? 전 국왕 폐하께서 그런 비참한 죽음을 맞으신 것도, 다 저놈 때문인데."

전 국왕인 파비앙은 이복동생 세르지오가 귀족들과 합세해 내란을 일으키자, 도망쳐 가장 먼저 아룬델을 구하려 했다. 그러나 모든 걸 염두에 두고 있던 세르지오는 이미 아룬델을 손아귀에 넣고 있었다. 그 과정에서 파비앙은 이십여 개의 화살이 전신에 박힌 상태로 성곽 계단에서 굴러 떨어져 목이 부러지고 말았다.

파비앙의 처참한 주검이 떠오르자 경비병들의 얼굴에 더욱 강한 적대심이 나타났다.

"궁금해 똥줄이 탈 지경일 것 같은데… 네놈이 어떻게 죽게 되는지 말해줄까?"

훅, 급히 숨을 들이쉰 아미가 간절함을 담아 경비병을 쳐다봤다.

"안 돼요, 제발 그것만은……."

약간 찜찜한 마음이 생기긴 했지만, 경비병은 새파랗게 질려 꼴사납게 울어대는 아룬델의 꼬락서니를 구경하고 싶었다.

"내일 넌 심장이 벌렁벌렁 뛰는 산 채로 온몸이 갈가리 찢어지게 될 거야. 네 개의 수레에 팔다리가 대롱대롱 매달린 꼴로 말이야."

짧은 비웃음 뒤로 정적이 이어지자 경비병들은 불편한 시선을 주고받았다.

"억울해……."

침묵을 깬 건 듀이의 숨죽인 속삭임이었다.

"난 아룬델이 아니야… 난 듀이 델코야. 난 칼루스란 작은 마을에서 살던… 듀이 델코야……. 당신들이 말하는 아룬델이 아니야! 난 아룬델이란 사람을 알지도 못해! 난 아룬델이 아니라 듀이 델코란 말이야!"

점점 소리가 커져 나중엔 복도까지 쩌렁쩌렁 울릴 정도가 되었다.

"난 죽을 이유가 없어!"

듀이는 목이 터져라 악을 써댔다. 불안과 공포, 그동안 억눌러 왔던 격한 울분이 한꺼번에 폭발했다.

"난 죽지 않을 거야!"

반광란 상태에 빠진 듀이는 경비병들을 밀치고 밖으로 뛰쳐나갔다.

"어어! 놈이 도망친다!"

"어서 잡아라!"

듀이는 악몽 속에서 막 튀어나온 듯 보이는 어두침침한 복도를 정신없이 내달렸다. 살아 숨쉬는 것, 그가 바라는 건 오직 그것뿐이었다. 그러나 그는 뒤틀린 운명의 꼭두각시였고, 신이 던져 버린 싫증난 장난감이었다.

고함 소리를 듣고 몰려든 병사들이 앞을 가로막았다. 억센 손아귀들이 어깨와 팔을 으스러져라 움켜잡았다.

"놔! 이 개자식들아! 놔!"

팔이 꺾이고, 무릎이 꺾이고, 고개가 꺾였다.

"난 죽지 않을 거야!"

그의 영혼만이 미친 듯 몸부림치고 있었다.

Chapter 3

악질 흑마법사

다행히 셰이는 날이 어두워지기 전에 이샤무딘의 거처를 발견했다. 그러나 눈앞에 펼쳐진 광경을 고려하면 마음 놓고 기뻐할 수만은 없는 상황이었다.

깎아지른 듯한 벼랑 위에 우뚝 서 있는 석벽(石壁). 발 하나를 겨우 디딜수 있을까 말까 한 암벽 선반이 날선 벼랑의 모서리를 따라 돌출되어 있을 뿐, 변변찮은 길 하나 찾을 수 없었다. 저 높은 곳에 성을 어떻게 쌓았는지 상상도 되지 않았다. 단지, 보면 볼수록 기가 질리고, 몸에서 스르르 힘이 빠져나갈 따름이었다.

어차피 이샤무딘도 자기 성에 들어가려면 절벽을 거쳐야 했을 거야. 그자가 한 일을 내가 못할 리 없어.

셰이는 쑤시고 결리는 어깨와 팔을 이리저리 움직여 풀어주었다. 뒤이어 간단한 다리운동까지 마친 그녀는 좁은 틈새와 돌출부에 의지해 몸을 들어 올렸다.

자, 이제 서두르지 말고 조금씩 조금씩 올라가면 되는 거야.

셰이는 조심스럽게 전진했다. 손과 발로 더듬어 안전 여부를 확인한 뒤, 체중을 실었다. 부서져 내리는 파편들과 아슬아슬하게 걸려 있는 잔돌들이 걸음을 위태롭게 만들었다.

반 정도는 올라오지 않았을까?

갈수록 경사도가 커졌기 때문에 위를 보며 남은 높이를 가늠하기가 쉽지 않았다. 셰이는 눈으로 스며들려는 땀방울을 후~ 불어 털어낸 뒤, 슬쩍 아래를 내려다봤다. 머리가 핑 도는 현기증이 느껴지더니 진땀이 배어들며 속이 울렁거렸다. 본능적으로 돌출부를 잡은 손가락에 힘을 가하지 않았다면, 절벽 아래로 추락할 뻔한 아찔한 순간이었다. 절대 밑을 보면 안 된다는 교훈을 얻게 된 셰이는 안전하게 절벽을 오르는 일에만 정신을 집중했다. 그리고 마침내 정상이 코앞까지 다가든 기쁨을 맛보게 되었다.

됐어! 지긋지긋한 암벽 타기도 잠시 후면 끝이야!

셰이는 평평한 바닥에 발을 딛는 순간만을 꿈꾸며 손으로 절벽 위를 조심스레 더듬었다. 별안간 매끄러우면서도 딱딱한 감촉이 느껴졌다.

"어? 이게 뭐지?"

셰이는 고개를 치켜들었다. 가죽 부츠를 신은 이샤무딘이 절벽 가장자리에 버티고 서 있었다. 가슴이 철렁 내려앉을 정도로 놀란 셰이는 반사적으로 몸을 움츠렸다. 순간 발끝이 좁은 디딤대를 빗겨 나갔다.

"아악!"

떨어지려던 찰나 셰이는 암벽 모서리에 가까스로 매달렸다. 얼굴에서 핏기가 완전히 씻겨 나갔다. 체중을 실을 만한 돌출부를 찾아 미친 듯이 발을 버둥거렸으나 텅 빈 허공만이 느껴졌다.

"아아아! 아아아악!"

추락의 공포에 휩싸인 셰이는 비명을 쏟아냈다.

"도, 도와줘!"

셰이는 이샤무딘을 올려다봤다. 그는 무표정한 얼굴로 그녀를 주시할 뿐, 조금도 움직이지 않았다.

"도와줘! 떨어질 것 같아!"

"여긴 왜 온 거야?"

이샤무딘이 딱딱한 어조로 물었다.

"먼저 나부터 올려줘! 그럼 다 말해줄게!"

"대답부터 해. 이유가 타당하면 그때 올려주겠어."

"궁금한 게 있어서!"

"그건 맞는 답이 아니야."

"도, 도움을 청하려고!"

셰이는 숨을 헐떡였다. 팔에서 급속도로 힘이 빠져나갔다. 몸 전체가 부들부들 경련을 일으켰다.

"그것도 마찬가지야."

전혀 흔들림없는 건조한 목소리가 들렸다.

"제발 도와줘! 이제 못 버틸 것 같아! 제발! 나 좀 살려줘!"

울부짖으며 애원하는 셰이에게 짧은 시선을 던진 후, 이샤무딘이 몸을 돌렸다.

"나쁜 놈! 가만 두지 않을 거야! 죽여 버릴 거야! 죽여 버리고 말 거야! 미친 냉혈 야만인 같으니!"

셰이는 목이 터져라 악다구니를 쳤다. 걸음을 멈춘 이샤무딘이 한쪽 눈썹을 비스듬히 치켜올린 채 그녀를 응시했다.

"뭘 봐! 이 나쁜 놈아! 여기 왜 왔냐고? 뻣뻣한 네 엉덩이나 걷어차 주려고 오셨다! 이제 만족하냐? 이 천하에 둘도 없는 악질 놈아! 피에 굶주린 못생긴 악귀 같으니! 천벌을 받아라!"

셰이는 계속해서 욕설을 퍼부어댔다. 죽음을 맞는 마지막 순간까지 욕을 멈추지 않으리라고 굳게 결심한 상태였다. 그때 예상치 못한 일이 벌어졌다. 이샤무딘이 그녀를 향해 다가오고 있었다.

날 구해주려나 봐! 제발, 제발 내 생각이 맞길!

이샤무딘이 눈앞에 멈춰 섰다. 완벽하게 무표정한 얼굴의 그가 발을 들어 올렸다. 그리고 그녀의 손을 짓밟았다. 뼈가 부러지는 듯한 고통이 느껴진 순간, 가까스로 매달려 있던 몸이 허공에 들렸다. 찰나적으로 둘의 시선이 맞부딪쳤다. 그리고,

"으아아아악!"

날카로운 비명과 함께 셰이는 까마득한 심연 속으로 곤두박질 쳤다.

"난 듀이 델코야……. 아룬델이 아니야……. 난 듀이 델코야……. 아룬델이 아니야……."

듀이는 계속해서 같은 말을 중얼거렸다. 기적을 바라며 끊임없

이 주문을 외우는 사람 같았다.

내궁을 채 벗어나지도 못한 충동적인 탈출이 실패로 돌아간 뒤, 그는 지하 감옥에 갇히고 말았다. 내일 있을 처형식까지 그곳에서 생애 마지막 시간을 보내게 되었다. 듀이는 그렁그렁 고인 눈물을 주먹으로 문질러 닦아냈다. 목이 터져라 통곡해 봐야 아무 도움도 되지 못한다는 건 알고 있었다. 하지만 그에겐 끊임없이 흘러나오는 눈물을 막고 싶은 마음도, 그럴 의지도 남아 있지 않았다.

난 어차피 죽게 될 거야, 온몸이 갈가리 찢겨져서……. 엄청나게 아프겠지?

열두 살 무렵 창고에서 놀다가 벽에 기대놓은 도끼날에 종아리를 깊이 베인 적이 있었다. 그 사고로 듀이는 열흘 동안 꼼짝 못하고 누워 지내야만 했다. 나중엔 답답해서 못 견딜 지경이 되었지만, 처음 사흘간은 어찌나 아픈지 죽고 싶은 마음까지 들 정도였다.

그때와는 비교할 수도 없을 만큼 아플 거야.

"빨리 끝내고 나와."

별안간 경비병의 목소리가 들리더니 작은 쟁반을 받쳐 든 아미가 모습을 보였다.

"드실 만한 걸 조금 가져왔어요."

듀이는 말없이 고개를 가로저었다. 음식은커녕 물 한 모금도 넘기지 못할 것 같았다.

"저기……."

조심스레 주위를 살피던 아미가 안주머니에서 작은 꾸러미를 꺼내 내밀었다.

"빨리 받으세요! 빨리요!"

긴박한 속삭임에 듀이는 서둘러 꾸러미를 받아 들었다.

"그냥 드시기는 힘드실 거예요. 물에 타서 드세요."

"뭐야, 이게?"

입술만 달싹일 뿐 선뜻 대답하지 못하던 아미가 힘겹게 말문을
열었다.

"독약이에요……."

듀이도 아미도 잠시간 말을 꺼내지 못했다.

"뭐 하는 거야? 음식만 주고 냉큼 나오지 않고!"

경비병이 신경질적으로 벽을 쿵쿵, 두드렸다.

"저 이제 가봐야 해요. 그리고 저 약이요… 어지럽고 속이 좀
메스껍긴 하겠지만, 많이 고통스럽지는 않으실 거예요."

"아미가 곤란해질 텐데……."

"괜찮아요, 전."

애써 미소 짓는 아미의 볼을 타고 눈물이 흘러내렸다.

"고마워, 아미."

"그런 말씀 마세요, 아룬델님. 제가 해드릴 수 있는 게 고
작……."

목이 메어 더 이상 말을 이을 수 없었다. 아미는 터져 나오는
흐느낌을 막기 위해 주먹으로 입술을 눌렀다. 그녀는 아룬델을
사랑하고 있었다. 정신을 잃고 침대에 누워 있는 그를 처음 봤을
땐, 약간의 연민과 두려움만을 느꼈다. 그러던 감정이 언제 사랑
으로 변했는지는 그녀도 알 수 없었다.

"내 이름은 듀이야."

아미는 천천히 고개를 주억거렸다. 걸음을 떼려던 그녀는 다시 듀이에게 시선을 가져갔다.

"듀이… 잊지 않을게요……."

아미의 모습이 시야에서 사라지자 듀이는 손에 꼭 쥐고 있던 꾸러미를 펴보았다. 양피지에 싸여 있는 건 하얀색 가루였다.

이게 독약이란 말이지?

듀이는 아미가 가져다준 물통에 가루를 털어 넣었다. 죽음을 맞는 건 매한가지이지만, 최소한 몸이 찢기는 고통은 피할 수 있으리라.

"아미한테 입맞춤이나 한번 해달라고 할걸, 작별의 의미로."

그는 이제까지 여자와 입을 맞춰본 적이 한 번도 없었다. 누나들을 빼곤 손도 잡아보지 못했다. 너무나 애석하다는 생각이 들자, 듀이는 잠시 현실을 잊고 엉뚱한 자신을 향해 픽 웃음 지었다.

만약에 다시 태어난다면, 그땐 근사한 바람둥이로 살아야지.

듀이는 웃옷을 벗어 얼굴을 대충 닦고 시원하게 코를 풀었다. 어차피 죽을 운명이지만, 코가 막힌 채 눈물범벅이 된 얼굴로 생을 마감하고 싶지는 않았다.

대강 준비가 된 듯하자 듀이는 감옥 중앙에 책상다리를 하고 앉아 물통을 들어 올렸다. 그가 막 물통을 입에 대었을 때였다.

"으, 으아아악!"

새된 비명을 지르며 간수 한 명이 감옥 앞으로 뛰어들었다. 그 뒤를 바짝 쫓아온 복면 쓴 남자가 검 손잡이로 간수의 머리를 후려쳤다. 정신을 잃은 간수가 쇠창살을 부여잡고 바닥으로 쓰러졌다.

"뭐, 뭐야?"

듀이는 황급히 감옥 구석으로 몸을 피했다. 그러다 그만 발로 물통을 걷어차고 말았다.

"안 돼!"

새파랗게 질려 허겁지겁 물통을 집어 들었으나, 이미 내용물은 모조리 엎질러진 후였다.

"이, 이럴 수가……!"

세상이 빙글빙글 도는가 싶더니, 돌연 눈앞이 캄캄해졌다. 듀이는 쓰러질 듯 휘청거리다 간신히 벽에 몸을 의지했다.

저놈! 저놈 때문에!

듀이는 살기가 이글거리는 눈으로 복면의 남자를 노려봤다. 그는 한쪽 무릎을 바닥에 대고 앉아 간수의 허리춤을 부지런히 뒤지고 있었다. 격분에 휩싸인 듀이는 후닥닥 달려가 쇠창살 사이로 남자의 엉덩이를 힘껏 걷어찼다.

"어억!"

간수 위로 넘어진 남자가 날렵하게 몸을 세우더니 휙 듀이를 돌아봤다.

"이 죽일 놈! 네가 어떤 짓을 저질렀는지 알아?"

"네가 어떤 짓을 저질렀는지는 알아!"

남자의 어조는 매우 냉랭했다.

"저 물이 어떤 물인지 알기나 해?"

듀이는 안타까운 눈으로 흥건히 젖은 바닥을 응시했다.

아미가 목숨 걸고 가져다준 독약인데… 저 귀한 걸 엎지르다니……. 그런대로 편안한 죽음을 맞을 수 있는 마지막 기회였는데…….

"멍청이! 세상에 나 같은 멍청이는 또 없을 거야!"

듀이는 쏜살같이 뛰어가 쇠창살에 퍽! 박치기를 했다.

"으어억!"

어찌나 아픈지 외마디 소리가 저절로 터져 나왔다. 듀이는 머리를 부여잡고 바닥을 뒹굴었다.

"아주 가지가지 하는구나."

빈정거리던 남자가 감옥 안으로 열쇠 꾸러미를 툭 던졌다.

"빨리 맞는 열쇠나 찾아, 죽고 싶지 않으면."

듀이는 눈물을 질질 흘리며 엉금엉금 기어가 열쇠 꾸러미를 집어 들었다. 쓸데없는 질문은 꺼내지 않았다. 하늘이 그를 가엾이 여겨 실낱같은 도움의 손길을 내밀어준 것이 틀림없었다. 이번 기회를 놓친다면 하늘은 그를 살아 있을 가치가 없는 한심한 존재로 낙인찍어 버릴 것이다. 듀이는 자물쇠에 맞는 열쇠를 찾기 위해 바삐 손을 놀렸다.

"빨리 좀 해! 열 셀 동안 못 열면 나 혼자 가버릴 거야!"

남자의 재촉을 받자 듀이는 초조한 마음에 열쇠 꾸러미를 떨어뜨리고 말았다.

"한심하긴."

"네가 빤히 보고 있으니까 그런 거잖아. 그렇게 쉬워 보이면 어디 네가 한번 해봐."

성질이 울컥 치민 듀이는 열쇠 꾸러미를 남자에게 획 던져 주었다. 꾸러미를 받아 든 남자가 열쇠들을 뒤적이며 훑어보더니 하나를 골라 자물쇠에 끼워 넣었다. 자물쇠는 꿈쩍도 하지 않았다.

"거 봐, 내가 그럴 줄 알았다니까!"

"이게 기뻐할 일이냐?"

남자는 단번에 듀이의 기를 꺾어놓았다. 성질은 못돼도 운은 탁월한 편인지 그는 두 번째 고른 열쇠로 자물쇠를 풀 수 있었다. 이제나저제나 문이 열리기만을 기다리던 듀이는 잽싸게 밖으로 나갔다.

"숨소리도 내지 말고, 조용히 내 뒤만 따라와."

"알았어."

"입 닥치고."

몸을 돌리려던 남자가 갑자기 듀이의 멱살을 낚아챘다.

"다시 한 번 내 엉덩이를 걷어차면, 그 자리에서 숨통을 따주겠어. 알아서 조심해."

목이 잔뜩 졸린 듀이는 힘겹게 고개를 끄덕거렸다. 팽개치듯 손을 놓은 남자가 걸음을 뗐다.

저놈은 미친 게 틀림없어.

듀이는 뻐근한 목을 조심스레 문지르며 서둘러 남자의 뒤를 쫓았다. 정체도 모르는 사람을 얌전히 따라간다는 사실이 그리 내키지는 않았지만, 현재로선 다른 방법이 없었다. 남자의 말대로 알아서 조심하는 수밖에는.

지하 감옥을 나오는 과정에서 듀이는 남자가 보통 사람이 아니라는 확신을 얻게 되었다. 여기저기 널브러져 세상모르고 잠들어 있는 경비병과 간수들의 모습을 보니 남자에게 갖고 있던 꺼림칙한 감정이 더욱 강해졌다.

"할 수 있겠어?"

지하 감옥을 무사히 빠져나와 외진 성벽 앞에 이르렀을 때, 남자가 물었다. 그의 시선은 성벽에 걸쳐진 밧줄을 향하고 있었다. 그가 미리 준비해 놓은 것이 분명했다.

"물론!"

듀이는 자신있게 대답했다. 그가 자란 칼루스는 면적의 대부분이 산과 숲으로 이루어진 마을이다. 사냥 기술은 형편없었으나 나무 타기에서만큼은 보통 이상의 실력을 가지고 있었다.

남자가 듀이에게 앞장서라는 눈짓을 보냈다. 듀이는 즉시 밧줄을 잡고 성벽을 기어올랐다. 아룬델에게 이런 식으로 몸을 써본 경험이 거의 없다는 건 금방 눈치 챌 수 있었다. 본래의 듀이라면 벌써 꼭대기까지 올랐을 성벽을, 지금은 채 반도 못 가 헉헉대며 거친 숨을 몰아쉬는 상황에 처했으니 말이다. 그것도 모자라 손바닥의 살갗까지 벗겨졌는지 화끈거리는 통증이 내내 그를 괴롭혔다.

"이러다간 여기서 날밤 새우게 되겠군."

웬일로 아무 말 없나 했더니만 남자의 빈정거림이 들려왔다. 듀이는 이를 악물고 묵직하게 늘어지는 몸을 가까스로 끌어올렸다. 온몸이 땀으로 범벅이 되어서야 그는 땅을 밟을 수 있었다.

듀이는 남자를 따라 왕성에서 그리 멀지 않은 후미진 공터에 이르렀다. 그곳엔 수염을 더부룩하게 기른 중년 사내가 말 두 필의 고삐를 잡은 채 대기하고 있었다. 남자를 본 중년 사내가 절도 있는 동작으로 고개를 숙였다.

"준비는?"

"다 됐습니다."

두 사람의 눈치를 살피다 듀이는 넌지시 질문을 꺼냈다.

"여기서 헤어지는 거야?"

"따라와."

짧은 명령을 끝으로 남자가 힘차게 말을 출발시켰다. 듀이는 허둥지둥 말 등에 올라탔다. 남자가 말을 멈춘 곳은 왁자지껄한 어느 술집의 뒷문이었다. 두 사람은 그곳을 통과해 으슥한 지하실에 도착했다.

"왜 날 여기 데려온 거야?"

듀이는 퀴퀴한 곰팡내가 나는 지하실을 빙 둘러봤다. 복면을 벗은 남자가 듀이의 정면에 버티고 섰다. 군살 하나 없어 보이는 마른 얼굴과 칼날같이 각진 턱 선, 그리고 거무스름한 피부 때문인지 남자는 금욕적인 신관이나 교관 같은 분위기를 풍겼다. 반면 어둡게 빛나는 짙푸른 눈동자와 군데군데 금발이 섞인 황갈색 머리카락에선 바람둥이를 연상시키는 은밀한 성적 매력이 감돌았다.

"오래간만이야, 아룬델."

"난 네가, 아니, 당신이 누군지 몰라. 그리고 난 아룬델이 아니… 에요."

얼굴을 드러낸 남자와 마주 보고 있으려니 이상하게도 듀이는 전처럼 편하게 말을 놓을 수 없었다.

"어린애도 비웃을 헛소리는 집어 치워!"

돌연 소리를 높인 남자가 흥분을 가라앉히려는 듯 천천히 숨을 내쉬었다.

"좋아, 일단 네 장단에 맞춰주겠어. 네가 그 조롱거리도 안 되는 속임수를 어디까지 밀고 갈 속셈인지 궁금하기도 하니까."

말을 멈춘 남자가 구석에 놓여 있는 탁자로 다가가 걸터앉았다.

"난 카시아스 비저 드 아브레이유야. 네 녀석 때문에 목숨을 잃으신 그라무스 3세가 바로 내 부친이시지."

듀이는 무의식중에 숨을 죽였다. 카시아스의 말 한마디, 한마디에 깃든 분노가 너무나 생생히 와 닿자 팔에 소름이 돋았다.

"그런데 왜 나를……."

듀이는 머뭇거리며 말끝을 흐렸다.

"왜 위험을 무릅쓰고 너를 탈출시켰느냐, 온몸이 찢겨 나가는 꼴을 구경하지 않고… 그걸 묻고 싶은 거지?"

카시아스는 뚜벅뚜벅 듀이를 향해 걸어갔다.

"내가 원하는 건 오직 하나야. 그것만 충족되면 네 녀석이 죽든 살든 아무 관심 없어."

카시아스가 정면에서 시선을 부딪쳐 왔다. 듀이는 짙푸른 눈동자 속에 감춰진 진실을 볼 수 있었다.

아니, 네가 원하는 걸 손에 넣는 순간 난 죽음을 맞게 될 거야, 바로 네 손에 의해.

"'성 에스트레마드라의 열쇠', 흔히들 '마드라의 열쇠'라고 부르지. 내가 원하는 건 바로 그 '마드라의 열쇠'야."

‘마드라의 열쇠’ 는 대대로 헤이론 국의 통치자에게 전해 내려오는 전설의 성물로 기원은 약 이천 년 전으로 거슬러 올라간다. 창조신 아스트라한이 세상을 만든 후, 쓰고 남은 어마어마한 힘을 한곳에 가두고, 봉인을 풀 열쇠를 만들었다는 신화를 따라 초기엔 그저 ‘성스러운 보배’ 로 불렸다. 그러던 것이 성인으로 칭송받는 헤이론 에스트레마드라가 ‘성스러운 보배’ 를 사용해 봉인을 풀고 온 세계를 집어삼키려는 암흑의 세력을 물리쳤다는 고대 전설이 세상에 알려진 이후로 ‘성 에스트레마드라의 열쇠’ 로 명칭이 바뀌게 되었다. 그 후, 에스트레마드라는 자신의 이름을 딴 헤이론 국을 세우고 ‘성 에스트레마드라의 열쇠’ 를 나라의 상징으로 삼았다.

“마드라의 열쇠? 마드라의 열쇠를 원한다고?”

황당해진 듀이는 재차 되물었다. ‘마드라의 열쇠’ 에 대해선 마을의 유일한 신관인 피에르 할아버지에게 들어 대강 알고 있었다.

“그래, 그게 바로 내가 원하는 거야.”

“그런데, 그걸 왜 나한테 말해?”

“마드라의 열쇠가 어디 있는지 알고 있는 사람이 바로 너니까.”

“말도 안 돼!”

듀이는 강하게 부정했다. 카시아스의 얼굴에 가소롭다는 표정이 떠올랐다.

“열쇠의 보관 장소는 오직 헤이론 국의 왕만이 알고 있는 극비 중의 극비야. 넌 끈질기게 아버님을 설득해 바로 두 달 전에 열쇠의 보관 장소를 알아냈어. 난생처음 듣는 얘기라는 멍청한 표정은 집어 치워! 나라의 극비를 누설했다는 죄책감에 시달리시던 아버님이 내게 직접 말씀해 주셨으니까. 아버님이 돌아가셨으니 오직 너만이 그 극비를 알고 있는 유일무이한 존재가 된 거야.”

“아니, 난 몰라. 진짜 아룬델이라면 알고 있겠지. 하지만 난 아룬델이 아니야!”

번개같이 움직인 카시아스가 듀이를 벽에 밀어붙이고 팔로 목을 눌렀다.

“이제 네가 간사한 혀로 만들어낸 거짓 방패도 산산조각나 버렸어. 네 녀석의 헛소리를 참아줄 마음이 없어졌거든.”

숨이 막히자 듀이는 어떻게든 카시아스에게서 벗어나려고 안간힘을 썼다. 그러나 카시아스는 헤이론 국에서 열 손가락 안에 드는 뛰어난 검술사였다. 육체 노동 한번 해본 적이 없는 아룬델의 몸으로 그를 이기기는 역부족이었다.

“날 더 이상 자극하지 않는 게 좋을 거야. 아룬델의 ‘아’ 자만 들어도 피가 거꾸로 솟는 나니까.”

카시아스는 악문 이 사이로 말을 뱉어냈다. 마음 같아서는 당장이라도 아룬델의 목숨을 끝장내 버리고 싶었다. ‘마드라의 열쇠’만 아니라면 오늘 밤 같은 광대극을 벌이는 일은 결코 없었을 것이다. 오히려 수레에 매달려 사지가 찢겨져 나가는 아룬델의 꼴을 보며 축배를 들었을지도 모른다. 세르지오에게 쫓기는 신세만 아니었다면 말이다.

세르지오가 자신을 잡기 위해 세상 끝까지라도 쫓아오리라는 건 능히 예상할 수 있었다. 카시아스의 이복동생들도 이미 그가 보낸 암살자들에게 목숨을 빼앗기고 말았다. 가까운 지인(知人)들의 도움으로 카시아스만이 간신히 죽음을 모면할 수 있었다.

지금도 세르지오가 동원한 대규모 병력이 수도인 아르덴은 물론 그 주변 지역까지 샅샅이 훑고 있었다. 형에게서 찬탈한 권력을 안전하게 지키고 싶은 욕망이 사라지지 않는 한 추적은 계속될 것이다. 그러나 그가 카시아스를 쫓는 가장 큰 이유는 따로 있었다. 그건 바로 '마드라의 열쇠'를 차지하기 위해서였다. 그라무스 3세인 파비앙은 다섯 자녀 중, 장남이자 후계자인 카시아스를 가장 아끼고 사랑했다. 때문에 세르지오는 형이 죽기 전 카시아스에게 '마드라의 열쇠'가 어디 있는지 알려주었으리라 확신하고 있었다.

비밀을 아는 유일한 사람이 왕궁에 있으리란 생각은 못했겠지.

카시아스는 실소를 지었다.

듀이의 입술에서 컥컥, 숨넘어가는 소리가 흘러나왔다. 카시아스는 그의 숨통을 조금 열어주었다.

"이, 이것 좀… 놓고 얘기해."

"열쇠가 어디 있는지 말해. 그럼 놓아주겠어."

"난 정말 아는 게 없단 말이야."

"정 쓸데없는 고집을 버리지 않을 심산이라면, 나한테도 생각이 있어."

카시아스는 허리춤에서 빼어 든 단검을 듀이의 얼굴로 가져갔다. 아룬델은 그 무엇보다 자신의 외모를 중시하는 사람이었다. 평소 얼굴에 흉터가 생기느니, 차라리 목숨을 잃는 쪽을 택하겠다는 말을 공공연히 할 정도였다.

섬뜩한 칼날이 광대뼈를 지그시 눌러오자 듀이의 얼굴에서 혈색이 단번에 사라졌다.

"마드라의 열쇠, 어디 있어?"

"몰라, 모른다고! 정말이야!"

"아니, 넌 알고 있어. 어서 말해!"

"젠장! 모른단 말이야! 나도 내가 알았으면 좋겠어! 근데 정말 모른단 말이야!"

참을 새도 없이 눈물이 흘러나왔다. 카시아스나 단검에 대한 두려움보다는 이 지긋지긋한 상황에서 이제 그만 벗어나고 싶다는 절망감이 그를 괴롭히고 있었다.

"대체 어떻게 해야 내 말을 믿겠어? 난 정말 아룬델이 아니란 말이야!"

카시아스는 얼굴을 찌푸렸다. 그가 보고, 또 들은 바에 의하면 아룬델은 쉽게 눈물을 흘리는 사람이 아니었다. 정신력이 강해서라기보다는 메말랐다는 표현이 어울리는 그의 성격 때문이었다.

설마? 아니야, 그럴 리가 없어.

카시아스는 마음을 파고들려 하는 의혹을 가차없이 떨쳐 냈다. 얼굴에 상처가 생길까 봐 겁이 나서 흘리는 눈물임이 분명했다.

"내가 헛소리 집어 치우라고 했지! 마지막으로 묻겠어. 이번에도 내가 원하는 대답이 나오지 않으면, 너 자신도 못 알아볼 정도로 얼굴을 망가뜨려 버리겠어."

카시아스는 칼끝이 살갗을 조금 파고들 정도로 힘을 가했다.

"열쇠 어디 있어?"

"내가 모른다고 했지! 어디 네 마음대로 해봐! 너 같은 거 하나도 안 무서우니까!"

분노와 자포자기에 빠진 듀이는 카시아스의 멱살을 움켜잡았다. 격한 움직임으로 인해 관자놀이에 상처를 입었으나 그런 건 아무래도 상관없었다.

"너……!"

카시아스는 충격에 휩싸인 채 한 걸음 뒤로 물러섰다. 그의 손아귀에서 풀려난 단검이 바닥으로 떨어졌다.

"너, 정말 아니구나?"

"뭐가?"

듀이는 험악하게 되물었다.

"아룬델이… 정말 아룬델이 아니었어."

이번에 놀란 쪽은 듀이였다. 그와 카시아스는 흡사 처음 대하는 사람들처럼 서름한 눈으로 서로를 마주 봤다.

"하지만 어떻게… 어떻게 그런 일이 생길 수 있어?"

"그건 나도 몰라. 사냥 대회 도중에 정신을 잃은 것 같은데, 눈을 떠보니 아룬델이란 사람이 되어 있었어. 물론 몸만, 속은 그냥 나였고."

단번에 거리를 좁힌 카시아스가 듀이의 어깨를 잡고 주의 깊게 얼굴을 뜯어봤다. 불편한 마음이 든 듀이는 슬그머니 시선을 피했다.

"아룬델이 아니라면, 넌 누구야?"

"난 듀이야, 듀이 델코."

"좋아, 듀이 델코. 완전히 의심이 사라진 건 아니지만, 일단은 네 말을 믿어보겠어. 내가 알던 아룬델과 지금의 아룬델은 극과

극일 만큼 다르니까."

카시아스는 혼란스러운 얼굴로 먼지투성이 바닥을 이리저리 걸어다녔다. 그의 입에서 간간이 험한 욕지거리가 튀어나왔다. 이윽고 걸음을 멈춘 그가 탁자에 비스듬히 엉덩이를 기댔다.

"먼저 할 일은… 뭐야? 왜 그래?"

가만히 서서 눈물을 흘리고 있는 듀이를 발견하자 카시아스는 놀라 등을 세웠다.

"얼굴에 난 상처 때문에 그래? 많이 아파?"

듀이는 고개를 절레절레 흔들었다.

"그럼 왜?"

"지금까지는 날 믿어주는 사람이 한 명도 없었거든. 나한테 무척이나 잘해줬던 아미조차도 아룬델이 아니라는 내 말은 믿지 않았어. 그런데… 날 믿어주는 사람이 생기니까… 자꾸만 눈물이 나와… 안 울려고 해도…….."

카시아스는 도저히 이해할 수 없는 괴생물체를 맞닥뜨린 사람 같은 표정이 되었다.

"이제 그만 좀 울어. 언제까지 그렇게 질질 짜고 있을 거야? 더이상 낭비할 시간 없어. 지금쯤 널 찾으려고 모두들 혈안이 돼 있을 거라고. 물론 세르지오는 그 이상이겠지. 자기 손아귀에 있던 널 코앞에서 내가 빼내왔으니, 아마 지금쯤 광분해서 미친 소처럼 방방 뜨고 있을 거야."

세르지오의 모습이 선명하게 떠올랐다. 카시아스는 소리 내어 웃음을 터뜨렸다.

"하하하하! 얼마나 빠득빠득 이를 갈고 있을까? 그러다 이가 몽땅 빠져버릴지도 몰라. 그 꼬락서니를 내 눈으로 한번 봤으면 좋겠는데 말이야!"

카시아스는 벽에 한 손을 짚고, 다른 손으로 배를 움켜쥔 채 정신없이 웃어젖혔다.

"얼마나 우스운지 땀까지 나네."

숨을 헐떡이며 눈물을 닦아내던 카시아스는 듀이와 시선이 마주치자 머쓱해졌다.

"끝났어?"

듀이가 물었다. 카시아스는 외투를 벗어 탁자 위로 던지며 슬쩍 헛기침을 했다.

"응."

"앞으로 어떻게 할 생각이야? 너나 나나 잡히면 곱게 죽진 못할 텐데."

"나도 그걸 말하려던 참이었어. 정확한 상황 판단이 급선무니까, 나한테 모든 걸 말해줘. 처음부터 끝까지 네가 기억하는 것 모두. 사소한 것 하나도 빠뜨리면 안 돼."

지금껏 지도자로 키워지고 생활해 온 카시아스는 능숙하게 주도권을 되찾아왔다.

"알았어."

듀이는 잠시 생각을 정리한 뒤, 본격적으로 말문을 열었다.

"아룬델이 되기 전에 난 버틀랜드 국의 칼루스에서 살았어. 칼루스는 주로 사냥꾼들이 모여 사는 마을인데……."

카시아스의 요구대로 듀이는 되도록 모든 걸 자세히 설명하려고 노력했다.

"목소리를 들은 것 같단 말이지? '정말?' 하고 묻는."

"응, 그리고 나서 바로 정신을 잃었어. 깨어나 보니 황당하게도 헤이론 국의 왕성에 있었고."

알겠다는 듯 고개를 끄덕여 보인 카시아스가 탁자 위에서 외투를 집어 들었다.

"당분간은 여기 머물러. 음식이며 모포 같은 기본적인 것들은 행크가 마련해 줄 거야. 아, 행크는 요기 위에 있는 술집 주인이야."

"넌?"

"난 몇 가지 준비해야 할 게 있어."

문으로 향하는 카시아스를 얼떨결에 따라가며 듀이는 넌지시 말을 꺼냈다.

"저 말이야… 내 말투… 기분 나쁘지 않아?"

"좋진 않아."

솔직한 답변에 듀이는 금세 주눅이 들었다.

"그럼… 왕자 전하나 카시아스님이라고 불러야 하나… 요?"

"난 좋지 않다고 했지, 기분 나쁘다고 하지는 않았어."

카시아스는 옷을 걸치며 흘긋 듀이를 쳐다봤다.

"지내기 불편하겠지만 당분간만 참아. 여기보다 안전한 곳도 찾기 힘들 거야. 그리고 그냥 카시아스라고 불러. 전하니 아무개 님이니, 거추장스럽기만 하니까. 너나 나나 똑같은 도망자 신세에 불과하잖아."

듀이의 얼굴에 또렷이 나타난 안도감을 발견하고 카시아스는 피식 웃었다. 솔직한 심정으로 아룬델의 모습을 한 듀이를 대하는 일이 마음 편하지만은 않았다. 또한, 듀이의 말을 의심없이 받아들일 만큼 경솔하지도 않았다. 만약 이 모든 일이 간악한 거짓말에 불과하다는 사실을 알게 된다면, 그 즉시 아룬델의 숨통을 잘라 버리리라는 결심 또한 확고했다. 그 결과 '마드라의 열쇠'를 포기해야 한대도 말이다. 하지만 카시아스는 뒤끝이 없는 성격으로 유명했다. 일단 듀이를 믿기로 한 이상, 진실이 밝혀지기 전까지는 그를 동료로 대할 생각이었다.

"어차피 너와 난 좋으나 싫으나 한 배를 타게 되었어."

"카시아스!"

카시아스는 문고리를 잡은 채 뒤를 돌아봤다.

"너도 당분간은 여기 있는 게 낫지 않겠어? 그러니까 수색이 지금보다 수그러들 때까지만이라도."

듀이는 근심을 감출 수 없었다. 카시아스가 병사들에게 잡히기라도 한다면, 자신은 어떻게 해야 할지 암담하기만 했다.

"맞는 말이야. 하지만 앞으로의 여정을 위해 몇 가지 꼭 준비해야 할 게 있어."

"앞으로의 여정이라니?"

"당연히 아룬델을 찾는 여정이지. 넌 너 자신을 찾는 여정이 되겠고."

"아룬델을 찾아? 그 사람이 어디 있는 줄 알고 찾아?"

"먼저 버틀랜드 국에 가봐야 하지 않겠어? 버틀랜드에 도착하면 네 고향인… 어디라고 그랬지?"

"칼루스… 칼루스에 아룬델이 있다는 거야?"

듀이의 눈이 동그래졌다.

"내 생각은 그래. 그 생각이 맞는지 틀리는지는 일단 가보면 알게 되겠지."

"말도 안 돼. 아룬델의 몸은 여기 있잖아. 네 생각이 맞다면 칼루스엔 아룬델의 영혼이 있다는 얘긴데… 설마?"

듀이는 머리를 세게 얻어맞은 것 같은 충격에 빠졌다.

"그래, 듀이 델코의 몸을 차지하고 있겠지."

밖으로 나온 카시아스는 신중하게 주위를 살핀 다음, 문에 빗장을 걸었다. 듀이 델코든 아룬델이든 '마드라의 열쇠'를 자신의 손에 쥐어줄 유일무이한 존재가 문 안에 있었다. 무슨 일이 있어도 놓칠 수는 없었다. 자신이 잡히거나 오랫동안 돌아오지 않으면 아룬델을 없애라는 지시는 이미 내려놓았다.

세르지오의 손아귀에 '마드라의 열쇠'가 떨어지는 꼴을 보느니, 차라리 불에 타 잿더미가 된 헤이론 국을 보겠어.

카시아스는 어둠을 향해 위험하리만치 확고부동한 발걸음을 내디뎠다.

고즈넉한 밤이었다. 깊어지는 어둠의 무게에 짓눌린 듯 풀벌레조차 숨을 죽였다. 그 무엇으로도 깨뜨릴 수 없을 것 같던 고요를 일시에 무너뜨린 건, 초라함을 넘어 비참하게까지 보이는 빨간머리소녀였다.

"이샤무딘!"

셰이는 앞을 가로막고 있는 육중한 철문을 냅다 걷어찼다. 발

톱이 빠질 듯한 견디기 힘든 아픔에 눈앞이 노래졌다. 바닥에 주저앉은 그녀는 눈물을 찔끔거리며 발가락을 부여잡았다. 통증이 분노를 배가시켰는지 이샤무딘에 대한 살기가 걷잡을 수 없이 솟구쳤다. 눈 하나 깜박하지 않고 자신의 손을 짓밟던 그의 모습이 생생히 떠올랐다. 온몸에 부들부들 발작적인 경련이 일었다.

절벽에서 떨어진 자신이 어떻게 살 수 있었는지 셰이는 알지 못했다. 온몸이 마비된 것 같은 한기를 느끼며 눈을 떴고, 정신을 차려보니 바위투성이 바닥에 엎드려 있었다. 죽지 않았다는 사실을 스스로에게 확신시키기 위해 그녀는 전신을 더듬어보았다. 믿기지 않게도 뻐근한 근육통만 느껴질 뿐, 심각한 부상을 입은 것 같지는 않았다. 머리가 엉망으로 헝클어지고 군데군데 옷이 찢어진 것 빼고는 절벽에 매달려 있을 때와 거의 흡사한 모습이었다. 다. 하지만 그 모든 사실에도 불구하고 셰이는 이샤무딘을 용서할 수 없었다. 그가 손을 짓밟았을 때 다가든 소름 끼치는 공포, 암흑만이 존재하는 끝없는 나락으로 빨려 들어가는 것 같은 아득한 절망감. 그 느낌을 떠올리는 것만으로도 진저리가 쳐졌다. 이샤무딘에 대한 증오가 어찌나 극렬한지 셰이는 숨조차 편하게 쉴 수 없었다.

"이샤무딘! 이 더러운 살인자! 빨리 문 열어!"

목이 터져라 고함을 쳤지만 문은 열릴 기미를 보이지 않았다.

끝까지 날 무시하겠다 이거지!

분을 이기지 못하고 씨근덕거리던 세이는 발밑에 굴러다니는 큼지막한 돌멩이를 집어 들었다.

"어디 이래도 안 나오나 두고 보자!"

셰이는 돌멩이로 잇달아 철문을 부서져라 가격했다. 귀청을 찢을 듯한 파찰음이 천지를 뒤흔들며 퍼져 나갔다. 그러나 귀가 어두운 건지, 고집이 센 건지, 아니면 피비린내 나는 취미 생활에 몰두해 있는지 냉혈 흑마법사는 코빼기도 보이지 않았다. 셰이는 뼈가 부러지는 한이 있어도 절대 질 수 없다는 결의를 불태우며 돌을 번쩍 치켜들었다.

쿠우웅!

어마어마한 굉음과 진동에 귀가 멍해지고 머리가 어질어질했다. 물론 포기할 마음은 손톱만큼도 생기지 않았다. 어깨와 팔이 떨어지지 않은 게 신기할 정도로 문을 연거푸 내려쳤을 때였다. 드디어 철문이 움직였다. 셰이는 돌멩이를 바닥에 버리고 몸을 꼿꼿이 곧추세웠다. 마침내 마주 선 이샤무딘의 얼굴엔 진한 짜증이 배어 있었다.

"너, 뭐야?"

등골이 오싹하도록 차가운 어조였다.

"그러는 넌 뭔데?"

셰이는 곧바로 맞받아쳤다.

"꺼져!"

"싫어!"

애써 성질을 억누르듯 이샤무딘이 길게 숨을 내쉬었다.

"여긴 너 따위가 함부로 까불 곳이 아니야. 죽고 싶지 않으면 꺼져!"

"절벽에서 떨어졌어도 멀쩡히 살아남은 나야. 왜 이번엔 죽나 안 죽나, 하늘 꼭대기에서 떨어뜨려 보려고? 어디 마음대로 해봐!

하나도 겁 안 나니까.”

“마지막 경고야. 꺼져!”

“난 분명히 싫다고 했어!”

금빛 눈동자와 호박색 눈동자가 살벌하게 맞부딪쳤다. 그 순간 어마어마한 힘이 그녀의 몸을 덮쳤다. 붕, 하고 허공을 날아간 세이는 바닥에 난폭하게 내동댕이쳐졌다.

“아악!”

날카로운 비명이 터졌다. 온몸의 뼈가 바스러지는 것 같은 지독한 통증이 들이닥쳤다. 고통이 어찌나 갑작스럽고 극심한지 온 세상이 암흑 속으로 내리박히는 것 같았다. 세이는 차라리 정신을 잃길 바라며 눈을 감았다. 철문이 닫히는 소리가 들렸다. 그녀는 한동안 미동없이 바닥에 엎드려 있었다. 통증이 조금 가라앉자 조심스레 몸을 움직여 보았다. 다시 고통이 몰려들며 거친 신음 소리가 새어 나왔다. 세이는 이를 악물고 몸을 일으켜 세웠다.

이런다고 내가 물러설 줄 알아? 어차피 이 정도는 각오하고 있었어!

재차 철문 앞에 선 세이는 다시금 돌멩이를 집어 들었다.

팔이 부러져도… 아니, 온몸이 산산조각나는 한이 있어도 포기하지 않을 거야.

하나, 둘 숫자를 세며 그녀는 끈질기게 문을 내려쳤다. 쉰다섯을 헤아렸을 때 영영 움직이지 않을 것 같던 철문이 열렸다. 예상대로 이샤무딘의 금빛 눈동자엔 차디찬 살기가 감돌았다.

“잘 들어. 난 셰이엔 가이스카 리베 폰 라시에, 바르샤르 국의 왕녀야.”

셰이는 한 자, 한 자 내뱉듯 힘주어 발음했다.

"그 누구도 내게 이런 짓을 하고 무사할 수 없어."

말이 끝나자마자 셰이는 팔을 치켜들었다. 매몰차게 날아드는 그녀의 손을 이샤무딘이 낚아챘다. 그 순간, 이해할 수 없는 일이 벌어졌다. 셰이로선 어떤 일인지 짐작도 가지 않았지만, 무엇인가가 일어났다는 느낌만은 확연히 전해졌다. 그 실체없는 어떤 것은 이샤무딘의 눈에 떠올랐던 살기를 엷어지게 했고, 가슴이 터질 듯하던 셰이의 격한 분노 역시 수그러들게 만들었다.

"너⋯⋯."

이샤무딘의 목소리에서 어떤 기묘한 것이 느껴졌다. 금빛 눈동자 속에도 정체를 알 수 없는 음영이 깃들어 있었다. 비밀을 품은 듯한 침묵이 점점 깊어져 갔다.

"왜 너는 다른 거지?"

대답을 바라고 꺼낸 질문은 아닌 것 같았다. 이 수수께끼 같은 말은 손과 팔에 심한 통증을 느끼고 있던 셰이에게 짜증을 불러 일으켰다.

"다른 게 당연하지! 악질 흑마법사가 이렇게 가까운 곳에서 고귀한 왕족을 본 적이 있겠어? 없는 거 다 아니까 빨리 손이나 놔!"

셰이는 이샤무딘을 노려보며 손을 비틀어 빼냈다. 험악한 분위기가 급속도로 되살아났다.

"꺼지라고 했을 텐데?"

"네가 무슨 말을 하든 난 여기서 한 발짝도 물러서지 않을 거야. 난 해답을 찾아왔어. 그 해답을 손에 넣을 때까진 좋으나 싫으나 내 얼굴을 봐야 할 거야. 사악한 힘으로 날 이 세상 끝까지 날려 버린다 해도, 백 번이고 천 번이고 다시 돌아올 테니까!"

"죽고 싶어 안달 난 모양이군."

셰이는 이샤무딘의 눈을 똑바로 응시했다.

"죽이고 싶으면 죽여봐. 하지만 각오 단단히 해야 할 거야. 유령이 돼서 네가 무덤에 들어가는 마지막 순간까지 졸졸 따라다녀 줄 생각이거든."

"내가 그따위 위협에 넘어갈 것 같아?"

이샤무딘의 입술에 금방이라도 깨어질 듯한 엷은 조소가 피어올랐다. 셰이는 머리라도 부딪칠 기세로 그에게 바짝 다가섰다.

"잘 들어둬. 넌 그렇게 대단한 존재가 아니야. 넌 미친 냉혈 살인마에 상종 못할 야만인일 뿐이야. 그것도 모자라 비겁하기까지 해!"

"비겁하다고? 내가?"

이샤무딘의 음조는 몹시 건조했지만 그리 거칠지는 않았다. 그러나 그녀에게 꽂혀 있는 금빛 눈동자에선 치명적인 위험이 발산되고 있었다. 일순 가슴이 뜨끔해진 셰이는 계속 밀고 나갈 것인가, 아니면 비참한 죽음을 맞기 전에 꼬리를 내릴 것인가에 대해 재빨리 머리를 굴렸다.

기분은 나쁘지만 어차피 넌 이샤무딘에게 도움을 청해야 할 입장이야. 그를 더 화나게 만들어 일을 그르치기 전에 이쯤에서 그만둬.

말도 안 돼, 저 인간이 너한테 한 짓을 그새 잊은 거야? 넌 바르샤르 국의 왕녀야. 설령 죽임을 당하더라도 굴욕적인 모습을 보여서는 안 돼. 맞아, 절대 그럴 순 없어!

결정을 내린 셰이는 기운차게 고개를 치켜들었다. 그러나 앞에 있어야 할 이샤무딘은 어느새 몸을 돌렸는지 점점 멀어지고 있었다.

"악질 흑마법사! 왜 비겁하게 도망치는 거야?"

이샤무딘은 셰이를 돌아보지 않았다. 어떻게 할지 생각해 보기도 전에 철문이 저절로 닫히기 시작했다.

셰이는 황급히 안으로 뛰어들었다. 순간 화염에 싸인 듯 뜨거운 감각이 전신을 휘감았다. 비명을 지를 새도 없었다. 그녀는 맥없이 바닥으로 고꾸라졌다.

"젠장!"

이샤무딘은 욕설을 중얼대며 셰이에게 다가갔다. 세상 그 무엇보다 귀찮은 걸 싫어하는 그에게 있어 셰이는 그야말로 최악의 골칫덩어리였다. 두 사람이 마주친 날을 저주하며, 이샤무딘은 쓰러져 있는 셰이 앞에서 걸음을 멈췄다. 그녀를 깨우는 일은 간단했다. 약한 방어 마법에 걸려 잠이 든 것에 불과했기 때문이다. 하지만 골치 아픈 일을 자신의 손으로 벌일 생각은 추호도 없었다. 이샤무딘은 발을 들어 셰이의 몸을 문밖으로 밀어냈다.

"뭐야, 이거?"

투덜거리던 셰이가 그의 발을 움켜잡더니 휙 패대기쳤다.

"어어!"

일순 중심을 잃은 이샤무딘은 딱딱한 대리석 바닥에 넘어지고 말았다.

"제기랄!"

이샤무딘은 살기 어린 눈으로 셰이를 노려봤다. 그녀는 맛있는 음식을 먹는 꿈이라도 꾸는지, 흐뭇한 얼굴로 입맛을 다시고 있었다.

"저… 괜찮으십니까, 주인님?"

텅 빈 허공에서 무엇인가가 걱정스럽게 물었다. 이샤무딘의 수하인 나탄이었다. 나탄은 자신을 드러내는 일이 거의 없고, 간혹 나타나더라도 반드시 다른 모습을 빌렸다. 연기부터 동물, 가구, 석상에 이르기까지 그 어떤 것으로도 변신이 가능했기에 그의 본래 생김새는 오직 이샤무딘만이 알고 있었다.

"괜찮으니까 문이나 닫아라."

"저 소녀는 어떻게 할까요?"

"내버려 둬."

"저대로 밖에 두면 밤사이 얼어 죽을 텐데요?"

변변한 바람막이 하나 없는 타브리스 산의 밤은 언제나 가혹할 정도로 추웠다.

"바라던 바야."

이샤무딘은 그 말만을 남기고 안으로 들어가 버렸다. 나탄은 셰이를 흘끔거리며 철문을 닫았다. 한기를 느낀 셰이가 부르르 떨더니 몸을 잔뜩 웅크렸다.

"아무래도 얼어 죽을 것 같은데……."

몇 번이고 망설인 끝에 나탄은 담요를 가져와 셰이를 덮어주었다. 주인의 명을 어기는 것 같아 마음이 불편했지만, 이 정도 일에 신경 쓸 이샤무딘이 아님을 알고 있었다.

나탄은 셰이를 계단 뒤쪽으로 옮겨 어느 정도 바람을 피할 수 있게 해주었다. 그제야 마음이 놓인 그는 재빨리 연기로 변해 철문 틈으로 스며들었다.

✳

"지금은 시간을 낼 수 없으니 날이 밝은 후에 다시 찾아오라 분부하셨습니다."

달갑지 않은 소식을 전하게 된 의전관은 눈동자만 굴려 모고르의 눈치를 살폈다. 모고르는 얼마 전 마흔둘이라는 젊은 나이에 헤이론 국의 재상이 된 자로, 세르지오를 권좌에 올리는 데 그 누구보다 혁혁한 공을 세운 사람이었다. 지략에 능한 모고르는 별 볼일 없는 지방 마름의 아들로 태어나 지금의 위치에 올랐다. 잿빛이 섞인 칙칙해 보이는 흑발, 다소 졸리게 느껴지는 흐릿한 회색 눈동자, 보통의 신장과 체격. 지극히 평범한 외모를 가지고 있었으나, 겉으로 드러나지 않는 그의 머리는 매우 비범했다. 호위기사 단장인 훈터가 세르지오의 주먹이라면, 모고르는 세르지오의 두뇌 역할을 하는 존재라 할 수 있었다.

"국왕 폐하께 다시 한 번 내 청을 올려주게."

"폐하께선 이미 재상께서 청하신 독대를 물리치셨습니다."

"'폐하의 심기를 상하게 한 일에 관해 꼭 올리고 싶은 충언이 있다'는 내 말을 꼭 전해 드리게."

"하오나……."

"어서!"

모고르의 강경한 태도에 의전관은 울상을 지으면서도 따를 수밖에 없었다. 그는 국왕의 기분이 가뜩이나 안 좋은 상황에서 자신한테까지 불똥이 튈지 모른다는 근심에 싸여 있었다. 그러나 모고르의 말을 전해 들은 세르지오는 놀랄 정도로 순순히 독대를 받아들였다.

"그래, 무슨 일인가, 모고르?"

세르지오는 모고르를 맞이하기 위해 서둘러 몸을 세웠다. 겉으론 대범하고 용맹스러운 척 자신을 꾸몄지만 사실 그는 매사에 우유부단하고, 소심한 성격이었다. 때문에 모고르에게 많은 걸 의지하고 있었다.

"그동안 기체 평안하셨습니까, 폐하?"

"나야 뭐, 그럭저럭 잘 지냈네. 마음 상하는 일이 생기기도 했지만……. 그건 그렇고, 내가 자네의… 아, 이제 자네라고 부르면 안 되겠군. 재상의 체면도 있고 하니."

"아닙니다, 폐하. 전처럼 편하게 불러주십시오. 폐하께서 절 누구보다 가까이 여기시는 것 같아 기쁘기 한이 없습니다."

"그렇게 말해주니 고맙네."

상석에 자리 잡은 세르지오가 손짓으로 의자를 권했다.

"내가 처음에 자네의 독대를 거절한 이유는 하도 마음이 심란해서였네. 그러니 너무 섭섭하다 생각지 말아주게."

"그럴 리가 있겠습니까, 폐하?"

"그래, 이 늦은 시각에 굳이 날 만나려 한 이유가 뭔가?"

"아룬델이 감옥을 탈출했다는 소식을 들었습니다. 그를 도운 누군가가 사악한 가루를 뿌려 지키고 있던 병사와 간수들을 잠들게 했다 하던데… 맞습니까, 폐하?"

세르지오는 굳은 얼굴을 끄덕였다.

"흐음… 왕궁까지 침입해 그런 대범한 일을 벌이다니, 평범한 자는 아닐 것이 분명하겠군요."

"그놈이 누구든 그게 무슨 상관인가? 중요한 건 아룬델을 놓쳤다는 사실 그 자체란 말일세!"

언성이 높아지며 세르지오의 목에 힘줄이 도드라졌다. 그가 아룬델에게 품고 있는 은밀한 감정은 모고르도 눈치 챈 지 오래였다. 또한 아룬델한테 겁만 주었을 뿐이지, 실제 처형식엔 비슷하게 닮은 엉뚱한 자를 내보내고, 그사이 아룬델을 몰래 빼돌릴 속셈이었다는 사실도 낱낱이 알고 있었다.

욕정에 사로잡혀 정작 중요한 걸 못 보다니, 한심하기 짝이 없군.

모고르는 피어나려는 실소를 능숙하게 감췄다.

"지금부터 올리는 제 말씀에 부디 귀를 기울여 주십시오, 폐하."

"내가 언제나 자네 말을 경청한다는 건 잘 알고 있지 않은가? 어서 얘기해 보게."

직접 대놓고 말은 못하지만 세르지오는 모고르가 아룬델을 되찾아주기를 바라고 있었다.

"아무래도 아룬델이 열쇠의 위치를 알고 있는 것 같습니다."

모고르는 곧장 본론으로 들어갔다. 놀란 세르지오가 등을 꼿꼿이 세웠다.

"아룬델이?"

"예, 폐하. 말씀은 올리지 않았지만 전부터 갖고 있던 생각입니다. 해서 그동안 아룬델에게 사람을 붙여놓기도 했는데, 딱히 확신을 가질 만한 근거는 손에 넣지 못했습니다."

세르지오가 끼어들려는 기미를 보이자 모고르는 얼른 말을 이었다.

"단도직입적으로 말씀드리겠습니다, 폐하. 아룬델을 탈출시킨 자는 바로 카시아스 왕자입니다."

세르지오는 목이 졸린 듯한 신음 소리를 토해냈다.

"그렇다면 카시아스가 자신의 손으로 아룬델을 죽여 형님, 아니, 선왕의 원수를 갚으려 한다는 말인가?"

"단순한 복수심 때문이었다면 위험을 감수하면서까지 그런 일을 벌이지는 않았을 테지요. 바로 다음날 처형대에서 찢겨 죽을 사람을 상대로 말입니다."

모고르는 애써 짜증을 억눌렀다.

"케토르 산기슭에서 은둔자처럼 살아가는 한 마법사한테 자백을 받았습니다. 장정 백 명은 족히 잠재울 수 있는 양의 수면 가루를 카시아스 왕자에게 넘겼다고 하더군요. 그 대가로 받은 것이 무엇인 줄 아십니까? 바로 왕자의 인장 반지입니다. 자신의 인장 반지를 포기하면서까지 카시아스 왕자가 아룬델을 탈출시키려 한 이유가 무엇일까요?"

" '마드라의 열쇠' ⋯ 그 이유가 바로 '마드라의 열쇠'란 말이군."

"예, 그렇습니다, 폐하. '마드라의 열쇠'를 손에 넣어 헤이론 국을 되찾는 것, 바로 그것이 카시아스 왕자의 계획입니다."

목이 타 들어가는 듯하자 세르지오는 손수 물을 따라 단숨에 들이켰다.

"무슨 수를 써서든 빨리 놈을 잡아야 해. '마드라의 열쇠'를 빼앗길 수는 없어, 절대!"

세르지오는 이복 형인 파비앙에게 강한 열등감을 품고 있었다. 그가 철이 들기 전, 이미 왕세자의 자리에 올라 있던 파비앙은 그에게 선망의 대상이었다. 그 감정은 강한 권력욕을 지닌 어머니의 영향으로 인해 자연스레 질투심과 시기심으로 변해갔다.

"고정하십시오, 폐하. '마드라의 열쇠'는 당연히 폐하의 소유가 될 것입니다."

모고르의 태도는 매우 침착했고, 자신감에 차 있었다. 때문에 세르지오도 흥분을 가라앉힐 수 있었다.

"한시라도 빨리 카시아스와 아룬델을 잡아야겠군."

"제가 독대를 청한 이유도 바로 그것 때문입니다. 우선 폐하께 소개시켜 드릴 사람들이 있습니다."

모고르의 눈길이 어깨 너머 허공을 향했다.

"어서들 나와 폐하께 인사 올려라."

기다렸다는 듯 희뿌연 연기가 피어올랐다. 연기가 흩어지며 네 사람이 모습을 드러냈다. 특이하게도 자주색 머리카락과 자주색 눈동자를 가진 젊은 남자가 세르지오 앞에 한쪽 무릎을 꿇었다.

"벨페스트라 합니다, 폐하."

"편하게 벨이라 부르시면 됩니다."

모고르가 말을 보탰다.

"아무쪼록 예쁘게 봐주십시오."

벨페스트의 선이 뚜렷하고 도톰한 입술에 관능적인 미소가 피어올랐다. 그에게선 사람을 홀리는 듯한 미혹적인 분위기가 물씬

풍겨 나왔다. 넋 나간 표정이던 세르지오의 관자놀이가 불그스름
해졌다. 세르지오는 어색한 헛기침으로 컬컬해진 목을 가다듬었
다.

"만나서 반갑네, 벨."

벨페스트 다음으로 나선 사람은 고르키라 불리는 사내였다.
어마어마한 덩치를 자랑하는 고르키는 외모에서 나타나듯 힘 또
한 상상을 초월하는 수준이었다. 장정 열 명이 힘을 합쳐 밀어야
겨우 움직이는 바위를 머리 위까지 번쩍 들어 올렸고, 양팔로 다
감싸지 못하는 아름드리나무를 뿌리째 뽑을 수 있었다. 맨손으
로 황소의 목을 부러뜨리는 건, 그가 종종 즐기곤 하는 오락거리
였다.

"다음은 제가 누구보다 아끼는 아슬라입니다."

모고르의 말이 끝나자 검은 로브를 깊이 눌러쓴 여인이 걸어나
왔다. 전신을 가리다시피 한 까닭에 몸집이 왜소하다는 사실 이
외엔 알 수 있는 것이 별로 없었다. 모고르 역시 이름을 빼곤 일
체의 설명을 하지 않았다.

마지막은 숨어 있는 것처럼 어깨를 구부정하게 숙인 채 가장
뒤쪽에 서 있던 남자의 차례였다. 혈색이라곤 찾아볼 수 없는 창
백한 피부가 머리카락 한 올 없는 머리부터 발끝까지 온몸을 덮
고 있었다. 무의식중에 망자를 떠올리고 있던 세르지오는 유리알
같이 반들거리는 새까만 눈동자와 마주친 순간 자신도 모르게 움
츠러들었다. 이 무채색으로만 이루어진 남자의 이름은 피셔였다.
생김새도 괴이했지만, 차림새 또한 그에 못지않았다. 음부만을
겨우 가리는 작은 천 조각을 제외하곤 실오라기 하나 걸치지 않

고 있었다.

"피셔의 결례를 너그러이 용서해 주십시오, 폐하. 피셔는 피부가 극도로 민감해서 공기 외에 다른 것이 닿으면 심한 고통을 느낍니다. 때문에 어쩔 수 없이 저런 모습을 하게 되었습니다."

"알겠네."

세르지오는 점잖은 미소를 지어 보였다. 하지만 내심으론 느닷없이 나타난 괴상한 사람들로 인해 약간 겁을 집어먹은 상태였다.

"너희는 돌아가 대기하고 있어라. 난 폐하께 올릴 말씀이 남아 있다."

모고르를 향해 고개를 숙여 보인 네 사람이 일시에 모습을 감췄다. 세르지오는 탄성을 터뜨렸다.

"대단하군!"

"예, 폐하. 대단한 존재들입니다."

당신의 생각보다도 훨씬 더.

모고르는 마음속으로 말을 더했다.

"그러니까 저들로 하여금 카시아스와 아룬델을 잡도록 할 계획인 거로군."

"맞습니다, 폐하. 그들을 잡아야 '마드라의 열쇠'를 손에 넣을 수 있습니다!"

모고르의 어투에 힘이 실렸다. 세르지오를 이용해 일국의 재상까지 올라섰으나 그는 그 정도에서 만족할 수 없었다. 철이 들 무렵, 평범하지 않은 자신의 운명을 느낀 순간부터 지금까지 그는 '마드라의 열쇠'를 갈망했다. 그가 전 세계를 샅샅이 뒤지다시피

하여 벨페스트, 고르키, 피셔, 그리고 아슬라를 모은 이유도 '마드라의 열쇠'를 손에 넣기 위해서였다.

'마드라의 열쇠'는 인간 세계와 인간사를 초월하는 궁극의 힘, 즉 신의 권능과 같았다. 신의 권능을 얻는다면 인간의 세상 정도는 마음 내키는 대로 쥐락펴락할 수 있으리라.

"그들 네 사람을 다루는 일에 어려움은 없겠는가?"

자신만의 세계에 빠져 있던 모고르는 세르지오의 목소리에 퍼뜩 정신을 차렸다.

"꽤나 위험한 자들로 보이던데… 덮어놓고 세상에 내놓았다가 불미스러운 일이 생기는 건 아닌지 마음에 걸리는군."

"벨페스트, 고르키, 피셔, 아슬라, 이들 넷은 제 수족과 같은 사람들입니다. 손발을 놀리듯 제 마음대로 그들을 부릴 수 있다는 뜻입니다. 폐하의 우려하심은 잘 알겠습니다만, 이번 일만큼은 절 믿어주십시오, 국왕 폐하!"

"자네가 그렇게까지 말하니, 한번 믿어보겠네."

"감사합니다, 폐하. 지금 당장 카시아스와 아룬델을 잡아들이라는 명을 내리겠습니다. 물론 아룬델에게 작은 상처 하나 입혀선 안 된다는 명도 잊지 않겠습니다."

모고르가 자신의 우려를 꼭 집어 언급하자, 세르지오는 불안을 가라앉힐 수 있었다.

"내 짐작이 맞는다면 그들 넷은 특이한 생김새만큼이나 범상치 않은 능력을 가지고 있을 것 같군. 언제 기회가 되면 내 눈으로 직접 한번 봐야겠네. 궁금하기도 하고, 적잖이 호기심도 생기는군."

“물론입니다, 폐하. 카시아스와 아룬델이 잡히는 대로 시간을 마련해 보겠습니다.”

모고르는 독대를 끝내기 전, 자신의 수하들이 헤이론 국에서 자유로이 수색 활동을 벌일 수 있도록 국왕의 승인을 받아냈다. 그들 네 사람을 세르지오에게 선보인 이유도 성가신 걸림돌들을 미리 제거하기 위해서였다.

이제 얼마 남지 않았어! 내 손으로 천하를 움켜쥘 그날이!

평소엔 흐릿하게만 보이는 모고르의 회색 눈동자가 날을 세운 강철같이 예리하게 번뜩였다.

잠에서 깨어난 셰이는 팔다리를 쭉 뻗으며 기지개를 켰다. 그녀 자신도 놀랄 정도로 기분이 상쾌했다. 어깨가 조금 묵직한 것만 빼면 몸 상태도 썩 만족스러웠다. 어제 겪은 일을 고려하면 기적과도 같은 일이었다.

쌀쌀한 바람이 불어오자 셰이는 어깨에 담요를 둘렀다. 이 담요는 이샤무딘이 그녀를 위해 덮어준 것이 틀림없으리란 생각이 들었다. 안으로 들이지 않고 한뎃잠을 자게 만든 건 비난받아야 마땅하지만, 그의 잔인한 만행에 시달릴 대로 시달린 셰이에겐 담요 한 장이 최고급 침대보다도 더 근사하게 느껴졌다. 담요의 존재는 이샤무딘이 내민 화해의 손짓인지도 모른다.

어젠 그렇게 악독하게 굴더니만, 은근히 마음이 찔렸나 보지?

흐뭇해진 셰이는 철문과 이어진 짧은 계단을 뛰어올랐다. 이제 모든 고난은 끝났다는 징조가 나타났다. 문이 열리고 이샤무딘이 모습을 보인 것이다. 밝은 세상 속에 드러난 그가 아찔할 만큼 아름다워 보여 셰이는 한순간 말문이 막혀 버렸다.

"어… 그러니까……."

정신 차려, 바보야!

창피한 모습을 보이고만 쑥스러움에 셰이는 겸연쩍은 미소를 지었다.

"잘 잤어?"

이샤무딘의 동공 속 금빛 반점들이 신비스러운 빛을 발했다. 이윽고 조각해 놓은 듯한 그의 입술이 움직였다.

"꺼져!"

망연자실해진 셰이의 코앞에서 철문이 쾅! 소리를 내며 닫혔다. 그녀는 주먹을 움켜쥔 채 문을 노려보다 성 주위를 돌며 안으로 들여보내 줄 통로를 찾았다. 천지가 개벽해도 이샤무딘이 순순히 문을 열어줄 리 만무했고, 다짜고짜 밀고 들어가려 했다간 어젯밤처럼 봉변을 당할 것이 틀림없었다.

오래지 않아 발견한 건, 덧창이 달린 창문이었다. 무릎 높이쯤에 나 있는 걸로 봐선 지하 창고나 보관실의 창문 같았다. 덧창을 열자 맞은편에 자리한 문을 제외하고는 오직 바닥과 천장, 사면의 벽으로만 이루어진 삭막한 공간이 보였다. 조심스레 창틀을 딛고 올라선 셰이는 아래로 뛰어내렸다. 딱딱한 돌바닥 탓에 발이 꽤 아프겠다는 생각이 뇌리를 스쳤을 때, 서늘한 물이 전신을 감쌌다. 그녀는 팔다리를 마구 휘저어 물 밖으로 얼굴을 내밀었다. 믿을 수 없게도 시커먼 물이 가득 담긴 웅덩이가 바닥에 떡

하니 생겨 있었다. 그리고 웅덩이 바로 위 허공에 이샤무딘이 거만하게 버티고 서 있었다.

"네 짓일 줄 알았어."

그 말을 겨우 끝내고 셰이는 한 치 앞도 분간할 수 없는 물속으로 가라앉았다. 웅덩이는 굉장히 깊었다. 침강만이 계속될 뿐 그 끝을 알려줄 바닥의 느낌은 전해지지 않았다. 흡사 깊고 깊은 바다에라도 빠진 것 같았다. 죽음의 공포에 내몰린 셰이는 격렬히 발버둥쳐 위로 떠올랐다. 별안간 부드러운 감촉이 손끝을 스쳤다. 간절하던 공기를 힘겹게 빨아들인 후에야 그녀는 자신이 움켜쥐고 있는 것이 이샤무딘의 옷자락이라는 사실을 깨달았다.

셰이는 이샤무딘과 눈길을 맞댔다. 검은 물이 쉴 새 없이 흘러들며 눈을 쓰라리게 했지만 그녀의 시선은 흔들리지 않았다.

"여기서 꺼내줘!"

셰이가 침묵을 깼다. 부탁이라기보단 명령에 가까운 어투였다. 무표정한 얼굴로 그녀를 빤히 쳐다보던 이샤무딘이 입을 열었다.

"맹세해. 앞으로 날 귀찮게 하지 않겠다고."

"귀찮게 하지 않겠다는 맹세? 구체적으로 어떤 걸 말하는 건데?"

셰이는 무슨 얘긴지 도통 모르겠다는 말투를 사용했다. 나올 대답은 쉽게 짐작이 갔으나 생각할 시간을 벌기 위해서였다.

"거기서 벗어나는 순간 타브리스 산을 떠나 다시는 내 앞에 나타나지 않을 것."

셰이는 고민하는 척하며 잠시 뜸을 들였다.

"알았어, 귀찮게 하지 않겠다고 약속할게."

물론 거짓말이었다. 이샤무딘은 그녀와 본래 세상을 이어주는 단 하나의 연결선이었다. 그런 그를 순순히 포기하라니, 설령 창조신 아스트라한의 신탁을 받는다 해도 결단코 그럴 수는 없었다.

"구체적으로 말해."

"나, 셰이엔 가이스카 리베 폰 라시에는 이곳에서 벗어나는 순간 타브리스 산을 떠나 다시는 이샤무딘 앞에 나타나지 않을 것을 약속합니다."

셰이는 숨도 쉬지 않고 단숨에 쏟아냈다. 찔리는 마음을 숨기기 위한 나름대로의 묘책이었다.

"맹세하라고 했어."

"나 참! 왜 그렇게 사람을 못 믿어?"

"난 인간이라는 더럽고 한심한 무리는 절대 믿지 않아."

이샤무딘이 냉소적으로 말했다.

그래, 너 잘났다!

셰이는 반사적으로 튀어나오려 하는 비웃음을 꾹 참았다.

"알았어. 나, 셰이엔 가이스카 리베 폰 라시에는 이곳에서 벗어나는 순간 타브리스 산을 떠나 다시는 이샤무딘 앞에 나타나지 않을 것을 맹세합니다. 됐지? 이제 꺼내줘."

한시라도 빨리 웅덩이에서 벗어나고 싶었다. 물은 그리 차갑지 않았으나 옷 무게 때문인지, 웅덩이 속에 자력이라도 흐르는지 자꾸만 몸이 아래로 가라앉으려 했다.

"아니, 안 되겠어."

"뭐어?"

자연스레 언성이 높아졌다.

"안 되겠다고."

"왜? 맹세까지 했는데? 이 이상 뭘 더 바라는 거야?"

"난 인간이라는 것들은 절대 믿지 않아. 그중에서도 특히 너는 더욱 못 믿고."

그동안 당할 대로 당한 셰이는 화가 나지도 않았다. 오히려 이샤무딘에게 확답을 받아낼 좋은 기회라는 생각이 들었다.

"좋아, 믿지 마! 악질 흑마법사 따위가 믿든 안 믿든 난 전혀 상관없으니까. 치사하게 한 입으로 두말한다고 소문내진 않을 테니, 이것 하나만 약속해 줘. 내가 여기에서 빠져나와 저기 저 문을 열고 안으로 들어서면, 날 받아들이겠다고. 다시는 날 내치지 않겠다고 약속해 줘."

"내가 왜 그런 성가신 일을 벌여야 하지? 널 죽여 버리면 깨끗이 마무리될 일을 가지고 말이야."

"내가 그렇게 무서워? 저 문을 열고 들어가 널 괴롭힐까 봐 무서워? 그래서 그런다면 나도 더 이상 할 말 없어. 겁쟁이하고는 상대하고 싶지 않거든."

셰이는 정면으로 도전했다. 이샤무딘의 입술에 선명한 조소가 피어올랐다.

"좋아. 저 문을 열고 들어서면 널 내던지는 건 일단 보류하지."

"어떠한 조건도 없이?"

이샤무딘의 표현이 마음에 들지 않았지만, 지금은 일을 확실히 해두는 것이 무엇보다 중요했다. 상대는 악질 흑마법사였다. 사소한 꼬투리를 잡혀 단 몇 분 만에 밖으로 내쳐질 위험은 미리 막아놓아야 한다.

"규칙을 어기지 않는다면."

그럴 줄 알았어. 순순히 받아들일 사람이라면, 내가 지금 이런 꼴이 되지도 않았을 테지.

셰이는 짐짓 심각한 표정을 만들었다. 그러나 내심으로는 적당한 기회를 노려 이샤무딘의 옷자락을 구명줄 삼아 웅덩이에서 빠져나갈 궁리를 하고 있었다. 깊이는 상당했으나 폭은 그녀의 양쪽 팔 길이와 비슷할 정도의 웅덩이였다. 일단 팔꿈치만이라도 돌바닥에 걸칠 수 있다면 웅덩이를 빠져나가는 일은 그리 어렵지 않을 것이다.

"어떤 규칙인데?"

말을 끝냄과 동시에 셰이는 이샤무딘의 옷자락을 더욱 단단히 틀어쥐었다. 그녀가 온 힘을 다해 밖으로 몸을 솟구치려 할 때였다. 갑자기 이샤무딘의 모습이 시야에서 사라졌다. 일순 머리끝까지 잠길 뻔한 셰이는 열심히 팔을 휘저은 덕분에 저만치 떨어진 문 앞에 나타난 그를 볼 수 있었다.

"고작 한다는 게 도망이야? 악명 높은 흑마법사라면 뭔가 달라도 다를 줄 알았어! 이런 어린애 장난 같은 일을 겪게 될 줄은 몰랐다고!"

목까지 차오른 도와달라는 애원을 힘겹게 삼키며 셰이는 되레 오만한 태도로 큰소리쳤다. 속이 빤히 들여다보이는 허풍에 불과하다 해도 최소한 자존심만큼은 지키고 싶었다.

"실망이야, 이샤무딘!"

"원한다면 좀 더 재미있게 만들어주지."

말이 끝나는 순간 돌바닥이 허물어지며 웅덩이가 급속도로 커지기 시작했다. 설상가상 검은 물이 뱀처럼 꿈틀거리더니 소용돌이로 변해갔다.

"이 나쁜……!"

벌린 입속으로 세찬 물줄기가 퍼부어졌다. 격렬히 팔다리를 휘저었으나 소용없었다. 거센 소용돌이에 휘말린 셰이는 속절없이 아래로, 아래로 빨려 들어갔다. 시커먼 물이 쿨렁쿨렁 목을 타고 넘어왔다. 숨을 쉬려고 안간힘을 쓸 때마다 단검으로 찌르는 듯한 통증이 가슴과 폐를 긁어댔다.

죽는 건가? 이렇게 허무하게 죽음을 맞는 걸까?

무섭다는 생각은 들지 않았다. 묘하게 침착하고 초연한 기분이었다. 셰이는 움직임을 멈췄다. 몸부림은 쓸데없는 헛고생에 지나지 않음을 본능이 일깨워 주었다. 금방이라도 자신을 집어삼키려 하는 운명에 지지 않으려면 다른 방법을 찾아야 한다. 격렬한 싸움을 끝낸 사람처럼 힘이 빠져나가며 온몸이 나른해졌다.

예전에 셰이는 상상놀이를 하며 동생 루셀과 놀아준 적이 종종 있었다. '사막에서 도적 떼를 만났어. 어떻게 할래?' 하고 한 명이 질문을 시작하면, '구름을 불러 타고 재빨리 도망칠 거야. 그러다 구름이 말라 버려 물 한 모금 못 마신 채 사막을 헤매게 된다면?' 하고 다른 사람이 물음을 이어가는 방식이었다. 기발하고 황당한 이야기를 만들어낼 때마다 셰이와 루셀은 큰 소리로 웃어대며 재미있어하고는 했다.

"바닥에 생겨 버린 괴상한 물웅덩이에 빠져버렸어. 어떻게 할 거야,

누나?"

루셀의 키득거림이 뇌리로 스며들었다.

웅덩이 밑에 잠들어 있는 무지개를 깨울 거야. 그리고 힘차게 기지개를 켜는 무지개를 타고 단숨에 웅덩이를 벗어날 거야.

지나치게 몰두해서일까, 실제로 몸이 붕 떠오르는 것 같은 느낌까지 들었다.

또 한 가지, 무지개의 힘을 빌려 넌더리나는 웅덩이를 아름다운 꽃밭으로 변하게 만들겠어.

기분 좋은 꽃향기가 코끝을 스쳤다. 감고 있던 눈을 뜬 셰이는 넋이 나갈 정도로 놀라고 말았다. 그녀는 흐드러지게 핀 색색의 꽃들 한가운데에 앉아 있었다.

이게 어떻게… 어떻게 된 거지?

셰이는 얼떨떨한 눈으로 주위를 둘러보다 이샤무딘에게 시선을 가져갔다. 그는 문에 몸을 기댄 채 그녀를 응시하고 있었다.

"날 도운 사람이 혹시……?"

"내가 그런 미친 짓을 했을 것 같아?"

지금껏 그랬듯 냉랭한 어조였으나 불쾌감은 느껴지지 않았다.

설마 상상놀이가 현실로 이루어진 건 아니겠지?

어떻게 된 일인지는 나중에 곰곰이 생각해 보기로 하고, 셰이는 화제를 바꿨다.

"그나저나 이젠 된 거지? 더 이상 날 쫓아내지 않을 거지?"

"'이 문을 열고 안으로 들어서면……' 이라고 지껄인 게 누구였지?"

무표정한 얼굴로 어쩌면 저렇게 얄밉게 말할 수 있는 걸까?

셰이는 이샤무딘을 쏘아보며 몸을 세웠다.

"알았으니까 그 문에서 물러나기나 해."

별생각없이 서너 걸음 옮기던 셰이는 그 자리에 멈춰 섰다. 이상하게도 문에서 더 멀어진 것 같은 느낌이 들었다. 그녀는 신중하게 앞으로 나아갔다.

이런 세상에!

우려가 현실로 나타났다. 한 보 내디딜 때마다 문과의 거리가 그만큼 더 벌어지고 있었다. 속도를 높이면 되지 않을까, 하는 생각에 셰이는 여섯 걸음 정도 빠르게 달음박질쳤다. 그러나 마찬가지로 문에서 더 멀어지는 결과가 초래될 뿐이었다.

"치사하게 자꾸 이럴 거야?"

"더 열심히 노력해 봐. 언젠가는 문을 열 수 있을지도 모르니까."

밖으로 나가려던 이샤무딘이 셰이에게 시선을 맞췄다.

"죽기 전엔 힘들 테지만."

완벽한 조롱조의 말이었다. 셰이는 당장이라도 뛰어가 때려주고 싶은 충동을 가까스로 자제했다.

"안에서 잠시만 기다려. 내가 금방 따라갈 테니까."

아무렇지 않은 척 응수하는 그녀를 무시하고 이샤무딘이 문을 나섰다. 혼자 남겨진 셰이는 바닥에 책상다리를 하고 앉았다. 웅덩이에서 기적처럼 벗어났을 때와 같이 상상놀이를 해볼 생각이었다.

'걸을 때마다 오히려 더 멀어지는 문이 있어. 어떻게 할 거야?

좀 더 효과가 있을까, 싶은 마음에 눈을 감고 일부러 루셀의 목소리까지 떠올려 보았다.

으음… 문에 생명을 불어넣어 직접 내 앞까지 다가오게 만들겠어.

셰이는 실눈을 떠보았다. 조금 전과 마찬가지로 멀찍이 떨어져 있는 문이 보였다. 실패를 확인하자마자 그녀는 다른 상상을 만들어냈다. 그러나 바뀌는 건 없었다. 날개를 돋게 해 공중을 날아가지도 못했고, 이샤무딘이 했던 것처럼 갑자기 사라졌다가 문 앞에 나타날 수도 없었다. 팔과 다리를 길게 늘여 한번에 문을 통과하려던 궁여지책도 허무하게 접어야 했다. 실망이 거듭되자 셰이는 자신이 점점 어리석게 느껴졌다.

상상은 그저 상상일 뿐이야. 웅덩이에서 빠져나온 것도, 꽃밭이 생긴 것도 상상놀이 때문에 벌어진 일이 아닐 텐데… 이렇게 바보짓이나 하고 있다니…….

셰이는 엎드린 채 팔에 얼굴을 묻었다. 더 이상은 문제를 해결할 만한 어떤 방법도 떠오르지 않았다. 눈에 빤히 보이는 문을 열어보지도 못하고 포기해야 하는 신세라니……. 좌절감에 눈물이라도 펑펑 쏟고 싶은 심정이었다.

지금 상황에서 눈물만큼 도움이 안 되는 것도 없어. 울 힘이 남아 있다면 다른 방법이나 찾아봐.

셰이는 마음의 충고를 따라 다시 머리를 쥐어짰다. 답답한 시간이 흘러갔다. 하품이 나오더니 눈꺼풀이 무거워졌다. 자신도 모르는 사이 그녀는 선잠에 빠져들었다. 잠시 후 정체불명의 회색 연기가 굳게 닫힌 문틈으로 숨어들어 왔다는 사실 역시 알 수가 없었다.

콧노래가 절로 흘러나왔다. 셰이는 꿈결 같은 황홀경에 빠져 있었다. 코끝을 간질이는 거품을 후~ 불어 떼어냈다. 어깨에서 찰랑대는 향기로운 물의 감촉이 너무나 기분 좋게 와 닿았다. 다섯 사람은 족히 들어갈 정도의 크고 깊은 대리석 욕조에 몸을 담그고 있으려니, 왕궁 생활로 돌아간 듯한 착각마저 일었다.

그때로 시간을 되돌릴 수 있다면…….

셰이는 우울한 생각은 하지 말자고 중얼대며, 욕조에 더욱 깊이 몸을 담갔다. 전신이 나른해지자 문을 앞에 두고 절망에 빠져 있던 시간이 아득하도록 멀게 느껴졌다. 어떻게 문을 통과할 수 있었는지, 생각하면 생각할수록 아리송했다.

잠에서 깨어났을 때, 무엇인가가 변한 것 같은 느낌이 들었다. 셰이는 속는 셈 치고 다시 한 번 시도해 보자는 생각을 하며 걸음을 내디뎠다. 믿어지지 않게도 문은 꼼짝 않고 그 자리에 머물러 있었다. 셰이는 환호성을 질렀다. 쏜살같이 달려가 문을 열어젖힌 그녀는 곧바로 이샤무딘을 찾아 나섰다.

왕궁에 비할 바는 아니지만, 성은 상당히 넓었다. 이상하게도 밖에서 봤을 때보다 족히 두 배는 더 큰 것 같았다. 또 한 가지 셰이를 어리둥절하게 만든 건, 어느 곳을 봐도 먼지 하나 없이 말끔하다는 점이었다. 성 전체가 지나치리만큼 깨끗해 반질반질 윤이 날 지경이었다.

이 정도면 청소만 전담하는 사람들이 백 명은 필요할 것 같은데…….

일꾼들을 어떻게 구하는지는 몰라도, 청결에 관한 한 이샤무딘이 얼마나 까다로운 완벽주의자인지 능히 짐작할 수 있었다.

깨끗하다는 점을 빼면 딱히 구경할 만한 것도 없는 성이었다. 대부분의 방엔 장식품은 고사하고, 기본적인 가구조차 없었다. 눈에 보이는 건 바닥과 천장, 그리고 창문뿐이라고 해도 과언이 아니었다.

부지런히 성을 돌아다니던 셰이는 큰 소리로 이샤무딘을 불러볼까 망설이다가 복도 끝에 달린 문을 열어보았다. 눈을 의심할 수밖에 없는 근사한 욕실이 시선을 사로잡았다. 셰이는 그 즉시 이샤무딘과의 만남을 뒤로 밀었다. 수정꼭지에서 떨어지는 향기로운 물의 유혹을 뿌리치기엔 그녀의 몰골이 너무나 형편없었다.

셰이는 피부가 쪼글쪼글해질 때까지 목욕을 즐겼다. 만족스러움이 난감함으로 바뀐 건 욕조 옆에 똬리를 틀고 있는 옷 뭉치를 발견했을 때였다. 사실 그건 옷이 아니라 다 떨어진 넝마처럼 보였다. 길거리에 걸어놔도 거지조차 집어가지 않을 것이라는 확신이 들었다.

"저걸 다시 몸에 걸치느니, 차라리 평생 욕조 속에 들어가 사는 쪽을 택하겠어."

셰이는 단호하게 선언했다. 동의한다는 듯 배에서 꼬르륵 소리가 새어 나왔다.

제대로 된 음식을 먹어본 게 언제였더라?

생각이 나지 않았다. 그러자 갑작스레 참기 힘들 만큼 허기가 심해졌다.

빨리 뭐라도 먹어야지, 이러다간 원래 세상을 되찾기는커녕 오늘을 넘기기도 힘들겠어.

하지만 그러기 위해선 먼저 몸에 걸칠 만한 걸 찾아야 했다. 세이는 욕실 안을 이리저리 둘러보다 창에 걸린 푸른색 커튼을 떼어냈다. 몸에 커튼을 둘둘 감은 후, 남은 끝부분을 겨드랑이 쪽에 말끔히 접어 넣자 그럴듯한 드레스가 완성되었다.

역시 난 대단해!

세이는 전장에서 승리한 개선장군처럼 어깨를 펴고 씩씩하게 걸음을 옮겼다. 바닥에 끌리는 커튼 자락이 자꾸만 발에 밟히며 훼방을 놓았지만, 흡족한 마음은 줄어들지 않았다. 아무 탈 없이 성안으로 들어왔겠다, 목욕도 했겠다, 또 새 옷까지 입었겠다, 세이의 기분은 날아갈 듯 가벼웠다. 배가 고픈 것이 흠이라면 흠이었지만 말이다.

이 넓은 성에 먹을 것 하나 없겠어? 어쩌면 근사한 만찬이 날 기다리고 있을지도 몰라.

어느새 그녀는 낙천적이고 쾌활한 원래의 성격으로 돌아가 있었다. 때문에 음식을 찾는 도중, 책을 읽고 있는 이샤무딘을 발견했을 때도 스스럼없이 인사말을 건넬 수 있었다.

"안녕, 이샤?"

세이는 문을 잡고 서서 방을 살폈다. 보이는 건 책장과 서적뿐, 음식이 있을 만한 곳이 아니었다. 방을 나가려던 그녀는 이샤무딘에게 시선을 가져갔다. 그는 딱딱하게 굳은 얼굴로 그녀를 응시하고 있었다.

"지금 식당이나 조리실을 찾고 있어. 어디 있는지 가르쳐 줄 마음 있어?"

"꺼져!"

"으이구, 그럴 줄 알았다니까. 솔직히 말하면 기대하지도 않았어. 그럼 계속 책 봐, 음식은 내가 알아서 찾아 먹을게. 이샤는 모르겠지만 나 그런 거 좋아해, 여기저기 뒤지고 돌아다니는 거."

달뜬 웃음소리를 끝으로 문이 닫혔다. 묵직한 정적이 공기를 내리눌렀다. 살벌한 천둥 번개가 한바탕 휘몰아치기 전, 숨죽인 대지가 몸을 웅크릴 때의 적막과도 같은 고요함이었다.

"나탄, 너냐?"

어쩔 줄 몰라 하며 천장 부근에 뭉쳐 있던 나탄은 재빨리 아래로 내려왔다.

"어, 그게… 예."

"왜냐?"

"어, 그게… 그러니까… 모르겠습니다."

느닷없이 나타난 빨간머리소녀를 왜 도와준 것인지 나탄 자신도 명확한 이유를 알지 못했다. 그저 고개를 묻은 채 울고 있는―나탄의 착각일 뿐 셰이는 그때 잠을 자고 있었다―모습이 너무나 가여워 보여 가만히 있기 어려웠을 뿐이다.

"잘못했습니다. 다시는 그런 일 없을 겁니다."

나탄은 이샤무딘이 노여움을 드러내며 어떤 형태로든 자신을 벌하리라 예상했다. 주인의 뜻을 거역하고 성안에 불청객을 들어오게 한 행동이 얼마나 큰 잘못인지 잘 알고 있었다. 그러나 이샤무딘은 알겠다는 듯 고개를 한번 끄덕인 다음, 읽고 있던 책으로 시선을 내렸다.

한동안 주인의 눈치를 살피던 나탄은 긴장이 누그러지자 슬쩍 서고를 빠져나왔다. 그는 호기심을 억누를 수 없었다. 셰이가 도대체 무엇을 하고 있는지 자신의 눈으로 직접 보고 싶었다. 무미건조한 생활에 묻혀 시간의 흐름조차 망각해 버린 그에게 있어 빨간머리소녀는 오랜 가뭄 끝에 찾아온 단비처럼 여겨졌다.

"말도 안 돼! 이건 정말 말도 안 돼!"

믿기 힘든 충격에 강타당한 셰이는 곧장 이샤무딘이 있던 서고로 달려갔다.

"도대체……!"

호기있게 소리치며 문을 열어젖혔으나 그는 보이지 않았다. 어디부터 찾아야 하나 고민하던 그녀는 저만치 모퉁이 쪽에서 얼핏 눈을 스친 검은 머리카락을 부랴부랴 쫓아갔다. 셰이가 계단 꼭대기에 이르렀을 때, 이샤무딘은 층계를 거의 다 내려간 상태였다.

"이샤!"

이샤무딘은 약간 뻣뻣한 동작으로 고개를 돌렸다.

"그렇게 부르지 마."

"그럼 뭐라고 불러?"

"나에 관한 건, 그게 어떤 것이든 입에 담지 마!"

이샤무딘의 음성은 전보다 한층 더 싸늘해져 있었다. 셰이는 슬그머니 기어들려 하는 불편한 마음을 과감히 떨쳐 버렸다.

"어쨌거나 지금 중요한 건 그게 아니야."

셰이는 계단을 내려가며 말을 계속했다.

"먹을 게 하나도 없어. 여긴 먹을 게 하나도 없단 말이야. 방이란 방은 다 뒤졌는데도 빵 부스러기조차 찾지 못했어. 어떻게 그럴 수 있어? 이 넓은 성에 음식이 조금도 없다니, 그게 말이 돼? 말이 되냐고?"

"그래서? 하고 싶은 말이 뭐야?"

"악질 흑마법사든 냉혈 야만인이든, 살려면 뭐라도 먹어야 하잖아. 그런데 성 어디에도 음식은 보이지 않고……."

셰이는 층계참에 멈춰 서서 곰곰이 생각에 잠겼다.

어쩌면 식품 저장소가 지하에 있는 건 아닐까? 하지만 지하엔 괴상한 문 외에는 아무것도 없었는데? 다른 곳으로 이어지는 통로도 보이지 않았고. 아니야, 으슥한 곳에 있다면 못 보고 넘어갔을 수도 있어. 으음… 으슥한 곳이라…….

별안간 퀴퀴한 지하실이 떠올랐다. 뒤를 이어 그곳에 갇혀 있는 포로들의 모습이 이어지더니 피투성이가 된 채 살려달라고 울부짖는 광경이 자연스레 따라붙었다. '악질 흑마법사든 냉혈 야만인이든, 살려면 뭐라도 먹어야 하잖아' 조금 전 그녀의 입으로 했던 말이 되살아났다.

설마…….

셰이는 파르르 떨리는 입술을 움직였다.

"저, 정말 사람을 잡아먹는 거야?"

무어라 형용할 수 없는 표정이 된 이샤무딘이 천장을 올려다봤다.

"대체 무슨 맛으로 사람을 먹어?"

셰이는 오만상을 찌푸렸다. 속이 메슥거리며 헛구역질이 올라왔다.

"사람 맛."

툭 던지듯 내뱉은 이샤무딘이 걸음을 떼었다.

"잠깐!"

그를 놓치면 이 넓은 곳을 다시 뒤져야 한다는 생각에 마음이 급해졌다. 셰이는 허겁지겁 계단을 뛰어내려 갔다. 그러나 채 두 계단도 못 가 커튼 자락이 밟히며 순식간에 균형을 잃어버렸다.

"어! 어어어어어!"

두 발이 바닥에서 떨어지며 몸 전체가 앞으로 쏠렸다. 이샤무딘이 뒤를 돌아본 순간 그리 우아하지 못한 자태로 허공을 날아온 셰이가 격렬하게 그를 덮쳤다. 두 사람은 한 덩어리가 된 채 넘어지고 말았다.

쿠웅, 이샤무딘의 머리가 바닥에 부딪치며 충격음이 터졌다. 셰이는 얼마나 아플까, 하는 생각에 부르르 몸서리를 쳤다. 이샤무딘 위로 떨어지는 바람에 그녀는 긁힌 상처 하나 입지 않은 상태였다. 셰이는 허둥지둥 몸을 움직여 이샤무딘 옆에 자리 잡았다.

"괜찮아?"

그녀는 황급히 물었다. 창백한 얼굴로 눈을 감고 있을 뿐 그는 미동도 하지 않았다.

"설마 죽은 건 아니겠지?"

셰이는 덜컥 겁이 났다. 이샤무딘은 본래의 그녀를 알아봐 준 유일한 사람이었다. 비록 그동안 그녀를 잔인하고 모질고 심술궂게 대하긴 했지만 그가 죽길 바란 적은 한 번도 없었다. 더군다나

아무것도 알아낸 것이 없는 상태에서 이토록 허무하게 그를 잃다
니!

"안 돼! 죽지 마! 죽으면 안 돼!"

셰이는 뺨이라도 때려봐야겠다는 생각에 팔을 치켜들었다.

"정신 차려!"

이샤무딘이 눈을 뜬 순간, 미처 멈추지 못한 셰이의 손이 그의
뺨을 강타했다.

따악!

뒤를 이어 짙은 정적이 깔렸다.

"저기… 괜찮아?"

셰이는 주저하며 물었다. 금빛 눈동자에 담긴 차디찬 분노가
어찌나 무시무시한지 모골이 송연해졌다.

참, 끈질기게도 노려보네. 날 절벽에서 떨어뜨리고, 땅바닥에
내던지고, 물웅덩이에 빠뜨리기까지 한 주제에 뭐가 그리 억울하
다고!

사실 셰이는 속으로 진한 고소함을 느끼고 있었다.

그렇게 못되게 굴더니 꼴좋다! 이게 다 하늘이 내린 천벌이라
고!

그동안 당한 걸 생각하면 몇 곱절로 되갚아주고 싶은 게 솔직
한 심정이었다. 다만 미우나 고우나 도움을 청해야 될 입장이기
에 꾹 참고 넘기기로 마음먹었을 따름이다. 무사히 성안으로 들
어왔다는 사실이 마음을 너그럽게 만들어주었다는 점도 이유라
면 이유였다.

"많이 아파? 난 이샤가 정신을 잃은 것 같아 걱정이 돼서… 뺨

을 살짝 건드려 보려고 그랬어, 그런데 걱정이 너무 커서 힘이 좀 과하게 들어간 것 같아… 나도 모르게."

셰이는 미안해 어쩔 줄 몰라 하는 표정을 애써 꾸며냈다. 감쪽같이 이샤무딘을 속여 넘겼다고 자신했지만, 그녀는 감정을 숨기는 데에 영 소질이 없는 사람이었다. 호박빛 눈동자를 가득 채운 흐뭇함은 대충 넘어간다고 쳐도, 입가에 배인 회심의 미소는 제아무리 둔한 사람이라도 눈치 못 채고 지나가기 불가능한 수준이었다.

"떨어져!"

"내가 언제 붙어 있었다고 그래?"

자존심이 상한 셰이는 톡 쏘아붙이며 벌떡 몸을 일으켰다. 커튼 자락이 이샤무딘의 다리 밑에 깔려 있으리라곤 상상도 못하고 한 행동이었다. 잡을 새도 없이 커튼이 훌러덩 벗겨졌다. 헉! 격한 숨을 들이켜며 셰이는 바닥에 쪼그리고 앉아 후닥닥 커튼을 들어 몸을 가렸다. 얼굴은 물론 머리부터 발끝까지 전신이 새빨개졌다.

"봤지?"

"아니."

기다렸다는 듯 곧바로 나온 대답이 강한 의혹을 불러일으켰다.

"봤잖아?"

"아니라고 했지?"

셰이는 이샤무딘의 얼굴을 구석구석 샅샅이 살폈다. 그러나 완벽한 예술품처럼 보이는 이목구비에 감탄만 했을 뿐, 의심을 잠재울 만한 그 어떤 것도 발견할 수 없었다.

“정말 못 봤어?”

“정말 안 봤어.”

이샤무딘이 얄밉게 말을 바꿔 응수했다. 셰이는 일어나 앉는 그를 못마땅한 눈초리로 쏘아봤다. 머리가 아픈 듯 얼굴을 찌푸리는 그의 입술에서 낮은 신음 소리가 흘러나왔다.

“꼴좋다.”

셰이는 혼자만 들을 수 있도록 자그맣게 속삭였다. 약간 고개를 숙이고 있던 이샤무딘이 흘러내린 머리카락 사이로 그녀를 노려봤다.

“왜? 그렇게 많이 아파? 어쩜 좋아? 정말 아픈가 보네!”

셰이는 천연덕스럽게 말했다.

넓은 아량을 가진 나니까 이 정도에서 봐주는 줄 알아.

“많이 아프면 침실로 가서 좀 누워 있는 게 어때? 혼자서 못 움직일 것 같아? 내가 부축해 줄까?”

이샤무딘의 금빛 눈동자가 섬뜩할 정도로 강렬하게 번득였다.

“죽고 싶지 않으면 나한테 손가락 하나도 대지 마. 첫 번째 규칙이야.”

너무나 황당해 입술만 달싹이던 셰이는 뒤늦게 정신을 차렸다.

“뭐, 뭐어? 죽고 싶지 않으면 나한테 손가락 하나도 대지 마? 기가 막혀 말이 안 나오네! 누군 악질 흑마법사 따위 만지고 싶대? 나도 만지기 싫어! 이거 왜 이래?”

셰이는 씨근덕거리며 허리에 척 두 손을 올렸다.

“경고하는데, 죽고 싶지 않으면 앞으로 내 손가락은 물론이고 내 머리카락 한 올도 만지지 마!”

그녀의 말을 못 들은 척하며 몸을 일으키던 이샤무딘이 갑자기 바닥에서 무엇인가를 집어 올렸다. 그건 지나치게 선명한 나머지, 자연스레 눈에도 잘 띄는 빨간 머리카락 한 올이었다.

"난 지저분한 건 참고 못 넘기는 성격이야. 이 머리카락 누구 것인 줄 알아?"

이샤무딘은 그녀의 코앞에 빨간 머리카락을 들이댔다.

"몰라."

셰이는 열심히 도리질을 했다. 이샤무딘이 거만하게 눈썹을 휘어 올렸다.

"정말 몰라?"

"응, 정말 몰라."

알겠다는 듯 천천히 고개를 끄덕이던 이샤무딘이 짧게 말했다.

"손."

셰이는 얼떨결에 손을 내밀었다.

"뒤."

영문을 알 수 없는 셰이는 이번에도 순순히 손을 뒤집었다. 이샤무딘이 들고 있던 빨간 머리카락을 그녀의 손바닥 위에 떨어뜨렸다.

"치워."

셰이는 이를 빠드득 갈며 이샤무딘의 반질반질한 뒤통수를 노려봤다.

뭐, 저런 게 다 있어?

사정없이 마구 때려주고 싶은 욕망에 시달리며 그녀는 번쩍 주먹을 치켜들었다. 마치 뒤에도 눈이 달린 것처럼 이샤무딘이 고개를 돌렸다.

"하하… 하… 잘 가……."

셰이는 어색하게 웃으며 열심히 손을 흔들었다.

"난 이거 치우고 있을 테니까, 편히 쉬어. 그런데 치운 다음엔 뭐 할까?"

언제나 그랬듯 이샤무딘의 답변은 극히 단순했다.

"꺼져."

굶주릴 대로 굶주린 셰이는 마지막 희망을 걸고 눈에 띄는 모든 문들을 또다시 열어보았다. 하지만 그 어디에서도 음식은 발견되지 않았다. 물론 지하실도, 거기에 갇혀 있는 희생자들도 찾을 수 없었다.

셰이는 기력이 소진된 노인처럼 어깨를 축 늘어뜨린 채 터벅터벅 걸어 이샤무딘이 앉아 있는 방으로 들어갔다.

"없어……."

이샤무딘은 책에서 시선을 떼지 않았다.

"이 성엔… 먹을 게… 하나도 없어……."

셰이는 이샤무딘 앞에 엉거주춤 서서 앉을 만한 자리를 찾았다. 하지만 방 안에 있는 가구라곤 십여 개의 책장과 의자가 전부였다. 셋도 아니고, 둘도 아니고, 달랑 하나뿐인 의자는 벌써 이샤무딘이 차지하고 있었다.

"이건 정말 해도 해도 너무하잖아!"

참고 참았던 울분이 한꺼번에 폭발했다. 불붙은 듯 얼굴이 화끈거리며 가슴이 답답해지더니 숨쉬기도 힘들어졌다.

"비켜!"

셰이는 남아 있는 모든 힘을 끌어 모아 의자 등받이를 와락 앞으로 밀쳤다. 의자에서 미끄러진 이샤무딘이 두 손을 짚으며 바닥으로 넘어졌다. 그사이 셰이는 잽싸게 전리품을 차지했다. 지칠 대로 지친 그녀는 눈을 감으며 안락의자 깊숙이 몸을 묻었다. 긴 신음 소리가 흘러나왔다.

"무슨 짓이야, 이게?"

악문 이 사이로 내뱉는지 이샤무딘의 목소리는 낮고 거칠었다.

"배고파……."

셰이는 작게 속삭였다. 그동안 받은 부당한 대우들이 차례차례 뇌리를 스치더니, 마침내 자신의 비참한 모습만이 남겨졌다.

난 여기 굶어 죽으러 온 게 아니야… 날 알아봐 주는 사람을 찾아온 건데… 그 사람마저 날 잊어버릴까 봐… 여길 떠날 수도 없는데……. 난 이제… 갈 곳도 없는데…….

목이 아리고 코가 시큰거렸다.

울지 마! 울어봤자 나아지는 건 하나도 없어! 눈물을 보이면 나만 더 초라해질 뿐이야!

어떻게든 참으려 했지만 꼭 감은 눈꺼풀을 비집고 기어이 눈물 한 방울이 흘러나왔다.

"배고파……."

허기보다 더 견디기 힘든, 아픈 마음을 감추기 위해 그녀는 입에서 나오는 대로 중얼거렸다.

"너무 배가 고파……. 배가 고파… 너무…….”

울먹임이 섞여들었다. 나지막한 한숨 소리가 나더니 뒤를 이어

무뚝뚝한 명령조가 귀를 파고들었다.

"눈 떠."

"싫어."

단호하게 거부하고 싶었으나 코맹맹이 소리가 나왔다. 코를 훌쩍이며 그녀는 귀를 쫑긋 세웠다. 쥐 죽은 듯 고요한 정적이 이어졌다. 답답함과 궁금증을 더 이상 참지 못하게 된 셰이는 슬쩍 실눈을 떠보았다. 비딱하게 서서 그녀를 응시하고 있는 이샤무딘이 보였다.

"떴으면 나와."

"싫어!"

그녀의 저항을 뒤로하고 이샤무딘이 뚜벅뚜벅 걸어 방을 나섰다.

"난 분명히 싫다고 했어!"

셰이는 신경을 곤두세우고 밖의 동정을 살폈다. 느껴지는 게 전혀 없자 그녀는 살금살금 걸어가 문밖으로 삐죽 머리를 내밀었다. 아차, 하며 다시 고개를 집어넣으려 했을 때, 벽에 비스듬히 기대 서 있는 이샤무딘과 시선이 마주쳤다.

"나왔으면 따라와."

"싫어!"

앞장서서 걸음을 옮기는 이샤무딘을 쏘아보며 그녀는 소리를 높였다.

"싫은 건 싫은 거야! 한번 싫은 건 영원히 싫은 거라고!"

따라가 보고 싶은 호기심과 끝까지 버티고 싶은 자존심이 팽팽히 맞서며 막상막하의 줄다리기를 했다. 복도 모퉁이를 돌며 이샤무딘의 모습이 시야에서 사라진 순간 셰이는 과감히 결단을 내렸다.

"같이 가!"

이샤무딘이 걸음을 멈춘 곳은 3층 정중앙에 위치한 방문 앞이었다. 셰이가 이미 두 번을 열어본 곳으로, 있는 거라곤 테라스와 테라스로 통하는 투명한 문이 전부였다.

"여긴 왜 온 거야?"

눈살을 찌푸린 셰이가 지켜보는 가운데, 이샤무딘이 테라스와 연결된 문을 열고 한 발 비켜섰다.

"들어가라고?"

셰이가 물었다. 이샤무딘이 고개를 까딱거렸다.

"테라스에서 뭐 하라고? 난 경치 구경하고 싶은 마음 조금도 없어. 지금 너무 배가 고파서 그런 건 눈에 들어오지도 않는단 말이야."

"군말하지 말고 들어가라면 들어가!"

이샤무딘의 어조에서 확연한 짜증이 묻어났다.

"나한테 명령하지 마. 난 바르샤르의 왕녀, 셰이엔 가이스카 리베 폰 라시에야. 그 누구도 감히 나한테 이래라저래라 명령할 수 없어. 특히 악질 흑마법사 따윈 내가 허락하지 않는 한 입도 벙긋……."

말이 채 끝나기도 전에 이샤무딘이 셰이의 엉덩이를 걷어찼다. 셰이는 짧은 비명을 지르며 앞으로 쾅당탕! 넘어졌다.

"죽여 버릴 거야… 악질 흑마법사 따위… 죽여 버리고 말 거야······!"

셰이는 이를 빠드득 갈며 부들부들 떨리는 다리를 세웠다.

"먹어."

이샤무딘이 내뱉 듯 말했다. 뭐가 그렇게 못마땅한지 그는 험상궂을 정도로 인상을 쓰고 있었다.

"먹긴 뭘 먹어?"

잔뜩 독이 올라 있기는 셰이도 마찬가지였다.

"그럼 그냥 죽던가."

냉기 서린 싸늘한 말을 끝으로 이샤무딘이 휙 몸을 돌렸다.

"화낼 사람은 나야! 대체 뭘 잘했다고 성질을 부리는······."

발끈해서 소리치던 셰이는 향긋하면서도 달콤한 냄새가 코끝을 스치자 말을 멈췄다.

이게 무슨 냄새지?

셰이는 주위를 둘러봤다. 문밖에서 본 것과는 완전히 다른 세상이 펼쳐져 있었다.

"이, 이런 세상에!"

도저히 믿기지 않는 광경에 입이 떡 하니 벌어졌다. 한눈에 다 담기 불가능한 수천, 아니, 수만 그루의 나무들이 그녀를 에워싸고 있었다. 보통 나무가 아니었다. 각각의 나무들엔 온갖 빛깔의 탐스러운 과일들이 주렁주렁 달려 있었다. 셰이는 약간 비틀거렸다. 식욕을 자극하는 색채의 향연과 달콤한 향기의 물결에 휩쓸리자 현기증이 났다.

셰이는 눈앞에 달린 붉은 빛깔의 과일을 따서 한입 크게 베어 물었다. 감미로운 과즙이 입 안을 가득 채웠다. 만족스런 탄성이 길게 흘러나왔다. 그 황홀한 맛이라니! 신들의 만찬에 오르는 천상의 열매도 이보단 못하리라!

셰이는 이리저리 마음 내키는 대로 옮겨 다니며 정신없이 과일을 따먹었다.

"여긴 낙원이야! 여기가 바로 낙원이라고!"

웃음이 터져 나왔다. 지금 그녀보다 더 행복한 사람은 세상 어디에도 없었다.

나처럼 불행한 사람은 또 없을 거야.

배를 움켜쥐고 엉금엉금 기다시피 복도를 걸어가며 셰이는 생각했다. 다시 한 번 창자를 쥐어짜는 듯한 복통이 일었다. 셰이는 허리를 반으로 접으며 고통에 찬 신음을 토했다. 끈적끈적한 식은땀이 등줄기를 타고 흘러내렸다. 이대로 죽음을 맞게 되리라는 확신이 들었다. 기적이 일어나지 않는 한, 이런 끔찍한 고통에 시달리던 사람이 멀쩡하게 살아남을 수는 없는 법이다. 그녀의 종말을 알리듯 번개가 앙상한 손을 뻗어 어둠을 할퀴고, 천둥은 굶주린 야수처럼 울부짖었다. 곧 후두둑, 대지를 내려치는 굵은 빗방울 소리가 전해졌다.

"독이야… 과일에 독이 들었던 거야… 그게 틀림없어……."

이번에야말로 이샤무딘을 깨끗이 죽여 버리겠다고 결심한 셰이는 혼신의 힘을 다해 조금씩, 조금씩 앞으로 나아갔다. 그를 어디서 찾아야 할지는 알고 있었다. 이 넓은 성에서 침구를 제대로 갖추고 있는 방은 딱 두 개였다. 그중 하나는 조금 전까지 그녀가 쓰고 있었으니, 선택의 여지도 없었다.

이샤무딘의 침실 문은 웬일인지 닫혀 있지 않았다. 셰이는 살짝 틈이 벌어져 있는 문을 머리로 밀고 들어갔다.

"이 악질……."

텅 빈 침대가 작렬하는 번갯불에 모습을 드러내자 셰이는 말을 멈췄다. 그녀는 연이어 터진 섬화 속에서 이샤무딘을 찾을 수 있었다. 그는 차가운 비바람을 맞으며 활짝 열린 창문 앞에 서 있었다. 그 모습에서 전해진 외로움이랄까, 쓸쓸함이랄까. 그 존재가 명확하진 않지만 확연히 느낄 수 있는 분위기로 인해 그녀는 선뜻 말을 꺼내지 못했다. 복통이 아니었다면 끝끝내 말 한마디 걸지 못한 채 문을 나섰을지도 모른다.

또다시 밀어닥친 통증은 조금 전보다 훨씬 더 고통스러웠다. 셰이는 배를 움켜잡으며 외마디 소리를 질렀다. 이샤무딘의 시선이 그녀에게 날아왔다.

"왜 그래?"

"나 너무 아파……."

이샤무딘은 눈살을 찌푸렸다.

"얼마나 먹어댄 거야?"

"몇 개 안 먹었어."

그의 말이 질책처럼 들리자 셰이는 자연스레 방어적이 되었다. 사실은 그녀 자신도 과일을 몇 개나 먹었는지 알지 못했다. 한입만 더 먹으면 토기가 올라올 것 같은 지경에 이를 때까지 삼켰을 뿐이다. 신비한 과일 천국이 얼마 못 가 사라질지 모른다는 두려움에 차 있던 그녀로선 당연한 행동이었다. 셰이는 배고플 때를 대비해 최대한 많은 양의 과일을 따다 성 곳곳에 숨겨놓기까지 했다.

"무식하기는."

이샤무딘은 그녀를 노골적으로 비웃었다. 셰이는 살기 가득한 눈으로 그를 노려보다 애써 화를 억눌렀다.

흥분하지 마. 냉정을 잃으면 될 일도 안 되는 법이야.

그녀는 조용하지만 힘있는 어조로 말을 시작했다.

"갖은 수모를 다 당하고도 이곳에 붙어 있으려는 내가 우스운 모양인데, 나도 여기 있고 싶어 있는 게 아니야. 이곳에 온 목적만 달성하면, 그 즉시 뒤도 안 돌아보고 떠날 거야. 그러니 평생 날 보고 살 걱정 따윈 할 필요 없어."

셰이는 잠시 말을 멈추고 호흡을 가다듬었다.

"얼마 전 내 세계가 갑자기 뒤틀려져 버렸어. 왜 그런 일이 생긴 거야?"

그녀를 쳐다보기만 할 뿐 이샤무딘은 대답하지 않았다.

"왜 사람들의 기억 속에서 내가 지워져 버린 거야? 기억뿐만이 아니야. 왕족계보서에도 내 이름이 없어져 버렸으니까. 내 존재를 증명할 수 있는 건 이제 아무것도 없어. 처음엔 꿈인 줄로만 알았어. 무서운 악몽이길 빌고 또 빌었어. 하지만 현실이었어."

셰이는 자신도 모르게 한 발, 한 발 이샤무딘을 향해 다가갔다. 지나치게 몰두해 있던 까닭에 그녀를 괴롭히던 복통이 어느덧 깨끗이 없어졌다는 사실도 깨닫지 못했다.

"어떻게 된 일일까? 내가 미친 것일까? 아니, 내 정신은 말짱해. 미친 건 내가 아니라 세상이야. 난 그 세상을 바로잡아야 해. 그러기 위해선 가장 먼저 세상이 미쳐 버린 이유를 알아야 하고."

이샤무딘 앞에서 걸음을 멈춘 셰이는 그를 정면으로 응시했다.

"왜 세상이 어느 날 갑자기 날 외면해 버린 거야?"

"내가 왜 그 질문에 답을 해야 하지?"

"이샤만이 날 잊지 않았으니까."

이샤무딘이 웃음을 터뜨렸다. 멸시와 조롱만이 느껴지는 냉소에 셰이는 어금니를 지그시 물었다.

"세상이 널 외면한 이유를 알고 싶다고? 좋아, 가르쳐 주지. 예나 지금이나 넌 버릇없고 철없는 멍청이에 지나지 않아. 그래서 세상이 널 버린 거야. 한심하고 아둔한 널, 세상도 쓸모없는 존재라 여기고 쓰레기처럼 던져 버린 거야."

셰이는 이샤무딘의 뺨을 매섭게 후려쳤다. 따악, 소리와 함께 고개가 돌아갔다.

"악질 흑마법사 주제에 누굴 감히!"

도저히 참고 넘길 수 없는 모욕이었다. 그녀의 전신이 부들부들 떨려왔다.

"그 누구도 감히 내 앞에서 그런 말을 지껄일 수 없어! 설령 신이라 해도! 그런데 흑마법사 따위가 날 모욕해?"

"내가 경고했지?"

이샤무딘이 천천히 고개를 바로잡았다.

"나한테 손가락 하나도 대지 말라고. 죽고 싶지 않으면."

두 사람의 시선이 맞닿았다. 어둠을 뚫고 번득이는 금빛 눈동자엔 차가운 만족감이 깃들어 있었다. 셰이는 일순 모든 걸 깨달을 수 있었다.

"일부러 그런 거지? 내가 이런 일을 벌이길 바라고… 날 비웃고, 모욕한 것도… 다 치밀한 계산하에 한 거지?"

“치밀한 계산하에 일을 벌일 정도로 네가 대단한 존재인 줄 알아?”

소름 끼칠 만큼 싸늘한 음성. 셰이는 본능적으로 한 발 물러섰다.

“어쩔 셈이야? 정말 날 죽일 생각이야? 좋아, 이 자리에서 죽을 운명이라면 못 받아들일 이유도 없으니까. 하지만 죽을 때 죽더라도 진실은 알아야겠어.”

격정과 흥분으로 인해 목소리가 떨려 나왔다. 셰이는 평정을 찾기 위해 잠시 말을 멈췄다.

“날 알아봐 준 유일한 사람이 왜… 이샤인 거야?”

“네 마음대로 생각해.”

“이샤는 진실을 알고 있어.”

셰이는 확신했다.

“내가 알고 있는 건, 이제 이 우스꽝스러운 짓거리를 끝낼 시간이 되었다는 것뿐이야.”

“날 죽임으로써?”

“부추기지 마. 모든 걸 엎어버릴 수도 있으니까.”

도무지 의미를 알 수 없는 말에 답답함만 더해졌다.

“무슨 뜻이야?”

“네가 골칫거리라는 뜻이야, 지나칠 정도로.”

“대체 그게 무슨 뜻이냐고! 지금 나랑 장난해?”

혼란스런 마음에 소리가 높아졌다. 불가해한 눈빛으로 그녀를 응시할 뿐, 이샤무딘은 입을 열지 않았다. 폭우가 잦아들며 숨죽인 빗방울의 속삭임만이 존재하는 고요가 이어졌다. 갑자기 이샤무딘이 팔을 뻗어왔다. 셰이는 꼼짝 않고 서서 주저하듯 다가오는 그의 손을 바라봤다. 서늘한 감촉이 그녀의 볼을 부드럽게 쓸었다.

"넌 달라… 그래서 널 용납할 수가 없어……."

느릿느릿 이샤무딘의 손이 떨어져 나갔다. 그 순간 셰이는 그가 자신을 영원히 밀어내려 한다는 사실을 직감했다.

"안 돼!"

셰이는 다급히 손을 내밀었다. 이샤무딘을 잡으려 했으나 손을 스친 건 텅 빈 허공뿐이었다. 그녀는 경악에 찬 눈으로 점차 형태가 흐릿해지는 자신의 몸을 바라봤다.

"안 돼! 이러지 마!"

절박한 애원이 터져 나왔다. 그러나 그녀에게 못박혀 있는 금빛 눈동자엔 오직 무자비한 냉기만이 흐르고 있었다. 셰이는 그 어떤 말이나 행동으로도 이샤무딘의 마음을 돌릴 수 없음을 깨달았다.

"이 악질 흑마법사! 피도 눈물도 없는 냉혈 인간아! 왜 하필 너인 거야? 그 많고 많은 사람들 중에 왜 하필 너란 인간이냐고?"

이샤무딘이 무슨 말인가를 중얼거렸다. 셰이는 들을 수 없었다. 그녀는 이미 타브리스 산에 존재하지 않았다. 눈앞에 펼쳐진 광활한 바다를 향해 셰이는 목이 터져라 부르짖었다.

"후회하게 해주겠어! 반드시 후회하게 만들어주겠어!"

바다는 침묵했다. 텅 빈 밤하늘 아래 무심한 파도만이 너울거릴 뿐이었다.

Chapter 4
운명의 고리

"어서 드시오."

행크가 쟁반을 탁자 위에 내려놨다. 쟁반엔 검은 빵 한 덩어리와 물 잔이 놓여 있었다. 카시아스의 말대로 술집 주인인 행크는 듀이에게 모포와 먹을거리를 가져다주었다. 한기를 막는 데 그다지 도움이 못되는 거칠고 얇은 모포 한 장과 배고픔만 겨우 달랠 정도의 음식에 불과했지만 말이다. 사실 그 정도 불편쯤은 듀이에게 있어 큰 문젯거리가 되지 못했다. 그를 괴롭히는 건 앞날에 대한 불확실성이었다.

카시아스가 이곳을 나간 지 만 사흘이 지났다. 3년보다도 더 길게 느껴지는 사흘이었다. 지금이라도 저 문을 열고 병사들이 들이닥칠지 모른다, 가족들과 만나지 못한 채 아룬델의 모습으로 죽음을 맞을지 모른다, 카시아스가 영영 나타나지 않을지도 모른다……. 온갖 두려운 상념들이 쉬지 않고 그를 못살게 굴었다.

"카시아스에게선… 아니, 왕자 전하께서 보낸 연락 같은 건 아직 없나요?"

행크가 굵은 눈썹을 꿈틀거리자 듀이는 얼른 호칭을 바꿨다. 행크는 카시아스에 대한 듀이의 편한 말투를 몹시 불쾌하게 받아들였다. 명령을 따르는 것뿐이지 실제는 듀이를 혐오스러워한다는 사실도 구태여 숨기려 들지 않았다. 진짜 아룬델을 향한 적의라는 건 알고 있었으나, 행크 앞에만 서면 듀이는 어느새 주눅이 들곤 했다.

"아직 없소."

행크는 언제나 그랬듯 마지못해 대구했다.

"아직도 거리에 병사들 모습이 많이 보이나요?"

"변함없소. 여전히 굶주린 개 떼같이 몰려다니고 있소. 썩은 음식찌꺼기라도 찾을까 싶어, 쓰레기더미를 헤집는 들개 떼처럼."

코를 쿵쿵대며 개 흉내를 그럴싸하게 내보인 행크가 킬킬거렸다. 자연스레 따라 웃던 듀이는 그가 별안간 정색을 하자 머쓱해졌다.

"난 이만 나갈 테니 알아서 몸조심하슈. 전에도 말했지만, 내가 주먹으로 두 번 두들기면 저기 저 자루 속에 들어가 죽은 듯 엎드려 있는 것도 잊지 말고."

"알겠습니다."

행크가 술집으로 올라간 뒤, 듀이는 자신의 한숨 소리를 벗 삼아 딱딱한 빵을 뜯어먹었다. 그가 물을 한 모금 마셨을 때였다. 쿵! 쿵! 문소리가 두 번 크게 울렸다. 듀이는 허겁지겁 자루를 뒤집어쓰고 구석에 쌓아놓은 겉보리 포대 옆에 쪼그리고 앉았다.

"아이고, 거긴 곡식 자루 몇 개밖에는 없다니까요! 아, 퀴퀴한 먼지 다발과 성가신 쥐새끼 몇 마리는 있겠구만요."

계단 내려오는 소리가 들렸다. 듀이는 더욱 작게 몸을 웅크리며 숨소리를 죽였다.

"먼지든 쥐새끼든 우리 눈으로 직접 봐야겠어. 그러니 램프나 들고 얌전히 따라와. 되도록이면 내 성질 건드리지 않는 게 좋을 거야."

"맞아, 나나 저 친구나 요새 상태가 영 아니거든."

"우라질! 아룬델이란 놈 때문에 어찌나 사람을 들들 볶아대는지, 하루에도 골백번씩 환장할 것 같다니까! 자빠져 자다가 놈을 놓친 한심한 것들이나 족칠 일이니, 왜 우리까지 못살게 들들 볶아대는 거야, 볶아대길!"

행크가 쯧쯧 혀를 찼다.

"괜히 애꿎은 병사님들만 생고생을 하시는군요."

"아, 내 말이 바로 그 말이라니까!"

자루 안에 가득한 먼지 때문인지 코가 근질근질하며 재채기가 나오려 했다. 듀이는 다급히 코를 움켜잡았다.

제발, 아무 일 없이 넘어가게 해주세요! 제발!

천만다행으로 재채기 기미가 가라앉았다.

됐어! 이제 한 고비는 넘긴 거야! 숨소리도 내지 말고 가만히 있으면…….

불현듯 먹다 남은 빵과 물 잔이 떠올랐다. 그것들은 쟁반에 담긴 채 지금도 버젓이 탁자를 차지하고 있을 것이다.

젠장! 멍청한 놈! 잊을 게 따로 있지!

듀이는 바닥에 머리라도 짓찧고 싶었다.

"왜 이렇게 어두워? 램프 좀 이리 줘봐."

"아, 예. 여기 받으십시오, 병사 나으리."

어떡하지? 어떡하지? 분명히 탁자를 보게 될 텐데. 어떡하면 좋지?

심장 박동이 거칠어지고 솜털들이 쭈뼛쭈뼛 일어섰다.

"어! 뭐야, 이거? 왜 창고에 음식이 있어?"

살가죽이 오그라드는 듯한 공포가 밀려들었다.

"아아… 그거요? 쥐새끼들이 하도 극성을 부려 빵에다가 약을 좀 집어넣었습니다. 뜯어 먹힌 양으로 봐선 적어도 두세 마리는 족히 뒈졌을 것 같네요."

"지금 우리한테 그 말을 믿으라는 거야? 어이, 자네는 나가서 서너 명만 더 불러와. 여길 샅샅이 뒤져야 되겠어. 아무래도 수상한 냄새가 나."

"알았어. 내 후닥닥 다녀올 테니, 여기나 잘 지키고 있어."

듀이는 눈을 질끈 감았다. 이제 들키는 건 시간문제였다. 병사 한 명이 쿵쾅거리며 계단을 올랐다. 그리고는,

"어억!"

"뭐, 뭐야?"

계단에서 묵직한 것이 굴러 떨어지는 소리가 나더니 무엇인가가 부서지는 듯한 파열음이 뒤를 이었다. 밖으로 나갈 것인가, 말 것인가를 고민하며 듀이는 입술을 잘근잘근 깨물었다.

"나와."

그는 뒤집어쓰고 있던 자루를 급히 머리 위로 벗어 던졌다. 카시아스가 창고 중앙에 서 있었다.

"내가 때맞춰 도착했으니 망정이지, 하마터면 어쩔 뻔했어?"

듀이는 겁에 질린 눈으로 아수라장이 된 창고를 둘러봤다. 아래 계단에 몸을 반쯤 걸친 채 쓰러져 있는 병사가 보였다. 다른 병사는 부서진 나무 궤짝을 깔고 천장을 향해 누워 있었다. 그의 가슴에 생긴 핏자국을 보며 듀이는 떨리는 입술을 움직였다.

"이 사람들, 죽은 거야?"

"왜, 잠이라도 자고 있는 것 같아?"

"네가… 죽였어?"

"그래."

듀이를 흘긋 쳐다본 카시아스가 바닥에 굴러다니던 낡은 천 조각으로 검에 묻은 피를 대충 닦았다.

"왜 죽였어? 죽일 필요까지는 없잖아. 그냥 정신을 잃게 만들거나, 묶어놓으면 되는 거잖아."

카시아스는 미간을 찌푸렸다.

"행크는 어쩌고? 우린 여길 뜨면 그만이지만, 행크는 이번 일에 목숨이 걸려 있어. 그리고 만에 하나 행크가 잡히기라도 하면 줄줄이 엮여 들어갈 머리가 한둘인 줄 알아?"

"그, 그건 그렇지만……."

"정신 차려, 이건 애들 장난이 아니야. 까딱 잘못하면 저런 모습으로 쓰러져 있는 건 우리가 될지도 몰라."

카시아스의 말투는 몹시 딱딱했다. 그의 말이 옳다는 건 듀이도 알고 있었으나, 그건 머리만의 생각이었다. 가슴은 여전히 사실을 받아들이길 거부하고 있었다. 사람의 시체를 처음 봤을 뿐 아니라, 피 공포증까지 있는 그에게 지금의 상황은 고문이나 다름없었다.

"카시아스……."

"그래도 모르겠어?"

듀이에게 매서운 눈초리를 날리던 카시아스는 백지장같이 창백한 얼굴을 발견하고 눈을 둥그렇게 떴다.

"왜 그래?"

"어지러워… 기절할 것 같아……."

"뭐, 기절? 어디가 아픈데?"

"피… 저 피 때문에……."

휘청하며 무릎이 꺾이는 듀이를 카시아스가 황급히 붙잡았다. 그는 듀이의 뺨을 서너 번 가볍게 때렸다. 듀이가 부스스 눈꺼풀을 들어 올렸다.

"괜찮아? 좀 나아졌어?"

고개를 끄덕이던 듀이가 별안간 몸을 홱 굽히더니 바닥에 토악질을 해댔다. 카시아스는 얼굴을 찌푸린 채 잠시 그를 쳐다보다 대기하고 있던 행크에게 몇 가지 지시를 내렸다.

"알겠습니다, 전하. 빈틈없이 처리하겠습니다."

허리를 깊숙이 숙여 보인 행크가 지체없이 밖으로 나갔다.

"시간없으니까 대충하고 옷이나 갈아입어."

"옷? 무슨 옷?"

듀이는 탁자 위에 있던 물 잔을 들어 입 안을 헹궈냈다. 그사이 카시아스는 층계참에 떨어뜨린 꾸러미를 가져와 그에게 내밀었다. 듀이는 깨끗한 옷으로 갈아입게 되었다는 생각에 서둘러 꾸러미를 풀었다. 내용물을 보자 그는 어리둥절해졌다.

"이게 뭐야?"

듀이의 손엔 분홍색 드레스가 들려 있었다.

"시간없다니까."

"나보고 이걸 입으라는 거야?"

"맞았어. 그걸 입고 넌 지금부터 내 약혼녀 행세를 하게 되는 거야."

"말도 안 돼!"

듀이는 기가 막혀 꽥! 소리쳤다.

"쉿!"

카시아스가 즉시 주의하라는 신호를 보냈다.

"누군 뭐 하고 싶어 그런 일을 벌이는 줄 알아? 버틀랜드 국에 무사히 도착하기 위해서 어쩔 수 없이 하는 것뿐이야."

"그럼 네가 이걸 입고 내 약혼녀 행세를 하면 되잖아."

"네 뜻은 잘 알겠는데, 저 드레스는 내 몸에 맞지도 않아. 억지로 입으려 했다간 만신창이가 돼버리고 말걸?"

"그럼 늘리든지, 아니면 다른 옷을 구하든지 해서……."

"시간없다고 했지?"

카시아스는 듀이의 말을 매몰차게 잘라 버렸다. 죽을상이 된 듀이는 어쩔 수 없이 드레스를 집어 들었다. 길이가 약간 짧은 것만 빼면 드레스는 어색하지 않을 정도로 듀이의 몸에 잘 맞았다. 그를 아래위로 훑어보던 카시아스가 피식 웃으며 장난스럽게 한 쪽 팔을 내밀었다.

"모시게 되어 영광입니다, 아름다운 레이디."

"시간없다며? 어서 앞장 서."

카시아스는 연방 웃어대며 걸음을 떼었다. 듀이는 기회를 놓치지 않고 그의 엉덩이를 걷어찼다. 험상궂게 변한 카시아스가 듀이를 죽일 듯 노려봤다.

"다시 한 번 내 엉덩이 차면 가만 안 둔다고 했지?"

"무섭게 왜 그러십니까? 저의 작고 예쁜 발이 제아무리 뽀개져라 차봤자 그다지 아프지도 않을 텐데요. 생긴 건 안 그런데 엄살이 무척 심하시군요."

듀이는 혀 차는 소리로 마무리를 지었다.

"젠장!"

카시아스는 엉덩이를 문지르며 입속말로 욕설을 뱉어냈다. 낄낄거리던 듀이는 찬바람이 느껴지자 정신을 차리고 부랴부랴 문을 나섰다.

✳

"저… 대신관님……."

일리아는 읽고 있던 문서에서 시선을 뗐다. 정식 신관이 된 지채 보름도 지나지 않은 요제프가 문가에 서 있었다. 일리아는 문서를 내려놓으며 안으로 들어오라는 손짓을 했다. 머뭇머뭇하던 요제프가 발을 조금씩 끌며 책상 앞으로 걸어왔다.

"무슨 일인가?"

"그게… 말씀드리기가 좀……."

“괜찮으니 말해보게.”

일리아는 요제프의 마음을 편하게 해줄 요량으로 인자한 미소를 지었다.

“어떤 여자 아이가 대신관님을 뵙고 싶어합니다.”

“여자 아이?”

“네, 특이하게도 호박색 눈을 가지고 있는 여자 아이입니다.”

“생김새가 중요한 건 아니지 않나? 신전 방문객에 관한 문제라면 내가 아니라 제롬 신관에게 먼저 알렸어야지. 그게 올바른 순서 아닌가?”

일리아는 따끔하게 주의를 주어야겠다고 생각했다. 신참 신관들은 종종 방문객에게 휘둘려 제 할 일을 망각할 때가 있었다.

“제롬 신관껜 벌써 말씀드렸습니다.”

“그래, 제롬 신관이 뭐라던가?”

“대신관님께서 일일이 방문객들을 만나실 수는 없다 하시며, 절대 안 된다고 하셨습니다. 그런데…….”

요제프는 우물쭈물하며 일리아의 눈치만 살필 뿐, 속 시원히 말을 꺼내지 못했다. 일리아는 인내심을 발휘해 나오려는 한숨을 참았다.

“괜찮으니 솔직히 털어놔 보게. 자네가 내 앞에까지 나선 걸 보면 보통 일은 아닌가 보군.”

이윽고 마음을 굳게 먹은 요제프가 다소 흥분한 어투로 말문을 열었다.

“글쎄 말입니다, 대신관님. 고집이 어찌나 센지 도무지 말을 듣지 않는 겁니다. 아, 그 여자 아이 말입니다. 좋은 말로 타일러도 보고, 당장 나가지 않으면 혼쭐을 내주겠다고 야단도 쳐보고, 아무튼 그 여자 아이를 내보내기 위해 생각나는 모든 방법을 동원했습니다. 그런데 대신관님을 뵙기 전엔 절대 물러나지 않겠다며 돌덩이처럼 꿈쩍도 안 하지 뭡니까? 하는 수 없이 경비병을 불러 신전 밖으로 내쫓기까지 했습니다.”

“잠깐! 그러니까 여자 아이를 완력으로 끌어냈다는 말인가?”

일리아의 눈매가 날카로워지자 요제프는 찔끔해 어깨를 움츠렸다.

“그게… 어쩔 수 없이… 최후의 방법으로…….”

“알았으니 계속해 보게.”

“그런데 그렇게 내보낸 후 얼마 지나지 않아 신전으로 되돌아와 있지 뭡니까? 다시 한 번 억지로 내쫓으려 하면 신전 입구에 목을 매달겠다고 으름장까지 놓으면서 말입니다.”

요제프는 억울함을 하소연하듯 말했다.

“신전 입구에서 자살하겠다고 협박했단 말인가?”

일리아는 놀라 책상 앞으로 불쑥 상체를 내밀었다.

“그게 아니라, 저하고 경비병의 목을 매달겠다는 말이었습니다.”

“어허, 참. 거 맹랑한 아이로군.”

일리아는 어이가 없었다.

“그러더니만 자신의 요구를 들어주기 전에는 한발도 물러서지 않겠다며 바닥에 책상다리를 하고 앉았습니다. 그래, 저도 남부럽지 않게 고집이 센 편이라, 어디 네가 이기나 내가 이기나 두고 보자 하는 심정으로 그 아이를 무시했습니다.”

“그런데?”

어느새 일리아는 요제프의 얘기에 푹 빠져 있었다.

“그런 상황이 오늘까지 이어졌는데 날짜로 치면… 닷새가 됩니다.”

“다, 닷새라고? 그러니까 그 아이가 물 한 모금 입에 안 대고 닷새 동안이나 신전 바닥에 앉아 있었던 말인가? 그러다 병이라도 나면, 아니, 목숨이라도 잃게 되면…….”

사태의 심각성을 깨달은 일리아는 벌떡 자리에서 일어났다.

“그 아이 지금 어디 있는가? 몸은 괜찮은가? 탈진해 쓰러지진 않았는가? 어서 말해보게! 어떻게 일을 이 지경까지 오게 만드나?”

“고정하십시오, 대신관님! 그 아이는 멀쩡합니다!”

당장이라도 밖으로 뛰어나가려던 일리아는 주춤했다.

“멀쩡하다고?”

“예, 대신관님. 아주 멀쩡합니다.”

“닷새 동안이나 굶은 아이가 어떻게 멀쩡하단 말인가?”

“목이 마르다, 배가 고프다, 하도 성가시게 굴어서… 제가 물과 먹을 걸 좀 가져다주었습니다. 그리고 차림새 역시 너무 엉망이라 신전에 누가 될까 봐 옷가지도 조금…….”

괜스레 부끄러워진 요제프는 얼굴을 붉혔다.

“그런 건 진작 말할 것이지.”

일리아는 마땅찮은 눈초리로 쏘아보며 의자에 앉았다.

“무슨 얘기인지 알겠네.”

“어떻게 하면 좋겠습니까, 대신관님?”

"어떻게 하긴? 그 아이의 청을 들어줘야지. 마들리나 성축일이 엿새 앞으로 다가오지 않았는가? 신전에 문제가 생겼다면 그전에 해결을 봐야지. 가서 그 아이를 데려오게."

"집무실로 직접 말입니까?"

신전엔 방문객들을 위한 여러 개의 면담실이 마련되어 있었다.

"시간을 아끼려고 그런다네. 아직 못다 읽은 문서가 남아 있거든."

"알겠습니다, 대신관님. 그런데 혼자 만나실 생각이십니까?"

"당연하지."

"경비병이라도 몇 명 부르시는 게 어떠실지……."

"어서 움직이게!"

일리아는 단호한 태도로 문을 가리켰다. 부랴부랴 밖으로 나가는 요제프를 건성으로 보며 그녀는 문서를 집어 들었다. 중앙 성관으로부터 내려온 문서엔 요 근래 몇몇 신전에서 귀한 물건을 도둑맞는 사건이 벌어졌으니 주의하라는 내용이 적혀 있었다.

경비를 강화해야겠군.

일리아는 한숨을 내쉬며 욱신거리는 이마를 문질렀다. 신전의 총 책임자로서 신경 쓸 일이 한두 가지가 아니었다.

마들리나 성축일도 빈틈없이 준비해야 하는데, 방문객까지 말썽을 부리니…….

일리아는 문 쪽을 힐긋 쳐다봤다. 귀찮기도 하고 내가 이런 일까지 해야 하나, 라는 생각에 짜증도 났지만 한편으론 은근히 호기심이 생긴 것도 사실이었다. 그렇게까지 필사적으로 자신을 만나려 한 이유가 무엇인지 짐작이 가지 않았다.

"데리고 왔습니다, 대신관님."

"들여보내게."

일리아는 다소 놀란 눈으로 빨간머리소녀를 마주했다. 여자 아이라는 말에 그녀는 줄곧 십대 초반의 어린이를 떠올리고 있었다.

"전 이만 나가보겠습니다."

문이 닫히자 일리아는 소녀에게 의자를 권한 뒤, 자신도 그 앞자리로 옮겨 앉았다. 집무실의 규모와 화려함에 기가 질릴 만도 한데, 소녀의 태도는 담담하기만 했다.

"이름이 뭐냐?"

"셰이엔입니다."

"그래, 셰이엔. 네가 경험이 없어 잘 모르나 본데, 이런 자리에선 성과 이름을 모두 밝혀야 하는 법이다. 그게 예의란다."

일리아는 셰이가 정식으로 이름을 말하리라 예상했다. 그러나 셰이는 조금 망설이다 곧장 본론으로 들어가는 쪽을 택했다.

"꼭 알고 싶은 게 있습니다."

일리아는 셰이의 결례를 문제 삼지 않았다. 이상하게도 불쾌감보다는 호기심이 강하게 들었다.

"네가 나를 만나기 위해 어떤 일을 치렀는지 들어서 대강 알고 있다. 무슨 말로도 네가 겪은 고생을 보상해 주진 못할 거다. 그러나 약속하마, 최선을 다해 네 물음에 답해주겠다고 말이다."

셰이는 일리아의 눈을 똑바로 들여다봤다.

그래, 이 사람은 믿을 수 있을 것 같아.

그녀는 앞에 앉아 있는 나이 지긋한 여인에게 어느덧 신뢰감을 느끼고 있었다.

"창조신 아스트라한을 만나고 싶습니다. 방법을 가르쳐 주십시오."

셰이는 일리아가 무척이나 놀라리라 예상했으나, 믿기지 않게도 눈빛 하나 흔들리지 않았다. 그도 그럴 것이, 일리아는 이런 질문을 받은 게 한두 번이 아니었다.

"방법은 무수히 많다."

뜻밖의 대답이 나오자 놀란 건 오히려 셰이 자신이었다.

"무수히 많다고요, 방법이?"

"그래. 우리네 매일의 삶이 그분의 숨결과 같다. 그분을 뵙고 싶으면 하늘을 봐라. 눈부신 햇살 속에서, 정처없이 떠도는 구름 속에서 그분의 모습을 보게 될 것이다. 그분을 뵙고 싶으면 꽃과 나무를 봐라. 높은 산과 너른 들판을 둘러봐라. 좁은 바위틈을 비집고 자란 풀 한 포기를 봐라. 천진난만하게 뛰어노는 아이들을 봐라. 구슬땀을 흘리며 쟁기질을 하는 농부를……."

"제가 원하는 건 그런 게 아니에요!"

셰이는 강한 어조로 일리아의 말을 잘랐다.

"그런 들으나마나 한 뜬구름 잡는 얘기가 아니라고요! 제 눈으로 직접 그분을 바라보며, 제 귀로 직접 그분의 말씀을 듣고 싶어요."

일리아는 후우, 피곤이 배어든 한숨을 내쉬었다.

"네가 원하는 방법이라면… 없다."

"아니요, 있을 거예요. 분명히 방법이 있을 거예요."

"셰이엔, 내 말을 믿어라. 그런 건 없다."

호박빛 눈동자에 짙은 그늘이 덮였다. 텅 빈 세상 속에 혼자 남겨진 듯한 막막함에 그녀는 눈을 감았다.

"도와주세요… 도와주세요……. 저 좀 도와주세요……. 제발 저 좀 도와주세요……."

일리아는 입술만 달싹였을 뿐 끝내 위로의 말을 꺼내지 못했다. 셰이를 둘러싼 비통한 절망감이 어찌나 절절히 느껴지는지 아무 말도 할 수 없었다.

"전 이제 희망이 없어요……. 아무것도 남지 않았어요……. 대신관님이 제 마지막 희망이셨는데… 약속하셨잖아요……. 최선을 다해 물음에 답해주시겠다고 약속하셨잖아요……."

일리아는 여전히 눈을 감고 있는 셰이를 찬찬히 살펴봤다.

이 아이는 신을 만나게 해달라고 울며불며 매달리다 자해까지 불사하는 광신도가 아니야. 이 아이에겐 어떤 사연이 있는 게 분명해. 말 못할 어떤 사연이…….

"셰이엔."

일리아의 어투에서 미묘한 변화가 느껴지자 셰이는 눈을 떴다.

"지금부터 내가 하는 말을 귀담아들어라. 그러나 단 한마디도 다른 사람에게 옮겨서는 안 된다. 만약 내가 여기서 한 말이 극히 일부라도 밖으로 새어나간다면 난 모든 걸 강력히 부인할 거다. 그리고 넌 나에 대한 모욕죄로 극형에 처해질 것이다."

"어느 누구에게도 말하지 않겠습니다."

"좋다. 그럼 가까이 와봐라."

셰이는 일리아를 향해 몸을 내밀었다. 그녀의 귓가로 얼굴을 가져온 일리아가 마침내 입을 열었다.

축축한 흙바닥에 넘어질 뻔한 셰이는 나무에 손을 짚으며 가까스로 중심을 잡았다. 튀어나온 나무뿌리에 발이 걸린 모양이었다. 걸음을 떼며 그녀는 벗겨진 로브를 머리 위로 올려 썼다. 손목이 약간 시큰거렸다.

마음 놓고 걷기엔 사방이 너무 어두웠다. 사실 하늘엔 구름 한 점 없었고, 그 어느 때보다 밝은 보름달이 그 중심에 박혀 있었다. 그러나 얼기설기 얽힌 나뭇가지를 뚫고 내려온 밤 빛은 너무 잘게 부서져 버려 묵직하게 내려앉은 어둠을 움직일 수 없었다.

정신 똑바로 차려야 돼. 한 발이라도 허투루 내디뎠다간 길을 잃을지도 몰라.

벌써 예전에 길을 잃어버린 건 아니고?

마음속에서 빈정거림이 들려왔다. 셰이는 아니라고 자신있게 받아치지 못했다. 일리아 대신관에게 들을 때는 별 어려움 없이 찾아갈 수 있으리라 생각했다. 그러나 머리에 떠올린 길은 말 그대로 상상에 지나지 않았다. 현실 속의 길과는 비교 자체가 불가능했다. 일리아 대신관이 길잡이로 가르쳐 준 별자리를 셰이는 채 반도 구분해 낼 수 없었다. 그렇다고 날이 밝길 기다릴 수도 없는 노릇이었다. 일리아 대신관은 햇빛이 조금이라도 남아 있으면 절대 하카미아를 찾지 못할 것이라는 말도 해주었다.

"운에 맡기고 어디 한번 발길 닿는 대로 가볼까? 난 원래 운을 타고났잖아."

셰이는 일부러 실없는 농담을 입에 담았다. 그리고 소리 내어 웃어도 보았다. 기분은 조금도 나아지지 않았다. 타브리스 산에서 강제로 추방된 이후 그녀는 진심으로 웃을 수 없었다. 억지로 입술만 움직였을 뿐, 저 밑바닥까지 가라앉은 마음은 미동도 하지 않았다.

셰이의 낙천적인 성격이 이 지경으로 움츠러든 건 이샤무딘이 자신을 철저히 외면해 버렸음을 깨닫고부터였다. 그녀는 타브리스 산에 발을 디딜 수조차 없었다. 투명한 방어막이 산 전체를 덮고 있는 듯 강한 저항이 느껴지며 몸이 튕겨져 나왔다. 처음엔 어디 한번 해보자는 오기를 발휘해 억지로 걸음을 내딛으려 했다. 그러나 한 발 떼기도 전에 아찔한 현기증과 함께 눈앞이 캄캄해졌다. 정신을 차렸을 땐 이샤무딘에게 쫓겨났던 밤과 똑같이 제스트 해안가에 서 있는 자신을 발견하게 되었다. 그 자리에서 셰이는 이대로 무너지진 않겠다고, 스스로를 향해 다짐했다.

욕심 부리면 안 돼. 지금은 그저 하카미아를 찾는 일에만 전심전력을 다하면 되는 거야.

"이 세상에 네 소원을 이루어줄 수 있는 단 한 사람이 존재한다면, 그건 하카미아다. 만약 하카미아도 알지 못한다면, 더는 방법이 없다."

일리아 대신관의 말이 떠올랐다. 그녀는 하카미아가 누구인지, 뭐 하는 사람인지에 관해서는 일절 입에 담지 않았다. 하카미아를 찾는 방법과 설득할 수단만을 상세히 설명해 주었을 따름이다.

저만치에서 무엇인가가 반짝였다. 셰이는 걸음을 빨리했다. 어마어마하게 큰 나무가 앞을 가로막았다. 둘레는 열댓 명이 팔을 벌려야 겨우 감쌀 수 있을 만큼 굵었고, 그 끝을 가늠하지 못할 정도로 높이 솟구쳐 있었다. 마치 기이하게 생긴 성을 앞에 두고 있는 듯한 느낌이었다. 기괴한 건 나무의 생김새만이 아니었다. 줄기 곳곳에 박혀 있는 수천 개의 주먹만 한 보석들은 눈을 의심하게 만들었다.

여기야, 맞게 찾아왔어.

일리아 대신관은 나무를 장식하고 있는 보석엔 절대 손을 대지 말라고 경고했다. 셰이는 보석을 피해 고리처럼 늘어진 나뭇가지를 잡고 가볍게 흔들었다. 흔들림이 순식간에 나무 전체로 번졌다. 수만 명이 나무에 매달려 팔을 흐느적거리는 듯한 광경에 오싹 소름이 끼쳤다.

"용건이 무어냐?"

다소 신경질적이나 더없이 맑고 청아한 음성이 나무 속에서 울려왔다.

"직접 뵙고 말씀드리겠습니다."

일리아 대신관이 가르쳐 준 대로 말했다. 그녀는 하카미아와 얼굴을 대면하기 전엔 찾아온 이유를 밝혀서는 안 된다는 말끝에 절대 잊지 말라는 당부를 더했다. 잠시간 정적이 흐르더니 목소리가 다시 들렸다.

"붉은 가지를 잡아라."

붉은 빛깔의 가지가 두툼한 나무껍질을 뚫고 삽시간에 자라났다. 셰이는 한껏 선혈을 머금은 것처럼 짙은 핏빛을 띤 가지로 손을 내밀었다. 꺼림칙한 마음이 든 건 사실이나 이보다 더한 일도 기꺼이 받아들일 각오가 되어 있었다.

손에 닿는 순간 앙상한 가지 끝이 바늘처럼 뾰족해지더니 살갗을 파고들었다. 이상하게도 아픔은 느껴지지 않았다. 누군가와 힘주어 손을 깍지 낀 것 같은 감각만이 전해졌다. 손과 단단히 연결된 붉은 가지가 셰이를 잡아끌었다. 그녀는 순순히 다리를 움직였다. 나무의 육중한 몸통이 바로 코앞까지 다가왔다. 셰이는 움츠러들었지만 그녀를 이끄는 힘은 약해지지 않았다.

어떻게 하라는 거야? 나무에 부딪쳐 코피라도 쏟으란 뜻인가?

셰이는 방어하듯 왼팔을 앞으로 뻗었다. 그러자 놀랍게도 손목까지 어떠한 저항도 받지 않고 나무 속에 파묻혔다. 그녀는 잠수라도 하려는 사람처럼 숨을 크게 들이쉰 다음, 몸 전체를 집어넣었다.

솜털처럼 보드라운 감촉만을 남기고 붉은 가지가 피부 밖으로 빠져나왔다. 손바닥엔 미세한 상처 하나 보이지 않았다. 놀라운 건 그것뿐만이 아니었다. 셰이는 안락하게 꾸며진 응접실 한복판에 서 있었다. 편안해 보이는 팔걸이 의자, 정교하게 조각된 장식 탁자며 알맞게 불을 지핀 벽난로와 바닥에 깔린 연회색 융단. 너무나 일상적이고 평범한 모습이 오히려 더 큰 놀라움을 안겨주었다. 은연중에 그녀는 해괴망측할 정도로 괴상하고 기이한 광경을 발견하게 되리라 예상하고 있었다.

"마음에 든다."

셰이는 목소리를 따라 고개를 돌렸다. 그곳엔 믿기지 않을 정도로 마른 여인이 서 있었다. 얼마나 야위었는지 마치 수분과 영양분이 다 빠져 버린 가죽과 뼈다귀를 대충 얽어매 놓은 것처럼 보였다. 어깨뼈는 금방이라도 살갗을 찢고 튀어나올 것 같았고,

움푹 꺼진 볼 때문에 광대뼈가 비정상적으로 보일 만큼 도드라져 있었다. 걸치고 있는 낡은 드레스 덕분에 겨우 사람으로 여겨질 정도였다.

"뭐가요?"

여인의 외모에 정신이 팔려 있던 셰이는 뒤늦게 말을 받았다.

"네 피 말이다."

여인의 손에 들려 있던 구슬이 공중으로 둥실 떠올랐다. 석류 정도 크기의 투명한 구슬이었는데, 속에 든 핏빛 액체가 춤을 추듯 느릿하게 움직이며 일렁이고 있었다.

저 속에 든 게 내 피란 말이지?

손바닥을 파고들던 붉은 나뭇가지가 생각나며 오싹 한기가 들었다. 대범하게 받아넘기자고 스스로를 다독였지만 찜찜한 마음은 쉽게 수그러들지 않았다.

"하카미아이신가요?"

"그래, 내가 하카미아다."

"제 이름은……."

"네 이름은 알 필요 없으니 용건이나 밝혀라."

쌀쌀맞게 말허리를 잘라 버린 하카미아가 안락의자에 앉았다. 핏빛 구슬이 호위하듯 그녀의 어깨 주위를 떠다녔다. 셰이는 미리 준비해 간 꾸러미를 탁자 위에 올렸다. 하카미아가 눈을 지그시 감고 냄새를 맡았다. 입술 끝이 미세하게 떨리는가 싶더니 흡족한 미소가 얼굴 전체로 퍼졌다. 광대뼈 위에 팽팽히 매달린 얇은 살갗이 금방이라도 찢어질듯 위태로워 보여 셰이는 조마조마해졌다.

"무엇을 원하는진 몰라도 내 마음에 들기 위해 꽤나 신경을 썼구나. 지금까진 네 작전이 그런대로 성공을 거둔 것 같다."

셰이는 하카미아에게 미소를 되돌렸다. 그러나 마음은 조금 전보다 한층 더 거북해졌다. 그도 그럴 것이, 꾸러미엔 소의 혀가 들어 있었다. 셰이는 하카미아를 찾아 나서기 전, 일리아 대신관이 알려준 대로 푸줏간에 들러 소 혀를 구입했다. 푸줏간 주인은 꾸러미를 내밀며 '원래 마녀들이 소의 생 혀만 보면 사족을 못 쓰고 덤벼든다' 는 우스갯소릴 늘어놓았다.

"나에 대해 말해준 이가 누구냐?"

셰이는 망설였다. 일리아 대신관이 하카미아와 자신의 이름이 연관되는 걸 극도로 꺼려한다는 사실을 알기 때문이었다.

"길거리에서 우연찮게 들은 것이라 이름을 알지 못합니다."

하카미아가 생긋 웃자 셰이는 왠지 모르게 간담이 서늘해졌다.

"네 입에서 세 번째 거짓말이 나오는 순간, 넌 내 소유물이 되어 영원히 이곳에 갇히게 될 것이다. 반짝이는 아름다운 보석은 많으면 많을수록 좋은 법이지."

나무에 박혀 있던 수천 개의 보석들이 떠올랐다. 셰이는 어느새 바짝 말라 버린 입술을 축였다.

"다시 묻겠다. 나에 대해 누구한테 들었느냐?"

"일리아 대신관께 들었습니다."

"일리아?"

고개를 갸웃거리던 하카미아가 일순 짤막한 웃음을 터뜨렸다.

"일리아, 이제 생각나는군. 머리를 양 갈래로 땋아 내린 귀여운 여자 아이. 어떻게 하면 지긋지긋한 가난에서 벗어날 수 있냐고

묻던, 그 필사적인 눈빛이 꽤나 마음에 들었지. 이제 보니 소원을
이루었나 보군. 대신관이라고 했지?”

“네.”

고개를 끄덕거리던 하카미아가 셰이에게 시선을 맞췄다.

“그래, 넌 무엇을 원하느냐?”

“창조신 아스트라한을 만나고 싶습니다.”

“창조신을 만나고 싶다?”

하카미아가 손을 내밀자 구슬이 아래로 내려왔다. 앙상한 손가
락이 느릿느릿 구슬을 쓰다듬었다.

“무엇 때문에?”

“내 삶이 왜 어긋났는지, 그걸 바로잡으려면 어떻게 해야 하는
지 알고 싶어서입니다.”

셰이는 솔직하게 털어놓았다. 제아무리 그럴듯하게 꾸민다 해
도 하카미아는 속아 넘어갈 존재가 아니었다.

“네 삶이 어떻게 어긋났다는 말이냐?”

하카미아가 관심을 보였다. 셰이는 잠시간 침묵을 지키다 불쑥
입을 열었다.

“셰이엔 가이스카 리베 폰 라시에… 들어보신 적 있습니까?”

“없다.”

“바르샤르 왕국의 예르체리나 여왕에게 직계 손이 몇 명 있는
지 아십니까?”

“내가 알기론 한 명이다. 루세리안이라고 불리는 왕자 한 명.”

셰이는 하카미아의 대답을 담담히 받아들였다. 평범한 사람이
아닌 그녀에게 조금은 기대를 가졌던 것이 사실이나 실망스럽진

않았다. 어차피 이 세상에서 자신을 알아봐 주는 건 이샤무딘밖에 없음을 잘 알고 있었다.

"넌 좀… 묘한 느낌이 나는구나."

"창조신 아스트라한을 만나려면 어떻게 해야 합니까?"

셰이는 더 이상 시간을 낭비하고 싶지 않았다.

"죽음을 불사할 각오가 되어 있느냐?"

"죽음이 두려웠다면 이곳이 오지도 않았을 겁니다."

빈틈없는 눈으로 셰이를 직시하던 하카미아가 몸을 일으켰다. 그 순간 그들을 담고 있던 공간이 완벽히 모습을 바꾸었다. 가장 먼저 느낀 건 퀴퀴하면서도 매캐한 냄새였다. 불시에 의자가 사라져 버려 엉덩방아를 찧게 된 셰이는 코를 찡그리며 몸을 세웠다.

더 이상 응접실은 보이지 않았다. 바닥엔 융단 대신 축축한 흙이 깔렸고, 회반죽도 바르지 않은 벽엔 녹슬고 금이 간 램프가 걸려 있었다. 먼지투성이 선반과 탁자 위엔 온갖 물건들이 겹겹이 쌓여 있었는데, 낡은 램프가 떨어뜨린 흐릿한 빛 속에선 정확한 모습을 알아내기 어려웠다. 무엇이 들어 있는지 알 수 없는 크고 작은 단지들, 짐승의 가죽, 말린 식물의 열매와 뿌리 정도만 구분이 가능했다.

"이걸 받아라."

하카미아가 손바닥만 한 검은색 돌받침과 헝겊으로 돌돌 말린 작은 꾸러미 두 개를 내밀었다.

"모든 의식은 경건한 분위기에서 치러져야 한다. 조금이라도 장난기가 들어가면 안 된다는 말이다."

"명심하겠습니다."

"검은색 실로 묶인 꾸러미 안에 붉은 가루가 들어 있다. 그걸로 네가 누울 만한 크기의 원을 그려라. 그리고 원 가운데에 들어가 돌받침 위에 네 피를 떨어뜨려라. 두세 방울 정도면 충분할 거다. 그런 다음엔 붉은색 실로 묶인 꾸러미에 불을 붙여 피가 묻은 받침 위에 올려라. 그럼 검은 연기가 피어오를 것이다. 그 연기를 될 수 있는 한 깊이 들이마셔라. 무슨 일이 있어도 원 밖으로 나가서는 안 된다. 마지막으로 명심해라. 이 모든 의식은 반드시 밤에 행해져야 한다."

"그렇게만 하면 창조신 아스트라한을 만날 수 있나요?"

"육신을 떨쳐 버려야 신에게 나아갈 수 있다는 사실만 알 뿐, 정확한 방법은 나 역시 모른다. 네 갈망이 창조신에게 닿을 정도로 강하다면, 원하는 걸 이룰 수 있을 거다."

말을 멈춘 하카미아가 구석진 선반을 뒤져 자그마한 은 종과 흑요석 가루가 든 정교한 모래시계를 찾아냈다.

"이걸 너에게 주마. 내가 알려준 의식을 따르면 넌 한시적인 죽음을 맞게 될 거다. 숨이 멎은 그 순간, 네 동조자로 하여금 이 모래시계로 시간을 재도록 해라. 모래가 전부 떨어지기 전에 반드시 은종을 흔들어 널 깨워야 한다. 단 한순간이라도 시간을 지체한다면 넌 영영 육신을 되찾지 못하게 될 것이다."

그렇다면 바로 옆에서 셰이를 도와줄 누군가가 있어야 한다는 말이었다.

도움을 청할 만한 사람이 누가 있을까?

가장 먼저 생각난 사람은 이샤무딘이었으나 그는 도움을 구하

는 건 고사하고 만날 수조차 없었다. 다음으론 일리아 대신관이
있었다.

"하카미아를 만나든 만나지 못하든 다시는 날 찾아오지 마라. 명심
해라, 이 신관 문을 나서는 순간부터 너와 난 평생 단 한 번도 만난 적
이 없는 사람이다."

몇 번이고 강조하며 다짐시키던 일리아의 모습이 떠오르자 셰
이는 난감해졌다.

"지금 이 자리에서 하면 안 될까요?"

"여긴 지나치게 음기가 강한 곳이다. 이곳에서 의식을 치렀다
간 삶과 죽음의 경계에서 영원히 길을 잃고 헤매게 된다."

"그렇군요."

고민에 싸인 셰이는 침울한 얼굴로 겉옷을 벗어 하카미아에게
받은 물건들을 조심스레 꾸렸다.

"이렇게 만난 것도 인연인데, 네 사소한 문제 하나를 내가 해결
해 주면 어떨까?"

하카미아의 눈에 이상야릇한 광채가 나타나자 꺼림칙한 마음
이 든 셰이는 쉽게 대답하지 못했다. 하카미아는 잠시간의 침묵
을 자기 입맛에 맞게 긍정이라 판단했다. 곧바로 그녀는 알아들
을 수 없는 말을 중얼거리며 작은 호리병에 담겨 있던 붉은 액체
를 바닥에 뿌렸다. 그 순간 요란한 비명 소리가 울렸다.

"아악!"

"뭐, 뭐야? 이거 놔!"

"어떻게 좀 해봐, 빨리!"

"나, 나름대로 노력하는 중이야!"

갑자기 벽에 구멍이 뚫리더니 나뭇가지가 온몸에 감긴 두 사람이 질질 끌려 들어왔다. 짧게 자른 밤색 머리와 초록빛 눈동자, 그리고 자그마한 체구로 인해 깜찍한 요정 같은 분위기를 풍기는 소녀와 머리에 두른 검은 두건 때문에 하늘색 눈동자가 한층 더 인상적으로 보이는 젊은 남자였다.

"누구예요, 당신?"

하카미아를 본 소녀의 안색이 창백해졌다.

"그건 내가 물어야 할 질문이지 않느냐? 남의 집이나 기웃거리는 좀도둑의 입에서 나올 말이 아니라."

"저희는 좀도둑이 아닙니다. 우연히 이 숲에 발을 디뎠다가 길을 잃고 헤매게 된 여행자일 뿐입니다. 우선 저희의 몸에 감긴 이걸 좀 풀어주십시오. 그럼 정식으로 레이디께 절 소개해 드리겠습니다."

남자의 정중한 태도 속엔 유혹의 기미가 은근히 가미되어 있었다. 세이는 그리 싫지 않은 표정의 하카미아를 곁눈질했다.

"좋다."

하카미아가 흔쾌히 수락하자 두 사람의 몸에서 나뭇가지가 빠르게 풀려 나갔다. 대충 먼지를 털고 옷매무새를 점검한 남자가 하카미아를 향해 우아한 자세로 허리를 숙였다.

"처음 뵙겠습니다. 전 보나샤르 조니코바라 합니다. 간단히 줄여서 본 존이라고 부르죠."

본 존은 눈웃음을 치며 하카미아에게 손을 내밀었다. 고단수

아부꾼들을 수도 없이 겪어본 셰이는 어림없는 수작이라고 생각했지만 하카미아는 스스럼없이 그에게 손을 맡겼다.

"뵙게 되어 영광입니다, 아름다운 레이디."

본 존이 하카미아의 손등에 입술을 가져다 댔다.

"저쪽에서 절 째려보고 있는 꼬마는 제 동생 마르티입니다. 워낙 천방지축인 성격이라 불쌍한 오라비는 한시도 마음을 놓을 수가 없답니다."

마르티가 불만스런 얼굴로 입술을 삐죽거렸다.

"피 한 방울도 안 섞인 여동생 때문에 고생이 많구나."

마르티의 눈과 입술이 동그래졌다. 본 존의 얼굴에도 놀라움이 스쳤으나 그는 삼정을 숨기는 데 매우 능한 사람이었다.

"보면 볼수록 신비스런 매력을 풍기시는군요."

"재미있긴 하다만 농지거리는 이쯤에서 끝내라. 네게 시킬 일이 있다."

"제가 할 수 있는 일이라면 성심성의껏 레이디를 돕겠습니다."

본 존의 말투는 매끄러움을 넘어 약간 능글거리기까지 했다. 셰이는 그의 말에 진심이 조금도 들어 있지 않음을 간파했다.

"네가 도와야 할 사람은 내가 아니라 이 아이다."

본 존의 시선이 셰이를 향했다. 하늘색 눈동자와 호박빛 눈동자가 처음으로 서로를 마주했다.

"저야, 뭐… 아무래도 좋습니다."

본 존이 셰이에게 노골적인 유혹이 담긴 눈웃음을 날렸다. 답례로 셰이는 짧게 코웃음을 쳐주었다.

"넌 죽음의 문턱을 넘은 이 아이를 늦지 않게 되살려야 한다.

자세한 건 이 아이에게 직접 들어라. 그리고… 너…….”

하카미아의 눈길이 날아오자 마르티는 셰이의 귀에까지 들릴 정도로 꿀꺽 마른침을 삼켰다.

“이쪽으로 와라.”

겁에 질린 마르티가 어떻게 하면 좋으냐는 얼굴로 본 존을 바라봤다.

“괜찮아, 마르티. 널 해칠 분이 아니니 마음 푹 놔.”

본 존은 일부러 소리 내어 말했다.

하카미아는 그 정도 술수에 넘어갈 사람이 아니야.

마치 머릿속을 들여다보기라도 한 듯 본 존이 셰이를 응시했다. 내내 속마음을 내비치지 않던 하늘색 눈동자에 옅은 불안이 깔려 있었다.

마르티는 도살장에 끌려가는 가축처럼 발을 질질 끌며 마지못해 걸음을 옮겼다. 거리가 가까워지자 하카미아는 그녀의 발치에 무엇인가를 휙 던졌다. 그건 셰이의 피가 담겨 있던 구슬이었다. 구슬이 깨어지며 하얀 연기와 섞인 미세한 핏방울들이 안개처럼 피어올라 마르티를 휘감았다.

“아아악! 본 존!”

마르티는 비명을 지르며 웅크리고 앉아 두 손에 얼굴을 파묻었다. 본 존은 그녀를 향해 내달렸다. 그가 도착하기 직전 마르티가 정신을 잃고 쓰러졌다.

“마르티!”

본 존은 축 늘어진 마르티를 안아 올렸다.

“이게 무슨 짓이야? 이 사악한 마녀! 마르티한테 무슨 짓을 한 거야?"

가면을 벗어던진 본 존이 격한 분노를 숨김없이 드러냈다.

"지금 네 동생은 이 아이의 운명과 연결되어 있다. 네가 때맞춰 이 아이를 깨워주지 않으면 네 동생도 영영 눈을 뜨지 못할 것이다."

하카미아가 흡족한 얼굴을 셰이에게 돌렸다.

"어떠냐? 꽤 믿음직한 안전장치가 생기지 않았느냐?"

본 존의 이글거리는 시선이 날아와 꽂히자 셰이는 소리없이 한숨지었다.

"모든 일이 만족스럽게 처리됐으니 그만 여길 나가라. 너희 모두."

갑자기 하카미아의 태도가 쌀쌀맞게 돌변했다.

"제게 해주신 모든 것에 대해 감사드립니다."

좀 지나치긴 했지만요.

셰이는 속으로 짧은 말을 더했다.

"내 생각은 다르다."

그녀의 마음을 읽은 듯 하카미아가 말했다. 셰이가 뭐라 대꾸하기도 전에 한 치 앞을 분간할 수 없는 짙은 안개가 주위를 감쌌다. 잠시 후 안개가 걷힌 뒤에야 셰이는 자신이 하카미아의 집이 아닌 숲 속에 서 있다는 사실을 알아차렸다. 그것만으로도 얼떨떨한데 밤에서 환한 대낮으로 일시에 시간이 바뀌어 버리자 쉽사리 정신을 차릴 수 없었다.

어떻게 된 거지? 하카미아를 만난 후 기껏해야 한 시간 정도 지난 것 같은데…….

사방을 둘러봤지만 보석이 박힌 거대한 나무는 어디에서도 눈에 띄지 않았다.

"서둘러!"

본 존이 퉁명스럽게 소리쳤다. 등엔 마르티가 업혀 있었다. 마르티 일은 자신이 원하던 바가 아니라고 말하려다가 셰이는 마음을 바꿨다. 무슨 말을 하든 본 존의 입장에선 입에 발린 변명으로 들릴 것이다. 그녀는 묵묵히 걸음을 재촉했다.

안전하면서도 사람들의 눈을 피할 수 있는 장소가 필요하다는 말에 본 존은 변두리에 위치한 여관으로 셰이를 데려갔다. 소박하지만 제법 깔끔하게 꾸며진 여관방에 들어서자 본 존은 마르티를 조심스럽게 침상에 눕혔다.

"어서 시작해."

"지금은 안 돼. 밤에 해야 돼."

"뭐가 그렇게 걸리는 게 많아?"

횡하니 밖으로 나가려던 본 존이 셰이를 돌아봤다.

"걱정하지 마, 네 동생의 손끝 하나 건드리지 않을 테니까."

"그 말을 하려던 게 아니라……."

머뭇거리던 본 존이 아무 말 없이 문을 나섰다. 셰이는 바닥에 똑바로 누워 눈을 감았다. 밤이 오기까지 그 긴 시간을 어떻게 견딜지 고민하다 그녀는 스르르 잠이 들었다.

무엇인가가 신경을 자극하자 셰이는 눈꺼풀을 들어 올렸다. 두 뼘 정도 떨어진 곳에서 빤히 쳐다보고 있는 하늘색 눈동자가 시야에 잡혔다.

“비켜!”

본 존은 순순히 셰이의 말을 따랐다. 그 즉시 셰이는 일어나 앉았다.

“내가 많이 잤어? 지금 시간이 얼마나 된 거야?”

“그리 오래 자지 않았어. 내가 나간 직후 잠들었다고 해도 두 시간이 채 안 될 거야.”

그렇다면 밤이 되기까지 약간의 시간이 더 남아 있는 셈이었다. 셰이는 몸을 덮고 있는 외투를 집어 본 존한테 내밀었다.

“추울까 봐 덮어줬어. 어때, 내 세심한 배려 덕분에 따뜻하게 잤지?”

본 존은 어느새 특유의 유들유들함을 되찾은 상태였다. 셰이는 어이없다는 얼굴로 선반에 놓여 있는 여분의 모포를 쳐다봤다.

“여관 주인한테 부탁해 음식을 좀 얻어왔어. 배고플 텐데 먹어.”

본 존이 한쪽에 밀쳐 놓았던 쟁반을 내밀었다. 셰이는 물 잔을 들어 목만 축였을 뿐, 음식엔 손을 대지 않았다. 음식을 못 먹은 지 꽤 오랜 시간이 지났으나 이상하게 배는 고프지 않았다.

“기회가 있을 때 최대한 먹어둬라, 가슴을 치며 후회할 날이 올지니… 내 신조야.”

빵을 반으로 나눈 본 존이 한 쪽을 그녀에게 내밀었다. 셰이는 망설이다 빵을 받아 들었다.

“이름이 뭐야?”

본 존은 대답을 기다리며 빵 조각을 공중에 휙 던진 후 입으로 받아먹었다.

“셰이엔.”

“으음… 셰이엔… 셰이엔이었군. 내 이름은 알지, 셰이엔?”

본 존이 장난기 어린 미소를 던졌다. 셰이는 못 본 체하며 창밖으로 시선을 가져갔다. 어둑어둑해진 하늘이 보였다.

“완전한 밤이 되려면 조금 더 기다려야 돼. 왜 내가 귀찮아, 셰이엔?”

셰이는 괜히 이름을 가르쳐 주었다고 후회했다. 자신의 이름이 이토록 부담스럽게 들린 적은 지금껏 없었다. 본 존이 재미있다는 얼굴로 입을 열었다.

“너, 그거 알아? 무슨 생각을 하는지 얼굴에 그대로 나타난다는 거.”

수도 없이 들어본 얘기였다. 특히 사촌 그레인은 틈만 나면 그 말을 하며 그녀를 놀려대곤 했다. 아홉 살 무렵엔 너무 약이 올라 무작정 그에게 달려들었다가 어머니한테 들켜 눈물이 쏙 빠지도록 호되게 야단을 맞은 적도 있었다.

“누구를 생각하는데 그런 표정이야?”

“내가 어떤 표정을 지었는데?”

“흐음… 약간 껄쩍지근하고, 약간 아리송송하고, 약간 원한에 사무친 것 같은 표정.”

“뭐야, 그게?”

퉁명스럽게 받아쳤으나, 셰이의 입가엔 자신도 모르는 미소가 엷게 배어 있었다.

“뭘 원하는데 목숨까지 거는 거야?”

느닷없이 본 존이 화제를 바꿨다. 반사적으로 셰이는 알 필요

없다고 대답하려 했다. 그러나 본 존은 하카미아가 이번 일에 강제로 끌어들인 사람이다. 그에게도 웬만큼은 사실을 알고 있을 자격이 있다는 생각이 들었다.

"창조신 아스트라한을 만나려고 해."

던져 올린 빵 조각을 받아먹으려던 본 존이 벌린 입을 다물지도 못한 채 셰이를 쳐다봤다.

"하하… 이거 참, 뒤통수 한번 제대로 맞은 기분이네."

"그렇게 황당해?"

"그럼, 내가 들은 얘기 중 두 번째로 황당한데."

"첫 번째는 뭔데?"

"어, 뭐냐 하면……."

본 존은 말을 꺼내기도 전에 웃음부터 터뜨렸다.

"내가 일곱 살 때 어머니가 날 버리며 그러더라고, '널 위해서, 널 사랑해서 이러는 거야. 너도 다 컸으니까 엄말 이해할 수 있을 거야'라고. 난 좁은 처마 밑에 우두커니 서서 어머니가 돌아오기만을 기다렸어. '날 사랑하면 돌아와 주세요'라고 흐느끼며 사흘 밤낮을 꼼짝 않고 서서 울기만 했어. 그리고 나흘째 되는 날, 그 자리에서 기절하고 말았지."

"여자 유혹하는 수법치곤 너무 속 보이는 짓 아냐?"

셰이는 어이없다는 얼굴로 톡 쏘아붙였다. 본 존이 커다랗게 웃음을 터뜨렸다.

"들통나 버렸군. 이 방법을 열 명한테 쓰면 최소 여섯 명은 넘어왔는데 말이야."

"나머지 네 명은 어떻게 했는데?"

"그전에 이미 나한테 홀딱 반한 상태였지."

능글맞은 미소를 띤 본 존이 눈까지 찡긋거리자 셰이의 입술에도 피식피식 웃음이 번졌다.

"이제 슬슬 준비해도 될 것 같은데? 마르티를 언제까지 저 상태로 둘 수도 없고. 못 말리는 울보 떼쟁이가 배를 쫄쫄 곯고 석상처럼 누워서 잠만 자고 있으니, 깨어나면 무척이나 억울해할 거야."

농담처럼 말했으나 마르티를 살피는 본 존의 눈엔 근심 어린 애정이 깃들어 있었다.

"깨어나면 잘해줘. 괜히 어린 누이동생 취급만 하지 말고. 서로 좋아한다는 게 눈에 빤히 보이니까."

"뭐어? 그런 거 아니야!"

본 존이 말 그대로 펄쩍 뛰어올랐다.

"물론 마르티를 아끼지만, 그건 어디까지나 귀여운 여동생으로서야! 다른 마음은 손톱만큼도 없어!"

"알았어, 알았어."

셰이는 건성으로 맞받았다. 본 존의 태도가 별안간 진지해졌다.

"내가 어쩌다 그 이상한 여자의 덫에 걸리게 됐는지 알아?"

"이상한 여자? 하카미아?"

"이름은 알고 싶지도 않고. 아무튼 그 뼈다귀만 달그락거리는 기분 나쁘게 생긴 여자 말이야."

"길을 잃고 헤매다가 우연히 그 집 가까이 오게 된 거라고 했잖아."

"그거야 급한 김에 대충 지어낸 얘기고. 사실은 말이야……."

본 존의 하늘색 눈동자가 야릇하게 반짝였다.

"이틀 전 신전에서 어떤 소녀를 보게 되었어. 마치 제집인 양 바닥에 책상다리를 하고 앉아 있더라고. 그런데 기다렸다는 듯 그 소녀가 고개를 들어 날 쳐다보는 거야. 바로 그때였어, 머릿속에서 쨍! 하는 소리가 들린 게. 나만큼이나 특이한 호박빛 눈동자와 마주친 순간, 턱을 세차게 한 방 얻어맞은 것 같이 머리가 띵해지더라고."

"날 봤다는 거야? 신전에서?"

"맞아. 그 후 신전 밖에서 네가 나오기만을 기다리다가 무작정 따라간 거야. 그 김에 그 이상한 여자까지 덤으로 만나게 된 거고."

셰이는 본 존의 말이 잘 믿어지지 않았다. 눈동자와 머리카락만 눈에 확 띌 뿐이지, 사실 그녀의 생김새는 '눈부신 외모', '아름다운 자태', '황홀한 미모' 등등의 미사여구와는 거리가 멀었다. 셰이가 왕녀 시절 받은 찬사 역시 '귀엽다', '독특하다', '개성이 강하다'가 대부분이었고, 간혹 들은 말로는 '예쁘다' 정도가 고작이었다. 바람둥이 기질이 다분하고, 그걸 오히려 자신의 매력으로 내세우는 본 존 같은 사람의 눈길을 끌 만한 외모가 아니라는 건 누구보다 셰이 자신이 잘 알았다.

"왜 기분 나쁘게 사람 뒤를 몰래 쫓아와?"

쑥스러운 마음이 든 셰이는 본심보다 다소 과하게 불쾌하다는 반응을 보였다.

"그럼 멍청이처럼 손가락만 빨고 있다가 첫눈에 반한 여자를 놓치란 말이야? 내가 그렇게 모자란 놈으로 보여?"

본 존은 목에 힘줄까지 내보이며 분개한 척 소리를 높였다.

"시끄러우니까 입 다물어. 그리고 할 일 없으면 나가서 초나 램프에 불 좀 붙여와."

일부러 퉁명스럽게 말한 셰이는 문을 나서는 본 존을 곁눈질로 훔쳐봤다. 친한 친구같이 스스러움이 없다가 갑자기 돌변해서 마음을 불편하게 만드는 사람은 처음이었다.

이샤는 처음부터 끝까지 내내 심술만 부렸는데… 일관성있게…….

본 존보다 이샤무딘을 대할 때가 오히려 더 마음이 편했다는 생각이 들었다. 스스로에게 어이가 없어진 셰이는 허탈한 얼굴로 의식을 준비했다. 그녀가 필요한 물건들을 바닥에 가지런히 놓았을 때, 본 존이 촛불을 가지고 돌아왔다. 셰이는 본격적인 의식으로 들어가기에 앞서 잠시 후 해줘야 할 일에 관해 설명했다.

"그러니까 여기 이 검은 모래가 다 내려오기 전에 종을 흔들어야 한다는 말이지? 그래야 네가 깨어날 수 있고, 그럼 마르티도 눈을 뜨게 되는 거고."

본 존은 정확히 하기 위해 자신이 들은 얘기를 간추려 말했다.

"응, 그렇게만 해주면 돼."

하카미아의 설명대로 셰이는 붉은색 가루를 꺼내 원을 그렸다. 그런 다음 원 중앙에 책상다리를 하고 앉아 본 존이 빌려준 단검으로 엄지손가락에 작은 상처를 냈다. 돌받침 위로 핏방울이 떨어져 내렸다. 셰이는 촛불을 이용해 붉은 실로 묶인 꾸러미에 불을 붙였다. 꾸러미를 돌받침 위에 올리자 시커먼 연기가 피어올랐다. 그녀는 본 존까지 연기를 마시게 될까 봐, 뒤로 물러서라는 손짓을 했다. 그러나 곧 괜한 기우였음을 알게 되었다. 연기는 세이가 그린 원을 벗어나지 않았다. 투명한 막이 가로막고 있기라도 한 듯 붉은 원 안에서만 맴돌았다.

셰이는 하카미아의 말을 떠올리며 연기를 깊이 들이마셨다. 거친 기침이 터졌다. 연기가 어찌나 독한지 코와 목은 물론 가슴까지 허물이 벗겨져 나가는 듯한 통증이 일었다. 눈이 몹시 쓰렸다. 마치 이글거리는 불덩이가 눈을 태우고 있는 것 같았다. 눈물이 줄줄 흘러나왔다. 숨통이 조여들며 호흡이 불가능해졌다. 참기 힘든 고통에 세상이 회색으로 물들었다.

"그러다 죽겠어! 빨리 밖으로 나와!"

본 존의 외침이 어렴풋이 들려왔다. 셰이는 그럴 수 없다고 말하려 했지만 피가 섞인 기침이 연거푸 쏟아졌다. 그것만으로도 목에 가해지는 통증은 그녀가 견딜 수 있는 한계를 넘어서고 있었다.

포기할 수 없어! 절대 포기할 수 없어! 죽더라도 창조신 앞에서 죽을 거야!

목구멍을 타고 비명이 치밀어 올랐다. 그러나 막상 밖으로 나온 건 미약한 신음 소리에 불과했다. 그녀는 죽음보다 더 잔인한 고통에 휩싸인 채 끝을 향해 치달았다.

"난 포기하지 않을 거야!"

셰이는 자신의 목소리에 놀라 번쩍 눈을 떴다. 갖가지 색깔의 은은한 빛 덩어리가 그녀를 둘러싸고 있었다. 빛 덩어리들은 여러 개가 모였다가 흩어지고, 사라졌다가 빛깔을 바꿔 다시 나타나며 장난꾸러기 요정처럼 주위를 맴돌았다.

여기가 어디지? 내가 왜 여기 있는 거지? 포기하지 않겠다고 소리친 것 같은데, 대체 뭘 말하는 거지?

아무것도 생각나지 않았다. 꿈결에 잠긴 듯 몸이 나른하고, 정신 또한 몽롱했다. 무엇인가 중요한 것을 잊고 있다는 희미한 경고만이 마음속을 떠다녔다.

그게 무엇일까? 뭘 말하는 걸까?

자꾸만 흐트러지는 정신을 바로잡으려고 애쓰며, 셰이는 초점 없는 눈으로 오색 빛의 몽환적인 군무를 바라보았다. 빙글빙글 돌던 빛들이 소용돌이 모양을 만들었다가 황금빛 섬화를 발하며 산산이 부서져 내렸다. 설핏 금빛 눈동자가 셰이의 뇌리를 스쳐 갔다.

이샤!

이샤무딘을 떠올리자 신기하게도 모든 기억이 되살아났다.

그래, 난 창조신 아스트라한을 만나러 왔어!

순간 세찬 바람이 불어왔다. 머리카락과 옷자락이 격렬히 나부 꼈다. 바람이 거짓말처럼 가라앉았다. 그 맹렬한 돌진에 휩쓸렸 는지 주위를 유영하던 빛들의 흔적도 찾을 수 없었다. 빈자리를 채우듯 보드랍고 엷은 안개가 삽시간에 셰이를 에워쌌다.

―왜 나를 만나려는 것이냐?

부드러우면서도 다소 엄격하게 느껴지는 굵은 저음이 공간을 울렸다. 그 진동에 맞춰 안개가 물결치듯 나붓거렸다.

"아스트라한이신가요?"

셰이는 무의식중에 자세를 바로잡았다.

─너에게 일곱 번의 물음을 허락하마. 첫 번째 질문의 답은 '그렇다' 이다.

드디어 창조신 앞에 섰다는 기쁨에 가슴이 벅차올랐다. 셰이는 마음을 가라앉히기 위해 천천히 심호흡을 했다.

"두 번째 질문을 드리겠습니다. 얼마 전 제가 속해 있던 세상이 너무나 괴상하게 변해 버렸습니다. 그 이유를 알고 싶습니다."

─네게 저주가 내렸다.

"저주라고요?"

셰이는 벌떡 몸을 세우며 되물었다. 상상할 수도 없었던 답변에 일순 머리까지 어지러웠다.

─너의 세 번째 물음의 답은 '그렇다' 이다.

귀중한 질문을 낭비하고 만 자신의 어리석음에 셰이는 입술을 깨물었다.

먼저 신중히 생각해 본 다음에 질문해야 돼. 이러다간 정작 중요한 건 하나도 얻지 못한 채 돌아가게 될 거야.

"저주를 풀려면 어떻게 해야 하나요?"

셰이는 가장 중요하면서도 절실한 질문을 입에 담았다.

─네 명운(命運)의 열쇠를 찾아야 한다. 운명을 관할하는 신들은 흔히 '황금열쇠' 라고 부르지.

"황금열쇠……."

셰이는 천천히 발음했다.

─신들의 은어일 뿐이지, 인간들이 좋아하는 황금으로 만들어진 열쇠가 아니다.

자신의 농담이 재미있게 느껴졌는지 아스트라한이 가벼운 웃음을 터뜨렸다.

"하하… 하하하……."

껄껄대는 신 앞에서 심각하게 있는 것이 은근히 불편해진 셰이는 어색하게 따라 웃었다.

―인간들은 누구나 명운의 열쇠, 즉 황금열쇠를 가지고 있다. 황금열쇠는 같은 인간일 수도 있고, 그렇지 않을 수도 있다. 동물이나 식물, 또는 어떤 물건일 수도 있다는 뜻이다. 그게 어떤 것이든 황금열쇠는 상호 유기적으로 영향을 미친다. 한쪽에 이상이 생기면 다른 편도 좋지 않은 일을 겪게 되는 식이지. 그건 매우 사소한 일일 수도 있지만 너처럼 운명의 뒤틀림으로 나타나기도 한다. 즉, 네 황금열쇠 역시 지금 너와 마찬가지로 심각한 문제에 직면해 있을 것이라는 얘기다. 무슨 말인지 알겠느냐? 뒤틀린 운명을 되돌리기 위해선 네 황금열쇠가 처한 문제부터 해결해야 한다는 말이다.

"저의 운명부터 원래대로 되돌리면 안 됩니까? 그럼 제 황금열쇠의 문제도 자연히 풀어질 것 같은데요?"

―그게 그렇지가 않다, 아이야. 왜냐하면 이번 일의 시발점이 네 쪽에 있기 때문이다. 다시 말해, 네 황금열쇠는 뒤틀린 너의 운명 탓에 겪지 않아도 될 불운을 겪게 되었다는 뜻이다. 때문에 네 황금열쇠의 문제부터 해결해야, 네 운명의 뒤틀림을 바로잡을 수 있는 해결책이 보이게 되는 것이다.

셰이의 안색은 갈수록 어두워졌다. 그녀 자신이 처한 상황도 감당하기 힘들 만큼 버거웠다. 그런데 황금열쇠라는 걸 찾아 문제를 해결해 줘야 한다니… 생각하면 생각할수록 맥이 쭉 빠져나 갔다.

"제 황금열쇠는 누구입니까? 아니, 무엇이냐고 여쭤야 하는 건 가요?"

ー네 황금열쇠는 인간이니 누구냐고 묻는 것이 맞겠지. 여섯 번째 질문에 답해주겠다. 네 황금열쇠는 듀이 델코라는 남자 아 이이다.

"듀이 델코……."

혹시 전에 들어본 이름인가?

기억을 더듬어보았으나 생각나는 건 없었다. 처음 듣는 이름임 이 분명했다.

ー당연히 모르는 이름일 거다. 듀이 델코는 버틀랜드 국의 칼 루스에서 태어난 아이이니까.

"버틀랜드 국의 칼루스, 듀이 델코."

절대 잊어서는 안 된다고 생각하며 셰이는 재차 반복했다.

"듀이 델코, 버틀랜드 국의 칼루스에 사는 남자 아이."

ー마지막 질문이 남았다.

"알고 있습니다. 제 마지막 질문은……."

셰이는 말을 잇기 전 호흡을 가다듬었다.

"제 청 하나를 들어주시겠습니까?"

ー마지막답게 흥미로운 질문이구나.

아스트라한의 음성에 옅은 웃음기가 묻어났다.

ー네 운명을 되돌려 달라는 청이라면 거절하겠다. 그 외의 것 이라면 들어줄 용의가 있다.

“이샤무딘을 갖고 싶습니다.”

세이는 돌려 말하지 않았다. 짧은 침묵이 지나갔다.

―그와 결혼을 하고 싶다는 말이냐?

“아, 아니요! 아닙니다! 그럴 리가요! 이샤와 결혼이라니? 터무니없습니다! 말도 안 됩니다! 피도 눈물도 없는 악질 흑마법사하고 결혼을 하라니! 창조신 아스트라한의 명이라 해도 절대 받아들일 수 없습니다! 차라리 이 자리에서 혀 깨물고 자결을 하겠습니다!”

얼굴빛이 머리카락보다도 더 새빨개진 세이는 격렬히 부르짖었다.

―난 결혼하라는 명은 내리지 않았다. 그를 갖고 싶다고 말한 건 내가 아니라 너다. 그런데 하필이면, 피도 눈물도 없는 악질 흑마법사를 갖고 싶어하다니… 색다른 걸 좋아하는 모양이로구나.

재미있다는 기색이 진하게 배어 나오는 어조였다. 민망해진 세이는 머리카락을 괜히 배배 꼬며 대충 얼버무렸다.

“아아… 네… 제가 예전부터… 특이한 걸 모으는 취미가 있어서…….”

―좋다, 네 청을 들어주겠다. 단…….

“정말입니까? 정말 이샤를 제게 주시는 건가요?”

―말을 끝까지 들어라. 단, 나는 방법만을 가르쳐 주겠다. 그를 갖고 싶다면, 네 손으로 그렇게 되게 만들어라.

“알겠습니다. 방법만 알려주십시오.”

말이 끝나기가 무섭게 은색의 빛줄기가 세이를 향해 날아왔다.

―받아라.

셰이가 팔을 내밀자 빛줄기가 손을 중심으로 둥글게 모여들었다. 잠시 후 그녀의 손엔 은빛 단검이 들려 있었다. 길이는 한 뼘을 약간 넘을 정도로 자그마했고, 손잡이는 물론 칼날에 이르기까지 운명을 관할하는 열두 명의 신이 정교하게 새겨져 있었다.

―방법은 간단하다. 먼저 단검의 손잡이와 칼날에 네 피를 묻혀라. 그리고 그 피가 마르기 전, 이샤무딘의 심장을 찔러라. 그럼 그는 네 소유가 될 것이다.

이걸로 이샤의 심장을 찔러야 한다고?

셰이는 손에 든 단검을 물끄러미 응시했다. 칼날이 그리 날카로워 보이지는 않았다. 그러나 심장에 박힌다면 생명을 빼앗기고 말 것이 분명했다.

"이샤가 죽는 건 싫습니다."

―그 단검은 살아 있는 생명을 죽이지 못한다. 그걸로 심장을 찌른다 해도 이샤무딘은 죽지 않는다. 그저 단검의 힘이 그의 영혼을 너에게 묶어버릴 뿐이다.

"알겠습니다."

일단 마음은 놓였지만 이샤의 심장을 정말 찌를 수 있을지, 셰이는 자신이 없었다.

그가 너에게 저지른 만행을 생각해 봐. 그 정도 일은 웃으며 할 수 있을걸?

이샤를 향해 쌓아올린 섭섭함과 미움, 배신감 등이 그녀를 부추겼다. 머릿속에서 선명한 종소리가 들린 건 바로 그때였다.

이제 돌아가야 할 시간이야!

─마음이 바뀌었다면 단검을 거둬들이겠다.

잡기도 전에 단검이 다시 은색의 빛으로 변해 손아귀를 빠져나 갔다.

"아니요! 아닙니다! 마음 바뀌지 않았습니다!"

셰이는 허겁지겁 소리쳤다. 종소리가 급속도로 빨라지자 마음 이 급해졌다.

"단검을 돌려주세요!"

─좋다, 돌려주마. 단, 사흘을 넘긴다면 단검은 무용지물이 되 어버릴 것이다.

미친 듯이 울려대는 종소리 때문에 정신을 차릴 수 없었다.

돌아가야 돼! 어서!

빠르게 날아오는 은빛이 보였다. 셰이는 손을 내밀었다. 그 순 간 몰아닥친 거센 돌풍이 그녀를 무자비하게 낚아채 버렸다.

"괜찮아?"

셰이는 연거푸 기침을 터뜨렸다. 정신을 차리자 사라졌던 고통 이 되살아났다.

"괜찮나 보네, 기침하는 걸 보니까."

본 존은 오히려 안심했다는 표정이었다.

"안… 괜찮아… 절대……."

셰이는 심하게 갈라진 음성으로 겨우 말했다.

"넌 숨도 안 쉬고 뻣뻣하게 누워 있는 네 자신을 못 봤으니까 그렇게 말하는 거야. 정말 뭔 일 나는 줄 알았어. 모래시계는 바 닥을 드러냈지, 팔에 쥐가 나도록 종을 흔들어대도 넌 꿈쩍도 안

하지. 정말 살이 떨리고 피가 마르더라. 어휴!"

본 존은 고개를 절레절레 흔들며 땀에 젖은 앞머리를 쓸어 넘겼다.

"그건 그렇고 원하던 건 이뤘어?"

셰이는 본 존이 내미는 물 잔을 받아 조심스럽게 두어 모금 마셨다.

"그런대로."

아직 제 목소리는 나오지 않았지만 통증은 조금 가라앉았다. 본 존이 휘파람을 불었다.

"대단한데!"

"뭐가?"

침상 쪽에서 어눌한 물음이 나왔다. 마르티가 졸린 듯 눈을 비비며 일어나 앉자 본 존은 씨익 미소 지었다.

"잘 잤어?"

"아니, 누구한테 얻어맞은 것처럼 온몸이 다 아파."

울상이 된 마르티가 어깨며 팔을 주물렀다.

나도 아파, 누구한테 얻어맞은 것처럼.

셰이는 내심 동조하며 몸을 일으켰다. 품속에 있던 무언가가 툭, 소리를 내며 떨어졌다.

"이게 뭐야?"

본 존이 단검을 들어 올렸다.

"이야! 이거 대단한 보물 같은데?"

셰이가 손을 내밀자 본 존은 군말없이 단검을 내어주었다. 그녀는 단검을 웃옷으로 둘둘 말았다.

“난 지금 나갈 생각인데, 너희는 계속 여기 있을 거야?”

“물론. 너도 그럴 거고.”

본 존이 심드렁하게 대꾸했다. 셰이가 미간을 찌푸리자, 그는 직접 보라는 듯 창가에서 비켜섰다.

“깜깜한 거 보이지? 지금 몇 시인지 알기나 해? 모르긴 몰라도 아마 자정을 넘어섰을 거야. 이 시간에 밖에 나갔다간 흉악한 놈들의 먹잇감이 되기 십상이라고. 그러니까 날이 밝을 때까지 눈이나 좀 붙여. 우리도 새벽녘에 여길 나갈 생각이니까.”

셰이는 본 존의 권유를 잠자코 받아들였다. 그녀가 침상 위로 올라가자 마르티의 입매가 샐쭉해졌다.

“둘이 쓰기엔 너무 좁아.”

“동의해. 하지만 난 너와 침대를 나눠 쓸 생각 없어.”

셰이의 태도는 무척이나 오만했다.

“나도 마찬가지야!”

마르티는 절대 빼앗기지 않겠다는 태세로 모포를 움켜쥐었다.

“그래? 그럼 내가 양보하지, 뭐. 아래로 내려가 본 존 옆에 나란히 누우면 만족하겠어?”

셰이는 일부러 상냥한 말투를 사용했다.

“난 대환영이야.”

벌렁 드러누운 본 존이 셰이에게 유혹적인 미소를 날리며 바닥을 톡톡 두드렸다.

“기다리고 있으니까, 어서 와.”

셰이는 가까스로 웃음을 쥐어짰다. 본 존의 능글맞은 태도에 대한 거부반응으로 솜털이 곤두섰다.

"알았어, 지금 갈게."

그녀가 침상 아래로 한쪽 다리를 내리자 재빨리 움직인 마르티가 본 존 옆에 찰싹 달라붙었다.

"외로우면 언제든지 내려와, 왼쪽은 비었으니까."

셰이는 천장을 향해 눈을 굴린 다음, 입 모양으로 '꿈 깨'라는 말을 해주었다. 본 존이 웃음을 터뜨렸다. 마르티가 도끼눈을 뜨고 셰이를 쏘아봤다.

걱정하지 마, 난 악질 흑마법사를 다루는 일만도 벅찬 사람이니까.

셰이는 한숨을 삼키며 녹초가 된 몸을 뉘였다. 단검을 싼 옷 뭉치가 손에 잡히자 이상하게도 마음이 편해졌다. 옷 뭉치를 두 팔로 꼭 끌어안았다. 피곤에 지친 눈꺼풀이 스르르 내리덮였다.

셰이는 그만 늦잠을 자고 말았다. 그렇다고 피로가 완전히 풀린 개운한 상태로 일어난 것도 아니었다. 밤새도록 기억나지도 않는 혼란스런 꿈에 시달리며 잠을 설친 탓이었다. 몸 마디마디가 쑤셔대자 셰이는 끙끙 앓는 소릴 내며 힘겹게 침상에서 내려섰다. 본 존과 마르티는 이미 여관을 나갔는지 방엔 그녀 혼자뿐이었다.

수통에 들어 있는 물로 목을 축이고 천 조각에 묻혀 얼굴과 목, 손을 대충 닦았다. 말 한마디만으로 호화로운 욕조와 향료를 푼 온수가 준비되던 시절이 떠올랐다. 그때가 언제인 듯싶게 멀게 느껴지자 셰이는 쓴웃음을 지었다.

지금은 이 정도로 만족하자. 이샤의 성에 가면 질리도록 목욕을 즐길 수 있을 거야.

뒤를 이어 자연스레 단검이 생각났다. 셰이는 두리번거리다 침상 아래에 떨어져 있는 옷 뭉치를 집어 들었다. 묵직해야 될 옷 뭉치가 너무 가볍게 느껴지자 그녀는 웃옷을 재빨리 펴보았다. 단검은 없었다. 가슴이 철렁 내려앉았다. 셰이는 방 구석구석을 샅샅이 뒤졌다. 그러나 어디에서도 단검은 나타나지 않았다.

"이야! 이거 대단한 보물 같은데?"

단검을 발견했을 때 본 존의 입에서 나온 말이 뇌리를 스쳤다.

그가 틀림없어! 본 존이 단검을 가져간 거야! 어쩐지 수상쩍다 싶더니만!

셰이는 황급히 밖으로 뛰어나갔다. 어떻게 해서든 단검을 찾아야 한다. 그걸로 이샤를 찌르든, 타브리스 산꼭대기에서 던져 버리든 일단은 무슨 수를 써서든 되찾아야 했다.

창조신 아스트라한이 내게 주신 단검이야! 어느 누구에게도 빼앗길 수 없어!

셰이가 막 층계참에 이르렀을 때였다. 한 손에 쟁반을 받쳐 든 본 존이 계단 어귀에 나타났다.

"어이, 일어났네!"

본 존이 웃으며 한 손을 치켜들었다. 셰이는 후닥닥 계단을 뛰어 내려가 그의 멱살을 휘어잡았다.

"아침 인사치곤 너무 다정한 거 아니야?"

이 정도는 일상다반사라는 듯 본 존은 천연덕스러웠다.

"내놔!"

본 존이 슬쩍 눈살을 찌푸렸다.

"뭘 말이야?"

"내 단검, 네가 훔쳤잖아!"

"단검? 어제 그 단검 말이야?"

"시치미 떼지 마!"

셰이는 본 존의 멱살을 더욱 바짝 조였다. 그러나 혹시 오해인 가 하는 꺼림칙함이 마음 한편을 차지하고 있었다. 본 존은 별 힘 도 들이지 않고 간단히 그녀의 손을 풀어버렸다.

"이거 받아."

셰이는 본 존이 내미는 쟁반을 얼떨결에 받아 들었다. 방금 전 까지 멱살을 잡고 있던 손에 음식 쟁반이 들려 있다니, 무엇에 홀 린 것만 같았다.

"그거 너 주려고 챙긴 거니까 방에 가서 먹고 있어. 나도 금방 올라갈게."

셰이는 얼른 본 존의 팔소매를 붙잡았다.

"너, 아니지?"

찡그리고 있던 본 존의 얼굴이 눈에 띄게 부드러워졌다. 그는 손을 올려 셰이의 헝클어진 머리카락을 귀 뒤로 넘겨주었다. 그 리고는 아무 말 없이 몸을 돌렸다. 왠지 모르게 심란해진 셰이는 터덜터덜 계단을 올랐다. 그녀가 방에 올라온 후 얼마 되지 않아 본 존이 안으로 들어섰다. 그의 등 뒤로 마르티가 발을 질질 끌며 따라왔다. 불만스레 튀어나온 입술과 벌게진 눈자위만으로도 무 슨 일이 있었는지 대강 짐작할 수 있었다. 본 존이 엉거주춤 서 있는 마르티의 발목을 툭, 걷어찼다.

"알았어, 알았다고!"

마르티는 안주머니에서 단검을 꺼내 침상 위로 휙 던졌다.

"네 잘못이야! 귀한 것이라면 신경 써서 보관했어야지! 난 그게 바닥에 떨어져 있기에 별거 아닌 줄 알고 챙긴 것뿐이야!"

"네 말 하나도 안 믿으니까, 어서 사과나 해."

셰이는 오만한 태도로 가슴에 팔짱을 꼈다. 마르티는 자기편을 들어주길 바라며 본 존을 쳐다봤다.

"사과해."

본 존에게 배신감을 느낀 마르티는 당장 반발했다.

"싫어! 내가 왜 사과까지 해야 돼? 여태껏 이런 적 한 번도 없었 잖아! 본 존도 언제 사과한 적 있어? 저 단검보다 훨씬 더 귀한 것 도 수없이 훔쳤지만, 사과한 적은 없잖아! 내가 모를 줄 알아?"

씩씩거리던 마르티는 본 존을 획 밀치고 밖으로 나가 버렸다. 잠시 흐르던 침묵을 깨며 본 존이 웃음을 터뜨렸다. 어찌나 스스 럼없고 유쾌하게 웃어대는지 셰이는 어리둥절함까지 느껴야 했 다.

"내 소개를 다시 해야겠군."

셰이에게 다가선 본 존이 정중히 허리를 굽혔다.

"전 보나샤르 조니코바라 합니다. 절 아는 사람들은 '보물 사 냥꾼 본 존'이라 부르죠. '끝내주는 보물 사냥꾼 본 존'이라 부르 는 이들도 있고요."

본 존은 능청스럽게 눈을 찡긋거렸다.

"보물 사냥꾼 본 존?"

셰이는 새삼스러운 눈으로 본 존을 뜯어봤다. 어이가 없었지만, 재미있다는 생각도 그리 적지는 않았다.

"아, 그러고 보니까 신전에 있을 때 들은 얘기가 있어. 요 근래 몇몇 신전에서 귀한 물건이 없어지는 바람에 초비상이 걸렸다고… 혹시……?"

본 존의 입술에 의미심장한 미소가 걸리자 셰이는 들어보나마나 답은 이미 정해져 있다는 결론을 내렸다.

"구경도 할 겸, 사전 답사도 할 겸해서 신전에 갔던 거야. 그런데 거기서 내 이상형의 여인을 만날 줄이야……. 꿈에서나 한 번 볼 수 있을까, 간절히 기원하던 이상형의 여인… 아름다운 호박색 눈동자를 가진 나의 꿈속의 여인… 바로 너 말이야, 셰이엔."

셰이는 오만상을 찌푸리며 부르르 몸서리를 쳤다.

"그런 느끼한 말 할 때, 괜찮아? 팔에 소름 같은 거 안 돋아?"

"전혀. 난 그렇게 못난 녀석이 아니거든."

본 존의 지나친 뻔뻔함에 셰이는 오히려 웃음이 나왔다.

"실없이 웃지 말고 아침이나 먹어. 아침 겸 점심이란 말이 더 맞겠지만. 무슨 말인지 알겠지? 서둘러야 한다는 소리야."

"어딜 가는데?"

"그걸 내가 알아? 네가 알지."

"그러니까, 날 따라오겠다는 말이야?"

셰이는 거침없이 밀어붙이는 본 존의 일 처리에 정신을 차릴 수 없었다.

"정답입니다, 아름다운 레이디."

"하지만… 왜?"

“그걸 꼭 말로 해야 알아? 원한다면 차근차근 설명해 줄게, 우리 둘이 마주 보고 앉아 밤을 지새우는 한이 있더라도.”

“그럴 필요 없어.”

듣기 거북한 말이 쏟아지리란 예감에 셰이는 재빨리 고개를 가로 저었다.

“그럼 얘기 끝난 거지?”

“끝나긴 뭐가 끝나? 대체 왜 나를 따라오겠다는 거야? 내가 어디 가는지도 모르면서.”

“어디 가는데?”

본 존은 히죽거리며 침상에 벌렁 드러누웠다.

“타브리스 산.”

여유 만만하던 그의 미소가 흉하게 이지러졌다.

“거길 왜 가는데?”

“이샤무딘을 만나러.”

“설마… 지금 내 머리에 떠오른 그… 인물을 말하는 건 아니겠지?”

“타브리스 산에 사는 이샤무딘이 또 있는 줄은 몰랐는데?”

입술만 실룩거릴 뿐, 본 존은 어떤 말도 꺼내지 못했다.

“충고하는데, 지금이라도 포기하는 게 좋을 거야. 이샤는 개성이 강한 편이거든.”

셰이는 마치 죽음과 직면한 사람처럼 보이는 본 존을 향해 짓궂은 웃음을 날렸다.

“그것도 매우.”

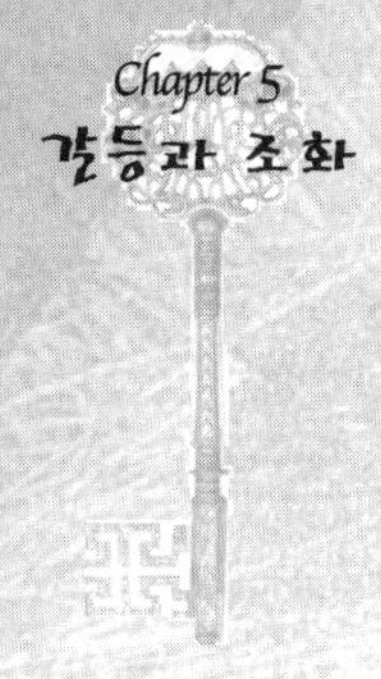

Chapter 5
갈등과 조화

"아직 멀었어?"

듀이의 얼굴이 마차 창문으로 비죽 튀어나오자 카시아스는 재빨리 주위를 살폈다.

"정신 나갔어? 빨리 머리 집어넣어."

"답답해 미치겠어."

듀이는 울상을 지으면서도 하는 수 없이 카시아스의 말을 따랐다.

"나도 마찬가지야. 하지만 참는 수밖에 더 있어?"

"넌 적어도 말은 타고 있잖아. 내 꼴은 이게 뭐야? 좌석은 돌덩이처럼 딱딱하지, 엉덩이는 손도 댈 수 없을 만큼 쑤시지. 그뿐인줄 알아? 너무 비좁아 무릎도 제대로 펼 수가 없단 말이야. 더군다나 이 드레스라는 게 얼마나 갑갑한지 넌 상상도 못할 거야. 좀 전에도 하마터면 찢어버릴 뻔했다니까."

"저기 앞에 보이는 디아네 강만 지나면 바로 코벤트리야. 코벤트리에 도착하면 다리 쭉 뻗고 편히 쉴 수 있을 거야. 그러니 참은 김에 조금만 더 참아."

카시아스는 듀이를 살살 달랬다. 성질 같아선 한 번만 더 징징거리면 손도 댈 수 없을 만큼 쑤신다는 엉덩이를 하늘까지 닿도록 걷어차 주겠다고 소리 지르고 싶었다. 그러나 사람들의 시선을 받을 만한 일은 되도록 피해야 했다. 어디서나 눈길을 끄는 아룬델의 화려한 외모를 고려하면 한시도 긴장의 끈을 늦출 수 없었다.

카시아스는 듀이와 보내는 시간이 많아질수록 아룬델이 아니라는 그의 말을 점점 더 믿게 되었다. 그가 예전에 알던 아룬델과 현재의 아룬델은 달라도 너무 달랐다. 진짜 아룬델은 극도로 이기적이었고, 마치 내일이 없는 사람처럼 향락과 권력을 탐닉했다. 또 차갑고 잔인한 성격을 가지고 있어 사람들에게 해를 입히면 입혔지, 누굴 도운 적도 동정심을 가진 적도 없었다.

반면 듀이는 카시아스가 불편할 정도로 감수성이 예민했고, 사람은 물론 그 대상이 동물과 식물에까지 이를 정도로 동정심이 흘러넘쳤다. 게다가 마음까지 약해 생각없이 내뱉은 말 한마디에도 눈물을 찔끔거리기 일쑤였다. 한마디로 아룬델은 가증스러운 성격, 듀이는 짜증나는 성격이라 정리할 수 있었다.

'마드라의 열쇠'가 어디 있는지만 알아내면 평생 안 보고 살수 있어. 힘들 때나 괴로울 땐 오직 '마드라의 열쇠'만 생각하자.

다시 한 번 마음을 굳게 다잡은 카시아스는 말의 속도를 조금 높였다. 그가 신호를 보내기도 전에 마부가 능숙하게 마차를 몰아 그의 곁으로 따라붙었다.

마부는 암브로시니 백작이 보내준 사람이었다. 그를 물심양면으로 도와주는 암브로시니 백작은 카시아스의 부친인 그라무스 3세와 절친한 친우 사이였다. 카시아스가 알기로, 그들의 우정은 삼십 년 전으로 거슬러 올라간다. 라하브 만을 사이에 두고 벌어진 알베르 국과의 교전에서 당시 평기사였던 암브로시니가 파비앙의 목숨을 구해준 사건이 그 시작점이 되었다.

예순여섯 번째 생일을 며칠 앞두고 있는 암브로시니 백작은 카시아스에게 가장 든든한 버팀목이자 아버지와 같은 존재였다. 바쁜 일정을 늦추면서까지 코벤트리에 가는 이유 역시 헤이론 국을 떠나기 전에 잠깐이라도 암브로시니 백작을 만나고 싶어서였다.

코벤트리에 도착한 건 해가 막 기울기 시작할 무렵이었다. 내내 꾸벅꾸벅 졸고 있던 듀이는 마차가 속도를 늦추자 조심스레 밖을 살폈다.

"다 온 거야?"

카시아스는 고개를 끄덕이며 입 조심하라는 신호를 보냈다. 외모나 차림새를 보면 영락없이 젊은 여인의 모습이었으나 목소리는 애써 꾸며낸다 해도 의심을 살 위험이 있었다.

카시아스는 말고삐를 마부에게 건넨 후, 듀이와 함께 사람들의 왕래가 많은 쪽으로 걸어갔다. 산책 나온 연인들처럼 보이기 위해 두 사람은 팔짱까지 끼어야 했다. 얼마쯤 걷다 카시아스는 지나가는 영업 마차를 불러 세웠다. 일단 번화가로 이동한 두 사람은 다른 영업 마차로 갈아탄 뒤 이번엔 외곽 지역으로 빠져나왔다. 혹시 있을지도 모르는 추적자를 따돌리기 위한 방편이었다. 다소 번거롭긴 했으나 극형에 처해질 뻔한 운명에서 가까스로 벗어난 듀이는 군소리없이 카시아스를 따라갔다.

두 사람은 거리에 등불이 하나둘 밝혀질 즈음, 암브로시니 백작을 만나기로 한 장소에 도착했다. 그곳은 과거 검투사로 이름을 날린 가베스 장군의 생가로, 지금은 관리인인 노부부만 살고 있는 허름하지만 아담한 저택이었다.

"오늘 밤은 여기서 머물 거야."

등이 구부정한 노인의 안내를 받으며 카시아스가 말했다. 듀이의 얼굴빛이 확연히 밝아졌다. 그는 배가 몹시 고팠고, 걸으면서도 눈이 감길 정도로 피곤이 쌓인 상태였다.

"자기 전에 뭐라도 먹을 수 없을까?"

듀이는 노인을 곁눈질하며 소곤거렸다.

"간단한 음식을 마련해 둔다고 했으니까 할아범을 따라가 봐. 난 그전에 몸부터 좀 씻을 생각이야."

"먼저 먹고 나중에 씻어. 너나 나나 오늘 아침 이후로는 하루 종일 못 먹었잖아."

"땀과 먼지만 대충 닦아낼 거야."

카시아스는 노인에게 자신들이 머물 방의 위치를 물었다.

"요기 이층 왼편에서 가장 구석진 방입니다, 나으리. 아, 그리고 식당은 이쪽입니다."

노인과 듀이를 먼저 보낸 뒤 카시아스는 이층으로 올라갔다. 방문을 열자 의자에 앉아 있던 암브로시니 백작이 몸을 세웠다.

"왕자 전하!"

핏발 선 노안에 감격이 서렸다.

"왕자 전하는 무슨? 도망자에 지나지 않는 처량한 놈팡이에 불과한데."

카시아스의 얼굴에도 반가운 미소가 번졌다.

"하지만 저보다 젊고 힘센 사람을 처량한 놈팡이라 부를 순 없지 않습니까? 몸은 늙었지만 머리는 아직 쓸 만하답니다."

"어째 백작은 나이를 먹을수록 연륜보다 능청이 더 늘어나는 것 같군."

두 사람은 스스럼없이 농담을 주고받았다. 그러나 맞닿은 눈길엔 서로를 향한 굳은 믿음과 이런 식으로밖에 만날 수 없는 처지에 대한 깊은 회한이 깔려 있었다.

"몸은 괜찮으십니까?"

"더할 나위 없이 좋네. 그러는 백작은 아직도 통풍 때문에 고생이 많은가?"

카시아스는 마디마디 심하게 불거진 손을 걱정스럽게 살폈다. 전에 만났을 때보다 더 악화된 것이 분명해 보였다.

"저도 더할 나위 없이 좋습니다. 요즘엔 이러다 백 살이 넘도록 살게 되진 않을까, 하는 생각까지 듭니다. 그나저나 계획에 없던 동행인을 만드셨다고 하던데… 맞습니까, 전하?"

"벌써 백작한테까지 얘기가 전해졌군. 요새 사교계엔 그렇게도 화젯거리가 없나?"

"어찌 된 일입니까?"

백작의 어투에 무게가 실리자 카시아스도 진지해졌다.

"그게… 뭐라고 말해야 할지 모르겠군. 정작 일을 벌인 나한테

조차도 황당하게 느껴지는 얘기니……."

"아룬델은 간악한 자입니다, 전하."

"알고 있네."

"자신의 안위를 위해서라면 못할 짓이 없는 자입니다."

"내가 그걸 모를 것 같은가? 그놈 때문에 내 아버님이 어떻게 되셨는데! 내 형제들이 얼마나 비참한 죽음을 맞았는데!"

소리가 높아지며 주먹에 으스러져라 힘이 들어갔다. 마음을 가라앉히기 위해 카시아스는 잠시간 입을 열지 않았다.

"난 한시도 내 목표를 잊은 적이 없네. 깨어 있을 때는 물론, 잠을 자는 순간까지도 결코 잊은 적이 없네."

"말씀하지 않으셔도 압니다."

"왜 아룬델을 살려뒀는지 알고 싶겠지. 내 몸 하나 건사하기도 힘든 상황에서 그를 데리고 다니며 위험을 자초하는 이유도 궁금하겠고. 내 이것 하나만 말해두겠네, 백작. 이 모든 건 목표를 향해 전진하기 위한 필연적인 과정일 뿐일세."

"혹시… '마드라의 열쇠'를 염두에 두고 계시는 겁니까?"

카시아스는 굳은 얼굴을 끄덕였다.

"아아… 그러셨군요."

노백작의 얼굴에 숨길 수 없는 흥분이 아른거렸다. '마드라의 열쇠'를 얻는다면, 빼앗긴 헤이론 국을 다시 찾아올 수 있었다.

"오래 살아야겠습니다. 기적의 영생초를 구해서라도 오래오래 살아야겠습니다."

"그러게, 백작. 내가 어렸을 때 통치자의 도의에 대해 일장연설을 해준 것처럼 내 자식에게도 같은 말을 해주게."

두 사람은 서로에 대한 믿음과 신뢰가 담긴 미소를 주고받았
다.

"앞으로 어떻게 하실 생각입니까?"

"우선은……."

일순 카시아스의 눈동자에 예리한 빛이 스쳤다. 그는 민첩하게
일어나 창문을 열어젖혔다.

"무슨 일입니까? 혹시 누군가 엿듣고 있었던 겁니까?"

"아니, 아닐세. 뭔가 수상한 낌새를 느꼈는데… 그게 내 착각이
었나 보네."

카시아스는 빈틈없는 눈으로 사방을 살핀 다음, 자리로 돌아왔
다.

"아무래도 이만 헤어지는 게 좋겠군."

암브로시니 백작은 곧장 자리를 털고 일어섰다.

"너무 섭섭해하지 말게, 백작. 내 계획에 관해 모르고 있는 편
이 백작을 위해서도 더 나을 걸세."

"예, 전하의 안전에도 그 편이 더 좋을 겁니다. 섭섭하다는 생
각은 눈곱만큼도 하지 않으니 마음 쓰지 마십시오. 그저… 몸조
심하십시오, 전하. 이 늙은이가 바라는 건 오직 그것뿐입니다."

노백작의 탁한 눈동자에 물기가 서렸다. 카시아스는 백작의 어
깨를 당겨 안으며 힘주어 말했다.

"다시 보세, 꼭."

마지막일지 모르는 만남이 그렇게 끝을 맺었다.

"그래, 늙은이와 카시아스가 만나긴 했느냐?"

모고르는 시간을 낭비하지 않았다. 벨페스트가 명령을 수행하고 돌아오자마자 곧장 본론으로 들어갔다. 그는 전부터 카시아스 왕자가 암브로시니 백작을 만나러 갈지 모른다고 생각했다. 때문에 벨페스트와 아슬라를 일찌감치 코벤트리로 보내 백작의 일거수일투족을 감시하도록 시켰다. 피셔와 고르키를 성에 남기고 그들 두 사람을 선택한 건, 몸을 숨기는 데 능할 뿐 아니라 공간 이동 능력을 지녔기 때문이다. 특히 벨페스트는 수백 명에 달하는 병력까지도 자유자재로 옮길 수 있는 탁월한 능력의 마법사였다.

"예, 만나서 잠시 얘기를 나누다가 방금 전에 헤어졌습니다. 그 즉시 전 보고를 올리기 위해 자리를 떠났고, 아슬라는 남아 왕자와 아룬델을 감시하고 있습니다."

"왕자를 찾으려면 그 늙은이를 지켜봐야 한다는 내 생각이 맞았군. 그래, 두 사람 사이에 무슨 말들이 오갔느냐?"

"별다른 말은 없었습니다. 시시한 농담을 서너 마디 나누더니 '마드라의 열쇠'를 잠깐 언급하더군요."

"'마드라의 열쇠?' 어디 자세히 좀 말해봐라!"

"그 역시 건질 만한 얘기는 없었습니다. 아룬델을 살려둔 이유가 '마드라의 열쇠'에 있음을 간접적으로 밝혔을 뿐입니다. 카시아스 왕자는 예상외로 대단히 조심성 많은 성격이더군요. 성격 하나만 제 예상을 뛰어넘은 건 아니지만 말입니다."

벨페스트의 붉은 입술에 야릇한 미소가 번졌다.

"그렇다면 '마드라의 열쇠'가 어디 있는지에 대해선 아직 알아낸 것이 없겠구나."

모고르는 실망감을 숨기지 못했다.

“너무 낙심하지 마십시오. 원래 비밀이란 건 맨 마지막에 풀려야 더 재미있고 흥미로운 법 아닙니까?”

“이번 일은 희희낙락 즐기는 오락거리가 아니다, 벨!”

모고르의 말투가 엄중해졌다.

“오락거리는 아니지만, 임무를 수행하면서 약간의 즐거움을 느낀다고 지탄받을 이유는 없다고 생각합니다. 그렇지 않습니까, 주인님?”

벨페스트가 의미심장하게 말끝을 올렸다. 왠지 모르게 거북스러워진 모고르는 일부러 더욱 강경한 태도를 취했다.

“점점 네 태도가 방자해지는 것 같구나. 명심해라, 벨. 더러운 사창가에 처박혀 있던 널 꺼내준 사람이 누군지 결코 잊어선 아니 될 것이다.”

“여부가 있겠습니까? 한순간도 모고르님의 은혜를 잊은 적이 없습니다. 물론 앞으로도 마찬가지일 겁니다.”

경고 섞인 주의를 받자 벨페스트는 유들유들한 태도를 잠시 접어두었다.

“명을 내려주십시오. 왕자와 아룬델을 이대로 계속 지켜볼까요, 아니면 당장 모고르님 앞으로 끌고 올까요?”

“이곳으로 데려와라, 지금 당장.”

모고르는 망설임없이 답했다.

“주인님의 충실한 종 벨페스트, 정성을 다해 명을 받들겠습니다.”

“필요하면 고르키와 피셔를 데려가도 좋다.”

“그럴 필요까진 없습니다. 이 정도 임무는 저 혼자서도 충분합니다.”

벨페스트의 모습이 사라지자 모고르는 벌떡 자리에서 일어섰다. 급속도로 차오르는 흥분과 기대감에 가만히 앉아 있을 수 없었다.

“마드라의 열쇠… 이제 얼마 안 남았어, 마드라의 열쇠를 이 손에 쥐게 될 순간이…….”

모고르는 힘껏 주먹을 말아 쥐었다. 손톱이 살갗을 파고들었다. 그는 희열에 가까운 아픔을 기꺼이 받아들였다.

암브로시니 백작과 헤어진 후 카시아스는 곧장 식당으로 향했다. 식당에선 행복한 표정의 듀이가 입 안 가득 밀어 넣은 음식을 열심히 씹고 있었다.

“빨리 준비해. 지금 떠날 거야.”

듀이의 얼굴이 단번에 굳어졌다. 그는 나쁜 일이 벌어진 게 분명하다는 생각에 허겁지겁 음식물을 삼켰다. 그러다 불행하게도 사레들렸지만, 마음 편히 재채기를 터뜨릴 상황도 아니었다. 듀이는 계속해서 콜록거리며 식당 구석에 내려놓은 짐을 챙겨 들었다.

“왜 그래?”

성큼성큼 걷는 카시아스를 따라 잰걸음을 옮길 때에야 비로소 쉰 목소리가 겨우 흘러나왔다.

“예감이 안 좋아.”

“그게 무슨 말이야?”

“예감이 안 좋단 말이야, 예감이.”

"나 참, 고작 그거야? 뭔 일이 생긴 것도 아니고, 겨우 예감이 안 좋다는 느낌 하나 때문에 이렇게 도망치듯 여길 떠나야 한단 말이야? 이 밤중에? 더군다나 식사도 마치지 못한 상태로?"

듀이는 입술을 비죽이며 계속해서 툴툴거렸다. 그러나 카시아스에게 더 이상의 설명은 불가능했다. 직감인지 착각인지는 알 수 없으나, 그는 불길한 예감에 사로잡혀 있었다. 뒷덜미는 따끔거렸고 팔엔 기분 나쁜 소름이 돋았다.

"내 말 못 들었어? 난 여기서 묵을 테니 가려면 혼자 가라고 했잖아. 너무 피곤해서 한 걸음도 더는 못 걸을 것 같단 말이야."

현관문을 대여섯 보 남겨놓았을 때, 듀이는 가슴에 팔짱을 끼고 해볼 테면 해보라는 식으로 다리를 벌리고 섰다.

"고집 부리지……."

돌연 카시아스가 듀이의 머리를 세차게 찍어 눌렀다.

"숙여!"

간발의 차이로 싸늘한 기운이 듀이의 머리카락을 스쳐 지나갔다. 다음 순간 현관문이 흐물흐물해지는가 싶더니 눈앞에서 깨끗이 사라졌다. 문이 있던 곳엔 어느새 커다란 구멍이 뚫려 있었다.

"이, 이게 뭐야?"

듀이의 입에서 새된 고함이 터져 나왔다.

"제법이구나, 내 비술을 감지하다니."

지나치게 낮고 탁해 제대로 알아듣기 어려운 음성이 허공을 울렸다.

"뛰어!"

카시아스가 버럭 소리쳤다. 두 사람은 동시에 몸을 돌렸다.

“그렇게는 안 된다!”

문이 없어지며 생긴 구멍에서 별안간 검붉은 불길이 타올랐다. 카시아스는 민첩하게 다리를 세웠다. 그와 동시에 미처 정지하지 못하고 불길 속으로 뛰어들려 하는 듀이의 목덜미를 잡아챘다.

“젠장! 어쩐지 예감이 안 좋더니만!”

“이제 어쩌지?”

겁에 질린 듀이는 어떻게 해야 할지 갈피를 잡을 수 없었다. 그를 흘긋 본 카시아스가 검을 빼 들었다.

“어쩌긴? 맞서야지.”

“용기가 가상하구나.”

긴장한 채 서 있는 두 사람 앞에 진회색 연기가 어른거리더니 아슬라가 나타났다. 검은 로브로 전신을 가린 모습이 섬뜩해 보여 듀이는 자신도 모르게 카시아스 뒤로 몸을 숨겼다.

“넌 누구냐?”

카시아스는 언제든지 움직일 수 있도록 공격 태세를 갖췄다.

“알 필요 없다.”

아슬라의 말을 알아듣지 못한 듀이가 카시아스의 등 뒤에서 소곤거렸다.

“아아르… 뭐라고?”

“몰라, 나도 못 들었어.”

카시아스는 아슬라에게 매서운 시선을 날렸다.

“뭘 원하는 거냐?”

“당장은 없다. 지금은 너희를 이곳에 잡아두려는 것뿐이다.”

어찌나 음성이 낮고 발음이 불명확한지 도통 무슨 말을 하는지 알아들을 수가 없었다.

"뭐라는 거야? 우리를 잡아먹는다는 거야?"

"정확하진 않지만 그런 것 같아."

듀이는 새파랗게 질렸다. 카시아스 역시 긴장한 기색이 역력했다.

"말도 안 돼. 어떻게 사람이 사람을 먹을 수 있어?"

"떼거지로 몰려와도 난 절대 안 먹으니까, 저기 식인종 여자한테나 물어봐."

듀이는 침을 꿀꺽 삼킨 다음 용기를 쥐어짰다.

"저기요… 정말 우릴 잡아먹을 생각인가요?"

아슬라의 얼굴이 일그러졌다.

"헛소리하지 마!"

"뭐래? 그럴 생각 없대?"

듀이는 희망을 담아 물었다.

"몰라. 하지만 굳이 말로 들을 필요는 없어. 저 살기 어린 눈빛만 봐도 대답은 뻔하니까. 당장이라도 달려들어 우릴 뜯어먹고 싶어하는 저 무시무시한 눈빛 말이야."

"전 맛이 없어요! 정말이에요! 전 맛이 없다고요!"

듀이는 필사적으로 호소했다.

"이것들이 보자 보자 하니까!"

아슬라가 이를 뿌드득 갈자 듀이는 외마디 비명을 질렀다.

"으악! 카시아스! 어떻게 좀 해봐!"

"나도 그러고 싶어. 하지만 방법이 없잖아, 방법이."

두 사람의 눈 속엔 절망이 넘실거렸다. 카시아스는 간청하듯 애절한 표정을 지으며 아슬라를 향해 한 발, 한 발 다가갔다.

"누구의 사주를 받고 이러는지는 모르지만… 꼭 이럴 필요는 없잖아요. 혹시 돈 때문인가요? 돈 때문이라면……."

카시아스는 미리 준비하고 있던 가루를 아슬라에게 확 뿌렸다.

"이거나 먹어라!"

작전이 성공을 거뒀는지 확인할 틈이 없었다. 카시아스는 듀이의 어깨를 감싸 안고 무작정 창문으로 돌진했다. 덧창이 부서지며 두 사람은 밖으로 튀어나왔다. 카시아스는 한두 군데 뼈가 부러지리라 각오했지만 다행히 그들이 떨어진 곳은 낙엽이 수북이 쌓인 나무 밑이었다.

"가만두지 않을 거야!"

안에서 분노에 찬 괴성이 터졌다. 두 사람은 허겁지겁 몸을 일으켰다. 일단 저택을 나오긴 했으나 아직 위험에서 벗어난 건 아니었다.

"무조건 뛰어!"

카시아스는 소리치며 쏜살같이 달려나갔다. 그에 질세라 듀이도 전력을 다해 달음박질쳤다.

"뭐야?"

코벤트리로 돌아오자마자 황당한 장면을 맞닥뜨리게 된 벨페스트는 어안이 벙벙해졌다.

대체 무슨 일이 벌어진 거지?

구태여 집 안을 뒤져 보지 않아도 카시아스 왕자와 아룬델이 이미 이곳을 떠났다는 걸 알 수 있었다. 벨페스트는 바닥에 쓰러져 있는 아슬라를 훑어보았다. 얼굴과 로브에 누르스름한 가루가 묻어 있었다. 방심하다 수면 가루를 들이마신 것이 분명했다.

"잠깐 자리를 비운 사이에 일을 기가 막히게 처리하셨군. 정말 훌륭해."

불쾌한 듯 입술을 뒤틀며 빈정거렸지만 벨페스트는 내심 이번 일을 반기고 있었다.

전의를 상실한 사냥감보다 더 사람을 맥 빠지게 만드는 건 없지.

"오히려 잘됐어. 아주 좋아. 어차피 이번 일의 책임은 저기 저 여자가 지게 될 테니까. 한심하게도 사냥감을 놓치고, 단잠에 빠져 버린 시거민 레이니께서 말이야."

벨페스트는 아슬라를 그대로 내버려 둔 채 코벤트리를 떠났다. 모고르의 뜻에 따라 모인 것뿐, 그들에겐 결속력도, 지켜야 할 의리도 없었다. 중요한 건 나 자신이었다. 우리란 존재하지 않았다.

셰이는 묵묵히 보조를 맞추고 있는 본 존을 훔쳐봤다. 이샤무딘의 이름을 방패처럼 꺼내 들었을 때, 그녀는 본 존이 꽁무니를 빼리라 예상했다. 하지만 그는 셰이와 동행하겠다는 고집을 끝끝내 꺾지 않았다.

즉시 물러선 쪽은 본 존이 아니라 마르티였다. 그녀는 '나를 죽인다고 해도 타브리스 산엔 한 발도 디디지 않겠다' 고 선언했다. 때문에 그들은 타브리스 산으로 방향을 잡기 전, 뷰렌 시장부터 들러야 했다. 뷰렌 시장엔 작은 채소 가게를 운영하는 마르티의 이모가 살고 있었다.

웬일인지 마르티는 본 존을 설득하려 들지 않았다. 셰이로선 뜻밖이었지만, 그녀는 한 번 마음먹은 건 무슨 일이 있어도 하고야마는 본 존의 성격을 누구보다 잘 알고 있었다. 헤어지기 전 마르티는 몹시 어두운 얼굴로 본 존에게 '살아 돌아오라'는 비장한 인사말을 건넸다. 이샤무딘의 악명이 얼마나 무시무시한지, 셰이는 다시 한 번 실감하게 되었다.

그런데 왜 굳이 따라오겠다고 고집부리는 걸까?

생각을 거듭해 봐도 아리송하기만 했다.

혹시 이샤에게 값비싼 보물이 있을 거라 넘겨짚은 건 아닐까?

"거기 값나갈 만한 건 별로 없어. 성은 꽤 넓은데 변변한 가구도 없어서 썰렁하기 짝이 없는 곳이거든."

"내가 뭐 하나 건지려는 속셈으로 이러고 있는 것 같아?"

본 존은 불쾌하다기보단 오히려 재미있다는 반응이었다. 할 말이 궁해진 셰이는 딴청을 부렸다.

"우와! 벌써 다 왔네! 타브리스 산이 뷰렌 시장에서 이렇게 가까운지 몰랐어."

"그러시겠지."

본 존은 속 보인다는 얼굴로 피식거렸다.

산 입구가 가까워질수록 셰이의 걱정은 깊어졌다. 지난번처럼 타브리스 산엔 한 발도 들어서지 못한 채 제스트 해안으로 직행하고 싶지는 않았다. 그녀가 멈춰 서자 두세 걸음 앞서던 본 존이 뒤를 돌아봤다.

"왜 그래?"

"신경 쓰이는 게 좀 있어서."

셰이는 호기심 어린 시선을 받으며 신중하게 발을 내디뎠다. 걸음을 방해하는 어떠한 저항도 느껴지지 않았다.

어떻게 된 걸까? 이샤가 마음을 바꿨나? 아니면 내가 포기한 줄 알고 마법을 거둬들인 건가?

그 외에 다른 이유를 염두에 두고 있던 셰이는 대여섯 보 물러선 뒤 안주머니에 넣어둔 단검을 바닥에 내려놓았다.

역시! 단검의 힘이었어!

짐작이 맞았다. 단검이 없어지자 두 걸음도 나아가지 못하고 밖으로 팅겨 나왔다. 다시 단검을 챙겨 든 그녀는 무슨 엉뚱한 짓이냐는 표정의 본 존을 향해 싱겁게 웃어 보였다.

이번 산행은 요전과는 견줄 수 없을 만큼 수월했다. 식수를 넉넉히 준비하고 간단한 음식과 밧줄을 비롯해 튼튼한 가죽 신발까지 챙겨온 덕분이지만, 본 존의 도움도 그에 못지않았다. 본 존은 흡사 산에서 나고 자란 산사람처럼 바위투성이 산을 능숙하게 탔을 뿐 아니라, 좀 더 손쉬운 산로를 찾는 일에도 귀신같은 능력을 발휘했다. 때문에 셰이는 지난번과 비교해 시간과 체력을 반 이상 절약하며 이샤무딘의 성 앞에 도착하게 되었다.

"이야, 대단한데!"

본 존이 휘파람을 불었다.

"타브리스 산에 산다는 얘기만 들었지, 산꼭대기에 이 정도로 큰 성이 있을 줄은 몰랐어. 맑은 날에도 여기 봉우리 주위엔 항상 짙은 안개가 끼어 있거든."

"으응, 그렇구나."

셰이는 한 귀로 흘려들으며 문 두드릴 때 쓸 적당한 돌을 골랐다.

"이제 어떻게 할 거야?"

본 존이 물었다. 은근히 걱정되는 눈치였다.

"내가 알아서 할 테니까 가만히 보고만 있어."

셰이가 큼지막한 돌을 치켜들자 본 존의 입에서 헉, 숨넘어가는 소리가 터졌다.

"무, 무슨 짓을 하려고?"

셰이는 펄쩍 뛰는 본 존을 무시하고 철문을 힘껏 내려쳤다.

쿠웅! 공기를 뒤흔드는 굉음에 놀란 십여 마리의 새가 푸드득 날아올랐다.

"정신 나갔어?"

셰이는 다시 한 번 돌을 들어 올렸다. 본 존이 잽싸게 그녀의 손목을 움켜쥐었다.

"너, 이 성에 어떤 사람이 살고 있는지 알기나 해?"

"이렇게 쳐야지 겨우 기어나온단 말이야."

기가 막힌 본 존은 잠시 할 말을 찾지 못했다.

"아무튼 내 말 들어, 자살할 목적으로 온 게 아니라면."

본 존은 셰이한테서 억지로 돌을 빼앗아 들었다. 그때 끼이익, 귀에 거슬리는 소리를 내며 철문이 열렸다. 그 사이로 금빛 눈동자가 나타나자 셰이는 자신도 모르게 숨을 죽였다. 그녀와 이샤무딘의 시선이 마주친 순간 세상이 정적 속에 잠겼다.

본 존은 불편한 긴장감을 깨뜨릴 요량으로 매우 부자연스러운 헛기침을 터뜨렸다. 이샤무딘의 금빛 눈동자가 그에게 날아갔다. 작살에 꽂힌 물고기 심정을 절절히 공감하던 본 존은 불현듯 자신의 손에 돌맹이가 들려 있다는 사실을 깨달았다. 그는 즉시 돌을 바닥에 떨어뜨렸다.

"아, 이건 그러니까……."

"내가 사용한 돌이라는 뜻이야."

쩔쩔매는 본 존을 도와준 건 셰이였다. 그녀는 할 말 있으면 해보라는 태도로 양손을 허리 위에 척 올렸다. 그때 전혀 예상치 못한 일이 벌어졌다. 들어오라는 듯 이샤무딘이 옆으로 한 발 비켜 선 것이다. 피 튀기는 혈전을 불사하더라도 기어이 성안으로 들어가리라 결심하고 있던 셰이는 어안이 벙벙해졌다.

어떻게 된 거지? 못된 성격이 그새 고쳐졌을 것 같진 않은데… 다른 꿍꿍이라도 가지고 있는 걸까?

그녀가 선뜻 움직이지 못하고 미적거리자 이샤무딘이 입을 열었다.

"싫어?"

"아니, 좋아!"

그가 금방이라도 문을 닫을 것 같자 셰이는 앞뒤 잴 것 없이 안으로 뛰어들었다. 일이 되어가는 정황을 주의 깊게 살피고 있던 본 존도 신속하게 몸을 움직였다. 그러나 상황은 그의 뜻대로 풀리지 않았다. 석벽처럼 단단한 무엇인가에 코를 호되게 박아버린 본 존은 외마디 소리를 지르며 뒤로 물러섰다. 이를 악물고 손끝을 코에 갖다 대자 찌르르한 통증이 번개처럼 두개골을 향해 내달렸다. 그는 더 크게 비명을 터뜨렸다.

"아악! 이런 젠장!"

새빨간 핏줄기가 쉴 새 없이 흘러나왔다. 아무래도 코뼈가 부러진 것 같았다. 처음엔 어떤 일이 벌어졌는지 알 수 없었다. 본 존은 고통을 참으며 자신을 공격한 누군가를 겨냥해 싸움 자세를 취했다. 그러나 앞엔 이샤무딘밖에 없었고, 그가 주먹을 휘두르지 않았다는 건 누구보다 본 존이 잘 알고 있었다.

마법이야. 사악한 마법의 힘이 분명해.

본 존은 거친 뒷골목에서 잔뼈가 굵은 사람이었다. 믿을 건 자신밖에 없는 세상에서 살아남기 위해 목숨을 건 싸움도 마다하지 않았다. 그런 삶은 육체와 정신을 혹독하게 단련시켰고, 그 결과 그는 어떤 싸움에서도 밀리지 않는 실력을 갖추게 되었다. 그러나 맞서야 할 대상이 지금처럼 눈에 보이지도 않는 마법이라면, 제아무리 그라 해도 속수무책으로 당할 수밖에 없었다.

저 개자식!

본 존은 독기 서린 눈으로 이샤무딘을 노려봤다. 성질 같아선 당장 달려들어 곤죽을 만들고 싶었다. 그러나 상대는 눈 하나 깜짝하지 않고 인간들을 무참히 살육한다는 저주받은 흑마법사였다. 죽고 싶지 않다면 자신의 손으로 주먹을 바스러뜨리는 한이 있어도 분노를 억눌러야 한다.

"젠장! 젠장! 젠장!"

본 존은 악문 이 사이로 욕설을 토해내며 가까스로 분통을 삭였다.

"왜 그래?!"

험한 욕지거리를 들은 세이가 큰 소리로 물었다. 그녀는 중앙 계단을 반 정도 올라갔다가 본 존이 따라오지 않자 되돌아오던 참이었다.

"무슨 일 있어?!"

세이가 밖을 내다보려 할 때 쿵, 요란한 굉음이 터지며 철문이 살벌하게 닫혔다.

"본 존은?"

이샤무딘은 찬바람이 도는 듯한 쌀쌀맞은 동작으로 그녀를 스쳐 갔다.

"본 존이 아직 밖에 있잖아!"

"그래서? 어쩌라고?"

세이를 돌아보는 금빛 눈동자엔 짜증이 가득했다.

"하여튼 성질 더러운 게 무슨 자랑인 줄 안다니까!"

세이는 뾰족한 시선을 날리며 쏘아붙였다.

"나가, 안 말려!"

몹시 깔보는 어투에 세이는 어금니를 지그시 물었다. 좀처럼 화가 수그러들지 않자 그녀는 단검이 들어 있는 안주머니를 의도적으로 더듬었다.

악질 흑마법사 따위가 보고 싶어 여기까지 온 줄 알아? 두고 봐, 울며불며 내 다리에 매달리게 만들어줄 테니까.

"후회하게 해주겠어! 반드시 후회하게 해주겠어!"

이샤무딘에게 쫓겨난 뒤 절망에 빠져 울부짖던 자신의 모습이 또렷이 되살아났다.

그 암흑덩어리 같은 밤바다 앞에서 내가 얼마나 분노에 치를 떨었는지 알아? 너 같은 냉혈한은 아마 상상도 못할 거야.

이곳에 온 목적을 달성하기 전에는 목에 칼이 들어와도 밖으로 나갈 수 없었다.

"본 존!"

셰이는 철문에 바짝 입을 대고 크게 소리쳤다.

"아무래도 본 존은 못 들어올 것 같아! 조심해서 내려가!"

본 존이 무슨 말인가를 외쳤으나 셰이에겐 웅얼거림으로밖에는 들리지 않았다.

"나갈 생각 없으면 이리 와."

뜻밖에도 이샤무딘이 계단 중간쯤에 멈춰 서서 그녀를 기다리고 있었다.

왜 안 하던 짓을 하는 거지? 저기서 밀어버리려는 속셈인가?

셰이는 노골적으로 경계심을 내보이며 충계를 올랐다. 이샤무딘 옆에 서려던 그녀는 마음을 바꿔 세 계단 위에 자리 잡았다. 절벽에서든 성 안에서든 늘 올려다보기만 하다가 입장이 바뀌자 은근히 기분이 좋아졌다.

"왜 불렀어?"

"맡아봐."

"뭘?"

"냄새."

"싫어!"

생각해 보지 않고 셰이는 바로 거절했다. 솔직한 심정으로 이샤무딘의 말 따위는 아예 신경도 쓰고 싶지 않았다.

"싫으면 나가."

그 역시 즉각 응수했다.

"치사해!"

"누가 아니라고 했어?"

이샤무딘이 얄밉게 눈썹을 치켜올리며 빈정거렸다.

두고 봐, 천배만배로 갚아줄 테니까.

셰이는 자꾸만 안주머니 쪽으로 다가가려 하는 손을 간신히 자제했다. 거사를 실행하기도 전에 단검을 들킬 수는 없었다. 그런 비극이 발생하면 분하고 원통한 마음을 이기지 못하고 절벽에서 몸을 날려 버릴지도 모른다.

조심해! 의심을 사서는 안 돼!

셰이는 초인적인 정신력을 발휘해 배시시 웃었다.

"알았어, 그러지 뭐. 나 냄새 잘 맡아."

그녀는 이샤무딘을 향해 쑤욱 고개를 내밀고 열심히 냄새를 맡았다. 새벽녘 숲 내음처럼 맑고 깨끗한 청향(淸香) 속에 은은히 감도는 독특한 향기가 묘하게도 기분을 들뜨게 만들었다. 향기를 좀 더 깊이 음미하고 싶은 마음에 셰이는 코를 쿵쿵거렸다. 이샤무딘이 집게손가락을 사용해 그녀의 이마를 멀찌감치 밀어냈다.

"무슨 짓이야?"

셰이는 그의 손을 찰싹 후려쳐 떼어낸 다음, 이마를 문질렀다.

"너… 바보지?"

모욕적인 말을 남기고 이샤무딘이 계단을 올랐다.

“감히 누구한테 바보라는 거야? 악질 흑마법사 주제에! 거기 서!”

이번만큼은 기필코 한 대 갈겨주고 말리라, 다짐하며 셰이는 부지런히 이샤무딘을 쫓았다. 층계를 다 오른 그가 정면에 위치한 문을 열고 들어갔다.

“내가 분명히 서라고 했…….”

불쾌한 냄새가 훅 밀려들자 셰이는 말도 끝맺지 못하고 코를 틀어막았다.

“무슨 냄새가 이렇게 고약해?”

“직접 봐.”

“지저분하기는. 웬만하면 좀 치우고 살지 그래? 아아, 나같이 착한 사람들을 괴롭히며 즐기느라 청소할 시간도 없나 보지? 피도 눈물도 없는 악질 흑마법사로도 부족해 더럽기까지 하다니… 어휴, 망측해라!”

꼬투리 하나 잡았다 싶은 만족감에 셰이는 쉬지 않고 비아냥거리며 냄새의 흔적을 더듬었다. 웬일인지 이샤무딘은 되받아치기는커녕 입술을 꼭 다물고 그녀를 지켜보기만 했다.

악취의 근원지는 얼마 못 가 발견되었다. 구석에 놓여 있는 빈 옷궤 안에서 과일 한 무더기가 심하게 부패된 채 썩어가고 있었다. 배고픔을 대비해 열정적으로 과일을 따서 나르던 자신의 모습이 두둥실 떠오르자 셰이는 눈을 질끈 감았다.

“봤어?”

“…으응.”

셰이는 한 박자 늦게 대답했다. 위기 상황에 대처할 방법을 찾느라 머릿속은 맹렬히 돌아가고 있었다.

“누구 짓인 것 같아?”

“글쎄? 모르겠는데?”

그녀는 어리둥절한 표정을 그럴듯하게 꾸며냈다. 어차피 증거도, 중인도 없는 상황이었다.

시치미만 잘 떼면 이번 고비를 무사히 넘길 수 있을 거야.

“대체 누구 짓일까?”

세이는 연달아 고개를 갸웃거렸다. 지금까지는 성공이었다. 한 가지 걱정되는 건, 시도 때도 없이 붉어지는 그녀의 저주받은 하얀 피부였다.

빨개지면 안 돼. 빨개지면 끝장이야. 무슨 일이 있어도 마지막까지 버텨야 돼.

자신을 채찍질하며 그녀는 이샤무딘의 시선을 정면으로 맞받았다.

“정말… 모르겠어?”

금빛 눈동자가 야릇하게 반짝이더니 입가에 사람을 홀리는 듯한 엷은 미소가 그려졌다. 생전 처음 보는 현혹적인 미소에 가슴이 철렁 내려앉은 순간, 막을 새도 없이 세이의 얼굴이 화끈 달아올랐다.

망했다!

별것도 아닌 치사한 술수에 넘어간 자신이 너무나 창피했다.

왜? 대체 왜? 바보야, 도대체 왜 무너진 거야? 왜?

그녀의 피 끓는 번뇌는 낯빛을 더욱 빨갛게 만드는 악순환으로 이어졌다. 쥐구멍이라도 보이면 당장 뛰어들고 싶었다. 저절로 고개가 수그러졌다.

"전부 합해 서른두 곳이야, 치워."

변함없이 매정한 음성이 귀를 때렸다. 이샤무딘이 밖으로 나가려 하자 셰이는 반사적으로 입을 열었다.

"이샤!"

"뭐?"

그가 귀찮다는 듯 짧게 물었다. 왜 그를 불러 세웠는지 이유를 댈 수 없는 셰이는 흘러내리지도 않은 머리를 괜스레 쓸어 넘겼다.

"어… 그러니까… 저것 때문이야? 날 순순히 안으로 들어오게 한 이유 말이야. 저걸 치우게 하려고?"

"그걸 굳이 말로 해줘야 알아?"

조소 어린 말투에 마음이 상한 셰이는 속내를 감추기 위해 억지로 입술 끝을 들어 올렸다.

"알았어. 냄새 맡느라고 그동안 피곤했지? 이샤는 가서 편히 쉬고 있어. 썩은 과일은 내가 알아서 깨끗이 치워놓을게."

이젠 찜찜함이나 양심의 가책 없이 널 찌를 수 있어.

셰이는 좀 전에 비해 훨씬 자연스러운 웃음을 만들 수 있었다.

"어서 가서 쉬라니까, 뭐 하고 있어?"

문이 닫히자 그녀의 미소는 싸늘하게 굳어졌다.

오늘 밤이야. 오늘 밤 기필코 널 내 앞에 무릎 꿇리고 말겠어.

이샤무딘보다 먼저 무릎을 꿇게 된 건 셰이 자신이었다. 이유는 두 가지였다. 첫째, 썩은 과일들을 치우느라, 둘째, 바닥에 대고 토하느라 어쩔 수 없이 무릎을 꿇게 된 것이다.

썩은 과일 무더기를 치우는 건 결코 호락호락한 일이 아니었다. 더더군다나 태어나서 한 번도 그런 일을 해본 적이 없는 셰이에겐 두말하면 잔소리였다. 엄청난 악취와 그 뭉클뭉클 질퍽거리는 느낌이라니! 생각만으로도 욕지기가 치밀었다.

셰이는 다 죽어가는 사람처럼 손으로 벽을 짚고 발을 질질 끌며 힘겹게 나아갔다. 눈앞에는 유난히 햇빛이 잘 드는 장소 탓에 형체도 못 알아볼 정도로 심하게 부패된 오물 덩어리가 쌓여 있었다. 채 반도 가지 못했건만 악취만으로도 속이 뒤집히고 머리가 어지러웠다. 기절할 것 같다는 생각이 들었다.

이러다가 정말 죽는 것 아닐까?

누렇게 뜬 비참한 시신의 모습이 연상되자 셰이는 걸음을 멈췄다.

나도 할 만큼은 했어. 이제 더 이상은 못해. 창조신의 명령이라해도 절대 하지 않을 거야!

굳게 결심한 셰이는 복도로 나왔다. 그녀가 덤빌 테면 덤벼보라는 태세로 성큼성큼 걷고 있을 때, 이십 보쯤 떨어진 반대편에서 이샤무딘이 나타났다. 그는 한 손에 든 책에 시선을 고정한 채 느린 걸음을 옮기고 있었다.

다시 한 번 나한테 그 진저리나는 걸 치우라고만 해봐! 네 반질반질한 얼굴에 확 던져 주고 말겠어!

셰이는 전의를 불태우며 고개를 빳빳이 세웠다.

"어디 가?"

두 사람이 막 스치려는 찰나, 이샤무딘이 물었다.

“씻으러!”

“마저 치우고 씻어.”

“싫어! 절대 안 치울 거야! 이젠 나도 지쳤어. 얼마나 끔찍한 일인지 알기나 해? 정말 너무 끔찍해! 그 더러운 게 손에도 묻고, 옷에도 묻고… 머리에까지 묻었어……. 그것도 모자라 얼굴에도 튀고, 목에도 튀고… 살이 썩어들어 갈지도 몰라. 게다가 토하기까지 했어… 내가… 바르샤르의 왕녀인 나, …셰이엔 가이스카 리베 폰 라시에가… 오물범벅이 되어… 오물을 치우다가… 오물을 토하다니…… 그것도 두 번씩이나…….”

어느새 셰이의 음성엔 울먹임이 끼어들어 가 있었다. 냉정을 찾으려고 애썼지만 자신이 너무나 비참하게 느껴져 자꾸만 목이 메어왔다. 이샤무딘이 책을 탁, 소리 나게 덮었다.

“대체 몇 군데나 치웠는데, 이 난리야?”

“한 군데…….”

조금 부끄러워진 셰이는 기어들어 가는 어조로 대꾸했다.

“한 군데… 서른두 곳 중에 한 군데…….”

기가 막힌 이샤무딘이 한숨을 섞어 중얼거렸다. 얼굴이 화끈 달아오른 셰이는 재빨리 공세를 취했다.

“서른두 곳인지는 어떻게 알았어? 돌아다니며 일일이 세어본 거야?”

셰이는 요란하게 혀를 차댔다.

“이보세요, 악질 흑마법사님. 여유로워도 지나치게 여유로우신 거 아니세요?”

“서른한 곳 남았어.”

이샤무딘은 그녀에게 가차없이 냉엄한 현실을 일깨워 주었다. 어떻게 하면 코를 납작하게 해줄까 궁리하며 셰이는 저만치 걸어가는 이샤무딘을 몇 걸음 따라갔다.

"서른한 곳이 아니라, 단 한 군데만 남았어도 난 안 해!"

이샤무딘은 그녀를 돌아보지도 않았다.

"치울래, 쫓겨날래?"

셰이는 그 자리에 우뚝 멈춰 섰다. 입술을 깨물고 주먹을 움켜쥐었지만, 어차피 결론은 정해져 있었다.

좋아, 어디 한번 끝까지 가보자고. 난 이제 널 웃으며 찌를 수 있게 되었어. 무슨 뜻인 줄 알아?

셰이의 일굴에 산인해 보이는 미소가 새겨졌다.

"네 앞길엔 오직 지옥만 펼쳐져 있다는 뜻이야, 영원히."

복도 모퉁이를 돌며 이샤무딘은 걸음을 늦췄다.

"나탄."

"예, 주인님."

어느 곳에 있든 이샤무딘의 목소리를 들을 수 있는 나탄은 즉각 부름에 응했다. 이샤무딘은 잠시 망설이다가 짧게 말했다.

"아니다."

"저……."

나탄은 조심스레 이샤무딘의 눈치를 살폈다.

"제가 청소하는 걸 좀… 도와주면 어떨지……."

나탄의 입장에선 썩은 과일이든, 싱싱한 과일이든 별다를 게 없었다. 그는 음식을 먹지도 않았고, 식욕이나 욕지기를 경험한 적도 없으며 냄새도 맡지 못했다. 그에겐 무엇인가를 느낄 수 있는 감각 자체가 존재하지 않았다.

세이가 과일 무더기를 성 곳곳에 숨길 당시 나탄은 그 사실을 곧바로 이샤무딘에게 보고했다. 이샤무딘은 알겠다는 듯 간단히 고개만 끄덕였다. 과일들이 막 부패되기 시작할 무렵에도 그는 이샤무딘을 찾아가 자신이 치우겠다고 말했다. 그때 그가 들은 지시는 '내버려 둬라' 였다. '혹시 그 소녀가 돌아오기를 기다리고 계신 건 아닐까' 라는 어렴풋한 심중이 든 건 그 후 며칠이 지나서였다. 그리고 지금 나탄의 마음속엔 '주인님은 소녀가 힘들어하는 걸 원치 않으신 것 같다' 는 생각이 떠돌고 있었다.

"네가 알아서 해라."

사실상 도와주라는 승낙이었다.

"알겠습니다, 주인님."

"나탄."

명을 수행하기 위해 자리를 떠나려던 나탄은 재빨리 몸을 되돌렸다.

"다시는 내 마음을 넘겨짚지 마라."

매섭고 준엄한 경고였다. 나탄은 황급히 전신을 바닥에 붙이며 복종을 맹세했다. 모습을 감춘 상태였지만, 이샤무딘은 언제 어디서나 그의 실체를 꿰뚫어 볼 수 있었다. 그를 힐끗 내려다본 이샤무딘이 아무 말 없이 몸을 돌렸다.

어딘가 모르게 조금 달라지신 것 같아. 뭔지는 모르겠지만……. 혹시 그 이유가…….

나탄은 허겁지겁 생각을 멈췄다. 얼마 지나지도 않아 주인의 뜻을 또다시 거역하다니! 충격에 빠진 나탄은 그 즉시 자신을 물로 변형시켰다. 진심 어린 복종의 자세를 취하기 위해서였다. 가장 납작하고도 확실하게 바닥과 밀착될 수 있는 것으로 물 이외에 다른 건 떠오르지 않았다. 죄책감에 시달리느라 애꿎은 세이가 피해를 당하게 되리라는 생각은 미처 해볼 겨를이 없었다.

손잡이가 달린 나무통에 썩은 과일을 담아 가지고 나오던 세이는 물을 밟고 미끄러져 바닥에 넘어지고 말았다. 질퍽거리는 오물이 쫙 흩어지는 순간, 절망에 찬 비명이 복도를 뒤흔들었다.

"아아아아! 안 돼!"

미안한 마음에 나탄은 몸 전체로 오물을 모조리 싸안은 채 공중으로 떠올랐다. 입을 딱 벌리고 있는 세이를 발견하고, 아차 싶었으나 이미 엎질러진 물이었다. 하얗게 질린 세이가 손써 볼 사이도 없이 뒤로 넘어갔다. 나탄은 어쩔 줄 몰라 하며 그녀를 바라보다가 슬그머니 오물과 함께 사라졌다.

손바닥만 한 창으로 한줄기 바람이 불어왔다. 손으로 턱을 받치고 창밖을 내다보던 듀이는 청명한 하늘에 시선을 고정했다.

"언제까지 여기 있어야 해?"

카시아스는 검날을 문지르던 헝겊을 탁자 위로 툭 던졌다.

"버틀랜드로 가는 배편을 구할 때까지."

"언제쯤 구해지는데?"

"조만간 되겠지. 지금 알렌이 여기저기 알아보고 있으니까."

알렌은 카시아스를 돕는 조력자 중 한 명으로, 프레야 시장에서 제일 규모가 큰 포목점의 주인이었다. 과거 왕궁기사로 있던 시절, 그는 불의를 보면 참지 못하는 성격으로 인해 카시아스와 인연을 맺게 되었다. 어린 시동에게 폭력을 휘두르는 시종장에게 맞서다 우연찮게 왕세자의 눈에 띄었던 것이다. 그 자리에서 시종장의 직위를 박탈한 카시아스는 곧바로 알렌을 자신의 호위기사로 삼아버렸다.

그 후 알렌이 고향으로 내려가 가업을 잇기로 결심할 때까지 7년 동안 두 사람 사이엔 그 무엇으로도 흔들이지 않는 신의가 뿌리내리게 되었다. 코벤트리에서 겨우 몸만 빠져나온 카시아스가 해안 도시인 우메스로 무작정 방향을 잡은 것도 다 알렌에 대한 흔들리지 않는 믿음이 있었기 때문이다.

"어제도 그 꿈을 꿨어."

듀이는 침울하게 말했다.

"식인종 여자한테 쫓기는 꿈?"

"응, 그러다가 끝내 붙잡혀서 목덜미를 확 물어뜯기는 꿈. 몸부림치며 잠에서 깨어났더니 온몸이 땀투성이더라. 그 꿈을 또 꿀까 봐 무서워서 이젠 잠도 못 자겠어. 꿈 안 꾸고 잠만 잘 수는 없나? 그런 방법이 있으면 좋겠는데……."

그럴듯한 생각이 나자 듀이는 얼른 카시아스를 향해 돌아앉았다.

"나한테 그것 좀 뿌려주면 안 될까? 거 있잖아, 뿌리면 바로 잠드는 신비한 가루."

카시아스는 대답하기 전 얼굴부터 찌푸렸다.

"그게 얼마나 비싼 건 줄 알기나 해? 절대 안 돼!"

"그러지 말고 조금만 뿌려줘. 그걸 얼굴에 뿌리면 꿈꾸지 않고 단잠에 빠질 수 있을 것 같아."

"무슨 말을 해도 안 되는 건 안 되는 거야. 지난번에 그랬던 것처럼 요긴하게 쓸 일이 또 생길 테니까, 곱게 간직하고 있어야 돼."

쌉쌀하게 입맛을 다시던 듀이는 카시아스의 강경한 태도에 밀려 포기하고 말았다. 그가 무료함을 참지 못하고 늘어지게 하품을 했을 때, 미리 정해둔 신호에 맞춰 문 두드리는 소리가 났다. 카시아스는 걸어놓은 빗장을 잽싸게 풀었다. 한 손에 쟁반을 받쳐 든 알렌이 앳된 얼굴의 청년과 함께 안으로 들어왔다.

"아, 마침 두 분 다 계셨군요!"

"당연하죠. 나가고 싶어도 어디 나갈 수나 있나요? 문엔 빗장이 걸려 있고, 창문은 코딱지만 한데."

"아, 그런가요? 그런데 저만한 코딱지가 들어 있으면 코가 장난 아니게 아프겠군요."

알렌이 웃음을 터뜨렸다. 어찌나 시원스레 웃어젖히는지 내내 저조한 기분이던 듀이와 카시아스에게까지 웃음이 번졌다.

"이런 답답한 생활도 얼마 남지 않았습니다."

"뭐? 드디어 구한 거야?"

"네, 왕자 전하."

카시아스는 알렌 옆에 서 있는 젊은 남자에게 거림칙한 시선을 날렸다.

“마음 쓰실 필요 없습니다, 전하. 제 아들 녀석이거든요.”

알렌은 아들의 어깨에 손을 척 올렸다.

“딜타이라고 합니다. 딜, 전하께 인사 올려라.”

불편한 기색을 감추지 못한 딜타이가 부자연스럽게 몸을 숙였다.

“뵙게 되어 영광입니다.”

딜타이가 간단한 인사말 끝에 입을 다물어 버리자 알렌은 서둘러 말을 받았다.

“다들 편하게 그냥 딜이라 부릅니다. 나이는 올해로 스무 살이고요.”

“반가워, 딜. 스물이면 나보다 세 살이 어리군.”

카시아스는 씩 미소 지었다.

“그럼 내 동생이려니 여기시고 귀엽게 봐주십시오, 전하.”

알렌의 농담에 카시아스와 듀이는 웃음을 보였으나, 딜타이의 얼굴은 슬쩍 굳어졌다. 그는 다른 사람들 앞에서 성인인 자신을 어린애로 취급하는 아버지가 늘 못마땅했다. 더군다나 지금 상대는 얼마 전까지 헤이론 국의 왕세자였던 카시아스 왕자가 아닌가. 화려하고 세련된 사교계에 익숙할 대로 익숙한 왕자와 그의 연인이—딜타이는 듀이가 누군지 알지 못했다—자신과 아버지를 무식한 촌뜨기로 여길 거란 수치심에 딜타이는 두 사람을 똑바로 쳐다볼 수도 없었다.

이래서 내가 여기 오지 않겠다고 고집 부렸던 건데.

딜타이는 카시아스에게 자신을 보이기 싫었다. 계속 핑계 거리를 만들어 인사드리러 가자는 아버지의 권유를 뿌리친 것도 그래서였다. 사람의 도리가 그게 아니라며 아버지가 억지로 끌고 오지만 않았어도 왕 앞에 엎드린 미천한 어릿광대가 된 것 같은 굴욕감은 들지 않았을 것이다.

"믿음직한 동생이 생겨서 좋긴 좋은데, 그럼 알렌이 내 아버지가 되는 거잖아. 털북숭이 곰탱이가 내 아버지라니, 제발 그것만은 사양하고 싶어."

카시아스는 호위기사 시절 불리던 별명을 끄집어내며 알렌을 놀려댔다. 알렌이 호탕한 웃음을 터뜨렸다. 반면 딜타이는 어금니를 악물었다.

털북숭이 곰탱이? 제발 그것만은 사양하고 싶다고? 당연하겠지. 우리같이 천한 시골뜨기와 고귀한 왕족의 피가 흐르는 자신은 질적으로 다르다고 생각할 테니까!

"아버지, 전 이만 나가봐야겠어요. 집합 시간이 얼마 남지 않았거든요."

"그래라, 딜."

알렌은 카시아스를 외면하듯 고개를 모로 틀고 나가는 아들을 걱정스레 지켜봤다.

"성격이 워낙 내성적이라 그런 거니 너그러이 이해해 주십시오."

"이해는 오히려 내가 구해야지. 집에 도망자가 둘이나 숨어 있는데, 어떻게 마음이 편할 수 있겠어? 그건 그렇고, 집합 시간이라니?"

"아, 예, 지금 영주님 밑에서 견습 기사 훈련을 받고 있거든요. 사실 제 아들 녀석은 아르덴 같은 큰 도시로 나가 정식 기사가 되고 싶어합니다."

"그리 나쁘지 않은 생각이군. 아직 나이도 젊으니, 더 큰 세상으로 나가보는 것도 괜찮지 않겠어?"

"전하 말씀이 옳습니다. 저도 처음엔 아르덴에 보내볼까, 하는 생각을 하긴 했고요. 아르덴엔 그래도 제가 아는 사람이 열댓 명은 되니까요. 그런데 고민 끝에 반대하고 말았습니다. 아비인 제 눈으로 보기에도 기사로서 그리 소질이 있는 것 같진 않아서요. 검을 손에서 놓은 지 꽤 오래됐지만, 보는 눈은 아직 쓸 만하거든요. 그저 그런 평기사나 돼서 죽도록 고생만 하느니, 차라리 여기서 일이 년 정도 더 훈련이나 받다가 제 뒤를 이었으면 하고 바라고 있습니다."

이제나저제나 얘기가 끝나기만을 기다리던 듀이는 알렌이 숨을 고르는 사이, 슬그머니 질문을 밀어 넣었다.

"그런데요, 아까 답답한 생활도 얼마 남지 않았다고 하셨는데, 거기에 대해 더 하실 말씀은 없는 건가요?"

"아, 이런! 제가 엉뚱한 말만 늘어놓고 있었군요! 정말 죄송합니다!"

알렌은 큰 잘못이라도 저지른 사람처럼 몹시 미안해했다.

"사과까지 할 필요는 없어, 알렌. 그건 그렇고, 말 나온 김에 어디 들어나 보자고."

카시아스는 탁자 위에 놓인 쟁반을 옆으로 밀어내고 엉덩이를 걸쳤다.

"모레 새벽에 버틀랜드로 떠나는 화물선이 하나 있습니다. 선장은 루파스란 자인데, 돈을 좀 밝혀서 그렇지 사람 자체는 그런

대로 괜찮습니다. 그리 친하진 않지만 어릴 때부터 봐온 터라 사람 됨됨이는 알고 있거든요.”

“모레 새벽이라……. 정말 얼마 남지 않았군, 헤이론 국에 머물 시간도.”

잠시 심란한 얼굴로 창밖을 내다보던 카시아스가 알렌의 어깨를 툭 건드렸다.

“고생 많았어, 알렌.”

“고생은요, 뭐. 이런 누추한 골방에 갇혀 지내신 전하께서 더 고생이 많으셨죠. 아, 루파스한텐 명하신 대로 버틀랜드에 급한 볼일이 생긴 두 청년이라는 말만 해놨습니다.”

“뭐? 그럼 앞으로는 드레스 같은 거 안 입어도 되는 거야?”

듀이의 입술이 헤벌쭉 벌어졌다.

“그래, 아무래도 배같이 한정된 공간에선 여장을 눈치 채일 위험이 높으니까. 또 거친 선원들 틈에서 배겨내려면 여자보다는 남자가 운신하기도 편할 테고.”

카시아스는 쟁반 위에서 술병을 집어 들었다.

“얘기는 이쯤하고, 건배나 하자. 무사히 버틀랜드 땅을 밟게 되길 기원해야지. 이 술 그러려고 가져온 거지?”

“아니요. 성가신 불청객을 드디어 쫓아내게 된 걸 축하하기 위해 가져온 겁니다. 자비로우신 아스트라한이시여! 맘씨 좋고, 인물은 더 좋은 저에게 축복이나 왕창 내려주십시오!”

알렌의 능청에 한바탕 웃음을 터뜨리며 세 사람은 기분 좋게 서로의 술잔을 부딪쳤다.

* * *

셰이는 뼛속 깊이 파고드는 한기를 느끼며 의식을 차렸다. 몸마디마디가 결리고 쑤셔댔다. 차갑고 딱딱한 대리석 바닥에 오랜 시간 누워 있었던 탓인 듯했다. 그녀는 신음 소리를 흘리며 지난번에 사용했던 방 쪽으로 걸어갔다. 정신이 몽롱하고 팔다리는 흐느적거렸다. 어서 빨리 편안한 잠자리에 눕고 싶었다.

등 하나 켜 있지 않았지만 달빛이 복도 전체를 훤히 비추고 있어 시야가 제법 밝았다. 때문에 비몽사몽 중이었음에도 제대로 침실을 찾아갈 수 있었다.

오랜만에 숙면을 취한 셰이는 가뿐한 기분으로 잠에서 깨어났다. 그녀는 시원스레 기지개를 켜며 창밖을 내다봤다. 어슴푸레한 주위를 보고 처음엔 새벽이라 여겼으나, 석양빛이 하늘 가장자리에 엷은 띠를 두르고 있었다. 놀랍게도 벌써 하루의 끄트머리에 이른 시각이었다.

맙소사! 내가 대체 몇 시간을 잔 거야?

셰이는 부랴부랴 욕실로 가 몸을 씻은 후, 이샤무딘을 찾아 나섰다. 그가 자주 모습을 보였던 서재를 시작으로 성 이곳저곳을 살펴봤으나 모두 허탕이었다. 어디에서도 이샤무딘은 보이지 않았다. 성을 떠난 것이 분명했다.

왠지 모르게 우울해진 셰이는 자신이 쓰는 침실로 맥없이 돌아왔다. 믿을 수 없게도 창가에 놓인 작은 탁자 위에 음식이 준비되어 있었다. 따뜻한 스프와 빵, 훈제 연어, 블루베리 파이와 우유, 단출하지만 정갈하고 맛깔스럽게 차린 식탁에 저절로 미소가 피어올랐다. 팔걸이의자에 앉은 셰이는 창밖 풍경을 내다보며 모처럼의 만찬을 한껏 즐겼다.

기분 좋은 포만감을 느끼며 편안히 등을 기댔을 때였다. 말 울음소리가 들려 시선을 옮겼더니 말에서 막 내려서고 있는 이샤무딘이 보였다. 셰이는 그 즉시 자리를 털고 일어나 아래층으로 뛰어갔다. 더 이상 그를 찾아 성을 뒤지는 일만은 제발 사양하고 싶었다.

"어디 갔다 오는 거야?"

셰이는 계단참에 이르렀을 때 질문을 던졌다. 홀을 가로질러 오던 이샤무딘이 아무 말 없이 그녀를 지나쳤다. 셰이는 재빨리 그의 뒤를 따라붙었다. 이샤무딘은 그녀가 한 번도 발을 디딘 적 없는 방으로 들어갔다. 커다란 창문이 한쪽 벽 전체를 모두 차지하고 있는 휑하도록 넓은 방이었다.

"어디 갔다 오냐고 물었잖아."

그녀를 흘긋 본 이샤무딘이 탁자 위에 놓인 술병을 들어 은잔을 채웠다.

"귀찮게 굴지 말고 나가!"

이샤무딘은 창가로 걸어가며 쌀쌀맞게 말했다. 셰이는 눈을 흘기며 그와 두 걸음 정도 떨어진 곳에 자리 잡았다. 품속엔 창조신 아스트라한에게서 받은 단검이 들어 있었다. 그녀는 기회를 노려 벼르고 벼르던 일을 실행할 생각이었다. 하지만 그것이 이샤 곁에 서 있는 유일한 이유는 아니었다. 셰이는 누군가와 대화를 나누고 싶었다. 이 넓은 성에 또다시 혼자 남겨지고 싶지 않았다.

"왜 갑자기 내 세계가 틀어졌는지 알아냈어. 답이 뭔지 알아?"

이샤무딘은 입을 열지 않았다. 그녀 역시 대답을 바라고 꺼낸 말은 아니었다.

"저주야. 나한테 저주가 내렸대."

셰이의 입가에 쓴웃음이 묻어났다.

"정말 황당하지 않아? 저주라니… 어찌나 터무니없고 기가 막힌지, 머리까지 멍해지더라. 하마터면 '거짓말하지 말라' 고 소리칠 뻔했어. 창조신 아스트라한을 상대로 말이야."

이샤무딘이 고개를 돌려 그녀를 바라봤다.

"난 어떻게 해서든 내 세계를 원래대로 되돌릴 거야. 그러려면 먼저 저주를 풀어야 돼. 저주를 풀기 전에 반드시 해야 될 일도 있고. 그래서 말인데… 이샤한테 꼭 물어볼 말이 있어."

셰이는 한 걸음 다가섰다.

자, 이제 단검을 꺼내 심장을 찌르는 거야.

그녀는 곁눈질로 이샤무딘을 살피며 가슴에 팔짱을 끼었다. 단검의 딱딱한 손잡이가 조금씩 빨라지고 있는 심장을 지그시 눌렀다.

"난 이제 곧 먼 여행길에 올라야 돼."

어서 단검을 꺼내! 어서!

셰이는 단검 쪽으로 나아가던 손의 방향을 바꿔 머리를 쓸어 넘겼다. 팔을 내리며 그녀는 뻣뻣한 손가락을 말아 쥐었다.

지금 뭐 하고 있는 거야? 어서 단검을 꺼내 심장을 찌르란 말이야!

"나하고 같이 가지 않을래?"

두 사람의 시선이 이어졌다.

멍청이! 지금까지 네가 당한 일을 생각해 봐! 고스란히 되갚아 주고 싶지 않아? 이샤를 죽이는 것도 아니잖아!

마음속의 외침은 점점 커졌으나 손은 움직이지 않았다. 금빛 눈동자를 마주 보고 있으려니 자꾸만 마음이 약해져 갔다. 예상치 못한 장벽이었다.

"나하고 같이 갈 거지?"

비겁한 자신에 대한 실망감으로 인해 목소리가 거칠어졌다.

"떨어져, 더워."

이샤무딘이 질문과는 동떨어진 엉뚱한 말을, 그것도 심술궂게 꺼내자 셰이는 마침내 돌파구를 찾은 듯한 기분이 들었다.

그래, 맞아! 바로 저거야! 모욕적인 말을 들으면 분노가 치밀 테고, 그럼 홧김에라도 목적을 달성할 수 있을 거야!

셰이는 이샤무딘에게 조금 더 접근했다.

"떨어지라고 했지?"

"난 추워."

셰이는 천연덕스럽게 말하며 옷이 스칠 만큼 가까이 다가들었다. 마치 징그러운 벌레를 보는 듯한 눈으로 그녀를 응시하던 이샤무딘이 두 걸음가량 거리를 벌렸다. 그에 질세라 셰이는 더욱 바짝 몸을 붙였다.

"또 쫓겨나고 싶어?"

가뜩이나 냉랭한 말투에 짜증이 섞여들었다.

"난 이쪽 자리가 더 마음에 들었을 뿐이야."

셰이는 뭐가 문제냐는 투로 응수했다. 손가락 하나도 대지 말라는 규칙을 어기지 않는 이상 쫓겨날 걱정은 없었다.

난 손가락이 아니라 손톱 끝도 대지 않았다고.

두 사람은 고개만 끄덕여도 이마가 부딪칠 만큼 가까운 거리를 유지한 채 서로를 노려보았다.

"너……."

팽팽히 유지되던 침묵을 무너뜨린 쪽은 이샤무딘이었다. 셰이는 이유 모를 승리감을 느끼며 의기양양하게 입을 열었다.

"너, 뭐? 말을 시작했으면 끝을 맺어야지."

"언제 떠날 거야?"

예상 밖의 질문에 셰이는 한순간 말이 막혔다.

"어… 여행 말이야?"

이샤무딘이 고개를 끄덕였다.

"오늘은 늦었으니까 내일… 어쩌면 모레가 될 수도 있고. 아무튼 되도록 빨리 떠날 거야. 그런데 그건 왜?"

혹시 같이 가겠다고 말하는 것 아닐까?

셰이는 무의식중에 숨을 죽이고 이샤무딘의 입술만 뚫어지게 바라봤다.

"그럼 시간은 충분하겠군."

"무슨 시간?"

"입 닦을 시간."

셰이는 얼른 입술을 문질렀다. 아무렇지 않은 척 꾸미려 했으나 민망한 마음에 얼굴이 달아올랐다. 예전에도 그녀는 종종 냅킨 사용을 잊어버리곤 해서—사촌인 그레인과 농담 섞인 말씨름을 벌인 경우가 대부분이었다—유모의 잔소리에 시달려야 했었다.

"냅킨이 없어서 그래, 손수건도 없고."

셰이는 변명조로 말했다. 그러나 곧이어 자신이 큰 잘못이라도 범한 것처럼 저자세를 취하고 있다는 자각이 들었다. 그녀는 서둘러 손을 내렸다.

"됐어?"

"아직 그대로야."

"그럼 닦아줘."

셰이는 도전적으로 턱을 치켜올렸다. 이샤무딘의 금빛 눈동자에 정체를 알 수 없는 빛이 스쳐 갔다.

"더러운 얼굴 지워."

몹시 딱딱한 어조로 말한 그가 휙 몸을 돌려 문 쪽으로 걸어갔다. 뭐? 더러운 얼굴?

셰이는 으스러져라 주먹을 움켜쥐었다. 예상이 적중했다. 고맙게도 분노와 함께 살기까지 솟아올랐다. 그녀는 주저없이 품속에서 단검을 빼 들었다. 그리고 이샤무딘을 향해 돌진했다.

"거기 서!"

소리친 순간 발이 미끄러졌다. 휘청거리던 셰이는 그만 단검을 놓쳐 버리고 말았다. 돌바닥에 떨어진 은빛 단검이 뱀처럼 매끄럽게 움직여 이샤무딘 앞에 이르렀다. 셰이는 허리를 굽히는 그를 속수무책으로 지켜볼 수밖에 없었다.

어떤 단검인지 알아볼 게 분명해! 바보같이, 그런 실수를 저지르다니!

시도해 보기도 전에 일을 망쳐 버린 어리석은 자신을 꾸짖으며 셰이는 입술을 깨물었다. 이샤무딘이 자신의 심장을 노리던 치명적인 무기를 내려다봤다. 그러더니 아무 말 없이 그녀에게 단검을 내밀었다. 셰이는 주춤거리다 단검을 받아 들었다.

"왜 대답을 안 해?"

셰이는 불쑥 질문을 꺼냈다. 몸을 돌리려던 이샤무딘이 그녀에게 시선을 맞췄다.

"무슨 대답?"

"여행 말이야. 나와 함께 가지 않겠느냐고 물었잖아. 아직 결정을 못 내린 거야?"

"언급할 가치가 없다고 생각했을 뿐이야."

냉기 도는 대답만을 남긴 채 이샤무딘이 방을 나갔다.

"가치가 있고 없고는 내가 정해."

셰이는 굳게 닫힌 문을 향해 말했다.

창조신 아스트라한은 사흘을 넘기면 단검은 무용지물이 될 것이라고 경고했다. 그건 곧, 오늘 밤 안에 일을 마무리 지어야 한다는 뜻과 같았다.

오늘 밤이야. 오늘 밤 이샤가 잠들었을 때를 노리는 거야.

다행스러운 건 그가 단검의 정체를 눈치 채지 못했다는 점이었다. 만약 조금이라도 낌새를 챘다면 순순히 돌려주진 않았을 것이다.

야비하게 내 심장을 찌르려 했을 거야.

단검을 다시 옷 속에 넣으려던 셰이는 마음을 바꿔 손에 든 채로 문을 나섰다. 이샤무딘의 눈에 띈 이상, 감추는 건 무의미했다.

그녀는 창백한 달빛이 깔리기 시작한 복도를 성큼성큼 걸었다.

힘든 여행이 내일 당장 시작될지도 모르는 상황이었다. 밤이 깊어질 때를 기다리며 휴식을 취하는 편이 좋겠다는 생각이 들었다.

오늘 밤 벌어지는 일의 양상에 따라 여행 일정도 바뀌게 되겠지.

셰이는 혼자 여행길에 오를 마음이 없었다. 어차피 이샤무딘은 그녀와 동행하게 될 터였다. 그는 그녀가 되찾아야 할 본래 세상의 구심점과 같았다. 그런 그를 남겨놓고는 단 한 발짝도 이곳을 떠날 수 없었다. 단검을 쥔 손에 힘이 가해졌다.

그가 동의하든 반대하든 바뀌는 건 없으리라.

"대체 지금 뭘 하는데 이렇게 시간을 끄는 건가? 내가 그렇게 한가한 사람인 줄 아나?"

모고르는 러셀을 노려보며 역정을 냈다.

"그럴 리가 있겠습니까? 각하께서 얼마나 바쁘신 분인지는 잘 알고 있습니다. 그러하신 각하께서 친히 이곳까지 찾아봐 주셨으니… 정말 무한한 영광이 아닐 수 없습니다."

러셀은 진땀을 뒤집어쓴 채 열심히 모고르의 비위를 맞췄다. 약 삼십 일 전 헤이론 국의 최남단 항구 도시인 우메스의 보안대장이 된 그는 현 상황이 악몽 같기만 했다. 사실 러셀은 자신이 왜 크나큰 잘못을 저지른 중죄인처럼 굽실거리며 서 있어야 하는지 이해할 수 없었다. 그가 한 일이라곤 보안대장으로서의 책무를 충실히 이행한 것이 전부였다.

　카시아스 왕자와 아룬델에 관한 정보는 사소한 사항이라도 극비로 취급하여 즉시 상부에 보고하라. 또한, 정보가 밖으로 새어나가지 않도록 철저히 함구하라.

　보름 전 그가 받은 전문의 내용이었다. 재상의 특별 지시라는 전령사의 귀띔에 여러 차례 반복해 읽었기 때문에 한 자, 한 자 또렷이 기억하고 있었다. 러셀은 전문의 내용을 성실히 따랐다. 그 결과가 재상의 직접 방문으로 이어지리란 사실을 알았다면 보고를 올릴지 말지, 심각한 고민에 빠졌을 것이다.

　끝내는 올렸겠지만 준비를 철저히 해놓았을 테니 이런 처량한 꼴이 되지는 않았겠지.

　러셀에게 시련이 찾아온 건, 몇 시간 전 막 저녁 식사를 시작하려 할 때였다. 느닷없이 들이닥친 재상의 모습에 놀라 허둥대다가 식탁과 함께 넘어지기까지 했으니… 지금 생각해도 얼굴이 화끈거렸다.

　재상도 재상이지만 러셀을 더욱 쩔쩔매게 만든 건 그가 대동한 수하들이었다. 러셀은 재상의 뒤쪽에 자리 잡은 네 사람을 조심스레 훔쳐봤다. 요사스러운 분위기를 풍기는 자주색 머리카락의 남자와 검은 로브를 뒤집어쓴 정체불명의 여자만으로도 기가 질리는데, 그 위에 어마어마한 몸집을 자랑하는 거인과 보면 볼수록 불길함이 느껴지는 반나체 사내라니… 악몽 속에서 막 튀어나온 고약한 존재들과 함께 출구도 없는 골방에 갇혀 버린 심정이었다.

"안 되겠네. 자네가 직접 가서 일이 왜 이렇게 지체되는지 알아보고 오게."

러셀은 신속히 모고르의 지시를 따랐다. 잠시나마 가시방석 같은 자리를 벗어나게 되어 오히려 잘됐다는 표정이었다. 그가 문에 이르기도 전에 복도를 울리는 발소리가 들렸다.

"드디어 왔나 봅니다, 재상 각하!"

러셀은 문을 벌컥 열어젖혔다. 막 문을 두드리려던 부관이 몸을 움찔했다.

"왜 이렇게 늦은 건가?"

러셀은 가만두지 않겠다고 벼르며 부관을 노려봤다.

"죄송합니다, 대장님! 하필이면 오늘이 귀휴일(歸休日)이라 집까지 찾아가 데려오는 바람에 그만 시간이 지체되고 말았습니다!"

"각하께서 기다리고 계시니 어서 들어가게! 어서!"

"알겠습니다!"

당황한 부관이 필요 이상으로 강하게 딜타이의 등을 떠밀었다. 딜타이는 휘청거리며 안으로 들어섰다. 모고르와 괴상한 4인조를 보자마자 그는 겁에 질리고 말았다.

"이름이 뭐냐?"

"예에! 디, 딜타이 브링크입니다, 각하!"

모고르는 문가에 대기하고 있는 러셀에게 시선을 던졌다.

"이 젊은이한테 긴요히 물어볼 말이 있으니 자리를 비켜주게."

모고르 앞에 홀로 남겨지게 되자 딜타이의 낯빛이 푸르스름해졌다.

“의자에 앉아라.”

그의 상태를 알아챈 모고르는 짐짓 온화한 표정을 만들었다. 원하는 정보를 모조리 얻어내려면 일단 경직된 분위기부터 완화시켜야 했다.

“그래, 이름이 딜타이라고?”

“예, 각하! 딜타이 므, 므링크입니다!”

긴장 때문에 성을 잘못 발음한 딜타이는 피 맛이 느껴질 정도로 세게 혀를 깨물었다.

“널 탓하거나 벌을 주러 온 것이 아니다. 내가 묻는 말에 대답만 잘하면 네게 큰 상을 내릴 것이다. 내가 무슨 말을 하는지 알겠느냐?”

“네, 알겠습니다, 각하!”

“카시아스 왕자가 어디 있는지 알고 있다고 했다던데, 거기에 대해 상세히 고해봐라.”

“저… 그러니까… 제가 그 얘길 들은 건 어느 술집에서였습니다. 훈련을 끝내고 땀이나 식힐 겸해서 집으로 돌아가는 길에 술집에 들렀습니다. 그리고 거기서 우연히 선원처럼 보이는 남자들의 얘기를 듣게 되었습니다. 그 얘기인즉, 카시아스 왕자가 다음 날 새벽 버틀랜드 국으로 떠나는 배에 타기로 했다는 게 아닙니까? 그래서 그 길로 즉시 보안대장님을 찾아뵙고, 제가 들은 얘기를 보고드렸습니다.”

딜타이는 입을 다물며 모고르의 눈치를 살폈다. 자신의 말을 의심하는 기색이 보이지 않자 그는 떨리는 숨결을 슬그머니 내보냈다. 무슨 일이 있어도 아버지가 개입되어 있다는 사실만은 숨

거야 한다. 일만 잘 풀린다면 거들먹거리던 카시아스 왕자에게 톡톡히 본때를 보여주는 건 물론이고, 자신의 앞날에도 탄탄대로가 열릴 것이 확실했다.

"술집 이름이 뭐냐?"

"예에?"

"술집 이름이 뭐냐고 물었다."

당황한 딜타이는 황급히 머리를 굴렸다.

"바, 바다 사나이! 맞습니다! 술집 이름은 '바다 사나이' 입니다!"

"어디에 있는 술집이냐?"

"우메스 부두 근처에 있는 술집입니다."

"우메스 부두라면 너의 집과 정반대 방향에 있을 텐데? 좀 전에 훈련을 마치고 집으로 가는 길에 술집에 들렀다고 하지 않았느냐?"

"어, 그건… 집에 가기 전에… 바, 바람이나 좀 쏘이고 싶어서…….."

딜타이는 필사적으로 얘기를 지어냈다. 이마에 식은땀이 맺히고 뒷머리가 쭈뼛거렸다. 미리 세세한 부분까지 생각해 놓지 않은 자신에게 욕이라도 퍼붓고 싶었지만 후회해 봤자 소용없었다.

"선원처럼 보이는 자들의 얘기를 우연히 듣게 되었다고 했지. 그래, 몇 명이었느냐?"

"세 명이었습니다."

"그들의 인상착의를 말해봐라."

"어… 거리가 멀어 그것까지는 보지 못했습니다."

"말소리는 들었지만 눈에 보이지는 않았다?"

모고르의 이죽거림에 벨페스트가 픽 웃음을 터뜨렸다.

“노안이 올 나이는 아닌 것 같은데… 혹시 또 모르겠군요, 겉보기와 달리 속은 완전히 맛이 갔는지도.”

모고르는 엄중한 눈초리로 벨페스트에게 분위기를 흐리지 말라는 주의를 주었다.

“카시아스 왕자가 타기로 했다는 배의 이름은 무엇이냐?”

“그것 역시… 듣지 못했습니다.”

딜타이는 이제 울상이 되어 있었다.

“네놈이 정말 죽고 싶은가 보구나!”

모고르는 손바닥으로 탁자를 쾅, 내려쳤다. 딜타이의 얼굴에서 핏기가 완전히 가셨다.

“감히 내 앞에서 거짓을 고한 것으로도 모자라 끝까지 날 능멸하려 들다니! 목이 잘려봐야 네놈의 죄를 뉘우치겠느냐?”

공포에 질린 딜타이는 허겁지겁 무릎을 꿇었다.

“죽을죄를 지었습니다! 제발 목숨만 살려주십시오! 각하께서 시키시는 대로 뭐든지 다 하겠습니다!”

벨페스트는 눈물 콧물을 질질 흘려대는 딜타이를 구경하며 히죽거렸다. 지금 상황을 재미있어하는 건 4인조 중 그가 유일했다. 옆의 아슬라는 내내 무표정했고, 고르키는 통나무만 한 팔뚝에 힘을 주었다 뺐다 하며 애써 무료함을 달래는 중이었다. 그리고 피셔는 늘 그랬듯 음울한 얼굴로 구석에 박혀 있었다.

“더하지도 빼지도 않은, 네가 아는 사실 그대로를 고하거라. 그럼 목숨을 보전하는 건 물론이고 큰 상까지 받게 될 것이다.”

“알겠습니다, 각하! 그러니까 카시아스 왕자가 제 아비를 찾아온 것이 바로 나흘 전입니다.”

"네 아비가 누군데 카시아스 왕자가 우메스까지 찾아온단 말이냐?"

"제 아비인 알렌 브링크는 과거 몇 년 동안 카시아스 왕자의 호위기사로 일한 적이 있습니다."

"오호라, 그렇게 된 거였군."

모고르는 의자에 등을 기대며 계속하라는 손짓을 했다.

"카시아스 왕자에게 동행이 한 명 있었습니다."

"동행?"

모고르의 눈매가 가느스름해졌다.

"어떻게 생긴 자였느냐?"

"짙은 금발과 연한 초록색 눈을 가지고 있는 무척이나 아름다운 여인이었습니다."

"아하! 아름다운 여인이라! 어울리긴 하겠군요!"

모고르가 입을 열기 전 벨페스트가 먼저 끼어들었다. 모고르는 키득거리는 벨페스트에게 언짢은 눈길을 던졌다. 조심스레 두 사람의 눈치를 살피던 딜타이는 말라붙은 입술을 축인 다음, 얘기를 계속했다. 이번엔 그가 아는 사실 그대로를 털어놓았다.

"선장 이름이 루파스라고?"

"예, 각하. 그날 제 아비가 만난 선장이라곤 그밖에 없으니 확실할 것입니다."

모고르의 입술이 만족스런 곡선을 그렸다. 아슬라의 실수로 카시아스와 아룬델을 놓쳐 버린 이후 처음으로 보인 미소였다. 수하들에게 명령을 내리기 위해 모고르는 일단 딜타이를 물러가게 했다.

"버틀랜드 국이 목적지인 화물선이다. 선장은 루파스란 자이고.

너희들이라면 배의 이름과 항해 일정쯤은 눈감고도 알아낼 수 있을 거다. 다들 명심해라, 이번엔 실수의 '실' 자도 용납하지 않겠다."

석상 같기만 하던 아슬라의 속눈썹이 가늘게 떨렸다. 지난번 방심하다 카시아스의 기습을 받고 잠이 든 사건은 그녀에게 씻을 수 없는 치욕을 안겨주었다.

"카시아스와 아룬델을 내게 데려와라!"

"즉시 명을 받들겠습니다. 그런데 질질 짜던 입 싼 녀석은 어쩌실 생각입니까?"

"넌 궁금한 것도 많구나, 벨. 딜타이에겐 말한 대로 상을 내릴 것이다. 물론 그 아비란 놈은 대역죄를 저질렀으니 잡아들여 극형에 처해야겠지."

"아비와 아들을 처형대에 나란히 매달아놓으면 꽤 보기 좋을 것 같은데… 주인님께선 지나치게 관대하시군요."

"네가 관여할 일이 아니다, 벨."

벨페스트는 애석한 표정을 버리지 못한 채 고르키와 피셔에게 다가갔다. 아슬라는 혼자 힘으로 공간 이동이 가능했으나, 두 사람은 반드시 그의 힘을 빌려야 했다.

귀찮은 녀석들… 내가 왜 이런 녀석들의 뒤치다꺼리를 해줘야 하는 거야?

고르키와 피셔도 나란히 처형대에 매달아 버리면 좋겠다고 생각하며 벨페스트는 싱긋 미소 지었다.

"친구들, 흥분되지 않아? 자, 이제 시작해 보자고!"

이샤무딘의 침실 앞에서 셰이는 걸음을 멈췄다. 좀 더 주위가 어두우면 좋았으리라는 생각이 들었다. 달빛이 어찌나 환한지 가만히 들여다보면 손금까지 비칠 정도였다. 사적인 공간에 몰래 숨어들려는 사람에겐 한 치 앞도 보이지 않는 칠흑 같은 어둠보다도 더 달갑지 않은 상황이었다.

셰이는 문고리를 잡고 조심스레 밀었다. 주먹 하나가 들어갈 정도로 틈이 벌어지자 그녀는 움직임을 멈추고 안의 동태를 살폈다. 신경이 뾰족하게 곤두섰다. 쥐 죽은 듯 고요한 정적만이 흐를 뿐, 어떤 기척도 느껴지지 않았다.

땀이 배어든 손바닥을 옷자락에 문지른 다음, 셰이는 침실 안으로 살며시 들어섰다. 침대에 누워 있는 이샤무딘이 보였다. 망설이면 더 힘들어질 것이라는 판단하에 그녀는 빠르지만 조용한 걸음걸이로 곧장 그를 향해 다가갔다. 심장 고동이 조금씩 빨라졌다. 침대맡에 도착한 것과 동시에 단검을 빼 들었다. 최대한 빨리 일을 마무리 짓고 싶었다. 시간을 끌수록 나쁜 짓을 저지르는 것 같은 찜찜함도 커질 것이 분명했다. 그럼 시작도 하기 전에 일을 망쳐 버릴지도 모른다.

달빛이 빚어낸 오묘한 색조가 이샤무딘의 얼굴에 부드러운 음영을 드리우고 있었다. 마음이 약해지려 하자 셰이는 될 수 있는 한 그의 얼굴 쪽으론 시선을 주지 않으려고 노력했다. 숨을 깊이 들이쉰 다음, 이샤무딘의 심장을 겨냥해 단검을 치켜올렸다. 검술을 가르쳐 준 드레이크 덕분에 심장의 위치는 잘 알고 있었다. 그녀가 막 단검을 내리꽂으려 할 때였다.

"한 가지를 잊었어."

낮고 건조한 음성이 정적 사이로 흘러들었다. 셰이는 딱딱하게 얼어붙었다. 순간 긴박한 경고음이 머릿속을 울렸다.

지금이야! 놓치면 안 돼! 이번이 마지막 기회야!

셰이는 이샤무딘의 심장에 단검을 찔러 넣었다. 눈 깜짝할 사이 벌어진 일이었다. 어느새 거칠어진 숨결을 토해내며 그녀는 천천히 허리를 세웠다.

"한 가지를 잊었다고 말했을 텐데?"

이샤무딘이 몸을 일으켰다. 그의 심장엔 여전히 단검이 박혀 있었다.

"한 가지를 잊었다고?"

목소리가 갈라져 나왔다.

"그래."

혼란에 휩싸인 셰이는 단검을 빼어 드는 이샤무딘을 응시했다.
피 한 방울 묻어 있지 않은 칼날을 본 순간 창조신 아스트라한의
음성이 뇌리를 울렸다.

"단검의 손잡이와 칼날에 네 피를 묻혀라. 그리고 그 피가 마르기
전, 이샤무딘의 심장을 찔러라."

바보 같으니!
셰이는 입술을 질끈 깨물었다. 어느 틈엔가 그녀는 먼저 자신
의 피를 묻혀야 한다는 사실을 까맣게 잊어버리고 있었다. 좋은
기회를 노린답시고 이샤무딘 앞에서 얼간이나 다름없는 행동을
한 자신의 모습이 의식되자, 셰이는 수치심과 모멸감에 고개를
들 수가 없었다.
"실망할 필요 없어. 내가 직접 도와줄 생각이니까."
"무슨 뜻이야?"
"이 장난감에 내 손으로 직접 네 피를 묻혀주겠다는 뜻이야."
금빛 눈동자에 시선이 붙잡힌 순간 셰이는 그가 자신을 징벌하
려 한다는 사실을 깨달았다. 그녀에게 똑바로 눈길을 고정한 이
샤무딘이 손바닥을 폈다. 그의 손을 중심으로 푸르스름한 빛이
나타났다. 조금씩 옅어지던 빛이 유리처럼 투명한 칼날을 남기고
사라졌다. 공기라도 벨 듯 날카로운 칼날이 달빛을 반사시키며
싸늘하게 번뜩였다.
"마지막 기회를 주지. 셋 셀 동안 여기서 나가. 자비를 베풀 때
있는 힘껏 도망치라는 말이야."

"네 알량한 자비심은 꼭꼭 숨겨두었다가 혼자 있을 때 실컷 즐겨, 난 필요없으니까. 네가 내 앞에 무릎 꿇고 자비를 구걸할 때를 대비해 내 자비심도 아껴둘 생각이야."

두 사람은 예리한 칼날을 사이에 둔 채 서로를 마주 봤다.

"하나."

냉혹함이 서린 금빛 눈동자가 곧장 그녀의 뇌리를 파고들었다.

도망쳐! 자존심 같은 건 팽개치고 어서 도망쳐! 자존심이 네 목숨보다도 더 중요해?

"난 도망치지 않아, 절대."

셰이는 스스로를 향해 다짐하듯 말했다.

바보 같으니! 기껏 살해나 당하려고 힘들게 여기까지 온 거야? 정신 차려! 정신 차리고 당장 여길 나가!

"둘."

이샤무딘의 음성엔 감정이 조금도 묻어 있지 않았다. 극도로 건조한 목소리가 셰이에게 오싹한 전율을 불러일으켰다.

도망쳐! 아직 늦지 않았어! 어서 도망쳐! 어서!

마음속의 악다구니가 걷잡을 수 없이 커져 갔다. 셰이는 어느새 바싹 말라 버린 입술을 축였다. 어떻게 해야 할지 알 수 없었다. 등줄기에 진득진득한 진땀이 배어들며 심장이 튀어나올 듯 거세게 요동쳤다.

어머니와 루셀을 생각해 봐! 사랑하는 가족에게조차 너란 존재가 까맣게 잊혀진 채로 죽고 싶은 거야? 정말 여기서 죽을 생각이야?

이샤무딘이 천천히 입술을 움직였다.

"셋."

셰이는 몸을 돌려 문 쪽으로 내달렸다. 그녀가 출구 앞에 거의 다다랐을 때 쾅! 소리를 내며 문이 닫혔다. 힘껏 문고리를 잡아당겼으나 문은 조금도 움직이지 않았다.

"이미 늦었어."

셰이는 이샤무딘을 향해 돌아섰다. 자포자기한 먹잇감을 앞에 두고 있는 맹수같이 그가 느릿하고 잔인한 걸음걸이로 다가왔다. 다급히 주위를 둘러보았으나 무기가 될 만한 건 눈에 띄지 않았다. 셰이는 슬금슬금 뒷걸음질쳤다. 등에 문이 와 닿았다. 더 이상 물러설 곳도 없었다. 설상가상 이샤무딘이 무슨 사악한 마력을 부렸는지 온몸이 석상처럼 굳어져 버렸다. 그녀가 할 수 있는 일이라곤 치명적인 늪처럼 다가드는 금빛 눈동자를 매섭게 노려보는 것이 고작이었다. 한 발 정도 떨어진 곳까지 접근한 이샤무딘이 그녀를 뚫어질 듯 주시했다. 그의 손아귀엔 투명한 칼날이 쥐어져 있었다.

"가장 중요한 걸 잊을 뻔했군."

그의 말이 끝나기가 무섭게 창조신에게서 받은 단검이 미끄러지듯 날아왔다. 단검은 약이라도 올리듯 그녀의 눈앞에 둥실 떠 있었다.

"다음 순서가 뭐였지? 무턱대고 심장부터 찌르기였나?"

셰이를 조롱하기 위한 의도적인 비웃음이 분명했다.

"아니, 악질 흑마법사의 시커먼 심장 도려내기야. 마음에 들어?"

그녀는 절대 지지 않겠다는 투지를 다지며 즉시 맞받아쳤다.

이샤무딘의 얼굴은 소름 끼칠 정도로 철저히 무표정했다. 갑자기 그가 팔을 들어 올렸다. 날카로운 칼날이 곧장 그녀의 뺨으로 다가왔다. 얼음처럼 싸늘한 감각이 느껴졌다. 세이의 속눈썹이 파르르 떨렸다.

마치 희롱이라도 하듯 칼날이 뺨과 턱을 지나 느릿느릿 목으로 내려왔다. 세이는 자신도 모르게 마른침을 삼켰다. 이샤무딘이 시선을 올려 그녀의 눈길을 잡았다. 어지러운 침묵 속에서 두 사람의 시선이 깊숙이 얽혀들었다. 세이는 숨이 막히는 것 같은 긴장감을 견디지 못하고 눈을 감았다. 별안간 쇄골 부위에 따끔한 통증이 일었다. 그녀는 아픔이 느껴지는 곳을 손으로 더듬었다. 손가락에 붉은 피가 묻어났다.

"꺼져."

몹시 거친 어조로 이샤무딘이 말했다. 세이는 상처 부위를 손으로 누른 채 그를 바라봤다. 어떻게 해야 할지 판단을 내릴 수 없었다. 마음만 얼떨떨할 뿐, 이샤에 대한 적대감도 그를 무릎 꿇리고 말겠다는 투지도 더 이상 남아 있지 않았다.

"귀 먹었어? 꺼지라고 했잖아!"

강렬하게 번뜩이는 금빛 눈동자 속엔 누구를 향한 것인지 알 수 없는 분노가 담겨 있었다. 세이는 당황했다. 이샤무딘이 그녀 앞에서 이토록 숨김없이 감정을 드러낸 건 처음이었다.

"그렇게 죽고 싶어? 그럼 소원대로 해주지."

이샤무딘이 한 손으로 그녀의 목을 휘어잡았다. 그 순간 세이는 눈앞에 매달린 단검을 낚아채 그의 심장을 찔렀다. 치밀한 계산 하에 한 행동은 아니었다. 자신을 지키려는 본능이었을 따름이다.

"젠장!"

이샤무딘이 욕설을 내뱉었다. 단검의 형체가 사라지며 은색의 빛줄기로 변하더니 단숨에 심장을 파고들었다. 악문 이 사이로 신음 소리가 새어 나왔다. 지독한 고통에 시달리고 있는 것이 분명해 보였다.

"마, 많이 아파?"

"보면 몰라?"

당장 험악한 대꾸가 튀어나왔다. 어이없게도 셰이는 오히려 조금 마음이 편해졌다. 하지만 그것도 잠시였다. 이샤무딘이 가슴을 움켜쥐며 거칠게 숨을 몰아쉬자 그녀의 얼굴까지 저절로 일그러지고 말았다.

"난 잘못없어! 그러게 누가 그렇게 못된 짓만 골라 하래?"

살기 띤 눈으로 그녀를 노려보던 이샤무딘이 허리를 접으며 벽에 손을 짚었다. 셰이는 안절부절못하며 그에게 손을 뻗었다가 주춤주춤 다시 거두어들였다. 당장이라도 무릎을 꿇을 것 같은 모습을 바로 코앞에서 보고 있었지만, 만족감은 조금도 들지 않았다. 그와 반대로 셰이는 예상치 못한 죄책감에 사로잡혀 있었다.

별안간 심장 부위에서 선혈처럼 붉은빛이 내뿜어졌다. 고개를 꺾고 있던 이샤무딘이 비명에 가까운 격한 신음성을 토해냈다. 셰이는 와락 달려들어 그의 팔을 움켜잡았다.

"침대에 좀 눕기라도 해. 내가 부축해 줄게."

"나가."

"그러지 마. 지금 힘들어 죽을 지경이잖아."

갑자기 문이 벌컥 열렸다. 문소리에 놀라 움찔했을 때, 보이지 않는 힘이 그녀를 매몰차게 문밖으로 밀쳐 냈다.

"그래, 딱 죽을 만큼만 아파봐!"

문이 요란한 소리를 내며 닫혔다. 셰이는 선뜻 자리를 뜨지 못했다. 작은 소리라도 들릴까 싶은 마음에 귀를 쫑긋 세우고 문에 등을 기댔다. 괜찮으냐고 묻고 싶었지만, 좀처럼 말이 나오지 않았다. 꽤 오랜 시간이 지난 후, 그녀는 무거운 한숨을 내쉬며 힘없이 문을 뒤로했다.

잠에서 깨어났을 때 셰이의 기분은 예상만큼 그리 나쁘지 않았다. 시간이 흐른 까닭인지 어젯밤의 일도 대수롭지 않게 여겨졌다. 그녀의 입장에선 계획한 대로 일이 진행된 셈이었다. 그 과정에서 이샤가 고통을 겪게 된 일이 마음에 걸린 건 사실이다. 하지만 그에게 당한 사건들을 떠올려 보면, 고소하다는 생각이 슬그머니 고개를 쳐들었다.

몸을 씻은 후 어제저녁 때처럼 간단한 음식이 차려진 탁자를 마주하게 되자 그녀의 기분은 한층 더 밝아졌다. 셰이는 느긋하게 앉아 조반을 즐겼다. 여행길에 오르면 제대로 된 식사를 하는 건 고사하고 끼니를 때우기도 어려워질지 몰랐다.

신전에서 얻은 간편한 옷—색이 바래고 무릎과 팔꿈치 부분에 다른 천을 덧대기까지 한 볼품없는 옷이었지만 활동하기는 편했다—으로 갈아입는 것만으로 여행 준비가 마무리되었다. 셰이는 수중에 동전 하나 없는 무일푼 신세였다. 그런 처지임에도 불구하고 지금까진 모든 것이 일사천리로 진행되었다. 약간의 우여곡절을 겪긴 했지만 말이다. 이제 남은 건 순순히 따라나설 리 만무한 이샤무딘을 살살 구슬리는 일밖에 없었다.

잠깐, 힘들게 구슬릴 필요가 뭐 있어? 이샤는 이미 내 것이 됐는데.

흐뭇한 마음에 헤헤 절로 웃음이 새어 나왔다. 그녀는 연방 웃음을 날리며 가벼운 발걸음으로 문을 나섰다. 가장 먼저 서재부터 들러보았으나 이샤무딘은 없었다. 텅 빈 침실까지 확인한 셰이는 '목에 방울이라도 달아주어야겠다'고 생각하며 무심코 창밖으로 시선을 옮겼다. 이샤무딘의 모습이 눈에 띄었다. 그는 보기만 해도 아찔한 절벽 가장자리에 우뚝 서 있었다. 셰이는 빠르게 계단을 뛰어 내려갔다.

"거기서 뭐 해?"

산책이라도 나왔다가 우연히 마주친 사람처럼 아무렇지 않은 투로 말을 걸었다. 예상대로 이샤무딘은 그녀에게 시선도 주지 않았다. 그 옆에 나란히 자리 잡으려던 셰이는 까마득하게 내리뻗은 절벽 밑을 얼핏 보자마자 두 걸음 물러섰다.

"지금 떠날 생각이니까, 어서 준비해!"

셰이는 명령조로 말한 다음, 이샤무딘을 곁눈질했다. 머리카락과 옷자락만이 바람에 나부낄 뿐, 그 자체는 미동조차 하지 않았다. 그녀는 잠시 망설이다 못내 궁금하던 질문을 꺼냈다.

"어제 많이 아팠어?"

짧은 침묵이 지나갔다.

"난 단검이 그렇게 심장을 파고들어 갈지 몰랐어. 아스트라한께서도 그런 말씀은 안 하셨거든. 살아 있는 생명을 죽이진 못한다고 하시기에 당연히 고통도 없을 줄 알았어."

변명처럼 느껴지자 그녀는 금세 다시 입을 열었다.

"아무튼 내가 하고 싶은 말은… 되도록 빨리 버틀랜드 국으로 가야 한다는 거야. 꼭 찾아야 할 사람이 버틀랜드에 있어. 그 사람을 찾아야 뒤틀린 내 운명을 바로잡을 수 있다고 창조신 아스트라한께서 말씀하셨어. 또 아스트라한께서는……."

별안간 이샤무딘이 셰이를 향해 휙 고개를 돌렸다.

"경고하는데, 다시는 내 앞에서 그 작자에 대해 말하지 마."

"그 작자? 그 작자라니? 설마 창조신 아스……."

금빛 눈동자가 일순 매섭게 번득였다.

"말하지 말라고 했지?"

"알았어, 앞으로는 최대한 조심할게."

다소 어리둥절하긴 했으나 셰이는 이샤의 말을 순순히 받아들였다. 어쨌거나 지금 중요한 건 한 번 만나기도 어려운 창조신 아스트라한이 아니라 눈앞에 서 있는 이샤무딘이었다.

"그건 그렇고, 빨리 떠날 준비해. 꾸물거릴 시간 없어."

이샤무딘은 무슨 생각을 하는지 도저히 짐작할 수 없는 눈으로 셰이를 응시했다.

"어서 준비하라니까! 뭐 하는 거야?"

그의 시선이 불편하게 와 닿자 셰이는 약간 퉁명스럽게 재촉했다.

"좋아. 그 여행이라는 것에 동참하겠어. 하지만 그게 전부야. 네 하찮은 여행을 도울 생각 따위는 없어."

하여튼 단검에 찔리든, 안 찔리든 못된 성격은 변함이 없다니
까!

세이는 불만스러운 얼굴로 이샤무딘을 쏘아봤다.

"알았으니까, 여행 경비나 넉넉히 챙겨."

"내가 왜 그딴 걸 챙겨야 하지?"

이샤무딘이 마땅찮은 듯 비딱한 자세를 취했다.

"내 수중엔 돈이 한 푼도 없거든."

수수함을 넘어 초라하기까지 한 그녀의 차림새를 흘긋 쳐다본
이샤무딘이 아무 말 없이 몸을 돌렸다. 은근히 자존심이 상하자
세이는 불필요한 말을 꺼내고 말았다.

"그냥 달라는 게 아니라 빌려달라는 거야. 내 이름에 걸고 맹세
하는데, 돈이 생기면 마지막 1페어까지 모조리 갚아주겠어."

"기억해 두지."

거만하기 짝이 없는 응대를 받았지만 세이는 화가 나지도 않았
다. 이샤에게 익숙해진 것인지도 모르겠다는 생각이 들자 피식
웃음이 나왔다. 사실 그녀는 왠지 모를 안도감을 느끼고 있었다.
단검에 찔린 사건으로 인해 그가 이상하게 변했을지 모른다는 걱
정이 무의식중에 가슴 한편을 차지하고 있었던 것 같았다.

하긴, 아스트라한께서도 단검이 이샤의 영혼을 나한테 묶어버
린다고 하셨지, 성격이 정반대로 바뀐다는 말씀은 하지 않으셨으
니까. 친절하고 자상한 이샤라니……

억지로라도 떠올려 보려 했으나 머리에서부터 거부반응이 일
며 상상도 되지 않았다.

그런데 영혼이 묶인다는 건 무슨 뜻일까?

곰곰이 생각해 보았으나 알쏭달쏭하기만 했다. 좀 더 자세히 물어볼 걸, 하는 후회만 깊어졌다. 시간이 지나면 차차 알게 되리라고 결론지었을 때, 말 울음소리가 들렸다. 셰이는 거대한 흑마 위에 앉아 있는 이샤무딘을 향해 걸어갔다. 그를 처음 봤을 때의 기억이 생생히 떠올랐다.

"말을 타고 절벽을 내려갈 생각이야?"

"그래."

"좋아, 아주 재미있겠어."

셰이는 개구쟁이처럼 씨익 웃었다. 그녀가 겁에 질릴 거라 예상했는지 이샤무딘은 미간을 찌푸렸다.

"뒤에 타도 되지?"

셰이는 스스럼없이 손을 내밀었다. 그건 도전이자 도박이었다. 이샤무딘의 금빛 눈동자에 묘한 반짝임이 일었다. 무심한 바람이 덩그러니 남겨진 손을 스치고 지나갔다. 그리고 마침내 이샤무딘이 그녀의 손을 잡았다.

셰이는 가볍게 몸을 날려 말 등에 올라탔다. 성을 돌아본 순간, 끝을 알 수 없는 여정의 시작을 알리듯 말이 힘차게 땅을 박찼다. 세찬 먼지바람 사이로 절벽이 숨 가쁘게 질주해 들어왔다.

"여기는 좀 다른 것 같아. 뭐가 다른지는 정확히 모르겠지만, 아무튼 달라 보여."

듀이는 눈을 동그랗게 뜨고 이리저리 사방을 둘러봤다. 진지한 표정의 카시아스가 고개를 끄덕거렸다.

"그래, 네가 무슨 말을 하는지 알겠어. 여기 말루프 사람들은 느긋해 보여, 여유도 있어 보이고… 사람들도 그렇지만 주위 풍경에서도 왠지 편안함 같은 게 느껴지는 것 같아."

"그래, 바로 그게 내가 하려던 말이었어. 여유나 편안함 같은 거."

듀이는 걸음을 늦추며 잡화상에 진열된 물건들을 구경했다. 작고 외진 마을에서 나고 자란 그의 눈에는 주위의 모든 것들이 신기하게만 보였다.

듀이와 카시아스기 있는 곳은 규모가 크기로 유명한 말루프 중앙시장이었다. 말루프는 바르샤르 왕국의 해안 도시로, 무역과 상업, 선박 제조가 발달한 곳이다. 두 사람이 타고 온 '주정뱅이 호'가 말루프를 중간 기착지로 삼은 이유 역시 교역도 교역이지만 필요한 자금이나 물품을 쉽게 조달할 수 있어서였다.

사실 배의 본래 이름은 '푸른 날개 호'였으나 주 교역 상품이 당밀주인 데다가 루파스 선장을 비롯한 선원들 대부분이 지독한 술고래였기 때문에 '주정뱅이 호'로 불리어지게 되었다. 루파스 선장이 배의 별칭을 은근히 마음에 들어한다는 건 선원들 사이에서 공공연한 비밀로 통했다.

"말루프 사람들이 느긋해 보이는 건 바르샤르 왕국 자체가 평화로운 나라라서 그런 것 같아. 바르샤르 왕국은 모계 혈통이 강한 나라거든. 그래서 말이야, 전부터 든 생각인데… 바르샤르 왕국이 평화로운 이유가 혹시 거기에 있는 건 아닐까? 그러니까……"

카시아스는 이상한 듯 흘끔거리는 사람들의 시선을 깨닫고 입을 다물었다. 그제야 그는 자신이 정신병자처럼 혼자 중얼거리고 있었음을 알게 되었다. 듀이는 저만치 좌판 앞에 모여든 사람들 무리 속에 끼어 있었다. 관자놀이가 불그스레해진 카시아스는 그에게 언짢은 시선을 쏘아보냈다.

"카시아스! 이쪽으로 와봐!"

듀이가 카시아스를 돌아보며 소리쳤다. 카시아스는 재빨리 걸어가 그의 귀에 대고 소곤거렸다.

"정신 나갔어? 이런 데서 큰 소리로 이름을 부르면 어떡해?"

"어? 내가 그랬어? 미안. 그나저나 이것 좀 봐봐. 정말 근사하지 않아?"

카시아스의 인상은 전혀 퍼지지 않았으나 듀이의 관심은 이미 그를 떠난 후였다.

"이거 얼마라고요?"

"오천 페어입니다, 손님."

"오천 페어? 이까짓 게?"

카시아스는 듀이가 잡고 있는 피리를 빼앗아 들었다. 동물의 뼈를 깎아 만든 피리로, 한눈에 보기에도 조잡하기 그지없었다.

"오천 페어가 아니라 오백 페어, 아니, 오십 페어도 낼 수 없어."

카시아스는 단호하게 못을 박았다.

"손님, 그건 보통 피리가 아닙니다. 원하는 걸 이루어주는 요술 피리랍니다."

"아하! 요샌 사기를 그렇게 엉성하게 치시나? 그 말에 속아 넘어갈 바보가 세상 천지에 한 명이라도 있을 것 같아?"

카시아스가 날린 코웃음이 사라지기도 전에 좌판 주인이 헤죽 웃으며 듀이를 곁눈질했다.

"이건 진짜 요술 피리야. 내 눈으로 봤어. 이 피리를 부니까 아무것도 없던 통에 금반지가 생기더라니까! 진짜야!"

샛별처럼 반짝이는 듀이의 눈 속엔 일말의 의심도 깃들어 있지 않았다.

으이구, 내가 못살아! 금덩이도 아니고 고작 금반지 하나에 이 난리냐?

카시아스는 한숨을 토해내며 먼 하늘을 올려다봤다.

"이거 사자, 응?"

"안 돼."

"여태까지 내가 뭐 사자고 한 적은 한 번도 없잖아. 이 요술 피리만은 꼭 갖고 싶어. 이것만 가질 수 있다면 며칠 동안 밥을 굶어도 좋아. 사자, 응? 응? 사자!"

"안 된다고 했지! 이건 요술 피리 같은 게 아니란……."

눈물이 글썽글썽한 연초록 눈을 대하자 카시아스는 더 이상 말을 이을 수 없었다.

"정말 갖고 싶은데……. 하지만 난 돈이 없는데… 난… 돈도 한 푼… 없는데……. 난… 돈도… 한 푼……."

"알았어! 사줄게! 사준다고!"

카시아스는 터무니없는 죄책감의 압력을 견디지 못하고 손을 들어버렸다. 가짜 요술 피리를 가슴에 소중히 안은 듀이가 코를 훌쩍거리며 배시시 웃었다.

"주인장, 이거 얼마라고 했지?"

카시아스는 험상궂게 눈을 부라렸다.

"어… 그게… 오, 오……."

기가 질린 주인이 말을 더듬었다.

"오, 뭐?"

"오백! 오백 페어입니다!"

카시아스는 돈주머니에서 마지못해 오백 페어를 꺼냈다.

"감사합니다, 손님. 요술 피리 잘 간직하세요!"

"네!"

듀이는 신이 난 어린애처럼 들뜬 걸음을 옮겼다. 몇 발짝 그를 따라가던 카시아스는 잽싸게 되돌아와 좌판 주인의 손에서 이백 페어를 낚아챘다.

"불만있어, 주인장?"

"아니요, 그럴 리가요?"

좌판 주인은 카시아스의 뒤통수에 대고 주먹을 흔들었다. 그러나 피리의 원래 가격은 백 페어에 불과했다. 더군다나 생전 팔리지 않고 자리만 차지하던 골칫덩이라 그냥 버릴까, 고민하던 참이었다. 그런 고물 피리를 세 배 가격에 판 셈이니 그로선 운 좋은 날이 아닐 수 없었다. 주인은 신나게 휘파람을 불며 다음 손님 맞을 준비를 했다.

듀이는 카시아스가 다가오길 기다렸다가 나란히 발을 맞췄다.

"고마워, 카시아스. 내가 이 요술 피리로 카시아스가 갖고 싶어 하는 거 만들어줄게."

"관둬라, 관둬! 차라리 그 요술 피리란 녀석으로 머리나 퍽퍽 내려치고 말겠다."

카시아스의 시큰둥한 반응에도 듀이의 기쁨은 줄어들지 않았다. 그는 한시라도 빨리 배로 돌아가 요술 피리를 불어보고 싶었다.

"이제 돌아갈까?"

"벌써? 너무 늦지 않게 가서 잠이나 자면 되지. 어차피 출항도 내일 아침이라고 했잖아. 언제 또 발을 땅에 붙여볼지 모르는데, 기회있을 때 실컷 누려야 하지 않겠어? 그러지 말고 배도 출출한데, 뭐나 좀 먹으러 가자."

듀이는 앞장서는 카시아스를 따라가며 옷 속에 피리를 숨겼다. 귀중품은 날치기 당하기 십상이니 조심해야 한다는 루파스 선장의 주의가 생각나서였다. 어느 누구도 신경 쓰지 않는 그만의 보물은 답례라도 하듯 다리를 움직일 때마다 쿡쿡 배를 찔러댔다.

"뭐야, 이거? 아무도 없잖아!"

텅 빈 갑판을 발견한 벨페스트는 실망을 감추지 못했다.

"그러게 배가 출항한 다음 일을 시작하자고 그랬잖아."

아슬라가 불분명한 어투로 말했다. 벨페스트는 짜증을 억누르며 그녀에게 부드러운 미소를 던졌다.

"모고르님께서 얼마나 애타게 우릴 기다리시겠어? 지난번 임무 실패로 인해 마음이 많이 상하셨을 텐데, 최대한 빨리 풀어드려야 하지 않겠어?"

아슬라의 눈매가 사나워지자 벨페스트는 더욱 환한 웃음을 지어 보였다.

"나도 벨 의견에 찬성이야. 더 이상 기다리는 건 싫어."

어서 힘을 쓰고 싶어 몸이 근질근질해진 고르키는 거대한 방망이가 걸려 있는 어깨를 들썩였다. 나무를 통째로 깎아 만든 방망이는 바닥에 세웠을 때 고르키의 가슴까지 올라왔고, 상대적으로 잘록한 손잡이는 갓난아기의 머리만 했으며, 가장 굵은 부분은 보통 성인 남자의 허리 둘레와 비슷했다. 한마디로 말해, 고르키의 몸집과 괴력에 딱 어울리는 무시무시한 살인 무기였다.

"너보단 피셔가 더 기다리기 싫을 것 같은데?"

전보다 한층 마르고 창백해진 피셔는 벨페스트의 말에 반응을 보이지 않았다.

"당신들 뭐야?"

네 사람은 어눌한 말투를 따라 고개를 돌렸다. 술에 취해 비틀거리며 졸린 눈을 비비고 있는 사람은 배에 남아 있던 갑판장이었다. 그는 하선하지 않은 갑판원 두 명과 함께 방금 전까지 조리실에 앉아 술을 마시고 있었다. 그러다 취기가 오르자 바람이나 쏘일 생각으로 갑판에 올라온 참이었다.

"뭐, 저렇게 괴상하게들 생겼어? 내가 꿈을 꾸나?"

갑판장은 튀어나온 배를 쓱쓱 긁어대며 늘어지게 하품을 했다. 벌린 입을 다물기도 전에 피셔가 펄쩍 뛰어올라 그를 덮쳤다.

"어, 어이쿠!"

영문을 몰라 하던 갑판장의 얼굴에 공포가 번졌다.

"아악!"

짧은 비명이 터져 나온 순간 날카로운 송곳니가 갑판장의 목덜미를 물어뜯었다. 피셔는 쏟아지는 선혈을 게걸스럽게 받아 마셨다. 희생자의 피가 들어가자 그의 몸에 극적인 변화가 일어났다. 창백하던 피부에 혈색이 도는가 싶더니, 눈 깜짝할 사이 길고 뾰족한 붉은 털이 전신을 뒤덮었다.

"대단해, 피셔!"

벨페스트는 웃으며 박수를 쳤다. 고르키는 다소 질린 얼굴이었고, 아슬라는 감정을 드러내지 않았다.

"갑판장님, 무슨 일이에요?"

비명 소리를 들은 갑판원 둘이 부랴부랴 계단을 올라왔다.

"저리 비켜! 이젠 내 차례야!"

혀로 입술을 축인 고르키가 어깨에 걸치고 있던 방망이를 내렸다. 그는 두 갑판원의 모습이 나타난 순간, 힘차게 방망이를 휘둘렀다. 만신창이가 된 갑판원들이 허공을 날아 계단 아래로 처박혔다.

"시시하게 몸 풀기도 안 되네!"

고개를 비죽 내밀어 갑판원들의 참혹한 시체를 구경하던 고르키가 아쉬운 듯 입맛을 다셨다.

"괜히 일을 크게 만들지 마. 우리의 목표는 카시아스 왕자와 아룬델이지, 선원들이 아니야. 너처럼 앞뒤 분간 못하고 무식하게 덤볐다간 일을 그르칠 위험이 있어."

아슬라의 말을 못 알아들은 고르키가 벅벅 머리를 긁적이다 벨페스트를 툭, 건드렸다.

"뭐라고 한 거야?"

벨페스트는 피식 웃었다. 같이 지내는 시간이 늘면서 그는 아슬라의 말을 별 불편 없이 알아들을 수 있게 되었다. 그와 달리 고르키는 매우 둔한 편이었고, 피서는 모고르를 제외한 다른 이의 말에 신경 쓰는 사람이 아니었다.

"몸 풀 건수는 앞으로 원없이 생길 테니까 너무 실망하지 말래."

구미에 딱 맞는 얘기를 듣자 고르키의 입술이 헤벌쭉 벌어졌다. 벨페스트는 아슬라의 냉기 서린 눈길을 은근히 즐기며 뻔뻔할 정도로 밝은 미소를 던졌다.

"마음에 안 들겠지만 내가 조언 하나 해줄게. 되도록 말을 천천히 한 자, 한 자 끊어서 해봐, 사람들한테 오해받기 싫으면 말이야. 좋으면 너 편한대로 하고."

자신과는 아무 상관 없는 일에 괜히 나섰다고 후회하며 벨페스트는 즉시 말머리를 돌렸다.

"그나저나 우리가 모셔가야 할 두 분께선 지금 뭐 하고 계실까? 으음… 시간이 시간이니만큼 식당에 앉아 느긋하게 식사를 즐기고 있을 것 같은데……."

"벨, 우리가 직접 찾아 나설까? 이 부근에 있는 식당이란 식당은 모조리 뒤지면 될 것 아냐?"

마음이 급해진 고르키가 쿵쿵 발을 굴렀다.

"진정해, 고르키. 원래 계획대로 우린 그냥 여기 있으면 돼. 굳이 힘들게 나서서 땀 뺄 필요 없잖아."

벨페스트는 금세 시무룩해진 고르키의 어깨에 다정한 태도로 팔을 둘렀다.

"우린 편하게 쉬고 있다가 알아서 기어들어 온 먹잇감을 와락 낚아채면 되는 거야."

태양이 수평선 너머로 기울고 있었다. 석양에 물든 벨페스트의 자주색 눈동자가 현란한 빛을 발했다.

✳

"맞게 온 것 같은데?"

마사(馬舍) 앞에 이르자 셰이는 말에서 훌쩍 뛰어내렸다. 본격적인 여행에 앞서 갖춰야 할 것들이 한두 가지가 아니었다. 그중에서도 말은 빼놓을 수 없는 필수 구입 품목이었다. 두 사람을 태우고 산을 벗어나—감았던 눈을 뜨자 타브리스 산 입구에 도착해 있었을 뿐, 실제로 어떻게 절벽을 내려왔는지 그녀는 알지 못했다—단숨에 뷰렌 시장까지 달려올 정도로 흑마의 힘은 대단했지만, 긴 여행길 내내 이샤무딘의 뒤꽁무니에 매달려 가고 싶은 마음은 조금도 없었다.

"같이 안 들어갈 거야?"

셰이는 말을 출발시키려 하는 이샤무딘에게 재빨리 물었다.

"준비가 끝나면 에그니스로 와."

에그니스가 어디인지 알지 못했으나, 그녀는 구차하게 물어보느니 혼자 힘으로 찾아가는 쪽을 택했다. 그 대신 셰이는 다짜고짜 손을 내밀었다. 이샤무딘이 그녀의 손바닥 위에 검은 가죽 주머니를 툭 던지듯 내려놓았다. 말 한마디 나누지 않은 채 셰이는 마사 안으로 들어갔고, 이샤는 말을 타고 사라졌다.

셰이는 관리인으로 짐작되는 중년 남자의 안내를 받으며 말들을 둘러보았다. 최고급 승용마에 익숙한 그녀의 눈엔 선뜻 구입할 정도로 마음에 쏙 드는 말은 보이지 않았다. 고르고 골라 두 필의 말을 사이에 두고 고민하는 그녀에게 관리인은 연한 밤색 말을 사라고 권했다. 셰이가 권유를 받아들이려고 했을 때, 뒤쪽에서 생각지 못한 음성이 끼어들었다.

"아니오, 그 옆에 있는 말로 하겠습니다."

눈이 동그래진 셰이 앞으로 본 존이 웃으며 다가왔다.

"오랜만이야."

"어떻게 된 거야?"

"얘기가 좀 길어질 것 같은데, 하던 일부터 마무리 짓는 게 어때?"

셰이는 고개를 끄덕인 후, 본 존의 의견을 받아들여 개암나무 빛깔의 5년생 암말을 사기로 결정했다.

"잘 생각했어."

본 존이 만족스러운 표정을 지었다.

"그런데 저 말을 사라고 한 이유가 뭐야? 내 눈엔 두 마리 다 고만고만한 것 같은데… 골격도 비슷하고 태어난 해와 지역도 같고."

관리인도 이유가 궁금했는지, 마구를 챙기다 말고 본 존에게 시선을 맞췄다.

"쟤가 더 예쁘게 생겼잖아."

관리인이 너털웃음을 터뜨렸다. 어이가 없어진 셰이도 커다랗게 눈을 굴리다 풋, 웃고 말았다.

"원래 판매가는 만 천 페어지만 손님에겐 특별히 만 페어만 받겠습니다. 손님하고 절 웃게 해주신 친구 분이 근사한 식사를 함께하는 조건으로 말입니다."

관리인이 공범 같은 은밀한 눈짓을 보내자, 본 존도 답례로 의미심장한 미소를 지었다. 두 사람 사이에 모종의 뒷거래가 있었던 것이 분명해 보였다.

셰이는 모르는 척 속아주기로 마음먹고 관리인에게 만 페어를 지불했다. 이샤무딘이 건네준 가죽 주머니엔 백 개도 넘는 금화가 들어 있었다. 그러려고 작정만 하면 말이 아니라 마사 전체를 몇 번 사고도 남을 금액이었다. 셰이의 눈으로 보기에도 여행 경비치고는 과도한 액수가 아닐 수 없었다.

"이제 거래도 기분 좋게 마무리됐으니까, 고마우신 아저씨의 말씀대로 우린 근사한 식사나 즐기러 가자. 말은 잠깐 여기 맡겨두면 되잖아."

본 존이 셰이의 손을 잡았다.

"난 생각없어. 식사한 지 얼마 되지 않았거든."

셰이는 아무렇지 않은 듯 자연스러운 태도로 손을 빼냈다. 간단한 신체 접촉에 불과했으나, 마음이 과히 편하지 않았다. 본 존은 스스럼없이 대하다가도 갑작스레 마음을 불편하게 만드는 양면성을 지니고 있었다.

"그럼 앉아서 내가 먹는 것만 지켜봐. 꼭 해야 될 중요한 얘기가 있단 말이야."

셰이의 손을 덥석 움켜쥔 본 존이 성큼성큼 출입구로 걸어갔다.

"중요한 얘기? 뭐?"

"있어, 아주 중요한 얘기. 장담하는데, 들으면 입을 다물지 못할걸?"

"난 이런 거 좋아하지 않아."

셰이는 퉁명스럽게 말했다.

"나처럼 멋진 남자한테 손 잡힌 채 어디론가 끌려가는 거?"

본 존이 어깨 너머로 음흉한 미소를 던졌다.

"머리가 정상이 아닌 도둑이 끌고 가는 것!"

딱 잘라 말한 셰이는 걸음을 빨리해 앞서 나갔다.

"어허, 도둑이라니? 난 엄연히 사냥꾼이라고. '끝내주는 보물 사냥꾼 본 존!' 그게 바로 나란 말씀이야."

본 존이 다소 허풍스럽게 투덜거렸다.

"지금부터는 '정신 나간 좀도둑 본 존'으로 바꾸는 게 어때?"

셰이는 피식 웃으며 슬그머니 빼낸 손을 주머니에 찔러 넣었다.

"내가 마사에 있는 줄은 어떻게 알고 온 거야?"

본 존과 마주 앉은 셰이는 주위를 둘러보며 질문을 꺼냈다. 그녀가 본 존을 따라 들어온 곳은 한눈에도 그리 깨끗해 보이지 않는 허름한 식당이었다.

"먼저 음식부터 시키고 말해줄게."

본 존은 간단히 먹을 수 있는 빵과 스튜를 주문한 뒤, 팔을 의자 등받이에 편하게 걸쳤다.

"크라머 발굽에… 아, 크라머는 내가 사랑하는 애마 이름이야. 아무튼 거긴 크라머의 편자 좀 갈아줄까, 하고 들렀어. 걸음걸이가 왠지 불편한 것 같아 발굽을 살펴보았는데, 편자가 조금 갈라 졌더라고. 그걸 그냥 놔두면 족장까지 다칠 위험이 있거든. 그래 서 열 일 제쳐 두고 마사부터 찾은 거야. 그런데 너도 때마침 그 시간에 말을 사러 왔다니…….”

본 존은 아직도 믿어지지 않는다는 듯 고개를 느릿느릿 가로저 었다.

“그런 걸 두고 바로 ‘운명적인 재회’ 라고 부르는 거겠지.”

“그냥 우연히 만난 걸 가지고 너무 거창하게 받아들이는 거 아 닐까?”

“무슨 소리? 당연히…….”

본 존이 갑작스레 인상을 찌푸리며 입을 다물었다. 새침한 얼 굴의 마르티가 탁자 사이사이를 지나 그들에게 다가오고 있었다.

“젠장, 귀찮게 됐네.”

본 존이 입속말로 툴툴댔다. 마르티가 가슴에 팔짱을 끼며 탁 자 옆에 버티고 섰다.

“여기서 뭐 하는 거야?”

“식사하러 온 것뿐이야.”

“아니, 본 존이 아니라, 쟤 말이야, 쟤!”

마르티가 턱으로 셰이를 가리켰다. 셰이는 그녀의 무례한 행동 에 기분이 상했으나 겉으로 드러내지는 않았다. 목소리 역시 담 담하기만 했다.

“우선 좀 앉는 게 어때?”

“싫어!”

“그럼 그냥 계속 서 있어. 그것도 제법 보람있을 것 같은데 말

이야. 심심한 사람들의 구경거리가 돼주는 기회를 놓치면 무척이
나 섭섭하지 않겠어?"

셰이는 보란 듯이 의자에 등을 기대며 비꼬았다. 그녀를 쏘아
보던 마르티가 본 존 옆에 털썩 내려앉았다.

"너! 본 존한테 꼬리 치지 마!"

기가 막힌 셰이는 먼지 낀 천장을 잠시 올려다봤다.

"본 존이 널 좋아하는 줄 아나 본데, 그건 착각일 뿐이야. 너 같
은 애들이 여태까지 한둘이었는지 알아? 내 눈으로 본 애들만 해
도 오십 명, 아니, 백 명도 넘어. 그 많은 여자 애들이 어떻게 되었
는지 모르지? 다들 하나같이 매정하게 버림받고 말았어. 너 같은
건 발끝에도 못 쫓아올 정도로 엄청 예쁜 애들도 얼마 가지 못했
단 말이야. 그러니까 너도 빨리 정신 차리는 게 좋을 거야. 나중
에 울고불고하면서 매달리지 말고. 그게 얼마나 추해 보이는지
알아?"

셰이는 본 존에게 어떻게 좀 해보라는 눈치를 주었다. 본 존이
자기 힘으론 어쩔 수 없다는 듯 어깨를 으쓱하며 손바닥을 펴 보
였다.

나 참, 내가 왜 저런 모욕적인 말을 듣고 있어야 하는 거야?

"네가 뭘 오해하고 있나 본데, 난 본 존한테 아무 감정 없어."

셰이는 최대한 진지하게 말했다.

"거짓말하지 마! 그럼 왜 자꾸 본 존 앞에 나타나는 거야?"

"그건 어쩌다가 그렇게 된 것뿐이야. 오늘 만난 것도 우연
히……."

"거짓말하지 말라고 했지?"

“그럼 너 좋을 대로 생각해. 난 너한테 이런 어이없는 말을 듣고 있을 이유가 없어.”

“이게 좋게 좋게 말로 하니까, 내가 우스워 보여?”

마르티는 앙칼지게 쏘아붙이며 물 잔을 들어 셰이의 얼굴에 와락 끼얹었다. 다음 순간, 식당 전체에 침묵이 깔렸다. 본 존은 물론이고, 손님이며 주인, 요리사 할 것 없이 모두 숨죽인 채 셰이에게 시선을 못 박았다.

“내가 분명히 말했지? 오해라고.”

셰이는 물이 흘러내리는 머리를 대충 쓸어 넘겼다. 화를 내기는커녕 눈썹 하나 찡그리지 않았다. 찔끔한 기색이던 마르티의 얼굴이 금세 깔보는 듯한 표정으로 변했다.

“오해든, 아니든 상관없어. 어찌 됐든 앞으로 또 본 존 앞에 나타나 꼬리 치면, 그땐 정말 가만 안 둘 줄 알아! 오늘처럼 창피한 꼴 당하기 싫으면 명심하는 게 좋을 거야!”

마르티가 흥, 콧소리를 내며 자리에서 일어섰다. 셰이는 걸음을 떼려 하는 그녀를 불러 세웠다.

“마르티.”

“왜?”

“일은 끝맺고 가야지.”

“뭐? 무슨 소리야?”

입을 다물기도 전에 걸쭉한 스튜가 마르티의 머리와 얼굴을 뒤덮었다. 마르티가 새된 비명을 질렀다. 셰이는 빵과 함께 나온 레몬 잼을 스튜 범벅이 된 마르티의 정수리에 대고 쏟았다. 멍하니 열려 있던 구경꾼들의 입이 더욱 크게 벌어졌다.

"됐어, 이제 나가봐."

셰이의 어투와 태도는 더할 수 없을 만큼 오만했다.

"이, 이게… 이게 정말……!"

거친 숨을 몰아쉬던 마르티가 돌연 울음을 터뜨렸다. 그녀는 얼굴을 가린 채 후닥닥 뛰어나가다 식당 입구에 멈춰 서서 셰이를 노려봤다.

"가만두지 않을 거야! 두고 봐! 톡톡히 갚아주고 말 거야!"

부릅뜬 두 눈엔 악의가 가득했다. 셰이는 한숨을 푹 내쉰 뒤, 본 존에게 시선을 가져갔다.

"나부터 나갈게."

더 이상 사람들의 구경거리가 되고 싶지는 않았다.

"같이 가."

"아니, 넌 나중에 나와."

셰이는 자리를 털고 일어서려는 본 존을 단호하게 제지했다. 그녀한테서 거스르기 어려운 어떤 힘이 느껴지자 본 존은 움직임을 멈췄다. 그는 셰이가 그녀의 인생에서 자신을 영원히 떼어버리려 한다는 사실을 직감으로 알아차렸다. 엉거주춤 서서 셰이의 뒷모습을 바라보던 본 존은 이번을 놓치면 영영 기회가 없을 것이라는 예감에 급히 그녀의 뒤를 쫓았다.

"셰이! 잠깐만 기다려!"

헐레벌떡 뛰어온 본 존이 팔을 붙잡자 셰이는 별다른 반발 없이 잠자코 걸음을 멈췄다.

"마음 상한 건 알겠는데, 이번 일은 내 잘못이 아니잖아."

셰이가 눈썹을 치켜올리자 본 존은 즉시 말을 바꿨다.

"아니, 나한테 잘못이 전혀 없다는 말이 아니라… 나도 어쩔 수 없는 상황이었다는 뜻이야. 맹세하는데, 난 결단코 마르티한테 연애 감정 비슷한 것도 느낀 적이 없어. 마르티를 부추긴 적도 없고, 걔가 착각할 만한 말이나 행동도 한 적이 없어. 하고 싶은 마음이 생긴 적도 없고. 마르티는 어렸을 때 고아원에서 만났어. 힘들고 외로운 시절을 함께 보내서 그런지 정이 많이 든 것 같아. 내가 이런 말까지 하는 이유는, 마르티는 그냥 귀여운 여동생 같은 존재라는 걸 알아주었으면 해서야. 과거에도 그랬고, 앞으로도 변함없을 거야."

"나한테 그렇게 구구절절이 털어놓을 필요 없어. 난 너한테……."

아무 관심 없다는 말을 하려던 셰이는 이상한 느낌이 들자 재빨리 주위를 살폈다.

"쟤예요, 쟤! 바로 쟤라고요!"

서너 걸음 떨어진 곳에서 마르티가 크게 소리치며 손가락으로 셰이를 가리켰다. 셰이가 흠칫하며 몸을 도사린 사이, 다섯 명의 병사가 사람들을 헤치며 빠르게 거리를 좁혀왔다. 본능적으로 달아나려던 셰이는 무릎에 잔뜩 힘을 주고 가만히 서 있었다. 도망치기엔 이미 늦어버렸다. 자칫 잘못하면 섣부른 행동 하나가 최악의 상황을 불러올지도 모른다.

"무슨 일인가요?"

셰이는 코앞까지 다가온 병사에게 물었다. 어리둥절한 얼굴로 영문을 모르겠다는 말투를 사용했다. 그녀의 팔을 움켜잡으려던 병사가 눈살을 찌푸리며 동료 병사와 시선을 주고받았다.

"틀림없죠? 쟤가 그 살인자죠? 그렇죠?"

셰이의 얼굴이 굳어졌다. 어느새 그녀는 자신이 살인자로 몰렸다는 사실을 망각하고 있었다.

바보 같으니! 잊어버릴 게 따로 있지!

어리석은 자신에게 실컷 욕이라도 퍼부어주고 싶었다. 하지만 우선은 발등에 떨어진 불부터 꺼야 했다. 화염이 번져 온몸을 태우기 전에 말이다.

"살인자? 살인자라고? 그러니까 내가 살인자라는 말이야? 지금 그렇게 말한 거야?"

"시치미 떼지 마! 네가 그 살인자라는 건 세상이 다 알고 있어! 너 같은 눈 색깔을 가진 사람이 바르샤르 왕국에 또 있을 것 같아? 잡히기 싫었으면, 그 이상한 눈알부터 뽑았어야지!"

마르티는 사람들한테 들으라는 듯 의기양양하게 목청을 높였다. 그녀의 말에 확신을 갖게 된 병사들이 셰이의 양팔을 거칠게 틀어쥐었다.

"이거 놔요! 사람 잘못 봤어요!"

"얌전히 있어. 살인자가 맞는지 아닌지 조사하면 다 나오니까."

허리에 달린 포승줄을 빼어 든 병사가 셰이의 두 손을 등 뒤로 돌려 단단히 묶었다.

"그런데 넌 뭐야?"

병사 한 명이 인상을 쓰며 본 존에게 위협적으로 다가갔다.

"혹시 한패인 거 아니야?"

"아, 아니에요! 그 사람은 제 친구예요! 쟤랑은 아무 상관 없는 사람이에요!"

화들짝 놀란 마르티가 후닥닥 뛰어가 본 존의 허리를 두 팔로 끌어안았다.

"정말이야? 정말 둘이 아무 사이도 아니야? 두 사람이 마주 보고 있는 걸 내 눈으로 똑똑히 봤는데? 감히 누굴 속이려고 그래?"

"길을 물어보기에 알려주려던 참이었습니다. 맹세하는데, 이름도 모르는 사람입니다. 세상에, 살인자와 한패로 몰리다니… 돌아가신 어머니께서 땅을 치며 통곡하시겠네요. 나 참, 어제 꿈자리가 뒤숭숭하더니만 이렇게 기막힌 일까지 당하게 되네."

본 존이 억울하다는 듯 볼멘소리를 냈다. 그와 셰이의 시선이 부딪쳤다. 본 존의 눈빛은 조금도 흔들리지 않았다.

"우리는 이만 가도 되죠?"

마르티가 물었다. 꺼림칙한 눈으로 본 존을 훑어보던 병사가 이윽고 고개를 끄덕였다.

"그래, 가봐. 어이, 우리도 어서 돌아가자고!"

등을 떠밀린 셰이는 비틀거리며 걸음을 떼었다.

여행은 시작과 동시에 엉망이 되고 말았다. 아니, 이제 그녀는 여행의 실패보다 더 중대한 위기에 봉착했다. 삶과 죽음의 갈림길이 한 발, 한 발 다가들고 있었다.

✳

"왜 이렇게 조용하지?"

"다들 자고 있을 테니까. 그러게 내가 빨리 일어나자고 몇 번이나 눈치를 줬잖아.”

듀이는 입을 쩍 벌리고 하품을 하며 카시아스의 말을 받았다. 귀선 시간이 이토록 늦어지게 된 건 오로지 카시아스의 책임이었다. 목만 축이고 가자며 내키지 않아 하는 듀이를 술집으로 끌고 간 사람도 카시아스였고, 술집 노름판에 끼어들어 시간 가는 줄 모르고 돈을 죄다 날려 버린 사람 역시 카시아스였다. ‘주정뱅이 호’까지 태워다 줄 나룻배를 구할 돈도 없었던 두 사람은 배에 도착하면 곱절로 지불하겠다는 말로 사공 한 명을 간신히 구워삶을 수 있었다.

“다 왔으니 빨리 올라가서 돈이나 갖고 오시오.”

사공의 독촉에 두 사람은 서둘러 몸을 움직였다.

“어허, 알 만한 사람들이 왜들 이러시나? 한 사람만.”

뭘 믿고 둘 다 보내주겠냐는 듯 사공이 볕에 그을린 거무튀튀한 이마에 굵은 주름을 잡았다.

“내가 갔다 올게, 넌 여기 있어.”

카시아스의 말에 듀이는 잠자코 고개를 끄덕였다. 카시아스는 배에 걸쳐진 줄사다리를 오르며 촉각을 곤두세웠다. 괜한 억측이라 생각하면서도 이상스레 신경이 날카로워졌다. 무엇인가 좋지 않은 일이 벌어진 것 같다는 찜찜한 느낌을 떨칠 수 없었다. 머뭇거리며 사다리를 반 정도 올랐을 때, 그는 마음을 정했다. 카시아스가 다시 나룻배로 내려가자 연거푸 하품을 하고 있던 듀이는 눈을 동그랗게 떴다.

“왜 그래?”

“다시 뭍으로 가야겠어.”

“거, 뭔 소리요?”

듀이가 입을 열기 전에 사공이 먼저 물었다.

“다시 돌아가 주시오. 그럼 뱃삯을 세 배로 치르겠소.”

“일없으니 어여 돈이나 갖고 오시오.”

단칼에 거절한 사공이 미간을 찌푸리며 다 들리도록 혼잣말을 했다.

“쥐똥만 한 뱃삯도 없는 주제에 세 배는 무슨 세 배. 젠장, 오늘 재수 옴 붙었네.”

“빈말 아니니 배나 돌리시오, 어서!”

카시아스에게서 쉬이 볼 수 없는 위엄이 풍겨 나오자 사공은 찔끔해 약간 움츠러들었다.

“정말 세 배 주는 거 맞소?”

“난 한 입으로 두말하지 않는 사람이오!”

듀이는 ‘그럼 왜 술집에서 한판만 한판만 하다가 돈만 모조리 날렸느냐’고 묻고 싶었으나 실제 입 밖으로 꺼낼 만큼 눈치없지는 않았다.

“알았소. 그럼 그 말만 믿겠소.”

사공은 반신반의하면서도 노를 잡았다.

“무슨 일이 생긴 거야?”

은근히 겁이 난 듀이가 소리 죽여 물었다. 카시아스는 초조함이 깃든 얼굴로 ‘주정뱅이 호’를 올려다볼 뿐 입을 열지 않았다.

“어어! 이거 왜 이래?”

옆으로 조금 돌아가던 배가 무슨 이유에선지 움직이지 않았다. 사공은 끙끙대며 노를 잡은 팔에 힘을 가했다. 그러나 결과는 매한가지였다.

"이상한데? 닻줄에 걸렸나?"

소매를 대강 걷어올린 사공이 물속으로 팔을 집어넣었다.

"그래, 역시 뭔가에 걸렸어. 어디 보자, 요놈… 옳지, 잡았다!"

사공은 말을 끝내며 팔을 쑥 빼냈다. 그의 손아귀에 잡혀 올라온 건 절단된 사람의 머리였다.

"으, 으에엑!"

기겁한 사공이 괴성을 지르며 머리를 휙 집어 던졌다.

"배! 빨리 배를 움직이시오! 어서!"

카시아스는 황급히 소리쳤다.

"아하! 여기 있었군."

위쪽에서 웃음 섞인 남자의 목소리가 날아왔다. 카시아스는 휙 고개를 치켜들었다. 젊은 남자가 자주색 머리카락을 바람에 날리며 뱃전에 우뚝 서 있었다.

"왜 이렇게 늦나 싶더니만 여기 계셨군요. 처음 뵙겠습니다, 카시아스 왕자 전하. 전 벨페스트라 합니다. 송구스럽게도 지난번엔 인사를 드리지 못했습니다. 간발의 차로 전하께서 도망을 치시는 바람에."

벨페스트의 가식적인 미소가 섬뜩하게 와 닿자 카시아스의 팔에 소름이 돋았다. 그는 눈동자만 움직여 듀이를 살폈다. 듀이는 머리가 떨어진 바다에 초점없는 시선을 얹어놓고 있었다. 넋이 나간 상태임이 분명해 보였다.

"자, 그럼……."

무슨 말인가를 하려던 벨페스트가 별안간 뒤를 돌아봤다.

"아니야, 아슬라. 굳이 네가 나설 필요 없어. 고르키도 깨울 필요 없고. 피셔는 계속 털이나 고르고 있으라고 해. 이번 일은 내가 알아서 할게."

벨페스트의 신경이 다른 곳에 쏠려 있는 사이, 카시아스는 사공을 향해 다급히 속삭였다.

"내가 신호를 주면 지체없이 바다로 뛰어드시오."

"배, 배는 어떡하고?"

"지금이요!"

카시아스는 버럭 소리치며 재빨리 듀이를 움켜잡았다. 그 순간 어떤 강력한 힘이 전신을 옭아맸다. 바다로 뛰어들기는커녕 손가락 하나 움직일 수 없었다. 온몸이 돌덩이처럼 느껴졌다.

"그렇게는 안 되십니다, 왕자 전하."

벨페스트가 미끄러지듯 허공을 날아 나룻배 가까이 내려왔다.

"어, 어어어! 저, 저 사람 뭐야? 저 사람 뭐냐고?"

새파랗게 질린 사공이 부들부들 떨며 엉덩이로 기어 나룻배 구석까지 물러났다.

"피하시오! 빨리!"

카시아스의 외침에 마비가 풀린 듯 사공이 노를 부둥켜안고 바다로 뛰어들었다. 벨페스트는 필사적으로 헤엄치는 사공을 막지 않았다. 그의 관심은 온통 카시아스에게 집중돼 있었다.

"정말… 매력적으로 생기셨군요."

벨페스트는 얼굴을 카시아스의 코앞까지 가져갔다. 카시아스의 관자놀이에 경련이 일었다.

"제가 두려우십니까, 전하?"

"헛소리! 내가 사악한 간교로 눈속임이나 일삼는 너같이 하찮은 미물 따위를 두려워할 것 같으냐?"

벨페스트의 입가에 관능적인 미소가 피어오르며 자주색 눈동자에 홍겨움이 번졌다.

"절 화나게 만들어 도망칠 기회를 잡으시려나 본데… 전 그렇게 만만한 상대가 아닙니다. 더군다나 전하와 아룬델은 이미 제 손아귀 안에 들어와 있습니다. 실망이 크시겠지만 도망칠 구멍 따윈 그 어디에도 없습니다."

벨페스트는 여봐란 듯이 카시아스의 눈앞에서 주먹을 말아 쥐었다. 그가 주먹을 풀자 손 주위로 붉은 연기가 아른거렸다. 연기는 뱀처럼 꿈틀대며 카시아스와 듀이를 향해 다가왔다. 카시아스는 연기에 닿으면 더 이상 희망이 없다는 사실을 직감했다. 하지만 전신이 꽁꽁 묶여 있는 현 상황에선 피할 도리가 없었다. 벨페스트의 말이 옳았다. 도망칠 구멍 따윈 그 어디에도 존재하지 않았다.

웬일인지 연기의 움직임이 점점 더 느려졌다. 카시아스는 홍분 어린 자주색 눈을 본 순간, 벨페스트가 일부러 속도를 늦췄음을 알아차릴 수 있었다.

즐거움을 가능한 한 오래 음미하고 싶으신가 보군. 재수없는 변태 자식!

지난번 코벤트리에서 본 검은 로브의 여인과 지금 눈앞에 떠 있는 벨페스트란 남자 뒤에는 작은 아버지 세르지오가 있을 것이 분명했다.

십중팔구 '마드라의 열쇠' 때문일 거야. 그걸 손에 넣어야 헤이론 국을 완벽하게 장악할 수 있을 테니 애간장이 바짝바짝 타들어가겠지. 어디 마음 내키는 대로 날 요리해 봐. 고문대 위에서 갈가리 찢어 죽인다고 해도 '마드라의 열쇠'에 대해선 단 한마디도 듣지 못할 테니까.

자신은 몰라도 듀이는 금세 입을 열게 되리란 생각이 퍼뜩 뇌리를 스쳤다.

듀이는 안 돼! 무슨 일이 있어도 듀이는 잡히게 해선 안 돼!

자신은 어쩔 수 없더라도 듀이만큼은 도망시켜야 한다. 카시아스는 일체의 감각이 사라진 오른쪽 발가락에 모든 신경을 집중시켰다. 발가락을 엄지 길이 정도만 이동시키면 넋이 나가 있는 듀이를 건드릴 수 있었다.

정신 차려! 돌아가신 아버님과 형제들을 생각해! 그들의 처참한 죽음을 생각하라고!

이마에 송골송골 땀방울이 맺혔다.

"누가 시킨 것이냐?"

벨페스트의 주의를 다른 곳으로 돌리기 위한 물음이었다. 순간 엄지발가락이 움찔했다.

됐어! 조금만 더 움직여 봐! 조금만 더!

"제가 그분께 전하를 모셔다 드릴 테니 직접 확인해 보십시오. 그 편이 더 정확하지 않겠습니까? 그런데 말입니다……."

비밀 얘기를 하듯 벨페스트가 입술을 카시아스의 귓가로 내렸다.

"그렇게 애쓰지 마십시오, 전하. 전하의 발가락이 너무 가여워 더 이상 못 본 척할 수가 없군요."

카시아스의 발가락을 흘긋 쳐다본 벨페스트가 웃음을 터뜨렸다. 카시아스는 부서져라 어금니를 악물었다. 그때였다. 갑작스레 듀이가 벨페스트의 가슴을 머리로 세차게 들이받았다. 뜻밖의 기습에 속수무책으로 당한 벨페스트는 중심을 잃고 바다 속으로 곤두박질쳤다. 일순 마법이 풀리자 카시아스는 벌떡 몸을 일으켰다.

"도망가, 카시아스!"

듀이가 버럭 소리쳤다. 그의 연초록 눈이 생생하게 빛났다.

"정신이 들었구나!"

카시아스는 나룻배를 벨페스트가 빠진 곳으로 부지런히 이동시켰다. 그리고 막 공중으로 떠오르려 하는 벨페스트의 머리를 노로 힘껏 후려쳤다. 의식을 잃은 벨페스트가 다시 바다 속으로 가라앉았다.

카시아스는 지체하지 않고 육지를 향해 노를 저어갔다. 노 하나로 오른쪽 왼쪽 번갈아가며 젓느라 좀처럼 속도가 나지 않았다.

"듀이, 노 좀 찾아봐!

"그것밖에 없어. 다른 하나는 아까 사공 아저씨가 가지고 뛰어내렸잖아."

"너, 그럼 그걸 다 보고 있었던 거야? 정신 나간 것처럼 보인 건 모두 연기였어?"

"나중엔. 그… 머리를 봤을 때는 정말 눈앞이 노래지더라."

듀이는 부르르 진저리를 치면서도 노를 대신해 양팔로 열심히 파도를 헤쳤다.

"내 이럴 줄 알았다."

"젠장!"

뒤쪽에서 불분명한 여인의 목소리가 날아들자 카시아스는 욕설을 뱉어냈다.

"카, 카시아스! 그때 그 식인종 여자야! 빨리 가야 해! 빨리!"

두 사람은 잡아먹히면 안 된다는 일념 하나로 미친 듯이 팔을 움직였다.

"헛수고다."

아슬라의 말이 끝남과 동시에 나룻배 한가득 뱀이 나타났다.

"으아악!"

꿈틀거리는 수백 마리의 뱀들에게 둘러싸여 허리까지 파묻힌 듀이와 카시아스는 무작정 바다로 뛰어들었다.

"카시아스, 나 헤엄 못 쳐!"

"뭐어? 그걸 지금 말하면 어떡해?"

"나도 지금 생각난걸!"

듀이는 바닷물을 연방 꿀럭꿀럭 삼키며 팔다리를 허우적거렸다. 급속도로 지쳐 가던 그를 건져 올린 건 정체불명의 붉은 줄이었다. 가늘지만 억세고 질긴 줄은 듀이를 도와주러 오던 카시아스까지 낚아챘다. 두 사람은 붉은 줄에 휘감긴 채 화물선 쪽으로 끌려갔다. 필사적으로 몸부림치며 젖 먹던 힘까지 쏟아 부었지만, 그럴수록 붉은 줄은 더욱 단단히 몸을 옥죄어왔다. 살아서 꿈틀대는 올가미에 걸린 듯한 느낌이었다. '주정뱅이 호'의 갑판이 시야에 들어왔을 때, 듀이와 카시아스는 비로소 붉은 줄의 정체를 깨달을 수 있었다. 붉은 줄은 피셔의 피부와 가닥가닥 연결되어 있었다.

“저, 저, 저, 저 사람… 터, 털인가 봐.”

얼굴빛이 백지장처럼 변한 듀이가 숨을 헐떡였다.

“나도 봤어.”

카시아스는 속이 메슥거리며 토기가 올라오자 오만상을 썼다.

“카시아스, 이제 어떡해?”

듀이의 눈엔 카시아스가 무언가 해결책을 찾아주길 기대하는 절실한 바람이 담겨 있었다. 카시아스는 어떤 대답도 할 수 없었다. 그의 상태를 알아차린 듀이가 울상을 지었다. 돌덩이처럼 굳어버린 카시아스의 목에 힘줄이 불룩 솟아났다.

두 사람은 털로 친친 감긴 채 갑판 위로 거칠게 넘어졌다. 육중한 통나무처럼 보이는 다리가 눈앞을 가로막았다. 어마어마한 몸집의 고르키를 올려다본 듀이는 허억, 숨넘어가는 소리를 내뿜었다.

“네가 아룬델이야?”

고르키는 몹시 궁금하다는 듯 엉거주춤 허리를 굽히며 고개를 들이밀었다. 듀이가 뭐라 대답하기 전에 온몸이 흠뻑 젖은 벨페스트가 거친 숨소리를 토해내며 나타났다. 방금 전의 여유로운 모습은 손톱만큼도 찾을 수 없는 몰골이었다. 머리에서 흘러내리는 시뻘건 핏물과 독기 서린 자주색 눈을 대하자 듀이는 공포에 질려 버렸다. 반면 카시아스는 조금도 지지 않겠다는 기세로 눈을 부릅떴다.

“너!”

벨페스트가 손가락을 들어 카시아스를 똑바로 가리켰다. 그의 모습이 원한 맺힌 유령처럼 비쳐지자 듀이는 카시아스 뒤로 슬금슬금 몸을 피했다.

"넌 머지않아 내 손에 죽게 될 거야. 어느 누구도 나한테 상처를 입히고 멀쩡히 살아남을 수는 없어. 지금 널 살려두는 건 오로지 주인님의 명령 때문이야."

"역시 썩은 고깃덩어리 하나 던져 줄까 싶어 끙끙대는 더러운 개 떼에 지나지 않았군. 어쩐지 아까부터 구역질 나는 악취가 풍긴다 싶었어."

카시아스는 어떻게든 시간을 끌어 도망칠 기회를 잡기 위해 일부러 모욕적인 표현을 사용했다. 하지만 벨페스트는 그로선 상상할 수도 없는 열익하고 힘한 사창가에서 사란 사람이었다. 더군다나 고작 그 정도의 말에 발끈해 일을 그르칠 만큼 단순하지도 않았다. 오히려 카시아스의 도발은 의도한 것과는 정반대로 벨페스트한테 냉정을 찾게 만들었다.

"애처롭기 짝이 없으니 괜한 잔머리 굴리지 말고 얌전히 입 닥치고 계시지요, 전하."

벨페스트는 코웃음을 치며 빈정거렸다.

"시간이 많이 지체됐어. 나부터 아르덴으로 돌아가 있을 테니 어서 마무리를 짓도록 해."

냉정한 어조로 말한 아슬라가 모습을 감췄다.

"마, 마무리! 지금 분명히 그렇게 말한 거지? 마무리를 지으라니! 우릴 죽이라는 말이면 어떡하지?"

듀이는 카시아스의 귀에 대고 숨 가쁘게 소곤거렸다.

"우릴 죽일 생각이었다면 이런 꼴로 만들지도 않았을 거야."

　카시아스는 쉬지 않고 몸을 비비적거리며 어떻게든 붉은 털에서 벗어나기 위해 안간힘을 썼다. 그의 이마에 맺혀 있던 땀방울이 관자놀이를 따라 미끄러졌다.

　"드디어 이 지긋지긋한 배에서 떠날 때가 되었군."

　벨페스트는 주정뱅이 호를 형체도 없이 산산조각 내어버리고 싶을 만큼 넌더리가 난 상태였다. 그가 공간 이동을 하려 한다는 사실을 눈치 챈 고르키가 바짝 다가섰다. 구태여 몸을 붙일 필요가 없다는 말을 그동안 벨페스트에게 누누이 들었음에도 불구하고 그는 늘 같은 행동을 반복했다. 고르키는 내심 낯선 곳에 혼자만 남겨질지 모른다는 두려움을 갖고 있었다.

　"오랜만에 그리운 왕궁을 다시 보게 되었는데… 소감이 어떠신지요, 전하?"

　벨페스트는 비웃음을 드러내며 카시아스의 반응을 살폈다.

　"그러잖아도 그동안 얼마나 난장판이 되었을지 기대하고 있던 참이다."

　카시아스는 짐짓 여유있는 태도를 보였다. 벨페스트의 말에 얼마 남지 않은 평정심마저 잃어버린 사람은 듀이였다. 그가 죽음의 문턱에서 가까스로 벗어난 지 고작 이십여 일밖에 지나지 않았다. 그런데 그 악몽 속으로 다시 돌아가야 한다니… 눈앞이 캄캄해졌다.

　"넌 심장이 벌렁벌렁 뛰는 산 채로 온몸이 갈가리 찢어지게 될 거야. 네 개의 수레에 팔다리가 대롱대롱 매달린 꼴로 말이야."

경비병의 조롱이 생생하게 되살아났다. 몸서리쳐지는 공포감이 듀이의 이성을 마비시켰다.

"한 번만 봐주세요! 제발 한 번만 봐주세요!"

듀이는 벨페스트를 향해 애원했다. 벨페스트가 다소 놀란 눈으로 그를 바라봤다.

"그만둬!"

카시아스는 버럭 소리쳤다.

"난 죽고 싶지 않아! 난 죽을 이유가 없단 말이야!"

입 다물라는 카시아스의 눈짓을 못 본 척하고 듀이는 무릎으로 기어 벨페스트에게 다가갔다.

"난 아룬델이 아니에요! 정말이에요!"

"드디어 완전히 돌아버렸군."

어이없다는 태도로 카시아스가 절레절레 고개를 흔들었다.

"아룬델이 아니라고?"

벨페스트는 이맛살을 찌푸렸다.

"맞아요! 아룬델이 아니라고 맹세할 수도 있어요!"

"아룬델이 아니라면 넌 누군데?"

눈이 왕방울만 해진 고르키가 끼어들었다.

"먼저 몸에 감긴 이것부터 풀어주세요. 그럼 말할게요."

"피셔! 줄인지 털인지 좀 풀어봐."

주저하는 피셔를 향해 벨페스트는 짜증 섞인 눈길을 던졌다.

"어서!"

몸이 자유로워지자 듀이는 저릿저릿한 팔을 주무르며 벨페스트를 마주 보고 섰다.

“이제 말해봐, 네가 누구인지.”

“난 위대하고 존엄한 창조신 아스트라한이시다! 모두 무릎 꿇고 머리를 조아려라! 나를 믿고 따르는 자에겐 축복을 산더미로 내려주겠다!”

듀이는 목소리에 잔뜩 무게를 실었다. 벨페스트의 얼굴에 기가 막히다는 표정이 떠오르자 카시아스는 남몰래 안도의 한숨을 내쉬었다. 그는 듀이가 공포심을 이기지 못하고 자신의 정체를 밝힐까 봐 몹시 긴장하고 있었다.

“개소리하지 말고 저기 가서 찌그러져 있어! 한 번만 더 쓸데없는 짓 하면 죽여 버리겠어!”

벨페스트의 어조가 신경질적으로 높아졌다. 여유롭고 느긋하기만 하던 평소의 태도는 조금도 남아 있지 않았다. 실제로 그는 기분이 몹시 불쾌했을 뿐만 아니라, 몸도 그리 좋은 상태가 아니었다. 바닷물에 흠뻑 젖은 옷은 묵직한 해초처럼 늘어져 척척 피부에 달라붙었고, 체온까지 빼앗아가 전신에 한기가 들었다. 그 위에 머리 전체가 지끈거리는 두통까지 집요하게 그를 괴롭히고 있었다.

듀이는 주눅이 든 채 카시아스 옆으로 돌아왔다. 웅크리고 앉으며 그는 슬며시 옷 속에서 피리를 꺼냈다. 방금 전 벌인 작은 소동도 요술 피리를 불기 위해 궁리해 낸 하나의 꾀였다. 주의 깊게 그를 곁눈질하던 카시아스의 입에서 괴로운 신음 소리가 새어 나왔다.

“너라도 빨리 도망쳐. 그 엉터리 요술 피리는 던져 버리고, 바다에 뛰어들기라도 하란 말이야.”

카시아스는 듀이의 귓가에 대고 다급히 속삭였다. 내내 두 사람에게서 떠나지 않던 벨페스트의 눈초리가 날카로워졌다. 그는 신경 쓰지 말고 어서 일이나 매듭짓자는 생각에 서둘러 주문을 외웠다. 치유 마법으로 먼저 욱신대는 두통부터 없애 버릴까, 하는 망설임도 생겼지만, 한시라도 빨리 카시아스와 아룬델을 모고르에게 넘겨 버리고 싶었다.

무시무시한 저주처럼 들리는 벨페스트의 중얼거림 속에서 듀이는 피리를 입으로 가져갔다. 곧 귀에 거슬리는 소음이 시끄럽게 울려 퍼졌다. 그는 오직 하나만을 간절히 염원했다.

여기서 벗어나게 해주세요! 제발 여기서 벗어나게 해주세요!

날카로운 피리 소리가 벨페스트의 신경을 사극했나. 꿈속에서도 잊은 적 없는 주문이 한순간 막혀 버리자 그는 이를 뿌드득 갈았다. 두통이 더욱 심해졌다. 뾰족한 갈고리가 머릿속을 마구 헤집는 것 같았다. 벨페스트는 고통과 살기가 뒤범벅된 눈으로 듀이를 노려보며 처음부터 다시 주문을 외기 시작했다.

"시끄러워! 시끄럽다고! 그만 해! 시끄러워!"

고르키가 귀를 막으며 버럭버럭 악을 써댔다. 피리 소리와 고함이 합쳐지자 벨페스트는 정신을 집중하기가 한층 더 힘들어졌다. 배 위에 남은 사람들을 모조리 죽여 버리고 싶은 충동을 억누르며 그는 어렵사리 공간 이동 주문을 완성했다.

벨페스트를 중심으로 피어오른 희뿌연 연기가 듀이와 카시아스는 물론 고르키와 피셔까지 일시에 감싸 버렸다. 머리가 핑 도는 현기증과 함께 속이 울렁거렸지만 듀이는 한순간도 피리를 입에서 떼지 않았다. 몸 전체가 허공으로 떠오르는 듯한 감각이 느껴졌다. 보이지 않는 강력한 힘이 번개처럼 그들을 옭아맨 순간 피리 소리가 멎었다. 모고르 앞에 도착하기 직전 벨페스트는 무엇인가가 잘못되었음을 느낄 수 있었다.

“오, 그래! 돌아왔구나!”

초조하게 그들을 기다리던 모고르가 벌떡 의자에서 일어섰다. 그의 뒤쪽엔 열두 명의 기사가 두 줄로 정렬하고 있었다. 그들은 모고르가 직접 선발한 사람들로, 하나같이 뛰어난 검술의 실력자들이었다.

옴짝달싹 못하게 묶여 있는 카시아스를 발견하자 모고르의 얼굴에 만족스런 미소가 피어났다.

“오랜만에 뵙습니다, 전하.”

“난 네가 누군지 전혀 모르겠는데?”

카시아스는 거만한 눈초리로 모고르를 훑어 내렸다. 늘 그림자처럼 세르지오를 따라다니던 그를 한눈에 알아봤지만 내색하지 않았다.

“저에 대해선 차차 알려 드리도록 하겠습니다.”

모고르는 여유로운 태도를 견지했다. 카시아스와 아룬델이 손에 들어왔으니, 마드라의 열쇠를 가리고 있던 장막이 벗겨지는 건 이제 시간문제였다.

“아룬델은?”

아룬델의 모습이 보이지 않자 모고르는 이맛살을 찌푸리며 벨페스트를 쳐다봤다. 그제야 카시아스도 듀이가 없다는 사실을 깨달을 수 있었다.

어떻게 된 거지? 왜 듀이만 이 자리에 없는 거지? 설마… 그 피리 때문에?

카시아스는 자신도 모르게 고개를 휘휘 저어댔다.

아니야, 그럴 리가 없어. 다른 이유가 있을 거야.

이유야 어쨌든 이것으로 최악의 상황은 피한 셈이었다. 카시아스는 어깨를 짓누르던 가장 큰 근심거리를 덜어낸 것 같은 심정이었다.

"아룬델은 어떻게 된 거냐고 묻지 않느냐?"

벨페스트는 좀처럼 떨어지지 않으려는 입술을 어렵게 열었다.

"아무래도 놓친 것 같습니다."

귀를 의심하며 잠깐 침묵을 지키던 모고르가 뒤늦게 되물었다.

"놓친 것 같다고?"

"예."

벨페스트는 어금니를 지그시 문 채 짧게 대답했다.

"둘을 함께 잡았다는 보고를 아슬라에게 받았다. 그것도 방금 전에. 그럼 그게 잘못된 보고였단 말이냐?"

"아슬라의 말은 사실입니다. 그를 놓친 건 이곳으로 오는 도중이었습니다."

"그게 말이 되느냐? 아룬델은 너저분한 남창에 불과하다! 그럴 듯한 외모만 빼면 아무짝에도 쓸모없는 하찮은 무지렁이란 말이다! 그런데 어떻게 그런 놈을 놓친단 말이냐?"

모고르가 서슬 퍼렇게 노여움을 드러냈다.

"제 실수입니다. 아룬델은 무슨 일이 있어도 제가 책임지고 주인님 앞에 데려오겠습니다."

"고르키, 피셔! 지금 당장 벨페스트와 함께 아룬델을 잡아와라!

그를 잡지 못하면 이곳에 발도 들여놓지 마라!"

그 즉시 세 사람이 모습을 감추자 모고르는 거칠어진 호흡을 가다듬었다.

"주인 놈이나 부하 놈들이나 한심한 건 매한가지로군."

카시아스는 노골적으로 모고르를 비웃었다. 그러나 회색 눈동자에 희미한 분노가 스쳤을 뿐, 모고르의 얼굴은 지극히 침착했다.

왕족이란 이유 하나 때문에 지금껏 떠받들리며 살았을 뿐, 앞뒤 분간 못하고 날뛰는 철부지에 불과해. 그런 애송이의 말장난에 휘둘릴 만큼 난 그릇이 작지 않아.

그가 그 정도 수준의 변변찮은 위인이었다면 지금 이 자리까지 올라서지도 못했을 것이다.

"버틀랜드 국으로 향하는 배를 타셨다고 들었는데, 그 연유가 무엇입니까?"

"예전부터 버틀랜드를 꼭 내 눈으로 보고 싶었거든."

"그렇다면 그 여행에 아룬델을 동행시킨 이유는 무엇입니까?"

"때마침 아룬델도 버틀랜드를 구경하고 싶어하더군. 긴 여행길에 말벗이나 하면 좋을 듯해서 같이 다니게 되었지."

모고르의 얼굴에 거짓웃음이 번졌다.

"일을 어렵게 만드시는군요, 전하."

"이게 일이었나? 너무 유치하기에 난 어린애 장난인 줄로만 알고 있었는데 말이야."

모고르의 미소가 더욱 깊어지며 입가에 굵은 주름이 잡혔다.

"과연 언제까지 그렇게 여유 만만할 수 있는지 두고 보겠습니다.”

“안됐군, 보나마나 실망하게 될 테니.”

“그거야 앞으로 차차 알게 되겠지요.”

어차피 넌 내 손아귀에 들어온 쥐새끼에 지나지 않아. 언제든지 밟아 죽일 수 있는 쥐새끼 말이야. 왕족이든 천민이든 쥐어짜면 똑같이 붉은 피가 흘러나오게 마련이거든.

“뭣들 하느냐? 어서 왕자 전하를 취조실로 정중히 뫼셔라.”

카시아스는 보라 듯이 고개를 들고 어깨를 편 채 당당한 태도로 걸음을 옮겼다. 앞으로 자신에게 닥칠 일에 대해선 생각하지 않으려고 노력했다. 지금껏 경험해 보지 못한 고초를 겪게 되리린 건 의심의 여지가 없었다. 두려운 건 사실이있다. 하지만 그는 강한 사람이었다. 적어도 그 자신은 그렇게 믿고 있었다.

난 카시아스 비저 드 아브레이유야. 그 어떤 것도 날 굴복시킬 수 없어.

녹슨 철문이 끼이익, 소리를 내며 독기를 품은 뱀처럼 커다랗게 입을 벌렸다.

“저기요… 말씀 좀 묻겠습니다.”

듀이는 머뭇거리며 중년 여인에게 다가갔다. 그녀는 까치발을 하고 서서 식당 입구에 달린 등에 불을 붙이고 있었다.

“바쁜 거 안 보여요? 다른 데 가서 알아봐요.”

“잠깐이면 되는데…….”

“글쎄, 다른 데 가서…….”

신경질적으로 뒤를 돌아본 여인이 눈을 커다랗게 치켜떴다. 놀랄 만큼 빼어난 외모의 남자를 바로 눈앞에서 맞닥뜨리자 그녀는 자신이 무슨 말을 하려 했는지조차 잊어버렸다.

"저… 괜찮으세요?"

듀이는 넋이 나간 듯 보이는 여인을 조심스레 살폈다. 그에게서 시선을 떼지 못하고 있던 여인이 크게 고개를 주억거렸다.

"꼭 알아야 할 게 있어서 그런데요… 여기가 어딘가요?"

여인의 입장에선 괴상한 질문이 아닐 수 없었다. 하지만 듀이에게 이미 강한 호감을 갖게 된 그녀는 상냥한 태도로 물음에 응했다.

"여긴 말루프 중앙시장인데요."

"말루프요? 바르샤르 왕국의 그 말루프 항구 말씀인가요?"

"네, 맞아요."

가뜩이나 어둡던 듀이의 얼굴이 더욱 음울해졌다. 이곳이 말루프라면 '주정뱅이 호'를 간신히 벗어났을 뿐, 그 무시무시한 4인조에게서는 얼마 떨어지지 못한 셈이었다. 그는 요술 피리가 자신을 버틀랜드 국으로 데려다 주었기를 절실히 바라고 있었다. 고향인 칼루스에 도착하기만 하면 예전처럼 평범하나 그래서 더욱 평화로울 수 있는 듀이로서의 삶을 살 수 있을 것 같았다.

아룬델이라는 이름은 시간이 지나면 잊혀지게 될 거야. 마찬가지로 카시아스 역시 기억에서 저절로 지워지게 될 거야.

듀이는 고개를 깊숙이 꺾고 발길이 가는 대로 터덜터덜 걸음을 옮겼다. 카시아스는 되도록 떠올리고 싶지 않았다. 그는 지금 어떻게 되었을까, 하는 근심에 사로잡힐 때면 가슴 한복판에 큼지막한 돌덩이가 들어앉은 것 같은 괴로운 심정이 되었다. 그 위에 혼자만 도망쳤다는 죄책감까지 더해지자 듀이는 점점 더 견디기 힘들어졌다.

주정뱅이 호에서 피리를 불며 소원을 빌었을 때, 듀이는 카시아스까지 생각할 정신이 없었다. 그 결과 요술 피리는 카시아스를 사지에 그대로 버려둔 채 그 혼자만을 구해내고 말았다.

카시아스와 함께 도망쳤어야 하는데……. 혼자 잡혀가게 내버려 둬선 안 되는 거였는데…….

지금이라도 카시아스를 구해야 한다는 생각이 마음을 무겁게 짓눌렀다. 듀이는 세차게 고개를 흔들었다.

내가 무슨 수로 그를 구해? 카시아스는 벌써 헤이론 국으로 끌려갔을 게 뻔해. 그런데 변변한 능력 하나 없는 내가 무슨 수로 그를 구하느냔 말이야. 카시아스를 잡아간 사람들을 떠올려 봐. 네가 그들을 이길 수 있을 것 같아? 넌 그저 듀이 델코일 뿐이야. 용기라곤 쥐뿔도 없는 바로 그 '겁쟁이 듀이' 일 뿐이라고.

듀이는 허리춤에 차고 있던 피리를 꺼내 힘껏 불었다.

버틀랜드 국으로 데려가 줘! 지금 당장 칼루스로 보내줘! 내 가족이 있는 고향으로 날 보내달란 말이야!

피리 소리가 날카로운 파편으로 쪼개져 머리를 파고드는 것 같았다. 듀이는 눈을 꼭 감으며 더욱 간절히 소원을 빌었다.

"시끄럽다고 했잖아! 사람 말이 말 같지 않아?"

코앞에서 고함이 터지며 억센 손아귀가 멱살을 휘어잡았다.

"여기가 어딘가요? 버틀랜드 국인가요? 맞죠? 여긴 바르샤르 왕국이 아니라 버틀랜드 국인 거죠?"

듀이는 험상궂은 인상의 남자를 향해 다급히 물었다.

"뭐야, 이거? 미친놈이잖아!"

남자가 팽개치듯 멱살을 풀었다. 조금 떨어진 곳에서 낄낄거리던 다른 사내가 입을 열었다.

"여긴 말루프야, 미친 친구. 그렇게 버틀랜드에 가는 것이 소원이라면 뱃삯만 두둑이 치러. 그럼 내가 선장님한테 소개도 시켜주고, 알아서 말도 잘해줄 테니까. 마침 우리 배가 버틀랜드로 가는 길이거든."

"네, 선장님을 만나게 해주세요. 꼭 버틀랜드 국으로 가야 합니다."

"선장님이라면……."

남자는 입구까지 사람들로 북적대는 술집을 살펴보다 수염이 더부룩한 오십대 중반의 남자를 가리켰다.

"아, 마침 저기 계시는군."

듀이는 사람들을 헤치며 나아가는 남자를 따라 부지런히 잰걸음을 옮겼다.

"선장님! 버틀랜드로 가고 싶어 정신까지 반쯤 나가 버린 젊은 친구를 데려왔습니다."

남자가 선장 앞으로 듀이를 떠밀었다. 술기운으로 인해 벌겋게 충혈된 눈이 듀이를 쭉 훑어 내렸다.

"그래, 버틀랜드 국에 가고 싶다고?"

듀이는 입술을 몇 번 달싹이다 도로 다물었다.

"버틀랜드로 가고 싶어하는 사람이 자네 맞아?"

대답이 나오지 않자 뒤에 서 있던 남자가 듀이의 등을 툭 건드렸다.

"어서 말씀드리지 않고 뭐 하는 거야?"

"선장님!"

듀이는 큰소리로 선장을 부르며 덮치듯 다가들었다. 와락 껴안기라도 할 기세였다. 미간에 깊은 주름을 잡고 있던 선장이 덩달아 소리를 높였다.

"그래, 뭔가?"

"헤이론 국으로 가려면 어떻게 해야 합니까?"

멍하던 선장의 얼굴이 서서히 구겨졌다. 듀이는 그의 거친 손을 덥석 움켜잡았다.

"도와주세요, 선장님! 꼭 헤이론 국으로 가야 합니다! 저 좀 도와주세요! 네? 제발, 저 좀 도와주세요!"

열정적인 분위기에 밀린 선장은 엉겁결에 고개를 끄덕이고 말았다. 골칫덩이를 그에게 데려온 남자는 어느새 뒤로 빠져나갔는지 그림자도 보이지 않았다.

Chapter 7
파란(波瀾)

"저… 여긴 왜… 들어온… 거예요?"

주저하듯 띄엄띄엄 나온 질문에 셰이는 감고 있던 눈을 떴다. 팔 길이 정도 떨어진 곳에 젊은 여인이 앉아 있었다. 그녀는 낡은 천으로 머리부터 목까지 얼굴을 온통 가리고 있었다. 그리고 그것도 미흡했는지 바짝 세운 무릎에 고개를 반 정도 파묻은 자세였다.

"아무 죄 없이……."

셰이는 한숨을 푹 내쉬며 차가운 돌벽에 등을 기댔다.

그래, 아무 죄 없이 끌려왔어… 살인자라는 누명을 쓴 채…….

그녀는 일곱 명의 여자와 함께 형무소 수용실에 갇혀 있었다. 그곳은 왕궁의 지하 감옥보다도 더 환경이 열악해 셰이는 보는 순간 자신의 눈을 의심해야 했다. 환기 구멍이라곤 천장 부근에

† 340 †

뚫린 작은 창문이 전부였는데, 그나마 판자로 막아놓은 탓에 사방은 동굴처럼 어두침침했고, 쌓이고 쌓인 습기가 살갗에 축축이 들러붙었다. 또한 바닥에 깔린 곰팡이 가득한 짚이 침상과 모포를 대신했으며, 씻지 않은 사람의 땀 냄새와 체취, 방치된 오물에서 나는 악취 등이 뒤섞여 숨을 쉴 때마다 토기가 치밀어 올랐다. 그것도 모자라 사람을 두려워하지 않는 쥐까지 짚과 오물을 들쑤시며 사방을 돌아다니기까지 했다. 꿈에서조차 발도 디밀고 싶지 않은 끔찍한 곳이 아닐 수 없었다.

"목이 마른데… 마실 물은 어디 있는 거지?"

셰이는 별 기대 없이 물었다.

"저기요."

아니나 다를까, 여자의 손가락이 가리키고 있는 건 구석에 아무렇게나 놓인 둥근 통이었다. 때가 덕지덕지 낀 통 속엔 발도 씻지 못할 것 같은 더러운 물이 담겨 있었다.

"서, 설마… 저걸 마신단 말이야?"

"처음엔 나도 그랬어요. 무척 힘들었어요… 그런데 어쩔 수 없게 되요, 시간이 지나면……."

부끄러운 듯 여인이 말끝을 흐렸다. 셰이는 두 손을 힘껏 맞잡고, 그런 비참한 지경으로 굴러 떨어지기 전에 이곳을 벗어나게 해달라고 간절히 기도했다.

"우라질, 왜 이렇게 더운 거야? 간수 놈들이 빈대 잡는다고 불이라도 질렀나?"

이곳에서 지낸 지 벌써 십 년이 넘었다는 대장이─간수와 죄수할 것 없이 모두 그녀를 대장이라고 불렀다. 본명이 무엇인지는 형무소 소장조차 모른다고 한다—투덜대며 일어나 물통 쪽으로 다가갔다.
그리고는 자신의 머리 전체를 물속에 풍덩 담갔다가 꺼냈다.

"어, 시원하다! 이제야 좀 살 것 같네!"

셰이의 얼굴이 일그러졌다. 구역질이 나려 하자 그녀는 허겁지
겁 입을 막았다.

"괜찮아요?"

여인이 걱정스레 물었다. 낯빛이 하얗게 질린 채, 물통을 외면
하고 있던 셰이는 그녀 쪽으로 몸을 틀어 앉았다. 잠깐 동안만이
라도 생각을 다른 곳으로 돌리고 싶었다.

"어떻게 여기 들어오게 된 거야?"

"그, 그냥… 어쩌다가요."

밝히고 싶어하지 않는 기색을 눈치 챈 셰이는 다른 말을 꺼냈
다.

"여긴 얼마나 있었는데?"

"사흘이요. 오늘이 나흘째예요. 그런데요, 이름이 뭐예요?"

"셰이엔."

"우와! 정말 예쁜 이름이에요!"

여인이 눈을 반짝이며 무릎에 파묻고 있던 고개를 들었다. 느
슨해진 천 안쪽으로 관자놀이 부근에 생긴 시퍼런 멍이 드러났
다. 셰이가 미간을 찌푸리자 여인이 재빨리 천을 바로잡았다.

"셰이엔이라고 불러도 돼요?"

셰이는 고개를 끄덕였다. 그녀가 이름을 물으려 했을 때, 여인
이 화제를 바꿨다.

"셰이엔은 이런 곳에 들어올 사람 같지가 않아요."

"이런 곳에 들어오는 사람은 따로 있나, 뭐?"

"그렇진 않지만… 셰이엔은 꼭……."

작게 우물거리는 바람에 뒷말은 들리지 않았다.

"꼭, 뭐? 귀하게 자란 아가씨나 왕녀 같다는 말이야?"

셰이는 농담조로 물었다.

"아니요, 괴물한테 잡혀간 아름다운 왕녀님을 구하는 용사 같아요. 용감하고 멋진 여전사요."

셰이가 소리 내어 웃자 여인이 수줍은 듯 눈을 내리깔았다.

"몇 살이야?"

궁금한 생각에 셰이는 불쑥 물었다.

"열여덟이에요."

이십대 중반 정도로 짐작하고 있던 셰이는 새삼스런 눈으로 자신보다 훨씬 성숙해 보이는 소녀를 응시했다.

"나도 얼마 안 있으면 열여덟 살이 돼."

"난 얼마 안 있으면 열아홉 살이 돼요."

두 사람은 웃음 띤 얼굴로 서로를 마주봤다. 지금만큼은 셰이도 자신이 처한 암울한 현실을 잊을 수 있었다.

"그런데 덥지 않아? 그렇게 얼굴을 감싸고 있으면 말이야. 멍 때문에 그렇다면 보지 않을 테니까, 편하게 하고 있어."

잠시 망설이던 소녀가 얼굴에 두른 천을 풀었다. 상처투성이 얼굴이 시야에 얼핏 들어오자 셰이는 서둘러 눈길을 돌렸다.

"괜찮아요, 봐도."

소녀의 말투는 의외로 밝았다. 셰이는 머뭇머뭇 소녀를 쳐다봤다. 소녀의 오른쪽 눈은 제대로 뜨지 못할 정도로 부어오른 상태였고, 왼쪽 관자놀이와 뺨에 걸쳐 커다란 피멍이 들어 있었다. 또한 오른쪽 볼과 아래턱에는 거친 금속 같은 것에 엉망으로 찢긴 듯한 상처가 검붉은 피딱지로 덮여 있었다. 그게 다가 아니었다. 콧대는 부러졌는지 아랫부분이 이상하게 구부러져 있었으며 그 밑으로 짓뭉개진 반죽처럼 보이는 입술이 있었다. 참혹하다는 말이 절로 떠오르는 모습이었다.

목을 졸린 것이 분명해 보이는 손가락 모양의 피멍에선 섬뜩함마저 느껴졌다. 무슨 얘기든 해야 한다는 생각에 셰이는 입술을 벌렸다. 그러나 불규칙한 숨결만 토해졌을 뿐, 말은 나오지 않았다.

"지금은 많이 나아졌어요."

"누가… 그런 거야?"

거칠게 트고 갈라진 자신의 손을 가만히 내려다보던 소녀가 잠시 후 말을 꺼냈다.

"남편이요……."

소녀가 고개를 들어 셰이를 바라봤다.

"남편한테서 도망쳤어요. 거기 있다간 죽을 것 같아서요. 그동안 그냥 시체처럼 살았어요. 너무 아파 차라리 죽었으면 좋겠다는 생각이 들 만큼 맞으면서도… 그냥 그렇게 죽지 못해 살았어요… 그런데……."

소녀가 자신의 배에 조심스레 손을 얹었다.

"이 아기만큼은 지켜주고 싶었어요. 전엔… 지켜주지 못했지만……."

소녀의 입술이 파르르 떨리며 숨죽인 흐느낌이 새어 나왔다.

"남편이 배를… 주먹으로 때리고… 발로 걷어찼어요……. 살려 달라고 울면서… 빌고 또 빌었지만… 아기가 태어나면… 돈만 많이 들어가고… 귀찮아진다고……. 피가 쏟아질 때까지… 아기가… 죽을 때까지… 멈추지 않았어요……. 아기… 내 가엾은 아기……."

소녀가 무릎에 얼굴을 묻었다. 가냘픈 어깨가 애처롭게 흔들렸다.

"청승 떨지 마! 뭘 잘했다고 울어? 지 새끼 잡아먹은 놈한테 여태껏 맞고 산 주제에! 그런 놈을 가만 놔둬? 자빠져 잘 때 멱을 따 버릴 것이지!"

대장이 퉁명스레 면박을 주었다. 소녀가 잠시 후 눈물을 닦으며 얼굴을 들었다. 창피한 듯 뺨을 붉히는 모습에서 마음이 많이 진정되었음을 알 수 있었다.

"그래서 남편이 잘 때 몰래 도망쳤어요. 내 아기를 지키기 위해서요."

"남편한테서 도망쳤다고 여기 잡혀온 거란 말이야?"

셰이는 눈살을 찌푸렸다. 그녀가 아는 한 바르샤르 왕국에 그런 법은 없었다.

"그게 아니라, 내가 자신을 독살하려 했다고 남편이 신고하는 바람에……."

"독살?"

"아니에요! 독살이라니, 거짓말이에요! 그런 무서운 생각은 해 본 적도 없어요! 창조신 아스트라한께 맹세할 수도 있어요!"

그런 인간은 독살이 아니라 더 고통스럽게 죽여야 한다고 생각하며 셰이는 가만히 고개만 끄덕거렸다.

"여긴 언제 나갈 수 있는 거야?"

아기까지 가진 임부가 머물기에 이곳은 더 나빠질 수도 없는 그야말로 최악의 환경이었다.

"곧 동생이 돈을 가지고 올 거예요. 이천 페어만 내면 여기서 나갈 수 있거든요. 어제쯤 올 줄 알았는데… 아무래도 돈 구하기가 힘드나 봐요. 그럴 거예요, 자그마치 이천 페어나 되는 돈이니……."

"그러니까 돈만 있으면 여기서 나갈 수 있다는 얘기야?"

저도 모르게 목소리가 커졌다. 셰이에겐 기적처럼 느껴지는 희소식이 아닐 수 없었다. 놀란 소녀가 허겁지겁 조용히 하라는 신호를 보냈다. 셰이는 찔끔해 조심스레 주위를 살폈다. 그러자 팔다리를 넓게 벌리고 누워 있던 대장이 가소롭다는 듯 콧방귀를 뀌었다.

"그거 모르는 대가리가 여기 한 개라도 있는 줄 알아? 돈만 있으면 황금 의자에 앉아 간수 놈들이 집어주는 산해진미를 널름널름 받아먹을 수 있는 곳이 바로 여기란 말씀이야. 소장이나 간수 놈들이나 돈독이 창조신 머리꼭대기까지 기어올랐거든. 에이, 드러운 놈들! 이거나 처먹어라!"

대장이 누운 상태로 퉤, 침을 뱉더니 입술에 떨어진 타액을 혀로 핥았다. 또다시 속이 걷잡을 수 없이 메스꺼워진 셰이는 황급히 그녀를 외면했다.

"말은 거칠어도 은근히 정이 많은 분이에요. 셰이엔도 알게 될 거예요."

소녀가 귓가에 대고 소곤거렸다. 셰이는 부르르 몸서리를 쳤다. 대장이 제아무리 다정다감한 성격이라 해도 그걸 알게 될 때까지 이곳에 있고 싶진 않았다.

악몽도 그런 악몽은 없을 거야! 한시라도 빨리 이곳을 나가야 해!

천만다행으로 그녀에겐 이샤무딘한테서 받은 금화가 있었다. 형무소에 들어서자마자 몸수색을 당하리라 각오하고 있었으나, 이상하게도 셰이는 그런 당연한 절차를 거치지 않은 채 곧장 수용실에 갇히고 말았다.

먼저 형무소 소장을 만나야 해. 금화를 보여주면 밖으로 내보내 줄 거야.

"할 말이 있어. 중요한 말이야."

셰이는 상체를 기울이며 소녀에게 가까이 오라는 손짓을 했다. 그녀한테 금화를 건네줄 생각이었다. 그럼 동생을 기다릴 필요 없이 당장이라도 이곳을 나갈 수 있을 터였다.

"나한테 돈이 좀 있어. 그걸로……."

발소리가 들리자 셰이는 말을 멈췄다.

"그럼 그렇지, 새로 들어온 싱싱한 물고기를 그냥 지나칠 놈들이 아니라니까."

대장의 말이 끝나자마자 간수 네 명이 모습을 보였다. 그중 한 명이 준비해 온 램프를 이리저리 옮겨가며 죄수들을 하나하나 살폈다.

"거기 빨간머리, 이리 나와! 그 옆에 있는 남편 독살범도 나오고!"

반사적으로 셰이와 소녀는 시선을 주고받았다.

"동생이 왔나 봐요! 틀림없어요!"

소녀의 얼굴이 불을 밝힌 듯 환해졌다. 상처투성이 얼굴이 더욱 애처로워 보여 셰이는 미소를 되돌리기가 쉽지 않았다. 소녀를 도와주지 못해 조금 아쉽기는 하지만, 그녀가 이곳을 무사히 나갈 수 있게 된 건 반가운 일이 아닐 수 없었다.

수용실을 나온 두 사람은 형무소 본관에 있는 대기실 앞까지 나란히 걸어갔다. 몸이 불편한 소녀가 허리를 구부정하게 숙이고 한쪽 다리를 절며 걸었기 때문에 속도가 나지 않자 간수 한 명이 짜증을 부렸다. 셰이는 간수들의 대화를 통해 그가 간수장임을 알게 되었다.

"여기야. 안으로 들어가. 넌 날 따라오고."

간수장의 지시에 따라 소녀와 헤어져 복도를 걷던 셰이는 작별 인사도 나누지 못했다는 아쉬움에 뒤를 돌아봤다. 문고리를 잡고 있던 소녀도 때마침 그녀에게 시선을 보냈다.

"아기랑 행복하게 살아!"

셰이는 크게 소리쳤다. 알겠다는 듯 소녀가 웃으며 배를 쓰다듬었다.

"조용히 못해?"

간수장이 당장 인상을 썼다. 셰이는 못 들은 척하며 다시 입을 열었다. 꼭 알고 싶은 것이 남아 있었다.

"이름이 뭐야?"

간수가 말을 꺼내려던 소녀를 대기실 안으로 밀어 넣었다.

"얌전히 굴어. 또 한 번 소란을 피우면 재판이고 뭐고 다 집어 치우고 곧장 처형실로 보내 버릴 테니까!"

험악하게 을러댄 간수장이 앞에 놓인 갈색 문을 두드렸다.

"데리고 왔습니다, 소장님."

책상 앞에 앉은 소장이 서찰 용지에 글자를 적어 내려가며 들어오라는 손짓을 했다. 나이는 육십대 중반으로 보였고, 숱이 적은 머리는 허옇게 센 상태였으며, 책상 위로 나올 정도로 배가 불룩하니 솟아 있었다. 첫인상은 인자한 이웃집 할아버지 같은 느낌이었다. 이윽고 서찰을 마무리 지은 소장이 셰이를 머리부터 발끝까지 찬찬히 뜯어봤다.

"사람을 죽였다던데, 맞느냐?"

"아닙니다. 전 사람을 죽인 적이 없습니다."

셰이는 힘주어 말했다.

"네가 살인하는 모습을 본 사람들이 십여 명에 이른다. 그런데도 죄를 고백하고 참회의 눈물을 흘리기는커녕 고개를 빳빳이 들고 날 기만하려 드는구나! 처형대에 묶여봐야 네 죄를 뉘우치겠느냐?"

소장은 노한 척 일부러 언성을 높였다. 그는 귀찮기만 할 뿐 손에 들어오는 것 하나 없는 이번 일을 최대한 빨리 매듭짓고 싶었다. 셰이의 초라한 행색을 확인한 순간, 판결은 이미 내려져 있었다. 그는 몹시 탐욕스러운 사람이었다. 눈에 띄는 무기류를 거두어들이는 정도만 허용하고 일체의 몸수색을 금지한 이유도, 죄인에게서 값나가는 금품이 나올 경우 간수들이 먼저 챙길 것을 우려해서였다. 죄인들의 몸수색은 소장이 보는 앞에서 이루어져야 한다는 것이 이곳 형무소의 불문율이었다.

저 아이는 뒤져 봐야 먼지만 나오겠군.

"가족은 있느냐?"

"…없습니다."

셰이는 한 박자 늦게 대답했다. 더 캐봐야 시간 낭비에 불과하다고 판단한 소장이 대기하고 있던 간수장에게 시선을 옮겼다.

"저 극악무도한 죄인을 지금 당장 처형실로 보내게."

셰이는 소장의 말이 떨어지기가 무섭게 그를 향해 성큼성큼 다가갔다.

"이, 이게 무슨 짓이냐?"

놀란 소장이 방어하듯 팔을 올려 머리와 얼굴을 가렸다. 셰이는 책상 위에 대고 금화가 든 가죽 주머니를 뒤집었다. 백여 개의 금화들이 쨍그랑 소리를 내며 쏟아져 나왔다. 경악한 소장과 간수장이 숨넘어가는 괴성을 토해냈다.

"이, 이, 이, 이럴 수가……!"

소장이 숨을 헐떡였다.

"전 죄가 없습니다."

셰이는 단호하게 말했다. 얼빠진 표정으로 휘황찬란한 금화더미를 바라보고 있던 소장이 부스스 고개를 들었다.

"뭐, 뭐라고?"

"전 살인자가 아닙니다."

"그, 그렇지! 넌 살인자가 아니다! 네가 결백하다는 건 나도 알고 간수장도 알고 있다. 여보게, 그렇지 않나?"

"물론입니다! 병사들이 실수로 무고한 사람을 잡아들인 것이 틀림없습니다!"

간수장은 열정적으로 소리쳤다. 지금까지 죄수와 범죄자들에게서 빼앗거나 거둔 취득물의 2할은 통상 그의 주머니로 들어갔다.

저 중 2할이라면… 아마 스무 개 정도 될 거야. 세상에! 이게 꿈이야, 생시야? 금화 스무 개가 내 것이 된다니!

간수장은 바짝 말라 버린 입술에 침을 발랐다. 너무 흥분한 탓인지 머리가 어지럽고, 팔다리에 힘이 들어가지 않았다.

"결백이 밝혀졌으니, 전 이만 형무소를 나가겠습니다."

셰이는 찰나의 시간일지언정 더 이상 이곳에 있고 싶지 않았다. 금화를 내보이면 형무소를 벗어날 수 있으리라 추측하긴 했으나, 소장과 간수장의 반응은 그녀의 예상을 훨씬 뛰어넘었다. 180도 돌변한 그들의 태도에 견딜 수 없이 속이 메슥거렸다. 이곳의 공기를 맡고 있느니 다시 수용실에 갇히는 편이 낫겠다는 생각까지 들었다.

"그럼, 그래야지. 그게 당연한 이치지. 죄없는 사람을 이렇게 험한 곳에 붙잡아두었다니 무지한 병사들이 정말 어처구니없는 잘못을 저질렀군. 이 모든 게 내 책임인 것 같아 자네를 볼 면목이 없네. 실수로 인해 벌어진 불행한 사건이니 넓은 마음으로 이해해 주게."

셰이의 호박빛 눈동자에 뚜렷한 조소가 나타났지만 소장과 간수장은 알아차리지 못했다.

내 얼굴을 잊지 말고, 머릿속에 잘 새겨두는 게 좋을 거다. 너희같이 썩은 관리 나부랭이들을 머지않아 모조리 형틀에 매달아 버릴 테니까.

셰이는 입술을 굳게 다문 채 문 쪽으로 걸어갔다.

"잠깐 기다리게. 지금 당장 호위병들을 불러 자네가 원하는 곳까지 데려다 주라고 명을 내리겠네."

엉거주춤 일어선 소장이 금화를 부랴부랴 책상 서랍에 쓸어 담았다. 그는 들은 체도 하지 않고 문을 나서는 셰이를 허둥지둥 쫓아 나왔다. 이대로 이 소녀를 보내선 안 된다는 생각에 마음이 급해졌다. 차림새는 허름했지만 평범한 소녀가 아니라는 데, 그는 자신의 전 재산이라도 걸을 수 있었다. 책상 서랍에 들어 있는 금화가 명백한 증거였다. 소녀와 어떻게든 연을 맺어둔다면 그의 앞날에 득이 되어 돌아올 것이 분명했다.

"여보게, 내 마차라도 내어주겠네!"

"필요없습니다!"

셰이는 짜증 섞인 어조로 응수하며 걸음을 빨리했다. 소장과 간수장이 웬 소녀를 허겁지겁 쫓아가는 광경을 본 간수와 병사들이 영문도 모르고 그 뒤를 따라붙었다. 요란한 발소리와 함께 '잠깐만 기다려 보라' 는 외침이 끈질기게 꼬리를 물자 그녀는 더 이상 참지 못하고 우뚝 멈춰 섰다. 그때였다.

"아아아악!"

공기를 찢을 듯 날카로운 비명 소리가 터졌다. 놀란 셰이가 휙 몸을 돌린 순간 저만치 떨어진 대기실 문이 벌컥 열리며 피투성이 여자가 뛰쳐나왔다. 셰이가 수용실에서 만난 바로 그 소녀였다.

"아니, 이년이! 아가리 닥치지 못해?"

건장한 체격의 남자가 득달같이 달려나오며 험악하게 소리쳤다.

“살려주세요! 살려주세요!”

셰이를 발견한 소녀가 넘어질 듯 휘청거리며 손을 내밀었다. 남자가 그녀의 머리채를 무자비하게 틀어잡았다. 소녀는 바닥에 쓰러져 질질 끌려가며 고통에 찬 외마디 소리를 질렀다.

“그, 그만둬.”

셰이의 목소리는 매우 낮고 탁했다. 그녀는 눈을 부릅뜬 채 석상처럼 서서 눈앞의 광경을 응시하고 있었다. 어서 빨리 소녀를 도와야 한다는 급박한 외침이 머릿속에 메아리쳤지만, 호흡만 가빠질 뿐이었다. 그녀의 몸은 충격으로 인해 마비된 상태였다.

“너 오늘 한번 죽어봐라! 감히 네년이 남편을 버리고 도망을 쳐?”

남자가 소녀의 복부를 걷어찼다. 엄청난 통증에 소녀는 비명조차 지르지 못했다. 커다랗게 벌어진 입술 사이로 시큼한 숨결이 컥컥 쏟아졌다. 소녀는 조금씩 꿈틀거리며 배를 보호하듯 등을 구부렸다.

“남편을 버리고 도망치면 네년이 잘살 줄 알았어? 너 같은 년은 죽어야 돼! 죽어!”

남자는 길길이 날뛰며 닥치는 대로 소녀에게 발길질을 가했다.

“그만둬!”

셰이는 소녀를 향해 달려갔다. 그제야 자신에게 쏠린 수십 개의 시선을 의식한 남자가 치켜들고 있던 다리를 슬그머니 내렸다. 셰이는 얼굴을 가린 소녀의 헝클어진 머리채를 옆으로 치웠다. 엉망으로 짓이겨진 얼굴이 드러나자 그녀는 주춤주춤 손을 거둬들였다. 소녀를 더욱 아프게 할 것 같아 도저히 손을 댈 수가 없었다.

"눈 좀 떠봐."

셰이는 속삭였다. 작게 몸을 웅송그린 소녀는 전혀 움직이지 않았다.

"눈 좀 떠봐, 응?"

어느새 가까이 와 있던 병사 한 명이 소녀의 목에 손을 가져다 댔다.

"어떤가?"

소장이 물었다.

"숨이 끊어졌습니다."

병사가 꺼림칙한 얼굴로 피가 묻어난 손을 바지춤에 대고 문질렀다.

"전 아무 죄도 저지르지 않았습니다! 가볍게 몇 대 쥐어박았을 뿐인데 저렇게 널브러질 줄 누가 알았겠습니까? 도망간 마누라… 아니, 남편을 독살하려 한 미친 여편네한테 저 정도 벌은 당연한 것 아닙니까? 믿어주십시오, 소장님. 저렇게 죽을 줄 알았다면, 절대 그러지 않았을 겁니다. 미우나 고우나 내가 끼고 산 내 마누라인데, 제가 일부러 그랬겠습니까? 전 재미 삼아 마누라나 두들겨 패는 그런 못난 놈이 아닙니다. 그저 되바라진 버르장머리나 고쳐서 어떻게든 잘 데리고 살아보고 싶은 마음에…… 정말입니다, 소장님!"

남자가 침을 튀기며 열심히 변명을 늘어놓았다.

"아무리 그래도 사람이 죽었네. 간단하게 넘길 수 없는 일이니,

간수장은 이자를 지금 당장 조사실로 데려가게."

소장은 걸음을 떼기 전 간수장에게 알아서 잘하라는 눈짓을 했다. 엄포나 조금 놓은 뒤, 적당한 액수의 돈을 받고 남자를 풀어 주면 될 터였다.

"알겠습니다, 소장님."

셰이는 간수장의 대답을 들으며 몸을 일으켰다. 간수장은 사람들의 눈을 의식해 남자의 팔을 움켜잡았다.

"거기 서!"

셰이는 단호하게 명령했다. 막 걸음을 내디디려던 간수장과 남자가 반사적으로 뒤를 돌아봤다. 셰이는 옆에 서 있는 호위병의 검집에서 검을 낚아챘다. 그와 동시에 군더더기없는 동작으로 남자의 손목을 단번에 잘라 버렸다.

"으으아악!"

남자가 목이 터져라 비명을 쏟아냈다. 셰이는 사람들이 제대로 상황을 인식하기도 전에 검으로 남자의 복부를 찔렀다.

"어때? 재미있어?"

고통과 공포로 뒤덮인 남자의 얼굴을 셰이는 똑바로 쳐다봤다. 그녀의 눈이 차디찬 분노로 이글거렸다.

"난 재미있어."

셰이는 한 치의 망설임도 없이 남자의 심장에 깊숙이 검을 박아 넣었다.

"아주 많이."

검을 뽑아내자 커억, 시뻘건 선혈을 토해내며 남자가 바닥으로 고꾸라졌다. 쥐 죽은 듯 고요한 정적 속에서 셰이는 피가 흥건한

검을 떨어뜨렸다.

채앵, 둔탁한 금속성에 정신을 차린 병사들이 시선을 주고받으며 간간이 그녀의 눈치를 살폈다.

"죽었겠지?"

병사 한 명이 옆에 선 동료를 향해 소곤거렸다.

"저런 꼴로 살아 있으면, 그게 사람이겠어? 죽여도, 죽여도 안 없어지고 스멀거리는 지긋지긋한 머릿니도 아니고."

마침 생각난 듯 병사가 벅벅 머리를 긁적였다. 주위에 있던 사람들이 슬그머니 옆으로 몸을 피했다.

"너희 모두 제정신들이 아니구나! 지금 뭣들 하고 있는 거냐? 흉악무도하기 짝이 없는 죄인을 눈앞에 내버려 둔 채 노닥거리는 꼴이라니! 너무 한심해 도저히 봐줄 수가 없구나! 저 천벌을 받아 마땅한 중죄인을 어서 처리하지 않고 뭣들 하고 있는 거냐?"

형무소 소장이 서슬 퍼렇게 호통을 쳤다. 찔끔한 병사들이 남자의 사체 주위로 우르르 몰려들었다.

"아니, 아니, 그 송장이 아니라, 저 아이! 저 아이를 잡으란 말이다! 멍청이들아!"

얼굴부터 목까지 벌게진 소장이 버럭버럭 소리를 지르자 시신을 들어 올리던 병사들이 놀라 한꺼번에 손을 놔버렸다. 퍼억, 박 깨지는 듯한 소리를 내며 사체가 돌바닥에 부딪쳤다. 소장은 물론 병사와 간수들까지 일제히 오만상을 찡그렸다.

"저런 것들을 데리고 내가 무슨 일을 한다는 건지… 어휴!"

기가 막힌 소장이 천장을 향해 탄식을 토해냈다. 면목이 없어진 병사들은 필요 이상으로 셰이를 거칠게 다뤘다. 그녀는 무릎을 꿇린 자세로 머리와 상체가 짓눌린 채 포승줄에 묶였다.

"잡았습니다, 소장님. 이제 어떻게 하면 좋겠습니까? 다시 수용실에 가둘까요?"

병사 한 명이 용기를 내어 물었다.

"아니다. 한 명도 아니고 둘이나 죽인 살인자를 살려둘 수는 없다. 지금 당장 처형장으로 데려가라!"

말투는 강경했으나 소장은 셰이의 눈을 똑바로 쳐다보지 못했다. 지금도 책상 서랍에서 빛을 발하고 있을 금화를 생각하니 자꾸만 마음이 불편해졌다.

하는 수 없어. 놔주고 싶어도 이젠 늦었어.

다른 곳도 아니고 형무소 안에서, 그것도 수많은 눈들이 지켜보는 앞에서 일어난 사건이었다. 마음만 먹으면 뒤로 슬쩍 빼내주는 것도 아예 불가능하진 않으나, 일이 잘못되면 그의 자리까지 위태로워질 위험이 있었다.

"검은 가죽 주머니, 생각나십니까?"

셰이는 불쑥 질문을 던졌다. 소장이 뻣뻣한 동작으로 그녀를 돌아봤다.

"무슨 말이냐? 가죽 주머니라니?"

그는 자신에게 집중된 시선들을 하나하나 의식하며 능숙하게 시치미를 뗐다.

"그 가죽 주머니보다 다섯 배가 더 큰 주머니가 어디 있는지 알고 있습니다."

이미 받은 금화의 다섯 배를 더 주겠다는 뜻이었다. 눈이 휘둥그레진 소장이 마른침을 삼켰다. 그는 입을 열기 전 꽉 죄어든 목부터 풀어야 했다.

"가죽 주머니가 어떻다는 건지 도통 알아들을 수가 없구나."

그는 집무실을 향해 빠르게 걸어갔다. 머리가 어지러웠다. 복도 바닥과 벽, 천장 할 것 없이 그의 마음처럼 갈피를 못 잡고 이리저리 비척거렸다.

그냥 눈 딱 감고 풀어줄까? 안 돼, 그럴 수는 없어. 일이 틀어지면 내 목까지 달아날 수도 있는데… 그 말은 못 들은 셈 치고 잊어버리자.

"하지만… 하지만 다섯 배라는데……."

소장은 울상을 지으며 집무실로 들어섰다. 그를 따라온 간수장이 입을 열기 전 문부터 닫아걸었다.

"어쩌실 생각입니까?"

"어쩌긴? 포기하는 수밖에 다른 방법이 없질 않나? 이번 일을 알고 있는 사람들이 한둘도 아니고, 그 많은 입들을 어떻게 막는단 말인가?"

"뭘 그렇게 복잡하게 생각하십니까?"

"뭐 좋은 수가 있는 건가?"

간수장은 문가에서 서너 걸음 떨어진 지점으로 소장을 데려갔다.

"살려주는 척하며 먼저 금화부터 손에 넣은 뒤, 아무 말 하지 못하게 그 즉시 숨통을 끊어버리면 되지 않습니까?"

소장은 눈이 번쩍 떠지는 느낌이었다.

"그런 수가 있었군! 그래, 바로 그거야! 그렇게 하면 되겠어!"

두 사람은 만족스러운 미소를 주고받았다.

셰이는 나무 문에서 시선을 떼지 않았다. 문이 열리기만을 초조하게 기다렸다. 형무소 내부와 이어진 나무 문은 살아남을 수 있는 마지막 보루 같은 존재였다. 소장이 그녀가 던져 놓은 황금 미끼를 문다면 머지않아 왼쪽의 나무 문이 열릴 것이다.

반면 오른쪽을 막고 있는 철문은 죽음과 곧장 연결되어 있었다. 조금 전 처형장을 정리하기 위해 불려진 몇몇 여죄수들의 출입으로 인해, 셰이는 철문 밖 광경을 얼핏 보게 되었다. 죄수를 묶는 직사각형의 단이 중앙에 위치했고, 절단된 머리가 잘 굴러 떨어지도록 매끈하게 깎아 높낮이를 맞춘 나무 통로가 그 아래 설치되어 있었다.

단과 나무 통로 사이에 놓여 있던 핏물 받이 통이 떠오르자 셰이는 부르르 진저리를 쳤다. 시커멓게 들러붙은 핏자국이 덕지덕지 꼬여 있는 둥근 통엔 조금 전 누군가의 선혈이 쏟아졌음을 말해주는 선명한 핏물이 튀어 있었다.

잠시 후면 그 통에 내 피가 담길지도 몰라.

다시 한 번 차가운 전율이 뻣뻣한 등줄기를 기어올랐다.

쓸데없는 생각하지 마. 난 죽지 않아. 이제 곧 나무 문이 열릴 거야, 이제 곧.

철컥, 별안간 철문이 열렸다. 셰이는 흠칫하며 뒤를 돌아봤다. 처형장 정리를 마친 여죄수들이 안으로 들어오고 있었다.

"이런 제길! 옷에 온통 핏물이 배었어!"

"잘 보이지도 않는데 뭘 그래?"

"맞아, 걸레로도 안 쓸 꼬질꼬질한 넝마에 묻어봤자 티나 나겠어?"

"걸레로는 안 써도 네 모가지 조르는 덴 그만일 거다!"

죄수들이 낄낄거리며 셰이 앞을 지나갔다. 웃음 사이로 쯧쯧 혀 차는 소리가 들렸다.

"재도 참 팔자 한번 사납네!"

"누가 아니래? 지 패던 놈도 아니고, 딴 여편네 패던 놈팽이 찔러 죽이고 저 꼴이 되었다지, 아마?"

맨 뒤에서 걸어가던 죄수 한 명이 뒤로 묶여 있는 셰이의 손에 슬며시 무엇인가를 쥐어주었다.

"대장의 선물이야. 더러운 벌레 한 마리 골로 보낸 값이래."

셰이의 귀에 대고 재빨리 속삭인 죄수가 태연자약한 태도로 나무 문을 나섰다. 셰이는 자그마한 막대처럼 여겨지는 물건을 더듬어보았다. 따끔한 감각이 느껴졌다. 손바닥 반만 한 길이의 막대 끝에 날카로운 쇠붙이가 달려 있었다.

셰이는 눈을 감으며 한숨을 토해냈다. 하늘이 내려준 구명줄을 손에 쥔 느낌이었다. 이제 탐욕스러운 소장만 바라보며 마음을 졸일 필요가 없어진 셈이었다. 남은 건 이 작은 칼날로 과연 죽음이 닥치기 전에 굵은 포승줄을 자를 수 있느냐의 문제였다. 최악의 경우 칼날을 손에 쥔 채 참수대에 묶일 수도 있었다.

셰이는 막대를 검지와 중지 사이에 끼우고 최대한 빨리 문질렀다. 살을 베었는지 가느다란 핏줄기가 흘러나왔다. 아픔은 별것 아니었지만 피가 묻은 손가락이 자꾸 미끈거리는 바람에 막대를 놓칠 뻔한 아찔한 순간이 몇 번이나 반복됐다. 초조한 시간이 자꾸만 흘러갔다.

나무 문 밖에서 인기척이 들리자 셰이는 부랴부랴 막대를 소매 안으로 숨겼다. 문이 열리며 소장과 간수장이 들어왔다. 간수장이 셰이가 있는 주무실(綱繆室)을 비롯해 처형장까지 꼼꼼히 살핀 후에야 소장은 말문을 열었다.

"금화가 어디 있는지 말해라."

그는 말을 돌리지 않았다.

"제가 직접 가서 금화를 가지고 오겠습니다."

"아니, 넌 여기서 기다리고 있어라. 먼저 금화가 진짜 있는지부터 확인한 다음, 널 풀어주겠다."

"말로는 설명하기 힘든, 저만이 알고 있는 비밀 장소에 숨겨놓았습니다."

"찾는 건 우리가 알아서 할 테니, 넌 위치만 말하면 된다."

"말할 수 없습니다."

셰이와 소장 둘 다 한 발도 물러서지 않았다.

"마지막으로 기회를 주겠다. 어서 금화의 위치를 말해라. 그렇지 않으면 그 즉시 널 참수형에 처하겠다."

소장이 최후 통첩을 내놨다.

"방법은 두 가지입니다. 제가 직접 가든지, 아니면 그곳까지 안내를 하든지."

셰이는 짐짓 여유있는 태도로 뒷말을 붙였다.

"시간은 많으니, 천천히 선택하십시오."

소장의 관자놀이에 경련이 일었다. 주의 깊게 상황을 지켜보던 간수장은 입술을 비틀며 욕설을 중얼거렸다.

"더는 네 방자한 짓거리를 곱게 봐줄 수가 없구나!"

　매몰차게 몸을 돌린 소장이 밖으로 나갔다. 간수장도 험악한 눈초리로 셰이를 노려보며 그 뒤를 따랐다.

　다섯을 세기 전에 다시 저 문이 열릴 거야. 하나… 둘… 셋…….

　문이 벌컥 열렸다.

　"어서 일어나!"

　간수장이 문고리를 잡은 채 소리쳤다. 소장의 모습은 보이지 않았다. 간수장은 자신의 제복 상의를 벗어 셰이의 머리 위에 덮어씌웠다. 따로 시간을 내서 그녀의 얼굴을 가릴 만한 쓰개나 천을 가져올 생각조차 하지 않았다. 그나 소장이나 한시라도 빨리 금화를 손에 넣고 일을 마무리 짓고 싶은 열망에 가슴속까지 바짝 타 들어간 상태였다.

　간수장이 셰이의 팔을 거칠게 잡아끌었다. 셰이는 제복에서 풍기는 고약한 땀 냄새에 코를 찡그리며 다리를 움직였다. 뾰족한 칼날이 가느다란 빛을 내쏜 뒤, 다시 팔소매 밑으로 숨어들었다.

　셰이는 간수장과 함께 수용소의 후면을 돌아 부역장을 가로지른 후, 늘어선 창고 건물 사이를 잰걸음으로 통과했다. 그러자 평상시엔 거의 쓰지 않는 형무소 후문―처형당한 시신을 가족에게 넘길 때만 종종 사용되었다―이 나타났다.

　긴장 어린 눈으로 주위를 살펴본 간수장이 바삐 손을 놀려 자물쇠를 풀었다. 문이 열리며 평범해 보이는 마차와 마부석에 앉아 대기하고 있는 병사가 시야에 들어왔다. 형무소에서 본 적이 있기 때문에 병사임을 안 것이지, 그렇지 않다면 제복이 아닌 평상복 차림의 그를 단순한 마부로 여겼을 터였다.

셰이는 빨리 움직이라는 간수장의 눈짓을 받으며 마차에 올랐다. 예상대로 형무소 소장이 먼저 와 자리 잡고 있었다. 미리 지시를 받은 듯 문이 닫히자마자 마차가 출발했다.

"어디냐?"

소장이 물었다.

"우선 메이르 강 쪽으로 가십시오. 그 근처에 도착하면 다시 말씀드리겠습니다."

셰이는 자신이 비교적 잘 알고 있는 곳을 선택했다. 형무소에서 그리 멀지 않다는 점이 마음에 걸렸으나, 지금의 처지에선 가장 현명한 판단이라고 생각하며 불안감을 달랬다.

메이르 강 상류에서 조금 북쪽으로 들어가면, 5, 6년 전만 해도 정착하지 못하고 여기저기를 떠돌아다니던 천민들이 모여 화전을 일구고 사는 촌락이 나온다. 먼발치서 몇 번 본 것뿐이라 자세한 건 알지 못하지만, 거미줄처럼 복잡하게 얽혀 있는 골목과 판잣집들의 모습은 기억에 생생했다.

도망치거나 숨는 데 그곳만큼 좋은 장소도 없을 거야.

셰이는 소장과 간수장의 눈치를 살피며, 쉬지 않고 포승줄을 잘랐다. 지금처럼 묶인 상태로는 얼마 못 가 잡힐 것이 분명했다. 손만 자유로워진다면 소장과 간수장, 그리고 병사 한 명쯤 따돌리는 건 그리 어렵지 않을 것이다.

그러나 셰이의 생각과는 달리 간수장은 결코 만만한 상대가 아니었다. 그는 마차가 형무소를 떠난 직후 탈옥을 알리는 호각이 터지도록 미리 손을 써놓고 있었다.

지금쯤 초비상이 걸렸겠군.

그와 소장은 금화를 손에 넣은 뒤 셰이를 탈옥수로 몰아 제거할 계획을 가지고 있었다.

예르체리나 여왕은 그 무엇보다 국가의 안정과 평화를 중시하는 통치자였다. 특히 수도인 서트린의 보안은 철두철미하다는 말이 나올 정도로 빈틈없이 관리되고 있었다. 이제 곧 살인자의 탈옥 소식이 알려질 테고, 얼마 안 있어 형무소 부근은 물론 서트린 전 지역에 병사들이 쫙 깔리게 될 것은 자명했다. 그럼 힘없는 여자 아이 하나 없애는 건 일도 아니리라.

사건이 마무리된 후 자신이나 소장이나 형무소의 관리 소홀을 이유로 문책을 받겠지만, 크게 우려할 필요는 없었다. 소장이 이미 오래전부터 윗선까지 연줄을 다져 놓은 터라 가벼운 징계 정도만 내려질 것이 분명하기 때문이다.

그는 성공을 믿어 의심치 않았다. 호각을 불도록 시킨 간수와 현재 마차를 모는 병사 둘 다 그가 전부터 몇 푼씩 돈을 쥐어주며 편하게 부리던 자들이었다. 어차피 한 배를 탄 이상, 금화 서너 개씩만 나눠 준다면 영원히 입을 다물 것이 틀림없었다.

마차 창문으로 메이르 강이 나타났다. 셰이는 포승줄을 자를 시간을 벌기 위해 '정확한 위치가 잘 기억나지 않으니 일단 강을 따라 올라가 보자'고 말했다. 소장과 간수장의 얼굴에 미심쩍은 기미가 나타났으나, 어차피 열쇠는 그녀가 쥐고 있었다. 물론 시간을 지나치게 끌어 저들의 의혹을 키우면, 그건 곧장 탈출 실패로 연결될 수 있다는 위험도 염두에 두고 있어야 했다.

화전민 촌락을 조금 지나쳤을 때, 드디어 포승줄이 약간 느슨해진 느낌이 전해졌다.

"아, 이제 생각이 나는군요. 방금 전에 지나쳤던 화전민 촌락으로 마차를 돌리십시오."

방향을 바꾼 마차가 셰이의 의도대로 마침내 촌락 앞에 멈춰섰다. 간수장한테 팔을 잡힌 상태로 땅에 내려서던 그녀는 눈앞이 캄캄해지는 듯한 충격에 휩싸였다. 삼십여 명에 달하는 수색병들이 열 걸음도 채 떨어지지 않은 곳에 정렬해 있었다.

끝장이야! 이런 곳에서 도망이라니! 발을 내딛기도 전에 죽임을 당하게 될 거야!

"이, 이게 어찌 된 일인가?"

소장의 낯빛이 파리해졌다. 간수장 역시 경악에 차 있었다. 이토록 빨리 수색이 진행되리라고는 그 역시 전혀 예상치 못하고 있었다.

"그, 글쎄… 저도 잘……."

셰이는 의혹에 찬 시선을 두 사람에게 던졌다. 이번 일의 뒤에 그들이 있으리라는 직감이 들었다. 하지만 지금은 사실 여부를 떠나 일단 이곳에서 벗어나는 문제가 시급했다.

"우선 여길 떠나는 편이……."

말을 끝내기도 전에 간수장이 그녀의 등을 우악스럽게 밀쳐 냈다. 셰이는 바닥으로 나동그라졌다.

"탈옥수다! 여기 탈옥수가 있다!"

수색병들을 향해 목청껏 소리친 간수장이 소장의 어깨를 와락 당겨 안고 황급히 마차 안으로 뛰어들었다. 두 사람은 마차 바닥에 앉아 최대한 낮게 몸을 웅크렸다.

이제 됐어! 한 고비는 넘긴 거야!

간수장은 땀이 송골송골 맺힌 이마를 손등으로 대충 닦아냈다. 공들여 찾던 탈옥수가 바로 눈앞에 나타난 마당에 평범해 보이는 마차에까지 관심을 갖는 병사는 없을 것이다. 목전까지 와서 포기해야 하는 금화가 아깝긴 하지만, 일이 틀어진 이상 깨끗이 손을 터는 수밖에 다른 도리가 없었다.

"여보게, 이제 어떡하나?"

사색이 된 소장이 매달리듯 간수장의 팔을 움켜잡았다.

"쉿!"

간수장은 재빨리 주의를 준 다음, 신경을 곤두세우고 밖의 동태를 살폈다. 소장의 불규칙한 숨소리 외에는 아무것도 들리지 않았다.

왜 이렇게 조용한 거야?

일이 잘못되었다는 예감에 모골이 송연해졌다. 이번 사태의 전말이 밝혀진다면 그들 두 사람의 목도 무사하지는 못하리라.

"어어! 탈옥수! 탈옥수가 도망친다! 어서 잡아라!"

드디어 기다리던 외침이 터졌다. 간수장은 그 즉시 마차 바닥을 두드렸다.

"어서 출발해! 어서!"

발소리가 급속도로 커지는 가운데 마차가 움직이기 시작했다. 이제 골치 아픈 뒤처리는 수색병들이 알아서 해줄 터였다.

"탈옥수다! 여기 탈옥수가 있다!"

수색병들의 시선이 일제히 셰이에게 몰려들었다. 그들은 잠시간 반신반의하며 그녀를 쳐다보기만 했다. 사실 처음엔 수색병들 대부분이 장난일 것이란 생각을 가지고 있었다. 탈옥수의 인상착의 중 가장 눈에 잘 띄는 빨간 머리카락이 간수장의 제복 상의에 가려져 있었기 때문이다.

셰이는 천천히 몸을 일으켰다. 머리에서 자꾸 미끄러져 내리려 하는 웃옷과 손목에 감긴 포승줄로 인해 그녀의 움직임은 매우 부자연스러웠다.

"뭘 뒤집어쓰고 있는 거야? 괴물 놀이라도 하나?"

"그게 아니라, 어딜 다친 것 같은데? 혹시 누구한테 괴롭힘을 당한……."

"잠깐, 조용히 해봐!"

유심히 셰이를 살펴보던 수색병이 동료의 말을 가로챘다.

"저 옷 말이야. 눈에 익은 제복 같지 않아?"

"어, 그러고 보니, 나도 어디선가 본 것 같은데?"

점차 커지는 수군거림을 들으며 셰이는 수색병들에게서 등을 돌렸다.

조금만 더 견뎌줘… 조금만 더…….

위태롭게 걸려 있는 제복이 벗겨지지 않기만을 바라며 그녀는 발을 떼었다.

하나… 둘… 셋…….

셰이는 마음속으로 걸음 수를 셌다. 정체가 발각되기 전, 한 보라도 더 수색병들에게서 떨어져야 했다. 심장이 쿵쾅거렸다. 너무 세차게 뛰고 있어서 그 힘에 밀려 넘어질 것 같았다.

"어이, 거기 잠깐 멈춰봐!"

뒤에서 굵직한 목소리가 날아왔다. 셰이는 못 들은 척하며 서너 걸음 더 나아갔다. 뾰족한 자갈 하나를 빗겨 밟았을 때, 웃옷이 바닥으로 떨어졌다. 그 순간 그녀는 땅을 박차고 앞으로 달려 나갔다.

"어어! 탈옥수! 탈옥수가 도망친다! 어서 잡아라!"

셰이는 전력을 다해 뛰었다. 그러나 손이 묶인 상태로 수색병들을 따돌리는 건 역부족이었다. 요란한 발소리가 천둥처럼 울리며 걷잡을 수 없이 몰려들었다. 당장이라도 낚아 채일 것 같은 두려움에 목덜미가 쭈뼛거렸다.

제발 좀 끊어져! 제발!

셰이는 미친 듯이 손목을 비틀었다. 그러다 중심을 잃고 거칠게 넘어졌다. 붉은 핏물이 배어든 밧줄이 끊어지며 손이 자유로워졌다. 그녀는 허겁지겁 일어나 다시 내달렸다. 돌연 날카로운 휘파람 소리가 귀를 파고들었다. 어지럽게 흔들리는 시야 속으로 한 남자가 말을 타고 질주해 들어왔다. 그는 다름 아닌 본 존이었다. 셰이는 곧장 방향을 틀어 그를 향해 달음박질쳤다. 생각할 겨를 따위는 사치에 불과했다. 뜻밖의 사태에 당황한 수색병들이 일순 주춤하며 웅성거렸다.

"빨리 잡아! 놓치면 안 돼!"

수색대장이 버럭 소리쳤다. 본 존은 허리를 굽히며 달리는 말 아래로 손을 내밀었다. 바짝 접근한 두 명의 수색병이 셰이를 향해 몸을 날렸다. 그 순간 셰이는 낚아채듯 본 존의 손을 움켜잡았다. 그리고 펄쩍 뛰어 말 등에 올라탔다.

"멈춰라!"

“택도 없는 소리!”

의기양양하게 받아친 본 존이 한순간 움찔하더니 힘껏 말고삐를 당겼다. 그들의 앞쪽, 얼마 떨어지지 않은 곳에 열 명이 넘은 궁병대들이 활에 화살을 잰 채 포진하고 있었다. 섣불리 도망치려 했다간 온몸에 화살 구멍이 생길 판이었다.

“이런, 젠장!”

본 존이 먼 허공을 향해 버럭 욕설을 뱉어냈다. 그를 따라 실컷 악다구니라도 치고 싶다는 생각을 하며 셰이는 두 주먹을 움켜쥐었다.

“얌전히 말에서 내려라!”

대장의 신호를 받은 수색병들이 신속하게 말 주위를 에워쌌다.

“허튼수작하려 들면 그 즉시 배를 갈라주겠다!”

수색대장이 험악하게 이를 드러냈다.

“많이 아플까요, 배가 갈라지면?”

본 존이 엉뚱한 질문을 꺼내자 수색대장의 얼굴이 굳어졌다.

“엄청나게 아프겠지?”

본 존은 흘끔 셰이를 돌아봤다.

“배가 갈라지면 피범벅이 된 내장이 밖으로 쏟아져 나올 거야, 꾸역꾸역 더운 김을 내뿜으며.”

울상이 된 본 존이 자신의 배를 슬슬 어루만지며 몸서리를 쳤다. 상상만 해도 끔찍하다는 듯 연거푸 몸을 떨던 그가 별안간 고개를 들며 히죽 웃었다. 그의 손엔 어느새 불그스름한 구슬이 들려 있었다. 심상치 않은 느낌을 받은 수색대장이 눈을 부릅떴을 때, 본 존이 구슬을 바닥에 내던지며 뜻을 알 수 없는 말을 중얼거렸다. 그러자 붉은 안개가 화염처럼 삽시간에 피어올랐다.

"무슨 짓이냐?"

수색대장은 황급히 검을 빼어 들었다. 날카로운 말 울음소리가 터져 나왔다. 그는 안개 속으로 뛰어들며 가차없이 검을 휘둘렀다. 쉭, 소리를 내며 검이 공기를 갈랐다. 안개가 흩어졌다. 경악에 찬 침묵 속에서 텅 빈 허공이 모습을 드러냈다.

바닥이 일시에 꺼져 나가는 것 같은 느낌과 함께 현기증이 덮쳤다. 세이는 본능적으로 힘껏 본 존을 붙잡았다. 그가 무슨 말인가를 외쳤으나 말 울음소리와 섞이는 바람에 그녀의 귀엔 정체 모를 괴성처럼 들렸다.

"뭐라고?"

세이는 악을 쓰듯 물었다.

"꽉 잡으라고!"

다음 순간, 어슴푸레하던 세상이 밝아졌다. 본 존이 어깨 너머로 그녀를 돌아봤다.

"이미 소용없는 말이 됐지만. 그건 그렇고, 탈출은 근사하게 성공을 거두었군. 하긴 이 본 존께서 직접 나섰는데 실패라면 말도 안 되지."

세이는 그의 말을 흘려들으며 말에서 내려섰다. 발목을 간질이는 풀잎, 바람을 타고 온 달콤한 꽃향기와 시야 가득 펼쳐진 풍요로운 초원. 완벽하게 낯선 풍경이 그들을 둘러싸고 있었다.

"여, 여기가… 어디야?"

어안이 벙벙한 나머지 말이 떠듬떠듬 나왔다.

“글쎄?”

셰이 옆에 나란히 자리 잡는 본 존의 얼굴에도 놀란 기색이 역력했다.

“너도 모른다는 소리야?”

“응, 나도 모르겠어.”

두 사람은 잠시 동안 너른 초원을 바라보며 말없이 서 있었다.

“지금 이 상황, 붉은 구슬의 힘인 거지?”

고개를 끄넉이넌 본 존이 발밑에 있는 자그마한 돌멩이를 툭 걷어찼다.

“서운했지?”

“이름도 모르는 사람이라고 한 거?”

셰이는 못 알아들은 척 말을 돌리지 않았다.

“그래, 그때 말이야. 마르티 때문에 네가 병사들에게 잡혔을 때.”

“아니, 서운해할 이유가 없잖아. 아는 거라곤 달랑 이름뿐인 생판 남남인 사이인데.”

아무렇지 않은 듯 태연자약한 표정을 보였으나, 밖으로 나온 어조는 두드러지게 퉁명스러웠다. 본 존이 알 만하다는 얼굴로 엷은 미소를 지었다. 겸연쩍어진 셰이는 말머리를 돌렸다.

“거긴 어떻게 알고 나타난 거야?”

“내 막강한 영향력이 미치지 않는 곳은 이 세상에 없어.”

본 존은 일부러 우쭐거리는 투로 말했다. 사실 그는 셰이가 잡혀간 뒤, 아는 사람들을 총동원해 형무소에 대한 정보를 수집했다. 그 과정에서 형무소 간수와 보안병에게 적지 않은 돈까지 쥐어줘야 했다.

마차에 오르는 세이를 본 건, 숨어들 기회를 엿보며 형무소 후문을 기웃거리고 있을 때였다. 생각할 틈도 없이 본 존은 골목 모퉁이에 숨겨놓았던 말에 올라탔다. 그리고 들키지 않을 정도의 거리를 신중하게 유지하며 마차를 쫓았다. 안주머니엔 세이를 탈출시키기 위해 준비한 붉은 구슬이 들어 있었다.

구슬은 발라스 국에 있는 베난틴 성지에서 몰래 훔쳐 낸 것으로, 구슬이 들어 있던 팔각함 바닥에 사용 방법이 새겨져 있었다. 위기에서 멋지게 탈출할 수 있었던 건 순전히 구슬 덕분이었다. 생각하면 생각할수록 신기하고 기특한 구슬이었으나, 문제는 사용시 어디로 날아갈지 모른다는 점이었다.

"그나저나 당분간은 몸 좀 사려야겠어. 졸지에 탈옥수를 도운 사악한 마법사 꼴이 되었으니 말이야."

"난 도와달라고 한 적 없어."

쌀쌀맞게 대꾸한 세이는 앞으로 성큼성큼 걸어나갔다.

"괜찮아, 뭘 그렇게까지 고마워해? 고작 목숨 하나 구해준 것에 지나지 않는데."

본 존은 은근슬쩍 비꼬며 그녀와 보조를 맞췄다. 세이는 눈동자만 움직여 그를 훔쳐봤다. 고마운 마음이 없다면 그건 거짓말일 것이다. 하지만 그녀는 지위와 권력이 제공하는 풍요로운 생활을 당연한 것으로 여기며 살아온 사람이었다. 늘 지배자의 입장이었기에 감사의 인사를 해본 경험이 전무하다시피 했다.

"그런데 지금 어디 가는 거야?"

세이는 작은 점처럼 보이는 멀리 떨어진 인가 쪽을 가리켰다.

"사람을 만날 수 있는 곳. 먼저 이곳이 어디인지부터 알아야 하잖아."

"저기까지? 차라리 하늘 꼭대기로 오르는 편이 더 빠르겠네!"

본 존은 한숨을 푹 내쉬며 그 자리에 멈춰 섰다. 하지만 셰이는 묵묵히 걸음만 옮길 뿐, 속도를 늦추지도 않았다.

"이거야, 원. 나는 시종, 저쪽은 왕녀 같군."

자존심이 상한 본 존은 차라리 이대로 헤어지는 게 낫지 않을까 생각하며 셰이의 뒷모습을 바라봤다.

정반대 쪽으로 가볼까? 그럼 구질구질한 작별 인사 없이 말끔하게 헤어질 수 있잖아.

본 존은 망설였다. 이상하게도 선뜻 발길을 돌릴 수 없었다. 지금까지 그의 주변에 여자는 성가실 정도로 많았다. 그는 여느 남자들과 똑같이 여자를 좋아했고, 그들과 함께하는 시간을 즐겼다. 하지만 그뿐이었다. 제아무리 아름답고, 유쾌하고, 매력적인 여자라도 얼마 못 가 하나같이 싫증이 나곤 했다.

그는 셰이도 마찬가지일 거란 확신을 가지고 있었다. 여태껏 만난 여자들 중 제일 흥미를 불러일으키는 건 사실이나, 그걸 제외하면 특별히 시선을 끄는 점도 없었다.

특별히 시선을 끄는 점이 없다고? 그런데 그런 별 볼일 없는 상대를 위해 목숨까지 걸어? 네 정의감이 그 정도로 넘쳐흘러? 대단하시군, 정말 대단해. 여기 성인군자 한 명 나셨군.

본 존은 스스로에게 통렬한 비웃음을 던졌다. 셰이의 모습은 이제 손바닥만 한 크기로 줄어든 상태였다.

"젠장! 반한 놈이 죽일 놈이지!"

본 존은 셰이를 향해 힘껏 달음박질쳤다.

“가, 같이 가!”

힘겨운 외침이 들리자 셰이는 속도를 줄이며 뒤를 돌아봤다. 옆구리를 부여잡은 본 존이 숨을 헐떡이며 뛰어오고 있었다. 말이 뛰어온다는 것이지, 실제 모습은 이리저리 휘청거리면서도 쓰러지지 않으려고 간신히 버티고 있는 사람 같았다.

눈살을 찌푸린 셰이가 지켜보는 가운데, 가까스로 그녀를 따라잡은 본 존이 바닥에 철퍼덕 주저앉았다.

“난 다른 곳으로 간 줄 알았어.”

미안한 마음에 셰이는 변명조로 말했다.

“내 심장을… 훔쳐간… 너 없이… 내가… 혼자서… 어딜… 갈 수… 있겠어?”

숨을 몰아쉬느라 제대로 말이 나오지 않았지만, 유들유들함은 여전했다.

“그런데 손은 왜 잡고 있는 거야?”

셰이가 손을 빼내려 하자 본 존은 손아귀에 지그시 힘을 가했다.

“도망 못 가게… 하려고.”

“도망은 무슨?”

셰이는 매몰찰 정도로 손을 획 잡아 뺀 다음, 본 존 옆에 앉았다. 한동안 두 사람은 얼굴에 부딪치는 시원한 바람을 즐겼다. 점점이 뿌려진 울긋불긋한 야생화가 산들바람에 흔들렸다. 멀리 야트막한 구릉 위로 건초를 말리는 사람들의 모습이 보였고, 얼마 떨어지지 않은 마을 쪽에선 아이들의 웃음소리가 흐릿하게 들려왔다.

“널 잡아간 이유가 살인 때문이라던데, 맞아?”

본 존이 침묵을 깨뜨렸다.

"그땐 결백했어."

농담이라고 생각한 본 존이 픽 웃었다.

"그런 대답이 어디 있어? 그럼 지금은 살인자란 말이야?"

셰이는 망설이다 고개를 끄덕였다. 일순 눈썹을 꿈틀했을 뿐, 본 존의 얼굴은 놀랄 정도로 차분했다.

"형무소에서 무슨 일이 있었던 거야?"

"거기서 누굴 죽였어. 그 이상은 말하고 싶지 않아. 얘기할 만한 것도 없고."

셰이는 자리를 털고 일어섰다.

"후회하는구나."

본 존은 단정적으로 말했다.

"그래, 후회해."

하지만 그자를 죽여서가 아니야. 구해주었어야 될 사람을, 보호했어야 될 사람을… 지켜주지 못했어…….

본 존이 이해하지 못할 것이란 생각에 셰이는 속마음을 내보이지 않았다.

바르샤르 왕국은 그녀의 나라였다. 그리고 지옥 같은 삶을 살다 고통 속에 죽어간 소녀는 바르샤르 사람, 돌봐주고 지켜주었어야 될 그녀의 사람이었다.

"어, 잠깐만!"

벌떡 일어선 본 존이 바구니를 들고 막 언덕을 올라온 젊은 여인을 향해 빠르게 걸어갔다. 낯선 남자를 본 여인이 주춤하며 경계심을 드러냈다. 하지만 그것도 잠시, 여인에게서 곧 수줍음과 약간의 교태가 느껴지는 웃음이 새어 나왔다. 꽤 오랫동안 두 사람은 교제하는 연인들처럼 마주 보고 서서 얘기를 나누었다. 그동안 셰이는 내내 그들의 웃음소리를 듣고 있어야 했다. 이윽고 아쉬움이 가득한 눈빛을 뒤로하고 본 존이 자리로 돌아왔다.

"여기가 어딘지 알아냈어."

셰이는 본 존이 다소 우쭐대리라 짐작했지만 그의 목소리는 의외로 담담했다.

"어디인데? 설마 아직도 서트린에 있는 건 아니겠지?"

"바르샤르 왕국인 건 맞는데, 서트린은 아니야. 쿠란, 여기가 바로 쿠란이었어."

"쿠란?"

셰이는 머리를 갸웃거렸다.

"나도 오늘 처음 듣는 지명이야. 그래서 좀 알아봤는데, 쿠란이 어디냐 하면……."

"바트레와 말루프 사이에 위치한, 품질 좋은 양모 생산지로 이름 높은 마을, 쿠란. 저명한 신학자 제롤라모 오비누스의 고향인 쿠란."

셰이는 다소 장난기 어린 말투를 사용했다. 놀란 표정이던 본 존이 짐짓 인상을 썼다.

"이제야 정체를 알겠네. 퀴퀴한 골방에 박혀 하루 종일 책만 붙들고 산 책벌레. 맞지?"

"반쯤 맞아."

셰이는 가볍게 받아넘겼다.

"그나저나 여기가 쿠란이면, 어디로 가야 하는 거지?"

이정표라도 찾는 사람처럼 그녀는 사방을 둘러봤다.

"목적지가 어딘데 그래?"

"에그니스. 혹시 에그니스가 어디 있는지 알아?"

"에그니스라면 이쪽이야."

몹시 허탈한 표정이 된 본 존이 지금껏 힘들게 걸어왔던 방향 쪽으로 그녀를 돌려 세웠다.

"이쪽 방향이면… 남서쪽이니까…….."

셰이는 미간을 찌푸렸다. 쿠란의 남서쪽엔 오직 하나의 도시만 존재했다.

"잘못 안 것 아니야? 난 말루프가 아니라 에그니스로 가야 한다 니까."

"그러니까 먼저 말루프 항으로 가야지. 에그니스까지 새처럼 훨훨 날아갈 작정이야?"

이샤! 이 천하에 둘도 없는 악질 같으니!

셰이는 하늘을 올려다보며 주먹을 불끈 쥐었다. 그녀는 에그니 스가 수도인 서트린에서 가깝진 않더라도, 당연히 바르샤르 왕국 내에 있는 지역일 것이라 간주하고 있었다. 본 존의 말을 듣고 나 서야 셰이는 에그니스의 정식 지명인 에트디그니스를 기억해 낼 수 있었다. 에트디그니스는 버틀랜드 국의 대문이라 일컬어지는 유명한 항구 도시였다.

"준비가 끝나면 에그니스로 와."

말 위에 앉아 그녀를 거만하게 내려다보던 이샤무딘의 얼굴이 떠오르자 셰이는 화가 나는 대신 허탈한 마음이 들었다.

심장에 단검이 박혀도 달라진 구석이 전혀 없으니……. 차라리 커다란 쇠말뚝을 박았다면 손톱만큼은 변하지 않았을까? 아니야, 아마 헛수고였을 거야.

"심장이 아예 없는 냉혈한이니까."

셰이는 중얼거리며 왔던 길을 되돌아가기 위해 맥 빠진 걸음을 내디뎠다.

"셰이엔."

뒤에서 본 존이 그녀를 불렀다. 무심결에 돌아본 셰이는 그와 눈길이 맞닿은 순간 짧은 탄성을 터뜨렸다.

"맞아, 여기서 헤어져야 하는구나! 깜박 잊고 있었어."

"부탁인데, 나란 존재까지 잊진 말아줘."

본 존이 성큼성큼 거리를 좁혀왔다.

"난 말루프 항으로 가서 배를 타야 돼. 알다시피 목적지는 에트 디그니스고."

"나도 말루프 항까지 가야 돼."

셰이가 입을 열려 하자 본 존은 잽싸게 이유를 갖다 붙였다.

"나 역시 도망자 신세라는 거, 벌써 잊었어? 아마 잡히면 호박 색 눈동자를 가진 무시무시한 흉악범을 탈출시켰다는 죄목으로 썩은 호박 쳐내듯 짓이겨 버릴걸?"

"그래서? 다른 나라로 밀항이라도 하겠다는 거야?"

"밀항을 하든 헤엄을 치든, 장수하고 싶으면 무조건 이 나라를 떠나야 한다는 얘기지. 그래서 하는 말인데, 우리 다시 한 번 시 도해 볼까?"

본 존이 안주머니에서 손바닥 반만 한 크기의 팔각함을 꺼냈다. 함 안엔 붉은 구슬 두 개가 들어 있었다.

"그러니까 이게 바로 그……."

셰이의 눈이 커다래지자 본 존은 자랑스레 구슬 하나를 집어 들었다. 그가 구슬을 바닥에 던지려는 찰나 셰이는 황급히 소리쳤다.

"안 돼!"

멈칫한 본 존이 팔을 내렸다.

"뭐가 안 돼?"

"그 구슬을 사용하면 대체 어디로 가는 건데?"

"그걸 내가 알아? 일단 써봐야 알지."

어이가 없어진 셰이는 푹 고개를 꺾었다.

"난 남자들이 싫어, 정말."

한숨 섞인 투덜거림을 들은 본 존이 능청스럽게 맞받았다.

"그래? 나도 남자들이 싫은데. 역시 우린 통하는 구석이 있단 말이야."

셰이는 못마땅한 얼굴로 본 존을 쏘아봤지만 곧 피식피식 웃음이 새어 나왔다. 본 존도 장난꾸러기 같은 미소를 던졌다.

"그 구슬은 잘 넣어둬. 나중에 또 필요할 때가 있을 테니까. 그리고 서두르자."

셰이는 부지런히 걸음을 옮기며 얘기를 계속했다.

"되도록 빨리 말루프 항으로 가야겠어. 우리가 일단 바르샤르 왕국을 떠난 뒤에 말루프까지 체포령이 확대되면 좋겠는데… 그렇지 않으면 네 말대로 헤엄을 쳐서 바다를 건너야 하는 상황에 놓일지도 몰라."

"걱정하지 마. 우리한테는 이게 있잖아."

본 존은 구슬이 들어 있는 왼쪽 가슴 부위를 톡톡 두드렸다.

"그러다가 서트린으로 다시 돌아가 있으면 어떡하려고?"

"내 운명이 그렇게 가혹할 리 없어. 행운의 사나이, 본 존이 장담하는데, 우린 분명히 에그니스에서 감격의 입맞춤을 나누고 있을 거야."

본 존이 능글맞은 표정을 지으며 입술을 내밀었다. 곧바로 무시한 셰이는 먼 하늘을 바라봤다. 빛이 변하고 있었다. 엷은 황금색에서 차츰차츰 잿빛으로 바뀌며 저 멀리 지평선으로부터 빠르게 번져 오고 있었다. 셰이는 걸음을 재촉했다. 허허벌판에서 폭우라도 만난다면 심한 고생을 겪게 되리라는 건 불을 보듯 뻔했다.

바람결에 눅눅한 습기가 묻어났다. 그리고 오래지 않아 그녀의 우려대로 굵은 빗방울이 너른 초원을 가득 뒤덮었다.

어푸어푸 소리를 내며 얼굴에 물을 끼얹던 한스는 모고르가 나타나자 후닥닥 부동자세를 취했다. 그는 십 년 전부터 모고르 밑에서 기밀에 가까운 임무를 수행해 오고 있었다. 주로 받는 지시는 수단과 방법을 가리지 않고 필요한 정보를 캐내라는 명령이었다. 늘 피를 뒤집어쓰기 일쑤인 그를 가리켜 주위에선 '인간 백정'이라고 불렀지만, 한스 자신은 스스로를 자랑스레 '고문관'이라 지칭하고는 했다.

"알아낸 건 없느냐?"

"예… 아직 없습니다."

모고르의 얼굴이 굳어지자 한스는 쥐구멍에라도 들어가고 싶은 심정이 되었다. 그는 자신의 일을 즐겼고, 재상 각하를 위해 일한다는 자부심 또한 강했다. 여태껏 임무에 관한 한 실패라고는 모르고 지내온 그였기에 지금처럼 재상 앞에서 수치심을 느끼게 될 날이 오리라고는 생각해 본 적도 없었다.

처음 카시아스를 봤을 때는, 한 시간도 못 돼 술술 불게 할 수 있으리라 자신했다. 그러나 일은 그의 생각처럼 쉽게 풀리지 않았다. 한 시간이 아니라 벌써 사흘이 지났건만 변변한 정보 하나 알아낸 것이 없었다. 이런 경험은 그로서도 처음이었다.

모고르는 이마에 깊은 주름을 잡고 서서 머리부터 발끝까지 카시아스를 찬찬히 뜯어봤다. 카시아스는 천장에 박힌 쇠사슬에 양손목이 묶인 채 취조실 가운데 매달려 있었다. 본래 생김새를 짐작하기 어려울 만큼 퉁퉁 부어오른 얼굴 가득 피멍과 피딱지가 엉켜 있었고, 하의만을 걸친 몸은 온통 상처와 핏자국으로 뒤덮여 있었다. 찢기고, 갈라지고, 짓무른 고문의 흔적들에선 여전히 핏물이 배어 나오고 있었다.

"혼절한 것 같구나. 깨워라."

한스는 부리나케 뛰어가 구석에 놓여 있던 물 양동이를 집어 들었다.

얼음장 같은 물이 전신에 퍼부어지자 카시아스는 퍼뜩 정신을 차렸다. 끓는 물이라도 뒤집어쓴 듯 온몸의 살갗이 쓰라리고 화끈거리더니 참기 힘든 통증이 뼛속까지 파고들었다. 물이 상처를 자극해서인지, 지옥 같은 현실로 돌아와서인지 이유를 알 수 없었다.

이유가 뭐면 어때? 젠장! 이유 따위야 뭐면 어떠냐고?

카시아스는 다시 무의식의 세계로 빠져들고 싶었다. 그에게 있어 현실은 오직 지독한 고통만을 던져 줄 뿐이었다.

"저… 어떻게 할까요, 각하?"

한스는 슬금슬금 모고르의 눈치를 살폈다.

"나가봐라."

한스를 내보낸 모고르는 재미있는 구경거리인 양 카시아스의 주위를 한 바퀴 돌았다.

"몰골이 형편없으시군요, 전하."

"내 눈엔 네 몰골이 더 형편없는 것 같군. 머리에 알록달록한 상신구라도 하나 달아보는 게 어때?"

카시아스는 심하게 갈라진 음성으로 겨우 말했다. 조금도 꿀리지 않는 그의 태도에 모고르는 몹시 불쾌해졌다. 카시아스한테서 원하는 정보를 얻어내지 못해 가뜩이나 심기가 언짢은 상태인데다 평소에도 그는 농담이 통하지 않는 성격이었다.

"열쇠가 어디 있는지 말해라! 그럼 목숨만은 건지게 해주겠다!"

모고르는 그동안 내내 덮어쓰고 있던 가식을 벗어던졌다.

"열쇠? 열쇠라면 방금 전에 쪼르르 나가 버린 못생기고 무식한 덩치가 갖고 있는 줄 아는데?"

모고르는 화로에 올려놓은 쇠꼬챙이를 집어 카시아스의 가슴에 들이댔다. 치익, 소리와 함께 살이 타 들어갔다. 카시아스는 비명을 질렀다. 지독히도 고통스러웠다. 너무 아픈 나머지 그는 자신도 모르게 혀를 깨물었다. 입속에 피비린내가 진동했다.

"마드라의 열쇠! 에스트레마드라의 열쇠, 어디 있어? 말해! 어서 말해!"

"마드라의 열쇠……."

카시아스는 불분명하게 중얼거렸다. 입 안에 가득한 피 때문인지 목소리도 축축한 것 같았다.

"그래, 마드라의 열쇠 말이야."

카시아스는 히죽 웃었다. 입술 한 귀퉁이로 핏물이 흘러내렸다.

"마드라의 열쇠는 헤이론 국에 있어."

모고르의 눈가가 파르르 떨렸다.

"넌 알고 있는 게 분명해. 한심하기 그지없는 네 아비가 말해주었을 테니까."

카시아스의 눈동자에 독기가 서렸다.

"한 번만 더 내 아버님을 모욕하면, 네놈의 뼈 마디마디를 분질러 죽여 버릴 테다!"

모고르의 얼굴에 선명한 비웃음이 그려졌다.

"더러운 남창에 빠져 자신의 목숨까지 아낌없이 바친 처량하고 어리석은 허수아비 왕. 그게 바로 네 아비야!"

카시아스는 팔목에 감긴 쇠사슬을 움켜쥔 다음 몸을 지탱했다. 그리고 남은 힘을 끌어 모아 힘껏 모고르의 턱을 걸어찼다. 새된 비명 소리가 귀청을 찢을 듯 터져 올랐다. 밖을 지키던 다섯 명의 호위병과 한스가 혼비백산해 뛰어들었다.

"아, 아이고, 각하!"

"각하! 괜찮으십니까?"

모고르는 일어서지도 못한 채 계속해서 외마디 소리를 질러댔다. 새파랗게 질린 호위병들이 부랴부랴 그를 부축해 밖으로 데리고 나갔다.

"대, 대체 무슨 일이……."

멍하니 서 있던 한스는 카시아스에게 떨떠름한 시선을 던졌다. 혹독한 고문에도 절대 입을 열지 않던 모습 위에, 방금 전 벌어진 사건이 겹쳐지자 눈앞의 남자가 더욱 꺼림칙하게 느껴졌다. 한스는 벽 가장자리를 슬금슬금 돌아 취조실을 나갔다. 그리고 단단히 빗장을 걸어 잠갔죠.

✳

태양이 떠오르고 있었다. 안개 덮인 수평선 위로 생생한 빛줄기가 뻗어 나오며 불그스름하던 바다가 찬란한 황금빛으로 물들더니 빠르게 본연의 색조를 찾아갔다. 경이롭도록 아름다운 광경이었으나 듀이는 별다른 감흥을 느끼지 못했다. 먼바다에 의미없는 시선을 띄우고 있을 뿐, 그의 머릿속엔 온통 어지러운 상념이 가득했다.

"일찍 일어났네요!"

듀이는 경쾌한 목소리를 따라 고개를 돌렸다. 만면에 환한 미소를 띤 피트가 커다란 목통을 들고 서 있었다. 한 달 전에 열다섯 살이 된 피트는 배에서 온갖 허드렛일을 도맡아 하는 고아 소년이었다.

"날씨 한번 끝내주죠?"

목통 안에 반쯤 찬 오물을 바다에 쏟아버린 피트가 헤벌쭉 웃었다. 그는 유별날 정도로 성격이 밝고 쾌활해서 힘든 노역을 하는 중에도 얼굴에서 웃음이 떠난 적이 거의 없었다.

"요리사 아저씨가 지금 빵을 굽고 있는데요. 앞으로 사흘 동안 먹을 거라서 양이 장난이 아니에요. 다 구워지면 하나 갖다 줄까요?"

"아니, 난 생각없으니까 너나 맛있게 먹어."

피트는 호기심 어린 눈으로 듀이를 살폈다. 그는 자신이 지금까지 보아온 사람들 중 가장 아름다운 외모를 가지고 있었다. 말루프 항구에서 배에 오르는 그를 처음 봤을 때 피트는 보통 사람이 아닐 것이라고 짐작했다. 그 짐작은 현재에 이르러 확신으로 변해 있었다. 피트는 그처럼 잠도 없고, 말수도 적고, 음식도 거의 먹지 않으며 때때로 시끄럽기만 한 괴상한 피리를 불어대는 사람은 처음이었다.

보면 볼수록 신비로운 사람이야.

듀이의 이상 행동이 카시아스와 앞일에 대한 걱정 때문임을 알리 만무했다.

듀이는 그동안 카시아스를 구할 수 있을지 모른다는 희망을 품고 요술 피리에게 열심히 소원을 빌었다. 그러나 머리가 아플 때까지 피리를 불어대도 카시아스는 나타나지 않았다. 그 과정에서 그는 선원들에게 험한 욕설까지 들어야 했다. 되도록 빨리 헤이론 국에 도착해야 한다는 생각에 또다시 피리를 사용해 보았으나 마찬가지였다. 망망대해에 떠 있는 배 위에서 한 발도 더 나아가지 못하는 처지임을 자각한 것이 수확의 전부였다. 고민 끝에 듀이는 지난번 자신의 소원을 들어주며 힘을 많이 써버린 탓에 피리에게도 휴식이 필요할지 모른다는 결론에 도달했다.

꼭 필요할 때 잠들어 버린 요술 피리보다 그를 더 힘들게 하는 건 어리석은 짓을 저지르고 있다는, 스스로에 대한 책망이었다. 버틀랜드 국으로 향하고 있어야 할 자신이 정반대 방향인 헤이론 국으로 가고 있는 현 상황에 듀이는 혼란스러웠다. 혼자 힘으론 벗어날 수 없는 거대한 소용돌이에 휘말린 듯한 느낌에 더럭 겁이 나기도 했다.

"고난이 없는 인생은 파도가 일지 않는 바다와도 같다네. 때때로 가시밭길도 만나고, 번갯불도 번쩍해야 진짜 인생이지, 바람 한 점 없고 비 한 방울 내리지 않는다면, 지루해서 그 긴 인생 길을 어떻게 견디겠는가? 게거품 물고 돌아버리기 십상이지."

어두운 안색의 듀이에게 커크 선장은 헤어지기 직전 그런 말을 해주었다. 커크 선장은 나흘 전 말루프 부두 근처에 있는 선술집에서 만난 사람이었다. 도와달라는 듀이의 청을 얼떨결에 받아들인 그는 자신의 말을 충실히 이행했다. 그는 무슨 일이 있어도 약속은 반드시 지키는 강한 신의와 책임감의 소유자로, 그런 성격 때문인지 말루프에서 믿을 수 있는 사람으로 통했다. 돈 한 푼 없는 듀이가 헤이론 국으로 출항하는 '이글스 호'를 얻어 탈 수 있었던 것도 전부 커크 선장 덕분이었다. '이글스 호'의 선장은 커크 선장의 말 한마디에 흔쾌히 듀이의 승선을 허락해 주었다. 수많은 사람들 중 커크 선장과 인연이 닿게 된 건 듀이에게 있어 크나큰 행운이 아닐 수 없었다.

행운인지 불운인지는 더 두고 봐야 알겠지. 카시아스를 구하기는커녕 헤이론 국에 발을 딛자마자 처형대로 직행할 수도 있을 테니까.

듀이는 땅이 꺼져라 무겁게 한숨지었다.

"피트! 할 일이 산더미처럼 쌓였는데, 대체 어디 박혀 있는 거야? 냉큼 뛰어오지 않으면 볼기짝에 불날 줄 알아!"

갑판 아래에서 커다란 고함이 터졌다.

"지금 가요! 발바닥에 땀나도록 뛰어갈 테니까 소리 좀 지르지 마요!"

크게 소리친 피트가 헤헤 웃었다.

"하여튼 쉴 틈을 안 준다니까요."

"어떻게 계속 웃을 수 있어? 힘들고 짜증나지 않아?"

듀이는 저도 모르게 질문을 꺼냈다. 다소 놀란 표정이던 피트가 쑥스럽게 웃으며 목덜미를 긁적였다.

"버릇이 돼서 그래요. 예전엔 안 그랬는데, 요샌 웃지 않으면 괜히 불편하더라고요."

피트는 몇 걸음 옮기다 듀이를 돌아봤다.

"찡그린 얼굴을 펴면, 마음도 따라서 펴지는 법이래요. 고아원에 있을 때 보모 선생님이 그러셨어요."

이를 온통 드러내며 씨익 웃어 보인 피트가 부랴부랴 갑판 아래로 내려갔다. 듀이는 끝없이 펼쳐진 바다로 시선을 옮겼다.

"찡그린 얼굴을 펴면, 마음도 따라서 펴지는 법이래요."

피트의 말이 떠올랐다. 듀이는 억지로 입술 끝을 들어 올렸다가 곧장 얼굴을 찌푸렸다. 마음속에서 바보짓 그만 하라는 빈정거림이 들려왔다. 잠시 주저하던 그는 다시 시도해 보았다. 좀 전보다 한결 자연스러운 미소가 만들어졌다. 갑자기 우습다는 생각이 들었다. 풋, 웃음이 새어 나왔다.

듀이는 시원한 바닷바람이 불어오는 쪽으로 몸을 돌려 섰다. 그의 얼굴엔 어느새 선명한 미소가 그려져 있었다.

✳

"카시아스, 일어나라… 내 아들 카시아스… 눈을 떠봐라……."

진숙한 목소리가 꿈결처럼 잔잔히 뇌리로 스며들었다. 카시아스는 자꾸만 내리덮이려 하는 눈꺼풀을 간신히 들어 올렸다. 불분명한 시계(視界) 속에 둥실 떠 있는 사람은 다름 아닌 그라무스 3세였다.

이건 꿈이야. 난 지금 꿈을 꾸고 있는 거야.

몽환이 분명했다. 정신은 아득하도록 몽롱했고, 온몸을 후벼 파던 지독한 고통도 어느 틈엔가 사라져 버렸다.

"아버님……."

꿈에서 깨어날까 봐 두려워진 카시아스는 자그맣게 속삭였다.

"카시아스… 지금 네 모습이……."

그라무스 3세는 참혹하게 변해 버린 아들의 모습에 제대로 말을 잇지 못했다.

"마음 쓰지 마세요. 전 끄떡없으니까요."

"내 죄다, 카시아스. 다 내 죄야……. 나 때문에… 못난 아비 때문에 네가… 이런 일까지 당하고……."

쓰디쓴 회한의 눈물이 일그러진 볼을 적셨다.

“그러지 마세요… 그러실 필요 없습니다…….”

시야가 흐려지며 목에 알알한 통증이 일었다. 카시아스는 눈을 부릅뜨고 천장을 노려봤다. 괴로워하는 아버지 앞에서 눈물을 보일 수는 없었다. 불덩어리를 삼키듯, 그는 목까지 차오른 비통한 아픔을 안으로, 안으로 고통스레 다져 넣었다.

“ ‘마드라의 열쇠’ 를 찾을 겁니다. 무슨 일이 있어도 찾고야 말겠습니다, 아버님.”

카시아스는 아버지와 스스로를 향해 다짐했다.

“그래, 그런 생각을 가지고 있었구나. 하지만 보통 일이 아닐 텐데……. 그러다 네가 몹쓸 일이라도 당하면…….”

그라무스 3세의 눈엔 아들에 대한 근심이 절절이 배어 있었다.

“전 아무것도 두렵지 않아요. 세르지오도, 모고르도 절 막진 못할 겁니다.”

“하지만 ‘마드라의 열쇠’ 가 어디 있는지는 아룬델만이 알고 있지 않느냐? 지금 세르지오가 눈에 불을 켜고 아룬델을 찾고 있을 텐데, 이렇게 옴짝달싹 못하는 신세인 네가 어떻게 세르지오보다 먼저 ‘마드라의 열쇠’ 를 찾는단 말이냐?”

절망이 깃든 아버지의 목소리에 카시아스는 애써 자신만만한 표정을 지어 보였다.

“눈에 불을 켜고 찾아봤자 손아귀에 들어오는 건 가짜일 겁니다. 그사이 전 진짜 아룬델을 만나고 있을 테고요.”

“가짜와 진짜라니? 대체 가짜 아룬델은 뭐고, 진짜 아룬델은 또 뭐란 말이냐?”

"믿기 힘드시겠지만, 아무래도 두 사람의 영혼이 바뀐 것 같습니다."

"뭐라? 영혼이 바뀐 것 같다고? 어떻게 그런 일이 가능하단 말이냐? 도무지 믿어지지가 않는구나."

"저도 그 말을 쉽게 받아들인 건 아닙니다. 헤이론 국에 있는 아룬델과 버틀랜드에 사는……."

카시아스는 말끝을 흐렸다. 정체 모를 거슬림이 자꾸만 마음 한구석을 파고들었다.

이건 꿈이야. 난 지금 꿈속에서 아버님을 뵙고 있는 거야. 그런데… 이상해……. 꼭 무언가가 잘못된 것 같은 느낌이 들어…….

"정말 난 꿈을 꾸고 있는 것일까?"

카시아스는 들릴 듯 말 듯 혼잣말로 속삭였다.

"버틀랜드에 누가 산다는 거냐?"

틀림없는 아버지의 목소리였다. 카시아스는 그라무스 3세를 똑바로 응시했다.

"어머님은 만나셨나요? 늘 입버릇처럼 말씀하셨잖아요, 이승에서의 삶을 마감하면 가장 먼저 프린시페를 만나고 싶으시다고요."

"그래, 그랬지. 프린시페는 만나보았다. 오래전에 죽은 영혼인데도 그 아름답던 눈동자는 변함이 없더구나. 프린시페의 파란 눈동자를 본 순간, 내가 첫눈에 반했다는 얘긴 너도 알고 있을 거다. 그나저나 카시아스, 아룬델의 영혼이 버틀랜드에 사는 누구와 바뀌었다는 건지 궁금해 견딜 수가 없구나."

카시아스는 숙이고 있던 고개를 들며 거친 헛웃음을 터뜨렸다.

"어머님 성함은 프린시페가 맞아. 하지만 아버님은 단 한 번도 그 이름을 부르신 적이 없어. 어머니께서 살아 계셨을 때나 돌아가셨을 때나 늘 레이나라고 부르셨지. 어머님의 가운데 성함인 레이체리나를 줄여서 말이야."

뿌드득, 이 가는 소리가 뒤틀린 입술 사이로 비어져 나왔다.

"누구냐? 누군데 감히 내 아버님 행세를 하며 날 농락하려는 것이냐?"

분노에 찬 고함이 쩌렁쩌렁 울려 퍼졌다. 그라무스 3세의 형상이 종이처럼 구겨지며 흐릿해지더니 그 사이로 모고르와 아슬라의 모습이 점차 선명하게 떠올랐다.

"어떠냐? 아슬라의 비술(秘術)이 꽤 볼만하지 않았느냐?"

카시아스는 살기 어린 눈으로 모고르를 노려볼 뿐 대꾸하지 않았다.

"완벽한 정보를 알아내진 못했지만, 예상보다 훨씬 만족스러운 수확을 거두었다. 아룬델이 갑자기 이상해졌다는 보고를 받고도 대수롭지 않게 여겼는데, 지금 와 생각해 보니 허투루 넘길 일이 아니었구나. 바로 그때 영혼이 바뀌었던 거야… 그래, 그게 분명할 거다. 그나저나 놀랍구나. 영혼이 바뀌었다니……."

곰곰이 생각에 잠겨 있던 모고르가 아슬라에게 시선을 던졌다.

"주술이나 비술을 사용해 사람의 영혼을 바꿀 수 있느냐?"

"제가 아는 한 그 정도 능력을 가진 자는 존재하지 않습니다. 다만……."

아슬라의 얼굴에 심상치 않은 기미가 나타났다.

"그래, 뭐냐? 무언가가 생각난 것이냐?"

모고르는 다급히 물었다.

"아닙니다."

"근거없는 가설이라도, 아니, 허황된 망상이라도 좋으니 어서 말해보아라."

"말씀드릴 만한 것이 없습니다."

애가 타는 모고르와는 반대로 아슬라의 꿋꿋한 태도는 전혀 흔들리지 않았다.

"괜찮대도 그러는구나. 터무니없는 허언이라도… 예를 들어 '아룬델의 진짜 정체는 창조신 아스트라한이었다' 라는 식의 헛소리도 좋으니, 기탄없이 얘기하거라."

"말씀드릴 만한 것이 없습니다."

"어서 말해보래도!"

모고르는 급기야 역정을 냈다.

"말씀드릴 만한 것이 없습니다."

아슬라는 음조 하나 바꾸지 않고 똑같은 대답만을 반복했다. 모고르의 낯빛이 붉으락푸르락해지며 이마에 힘줄이 도드라졌다. 적일 뿐만 아니라, 어쩌면 식인종일지도 모르는 여자였으나 아슬라를 보는 카시아스의 눈빛엔 희미한 감탄이 서려 있었다. 똑똑 끊어지는 느린 발음 때문인지 카시아스는 전과 달리 그녀의 말을 큰 어려움 없이 알아들을 수 있었다.

"전 이만 나가보겠습니다."

"네게 시킬 일이 있다."

처음엔 정보원이나 다른 수하들에게 맡기려 했지만, 모고르는 아슬라한테 명을 내리기로 마음을 바꿨다. 언짢은 심기가 풀리지 않은 탓이었다.

"아룬델이 자신의 내실에 감금된 이후부터 지하 감옥에 갇히기 전까지, 제일 가까이 지낸 자가 누구인지 알아내라. 그리고 알아 낸 즉시 내 앞으로 데려와라."

최측근에 있던 사람이라면 사소하든 중요하든 어떤 정보를 가지고 있을 것이 분명했다.

아슬라가 월척을 낚아오길 바라며 기다리는 일만 남은 건가?

"헤이론 국의 아룬델과 버틀랜드 국에 사는 누군가의 영혼이 서로 바뀌었다. 그럼, 그 누군가만 밝혀내면 되는 거로군."

"열심히 밝혀봐. 수천, 아니, 수만 명을 동원해 기를 써대도 바뀌는 건 없을 테니까. 내 장담하는데, 넌 결코 '마드라의 열쇠'를 가질 수 없어. 그 이유가 뭔지 알아?"

"이유가 뭔데?"

모고르는 얼떨결에 되물었다.

"내가 바로 열쇠의 주인이니까."

"아직까지도 헛소리를 지껄이다니! 아슬라의 비술이 강하긴 강했나 보구나!"

모고르는 호탕한 척 연기하며 억지웃음을 꾸며냈다. 하지만 내심으로는 카시아스의 무모하도록 당당한 태도에 다소 위축된 상태였다. 교묘하게 감추고 있을 뿐, 사실 그는 지방 마름의 아들이라는 초라한 출신이 늘 마음에 걸렸다. 위대한 지배자의 운명을 가진 자신이 왜 하필 그런 보잘것없는 집안에서 태어난 것인지, 부당함에 화가 치밀었다. 사람들이 자신의 뒤에서 손가락질하며 비웃을지 모른다는 불안감으로 인해 잠을 설친 적도 많았다. 그의 자격지심은 왕족이며 왕세자였던 카시아스를 앞에 두었을 때, 더욱 심해지곤 했다.

가짜 아룬델의 정체만 밝혀지면, 너도 그 길로 끝장이야.

모고르는 카시아스를 살려둘 마음이 조금도 없었다. 정보를 캘 필요성을 못 느꼈다면, 그는 벌써 반쯤 썩어버린 송장이 되었을 터였다.

카시아스를 살려두면 어떨까, 하는 생각이 퍼뜩 머리를 스쳤다. '마드라의 열쇠'를 손아귀에 쥔 자신의 모습을 보여주고 싶은 욕구가 점차 커져 갔다. 하지만 고통스레 죽어가는 비참한 꼬락서니를 구경하고 싶은 욕망도 그에 못지않았다.

고민에 빠진 모고르는 눈엣가시 같은 카시아스를 뒤로하고 취조실을 나왔다.

검은 로브 자락이 느닷없이 앞을 가로막았다. 고개를 숙인 채 걷고 있던 아미는 놀란 눈으로 낯선 여인을 바라봤다.

"네가 아미란 아이냐?"

아미는 어리둥절해졌다. 그녀는 마르틴 어의관의 심부름으로 약초상에 들러 대여섯 가지의 약초를 사 가지고 나오는 길이었다. 물어 물어 찾아온 시장 변두리에서 자신을 아는 사람을 만나게 될 줄은 전혀 예상하지 못했다. 더군다나 한 번도 본 적이 없는 생면부지의 여인을 말이다.

"저… 제가 아는 분이신가요? 죄송합니다만, 전 기억이 안 나서요."

"네 이름이 아미냐?"

여인이 다시 물었다. 감정이라곤 조금도 느껴지지 않는 목소리였다. 아미는 왠지 모르게 불안해졌다. 자신의 이름이 아니라고 말하고 싶은 충동까지 일었다.

바보 같은 생각이야. 기억을 못하는 것뿐이지, 전에 만난 적이 있는 사람일 거야.

"네, 제가 아미인데요."

아미는 일부러 미소를 지어 보였다. 별안간 여인이 그녀의 팔을 움켜잡았다. 흠칫한 순간 붉은 섬광이 번쩍였다. 반사적으로 감았던 눈을 뜨자 내실로 보이는 생소한 장소가 시야에 잡혔다. 그리고 그녀의 앞, 두터운 커튼이 만든 엷은 어둠 한가운데에 어떤 남자가 앉아 있었다. 그가 모고르임을 알아본 아미는 황급히 머리를 숙였다.

"재, 재상 각하!"

"그래, 내가 누군지 아는구나?"

"예, 왕궁에서 뵌 적이 있습니다."

모고르는 점잖은 태도로 고개를 끄덕거렸다.

"내, 널 친히 이곳으로 부른 건, 몇 가지 물어볼 것이 있어서다. 미리 주의를 주는데, 성심성의껏 아뢰지 않고 잔꾀를 부리거나 거짓을 고할 시엔 결코 살아남지 못할 것이다. 알겠느냐?"

"아, 알겠습니다."

"전에 아룬델이 기억을 잃었을 때, 곁에서 돌봐준 이가 바로 너라고 하더구나. 그 당시 아룬델에게서 들은 말을 한마디도 빠짐없이 고해봐라."

아미는 울상이 되었다. 어떤 말을 꺼내야 할지, 재상이 대체 무엇을 듣고 싶어하는 건지, 자신의 말 한마디 때문에 아룬델이 곤란한 일을 당하는 건 아닌지, 모든 것이 혼란스럽고 무서웠다.

"어허, 어서 고하라고 하지 않았느냐?"

"별다른 말씀은 없으셨습니다. 그저 기억을 잃으신 까닭에 아룬델님 본인에 대해 알고 싶어하셨습니다. 그래서 제가 아는 걸 간단히 말씀드렸습니다. 그게 전부입니다."

매섭게 몰아붙이려던 모고르는 좀 더 지켜보자는 쪽으로 마음을 바꿨다. 상대는 어린 소녀였다. 지나치게 겁을 주면 알던 것도 잊어버리게 될 염려가 있었다.

"아룬델이 혹 무언기를 기억해 내진 않았느냐? 현실과 맞지 않거나, 뜻을 알 수 없는 말을 꺼낸 적은 없느냐?"

순간 아미의 뇌리에 공포에 질려 울부짖던 아룬델의 목소리가 떠올랐다.

"난 아룬델이 아니야… 난 듀이 델코야. 난 칼루스란 작은 마을에서 살던… 듀이 델코야… 당신들이 말하는 아룬델이 아니야! 난 아룬델이란 사람을 알지도 못해! 난 아룬델이 아니라 듀이 델코란 말이야!"

칼루스란 작은 마을에서 살던 듀이 델코… 혹시 그걸 알고 싶어하시는 건가?

"오, 그래! 기억이 나는 모양이구나! 어서 말해봐라!"

아미의 속내를 간파한 모고르가 상체를 내밀며 재촉했다.

"칼루스란 마을에서… 살았다는 말씀을 하신 적이 있습니다. 소녀의 소견으로는 독한 약 기운을 못 이기시고, 허성(虛聲)을 하신 것 같습니다."

"칼루스라……."

모고르의 회색 눈동자가 예리하게 빛났다.

칼루스란 버틀랜드 국에 있는 마을 이름임이 분명해.

"그 외에 다른 말은 없었느냐? 예를 들어 어떤 이름 같은 거 말이다."

아미는 신중하게 기억을 더듬는 모습으로 보이기 위해 고개를 약간 숙였다.

어떻게 하지? 그 이름을 말씀드려야 하나?

전신이 싸늘하게 얼어붙을 만큼 겁이 났으나, 그녀의 머리는 그 어느 때보다 맑고 또렷했다. 다른 건 몰라도 한 가지만은 알 수 있었다. 듀이 델코란 이름은 약 기운이 빚어낸 단순한 허성이 아니라는 사실 말이다.

"잠결에 승하하신 전 국왕 폐하의 존함을 입에 담으신 적이 있습니다. 그 외에 다른 말씀은 없으셨습니다."

"내 미리 주의까지 주었는데도 감히 얕은 수로 날 기만하려 드는구나!"

모고르는 발을 쾅! 구르며 추상같이 호통을 쳤다.

"밖에 누구 없느냐?"

대기하고 있던 기사 여섯 명이 즉각 부름에 응했다.

"가서 저 발칙한 것의 아비와 어미를 잡아와라! 자식을 잘못 키운 죄를 물어 참형을 내릴 것이다!"

새파랗게 질려 와들와들 떨고 있던 아미는 쓰러지듯 모고르 앞에 무릎을 꿇었다.

"잘못했습니다! 한 번만 용서해 주십시오! 죽을죄를 지었습니다. 죄를 지은 소녀의 목숨을 거두시고… 제 부모님은… 제 부모님만은 살려주십시오… 제발… 제발 간청… 드립니다……."

어느새 아미의 얼굴은 온통 눈물로 뒤범벅되어 있었다. 그녀는 흐느끼며 빌고 또 빌었다. 잠시간 그녀의 모습을 빤히 지켜보던 모고르는 기사들에게 나가 있으라는 눈짓을 보냈다.

"내 너에게 마지막으로 한 번 더 기회를 내려주겠다. 아룬델이 말한 이름이 무엇인지 거짓없이 고해라."

목이 메어 제대로 말이 나오지 않자 아미는 눈물을 닦으며 마음을 신정시키기 위해 노력했다.

"아룬델님께서 몹시 흥분한 상태로 언급하신 이름이 하나 있습니다."

"그것이 무엇이냐?"

아미는 입술을 벌렸다. 쇠창살을 사이에 둔 채 그녀를 바라보던 아룬델의 얼굴이 떠올랐다.

"내 이름은 듀이야."

일순 그의 음성까지 되살아났다.

"듀이… 잊지 않을게요……."

슬픔에 떨리던 자신의 속삭임이 아릿한 아픔을 불러들였다.

"왜 말을 안 하느냐?"

초조감을 이기지 못한 모고르가 의자 팔걸이를 내려쳤다.

"죄송합니다, 정확한 이름이 기억나지 않아서 그만……. 단정

할 수는 없지만 '레온 크로스' 란 이름이었던 것 같습니다."

'레온 크로스' 는 아미가 제일 좋아하는 소설인 '장미넝쿨' 에 등장하는 남자 주인공 이름이었다.

"레온 크로스?"

모고르는 미간을 찌푸리며 되물었다.

제발 목소리가 떨리지 않게 해주세요. 못난 저에게 용기를 내려주세요.

아미는 간절히 기도하며 입을 열었다.

"예, 제 기억으로는 그렇습니다."

모고르의 빈틈없는 회색 눈동자가 아미를 샅샅이 훑어 내렸다.

들킨 거야! 그게 틀림없어! 지금이라도 진짜 이름을 말해야 돼!

숨막히는 공포가 시시각각 가슴을 죄어왔다.

어서 말해! 듀이 델코라고! 어서!

당장이라도 비명 섞인 외침이 튀어나올 것 같았다. 아미는 질끈 혀를 깨물었다. 비릿한 피 맛이 입 안을 적셨다.

"됐다, 그만 나가봐라."

모고르는 아미가 진실을 고했다는 판단을 내렸다. 매섭게 엄포를 놓긴 했으나 상대는 겁에 질린 소심한 여자 아이에 불과했다. 그를 두 번이나 속이려 들 정도로 담이 크다고는 생각할 수 없었다. 더군다나 이번 일은 굳이 입단속을 시킬 필요조차 없는 것들이었다. 앞뒤 사정을 아는 사람에게나 중요하지, 그렇지 않은 이들은 들어도 무슨 뜻인지 모를뿐더러, 아룬델이 정신 나가 떠든 헛소리로 치부할 것이 확실하기 때문이다.

아미는 머리를 조아린 다음, 부들거리는 다리를 세웠다. 모고르의 관심은 이미 그녀를 떠난 뒤였다. 침착한 걸음으로 모고르의 저택을 나온 아미는 영업 마차를 타고 집으로 돌아왔다. 그녀는 '무슨 일이 있느냐'는 어머니의 걱정스런 물음에 '아무 일 없다'며 미소로 답했다. 자신의 방에 들어가 문을 걸어 잠근 후에야 그녀는 참고 참았던 울음을 터뜨렸다.

모고르는 아미가 문을 나서자마자 아슬라를 시켜 벨페스트를 불러오게 했다. 아룬델의 영혼이 바뀌었다면, 현재 벨페스트가 찾고 있는 아룬델은 진짜가 아닌 거죽만 뒤집어쓴 가짜일 것이 분명했나.

아까운 시간을 낭비해 가며 구태여 가짜를 찾을 필요는 없어. '마드라의 열쇠'가 어디 있는지는 진짜 아룬델만이 알고 있을 테니까.

"찾으셨습니까, 주인님?"

사근사근한 목소리가 허공을 울리더니 벨페스트가 모습을 보였다.

"그래, 내 너를 기다리고 있었다."

"보고드립니다, 주인님. 아룬델처럼 생긴 자를 봤다는 어떤 선원을 만나려던 참이었습니다. 말루프 항구에서 말입니다."

"벨, 더 이상 악취 나는 선창가 뒷골목을 헤집고 다니지 않아도 된다."

"그게 무슨 말씀입니까? 벌써 아룬델을 찾은 겁니까? 그렇다면 전 괜한 헛수고를 하고 있었던 셈이로군요."

자신의 손으로 직접 그를 잡고 싶었던 벨페스트는 실망을 감추지 못했다.

"그게 아니다, 벨."

너그러운 마음이 생긴 모고르는 지금까지 밝혀낸 사실을 벨페스트에게 비교적 자세히 말해주었다.

"맙소사! 영혼이 바뀌었다니!"

벨페스트의 자주색 눈동자가 보석처럼 반짝였다. 앞으로 더욱 재미있어지리라는 생각이 흥분을 몰고 왔다.

"지금부터 너희가 할 일은 진짜 아룬델을 찾는 일이다. 그리 어렵진 않을 거다. 어디 사는 누구인지까지 알고 있으니 말이다."

모고르는 말을 멈추고 벨페스트를 시작으로 아슬라와 고르키, 피셔까지 천천히 둘러봤다.

"버틀랜드 국의 칼루스에 사는 레온 크로스란 자가 바로 진짜 아룬델이다. 그를 내 앞으로 데려와라."

"저… 주인님……."

머뭇거리던 고르키가 어렵사리 말을 꺼냈다. 그는 외모와 어울리지 않게 소심했고, 특히 지위가 높은 사람을 대할 땐 지나치다 싶을 만큼 움츠러들고는 했다. 그의 성격을 정확히 파악하고 있던 모고르는 일부러 부드러운 말투를 사용했다.

"그래, 고르키, 말해봐라."

"버틀랜드 국은 알겠는데… 칼루스는 잘 모르겠습니다."

"모르는 걸 물어보는 건 좋은 태도다, 고르키."

뜻하지 않게 칭찬을 받자 고르키의 입술이 헤벌어졌다.

"앞으로도 모르는 게 생기면 어려워하지 말고, 그때그때 질의하도록 해라."

"네, 주인님! 알겠습니다!"

"다른 이들도 너같이 말을 잘 듣는다면, 내 더 이상 바랄 게 없을 것 같구나."

아슬라한테 들으라고 꺼낸 얘기였다. 모고르는 카시아스 앞에서 자신의 명을 거역한 그녀에게 여전히 노여움을 느끼고 있었다.

"버틀랜드 국의 칼루스는……."

모고르는 머릿속으로 버틀랜드 국의 지도를 그려보았다. 그는 버틀랜드뿐 아니라 전 세계의 지형과 지명을 훤히 꿰고 있었다. 웬만한 지리학자보다 더 상세히 알고 있을 정도였다. 천하를 지배하게 될 날만을 꿈꾸며, 그동안 갖가지 학문과 지식을 연마해 온 결과였다.

칼루스라… 칼루스…….

모고르는 이맛살을 찌푸렸다. 칼루스의 위치가 좀처럼 기억나지 않았다.

"주인님, 대체 칼루스가……."

벨페스트는 눈치 빠르게 고르키의 발목을 툭 걸어찼다. 그리고 영문을 몰라 하는 그를 향해 입 다물라는 신호를 보냈다.

"요사이 제대로 잠을 못 자서 그런지 머리가 아프구나. 좀 쉬어야겠으니 다들 물러가거라."

이마에 손을 짚고 있던 모고르는 수하들이 사라지자마자 몸을 일으켰다. 따로 마련해 둔 은밀한 내실 안쪽에 각 나라의 지형이 상세히 그려진 지도가 보관되어 있었다. 그는 버틀랜드 국의 지도를 꺼내 서둘러 펴보았다.

“칼루스… 칼루스… 아, 여기 있……! 아니, 여긴 칼루스가 아니라 칼룬이었군.”

칼루스가 도통 눈에 띄지 않자 모고르는 손으로 짚어가며 지도 전체를 세세히 살펴보았다. 하지만 칼루스란 지명은 어디에서도 나타나지 않았다. 아무런 소득도 얻지 못했으나 그의 기분은 좀 전보다 한결 나아진 상태였다.

그럼 그렇지, 내가 모르는 지명이 지도에 표시되어 있을 리 없지.

면적이 좁거나 외진 곳에 위치한 소도시며 마을은 지도에서 빠지는 경우가 다반사였다. 버틀랜드 국뿐만 아니라 모든 나라가 마찬가지였다.

으음… 칼루스를 어떻게 찾아낸다?

모고르는 다시 의자로 돌아와 곰곰이 대책을 강구했다.

해결 방법은 세 가지였다. 첫째, 버틀랜드 국의 지리에 밝은 사람을 찾아내 물어보는 수가 있었다. 그러나 괜한 시간 낭비에 불과할 공산이 컸다. 가짜 아룬델을 잡아 살던 곳을 알아내는 방법도 있지만, 일이 제대로 풀리지 않는다면 하염없이 시간만 흘러보낼 가능성이 있었다. 결국 모고르는 세 번째 방법을 택하기로 결정을 내렸다. 수색 범위를 좁힌다면 버틀랜드로 직접 가서 칼루스의 위치를 알아내는 편이 가장 확실하고 효율적인 방책일 수 있었다.

모고르는 벨페스트를 비롯한 수하 네 명을 다시 불러들였다.

“모두 이리 가까이 와라.”

네 사람이 다가서자 모고르는 탁자 위에 펴놓았던 지도의 방향을 그들 쪽으로 돌렸다.

"다들 잘 보거라. 여기가 버틀랜드 국의 수도인 르이젠이다. 르이젠에서 남동쪽으로 올라가면 알바그로 산맥이 나온다. 이 알바그로 산맥과 루카치 산맥이 맞닿는 곳, 바로 이곳에 칼루스란 마을이 있을 가능성이 크다."

모고르는 알아보기 쉽게 표시를 해준 뒤, 얘기를 이어나갔다.

"몇 군데를 더 가르쳐 주겠다. 여기 마시호 강 주변으로 소규모의 촌락들이 발달해 있다. 어림잡아도 이백에서 삼백 개가량은 족히 될 것이다. 그중 하나가 바로 칼루스일지 모르니 마시호 강 일대를 샅샅이 훑어야 한다. 또, 으음… 이, 어기 있군. 여기 헤스키를 중심으로 메카 산맥에 이르는 지역은 갖가지 광물이 풍부하기로 유명하다. 그러나 개발이 거의 이루어지지 않아 버틀랜드 쪽에서도 오십에서 백 개 정도의 마을이 존재하리라 짐작만 하고 있다더구나. 칼루스가 그곳에 있을지 모른다는 얘기다. 다음으로 여기가 바로 코비치 해안이다. 이곳은……."

긴 설명이 끝나자 지루함을 못 이기고 배배 몸을 꼬고 있던 고르키가 얼른 등을 곧추 세웠다.

"궁금한 게 있으면 물어봐라."

"그러니까 버틀랜드 국으로 가서 칼루스란 곳을 찾으라는 말씀이신가요, 주인님?"

고르키의 물음에 모고르는 슬쩍 눈살을 찌푸렸다. '여태까지 한 말은 귓구멍이 아니라 콧구멍으로 듣고 있었느냐'라고 야단을 치고 싶었으나, 고르키를 기죽게 할 필요는 없다는 판단 하에 간단히 고개만 끄덕였다.

"지금껏 수행하던 가짜 아룬델을 찾는 임무는 어떻게 되는 것입니까? 이대로 손을 떼시려는 겁니까?"

벨페스트가 물었다.

"그럴 생각이다. 그까짓 가짜를 찾으면 뭐 하겠느냐? 중요한 건 아룬델의 영혼이지, 아무 짝에도 쓸모없는 껍데기가 아니지 않느냐?"

어떤 골이 빈 작자는 껍데기를 더 좋아하겠지만.

모고르는 세르지오를 떠올리며 마음속으로 빈정거렸다.

"최대한 빨리 칼루스를 찾아내야 한다. 칼루스만 찾으면 그곳에 있을 진짜 아룬델, 즉 레온 크로스를 잡는 건 일도 아닐 것이다."

"레온 크로스가 이미 칼루스를 떠났다면 어쩌실 생각입니까, 주인님?"

벨페스트의 어조는 지나치리만큼 나긋나긋했다. 어찌 들으면 놀리는 듯한 기미가 느껴질 정도였다.

"그것도 일단 칼루스를 찾아야 알 수 있는 문제 아니냐? 앞으로는 내 명령에 절대 토를 달지 마라. 너희는 무조건 내가 시키는 대로 따르기만 하면 되는 것이다. 알겠느냐?"

모고르의 눈초리가 매서워지자 벨페스트는 더욱 부드러운 미소를 지어 보였다.

"물론입니다, 주인님. 여부가 있겠습니까?"

벨페스트는 평소보다 더욱 깊숙이 허리를 숙여 보인 다음, 지체없이 고르키와 피셔를 공간 이동시켰다. 즉시 그들을 따라온 아슬라가 예리하게 눈매를 좁히며 주위를 둘러봤다.

“여기가 어디야?”

“당연히 버틀랜드 국이지. 어서 빨리 칼루스를 찾아 주인님을 기쁘게 해드려야 하지 않겠어? 그렇지, 고르키?”

“그럼 그럼! 네 말은 언제나 맞아, 벨.”

“역시 고르키는 똑똑하다니까.”

벨은 과장되게 웃으며 고르키의 넓은 어깨를 톡톡 다독였다. 그에게 찰싹 달라붙다시피 한 고르키가 귀엣말을 속닥거렸다.

“난 저 녀석이 싫어, 벨. 그러니까 저 녀석과 내가 단둘만 있게 하지 말아줘.”

고르키는 구부정한 자세로 시 있는 피셔를 힐끔거렸다. 피셔를 볼 때마다 그는 어둠 속을 떠다니는 죽은 송장이 생각나곤 했다. 세상에서 유령을 제일 무서워하는 고르키가 피셔한테 겁을 먹게 된 건 당연한 결과였다.

“두 사람씩 나눠서 찾아보는 편이 좋겠어.”

아슬라의 말이 끝나자 고르키는 잽싸게 벨페스트의 팔짱을 꼈다.

“난 벨하고 다닐래!”

“고르키, 날 선택해 준 건 고마운데, 우선 내 팔 좀 놔주면 안 될까?”

팔뼈가 부러질 것 같은 무지막지한 압박이 가해지고 있었다. 팔이 자유로워지자 벨페스트는 고르키와의 거리를 벌리기 위해 아슬라에게 접근했다.

“한 사람씩 다니든 한꺼번에 몰려다니든 그건 너희가 알아서 해. 난 빠질 테니까. 따로 수행할 일이 있거든.”

“어디로 갈 건데, 벨?”

고르키의 질문에 벨페스트는 잠시 망설이다 솔직하게 답했다.

“말루프.”

“말루프 항이라면 우리가, 아니, 네가 가짜 아룬델을 놓친 곳으로 알고 있는데? 명령을 어기고 가짜 아룬델을 쫓을 속셈이로군.”

아슬라가 핵심을 짚어내자 벨페스트는 짧은 탄성을 터뜨렸다.

“역시 넌 치사한 비술을 쓰긴 하지만, 그럴듯한 겉치장으로 아이들이나 겁주는 어중이떠중이는 아니야. 그렇게 노려볼 필요 없어. 진짜배기 마녀라는 칭찬이니까.”

“넌 여기 있어야 돼. 개인 행동은 용납할 수 없어.”

벨페스트의 입가에 재미있다는 미소가 그려졌다.

“날 어떻게 막을 건데? 주인님께 쪼르르 달려가 일러바칠 생각이야?”

“무슨 말이야, 벨?”

두 사람을 번갈아 쳐다보던 고르키가 끼어들었다. 그 덕분에 주위를 떠돌던 긴장이 약간 누그러졌다.

“너희 셋은 여기서 열심히 칼루스를 찾으란 뜻이야. 그러다 레온 크로스란 껍데기를 쓴 채 살고 있는 진짜 아룬델을 만나면 더 좋은 거고.”

“너는?”

“난 말루프로 가서 하다 만 일을 끝마쳐야지.”

벨페스트는 무슨 일이 있어도 가짜 아룬델을 잡고 싶었다. 모고르에겐 실수로 그를 놓쳤다고 보고했으나, 내심으론 자신의 과실일 리 없다고 확신했다.

고작 그 정도 일에 실수를 저지를 내가 아니야.

카시아스와 아룬델, 고르키와 피셔, 그래 봤자 겨우 네 명을 옮기는 일에 불과했다. 제아무리 머리를 다친 상태였다고 해도 말이 되지 않는다. 더군다나 그가 가진 마법 능력은 어지간한 마법사들은 시도해 볼 엄두도 못 낼 만큼 강했다.

가짜 아룬델에게 마법력이 있는 것은 아닐까?

몇 번이고 들었던 생각이다. 그때마다 벨페스트는 언제나 똑같은 결론에 도달하고는 했다.

아니야, 그럴 리 없어. 내 마법을 무력화시킬 정도라면 지하 감옥에 갇히는 일은 결코 일어나지 않았을 거야. 그렇다면 대체 그 순간 어떤 힘이 작용했던 걸까?

벨페스트는 강한 호기심에 사로잡혀 있었다. 그 호기심을 충족시키기 위해선 모고르의 명령을 거역하게 되더라도 가짜 아룬델을 잡아야 했다. 어쩌면 바로 지금이 가장 좋은 기회인지도 모른다. 거추장스러운 짐에 불과한 세 사람을 멀찌감치 떼어낼 수 있을 테니까 말이다.

"너희의 충실한 임무 수행을 위해 아쉽지만 이쯤에서 헤어져야겠어. 이별을 슬퍼할 필요는 없어. 종종 상황을 점검하러 올 생각이니까."

벨페스트는 언제 어느 때나 고르키와 피셔를 찾을 수 있었다. 그들 모르게 걸어놓은 탐지 마법 덕분이었다. 아슬라에게도 시도해 본 적은 있으나 미리 알아차린 그녀가 방어 비술로 맞받는 바람에 지독한 두통만을 얻은 채 생각 자체를 접어야 했다.

“그럼, 다들 즐거운 시간 보내!”

벨페스트는 조금 익살스럽게 손을 흔들었다. 아슬라가 그에게 한 발 다가섰다.

“네 스스로 늪에 뛰어드는 건 상관 안 해. 하지만 나까지 끌어 들이려 하면 그 즉시 네 심장을 파내 버릴 거야.”

“이래서 내가 널 좋아한다니까!”

벨페스트가 웃음을 터뜨리자 영문을 몰라 하던 고르키도 벌쭉 윗입술을 들어 올렸다.

“그런데 말이야, 널 낙담시킬 수밖에 없는 심각한 문제가 하나 있어.”

벨페스트는 아슬라의 귓가로 얼굴을 가져갔다.

“애석하게도 난 심장이 없거든.”

두 사람의 시선이 마주친 순간 벨페스트의 모습이 사라졌다.

“커크, 선장이 어디 있는지 대라니까!”

벨페스트는 허공에 거꾸로 매달려 있는 갑판장을 하강시켜 바 닷물에 머리 전체가 잠기게 했다. 숨이 막힌 갑판장이 필사적으 로 몸을 버둥거렸다. 벨페스트는 그를 위로 들어 올렸다.

“어디로 갔어? 커크 선장이란 작자.”

“몰라요! 모른다고요!”

벨페스트는 다시금 가차없이 갑판장의 머리를 바다 속에 처박 았다. 사나울 정도로 날카로워진 눈매가 말해주듯 그는 기분이 몹시 언짢았다. 모고르의 호출을 받기 전, 그는 아룬델의 행방을 알고 있는 사람을 셋이나 파악해 놓은 상태였다. 그러나 아슬라,

고르키, 피셔를 떼어놓고 모고르의 명령을 어기면서까지 말루프로 돌아왔을 땐, 이미 모든 것이 어그러져 있었다.

그가 파악한 정보에 따르면 아룬델의 행적을 알고 있는 사람은 커크 선장과 그 밑에서 일하던 젊은 선원 둘이었다. 벨페스트가 다시 그들을 찾았을 때, 선원 한 명은 이름도 모르는 어선을 타고 행선지를 알 수 없는 곳으로 떠난 뒤였고, 다른 선원은 술을 잔뜩 마시고 바다에 뛰어들었다가 시신도 못 찾는 신세가 되고 말았다. 마지막 남은 커크 선장 역시 행방이 묘연하기는 매한가지였다. 어머니의 급작스런 부고 소식을 접하고 눈물을 뚝뚝 흘리면서 부랴부랴 산단한 짐만 꾸린 뒤, 한밤중에 홀연히 사라져 버렸다는 것이 현재 벨페스트가 알아낸 전부였다.

그들 세 사람의 소식을 접했을 당시 벨페스트는 약간 기분이 상하긴 했으나, 그리 어렵지 않게 문제를 해결할 수 있으리라 자신했다. 선원 두 명은 열외로 밀어놓더라도, 커크 선장은 유명을 달리한 자신의 어머니를 찾아간 것이 확실하기 때문이었다. 문제는 커크 선장의 어머니가 어디 살았는지 아는 사람이 한 명도 없다는 데 있었다. 벨페스트는 커크 선장의 지인들을 몇 명 만난 끝에―그들 모두 적지 않은 고통을 겪어야 했다―선장과 15년이 넘도록 함께 배를 탔다는 갑판장의 존재를 알게 되었다. 그 뒤 곧바로 갑판장을 찾은 벨페스트는 지금의 악몽 같은 상황으로 그를 밀어넣었다.

"살 수 있는 마지막 기회를 주겠어."

벨페스트는 갑판장의 머리를 물 밖으로 꺼냈다. 살려달라는 애원이나 울부짖음이 터지리란 예상을 깨고 갑판장은 팔다리를 축 늘어뜨린 채 힘없이 매달려 있었다. 벨페스트는 갑판장을 가까이 끌어당겨 목을 만져 보았다. 그는 이미 숨이 끊어진 상태였다.

"훌륭하군! 아주 훌륭해!"

왈칵 짜증이 나자 벨페스트는 갑판장을 지탱하고 있던 힘을 일시에 없애 버렸다. 사체가 바다 속으로 곤두박질쳤다.

상황은 다시 원점으로 돌아가 있었다. 그동안 바보짓만 하고 있었다는 생각에 걷잡을 수 없이 분노가 치밀어 올랐다. 그는 자신의 따귀를 연거푸 후려갈겼다.

"머저리! 한심한 자식! 너 같은 건 살아 있을 자격이 없어!"

머리채를 틀어잡아 무자비하게 뽑아냈다. 두피가 찢어지며 피가 묻은 머리카락이 사방에 흩어졌다. 그래도 온몸을 장악한 불덩어리는 가라앉지 않았다. 벨페스트는 구석에 놓여 있는 쇠막대를 들어 자신의 어깨며 가슴, 배 할 것 없이 닥치는 대로 내려쳤다. 온몸의 뼈가 바스러지는 듯한 고통 속에서 그는 웃음을 터뜨렸다. 목을 타고 넘어온 시뻘건 핏물이 앞섶을 흥건히 적셨다.

벨페스트는 무너지듯 바닥에 드러누웠다. 그리고 전신을 후벼파는 통증을 음미하며 눈을 지그시 감았다. 분노는 이제 말끔히 사라져 버렸다. 그건 괴물이 잠들었음을 의미했다. 그의 영혼조차 닿지 않는 곳, 어둠만이 숨쉬는 가슴 맨 밑바닥에 웅크린 괴물. 그 친밀하고도 두려운 존재는 그의 아픔을 즐겼고, 그의 고통을 흡수하며 나날이 커져 갔다. 어린 시절, 은밀히 안으로 기어들어 온 이후 괴물은 언제나 그와 함께였다.

괴물은 환상이야, 벨. 괴물들에게 빼앗기고, 빼앗기고, 또 빼앗기던 가련한 어린애가 더 이상 빼앗기기 싫어 그것들과 똑같은 괴물을 만들어낸 거야.

끔찍한 기억이 되살아나려 하자 벨페스트는 허겁지겁 다른 곳으로 생각을 돌렸다.

대체 가짜 아룬델은 어디에 있는 걸까? 최종 목적지는 버틀랜드가 분명한데…….

하지만 그가 지금 버틀랜드 국으로 가고 있으리란 예감은 들지 않았다. 다른 곳을 향하고 있을 것만 같았다.

잡힐 뻔하다가 아슬아슬하게 도망쳤으니 겁에 질려 있을 게 분명해. 그럼 위험을 피하기 위해서라도 버틀랜드로 직행하지 않고 다른 곳을 거칠지 몰라.

벨페스트는 아룬델이 헤이론 국으로 돌아가고 있을지 모른다는 가정은 아예 젖혀두고 있었다. 타인을 위해 자신의 손해를 무릅쓰는 이를 본 적도 없을뿐더러, 그런 사람이 존재하리라 생각하지도 않았다.

벨페스트는 아룬델이 마지막으로 모습을 보였다던 선술집을 다시 찾아가 보기로 결정했다. 움직이기 전 그는 자신에게 치유 마법을 걸었다. 잠시 후 그의 몸엔 작은 상흔 하나 남아 있지 않았다. 광기만이 날뛰던 자주색 눈동자에도 어느새 나른함이 배어든 미소가 되돌아와 있었다.

✳

선재소(船載所) 건물을 나온 본 존은 일단 주위를 살핀 후, 옆 골목으로 들어섰다. 그를 본 셰이가 벽에 기대고 있던 몸을 세웠다.

"어떻게 됐어?"

본 존이 나타나기만을 이제나저제나 마음 졸이며 기다리던 셰이는 초조한 마음을 숨기기 어려웠다.

갖은 고생 끝에 두 사람이 말루프에 발을 디딘 건 겨우 두세 시간 전의 일이었다. 그들은 가장 먼저 버틀랜드 국으로 떠나는 배편부터 알아봐야 한다는 데 쉽게 의견 합치를 봤다. 그 후 그들은 되도록 사람의 통행이 적은 골목길을 물어물어 말루프 항에서도 가장 외진 곳에 위치한 선재소를 찾아갔다.

선재소 앞에 도착했을 때, 셰이의 빨간 머리카락을 물끄러미 쳐다보던 본 존은 자기 혼자 들어가는 편이 좋겠다고 말했다. 셰이는 어쩔 수 없이 동의했다. 탈옥수일 뿐만 아니라 눈에 확 띄는 머리색을 가지고 있는 그녀보다는 본 존이 일을 성공시킬 가능성이 크다는 건 부인하기 힘들었다.

"마침 내일 새벽에 떠나는 배가 있더라."

셰이의 낯빛이 환해졌다.

"너무 좋아하진 마, 여객선이니까."

아무래도 여객선은 위험하다는 판단하에—항만소에서 직접 나온 관리와 보안병이 한 명, 한 명 승객들의 신분을 확인했다—화물선 쪽을 알아보기로 미리 얘기가 되어 있었다.

"화물선은 없어?"

"하나 있긴 한데… 하필이면 나흘 후에나 출항하는 배더라고."

셰이는 고민에 빠졌다. 나흘이나 말루프에 머물 수는 없었다. 그때쯤이면 수색병과 보안병들이 그녀를 잡기 위해 말루프 항 전체를 샅샅이 뒤지고 있을 터였다.

"여객선을 타겠어."

셰이는 딱 잘라 말했다.

"4만 페어 있어?"

말이 막히는 바람에 입술만 달싹이던 셰이는 애써 당당한 어투를 사용했다.

"다시 생각해 보니, 여객선보다는 화물선이 낫겠어. 운임도 훨씬 저렴할 테고."

"저렴하기야 저렴하지. 만 페어밖에 안 되니까."

침묵이 흐르는 가운데 본 존이 놀리듯 물었다.

"만 페어 있어?"

셰이는 뻣뻣한 동작으로 고개를 가로저었다.

"그럴 줄 알고 내가 준비해 놓은 게 있지."

본 존이 거들먹대며 어깨를 으쓱거렸다. 그에게 돈이 있다고 생각한 셰이의 얼굴이 단번에 펴졌다.

"제법 큰 판이 벌어진다는 도박장을 알아뒀어."

암울한 눈으로 잠시 본 존을 응시하던 셰이는 터덜터덜 걸어 골목을 벗어났다.

"내 실력이면 만 페어 정도는 하룻밤 안에 딸 수 있어."

본 존이 그녀의 뒤를 바짝 따라붙었다.

"내 말을 못 믿는 거야? 일 년인가 이 년 전쯤엔 자그마치 2십만 페어를 한판에 딴 적도 있다니까. 그땐 하늘이 특별히 내린 행운의 날이었지만, 하루저녁에 5, 6만 페어가량은 심심찮게 따봤다고."

셰이가 시큰둥한 반응을 보이자 본 존은 열심히 말을 늘어놨다.

"자신있어?"

셰이는 툭 던지듯 물었다. 본 존이 씨익 미소 지었다.

"나만 믿어."

두 사람은 본 존이 선재소 인부를 통해 알아둔 도박장까지 걸어갔다. 그동안 날이 꽤 어두워진 덕분에 이동하기가 한결 수월했다.

"이 골목을 따라 조금 더 내려가면 싼값으로 그럭저럭 묵을 만한 여관이 하나 있대. 넌 거기 가 있어. 나도 임무 완수하자마자 그리 갈 테니까."

셰이는 잠자코 고개를 끄덕였다.

"잠깐! 행운의 입맞춤은 해주고 가야지."

"백만 페어 정도 따오면 그때 생각해 볼게."

벌써 대여섯 보 옮기고 있던 셰이는 뒤도 돌아보지 않은 상태로 받아쳤다.

"백만 페어? 알았어! 까짓것 오늘부터 100일 동안 죽어라 싹쓸이해서 한 이백만 페어쯤 따면 되겠네! 그럼 두 번 해주는 거다?"

본 존의 능청스러운 응수에 피식 웃으며 셰이는 완만하게 뻗은 내리막길로 접어들었다.

✳

"금발의 예쁘장한 사내를 찾는다는 사람이 바로 형씨요?"

† 416 †

막 선술집 문을 열려던 벨페스트는 천천히 몸을 돌렸다. 수염을 더부룩하게 기른 지저분한 차림의 남자가 저만치 골목 어귀에 서 있었다.

"맞으면 이리 와보쇼!"

남자는 벨페스트가 접근하자 골목 안쪽으로 들어가며 따라오라는 손짓을 했다. 이윽고 야트막한 담벼락 앞에 멈춰 선 남자가 입을 열었다.

"얼마 낼 수 있소?"

"정보의 질에 따라 다르지."

"금발머리가 지금 어디 있는지 알려주면?"

"원하는 대로."

남자의 입술이 헤벌쭉 벌어지며 듬성듬성 빠져나간 누런 이가 드러났다.

"내 더는 안 바라니, 딱 잘라 십만 페어만 주쇼."

"좋아, 십만 페어 주지. 어서 말이나 해봐."

"금발머리사내가 어디 있느냐면……."

바짝 접근한 남자가 벨페스트를 향해 상체를 기울였다.

"바로 네놈 염통 속에 있다!"

남자는 옷소매에 감추고 있던 칼을 꺼내 번개같이 벨페스트의 심장을 공격했다. 그러나 벨페스트가 재빨리 몸을 비트는 바람에 칼은 심장이 아닌 옆구리를 찌르고 말았다. 벨페스트의 입술에서 짤막한 주문이 흘러나왔다. 순간 칼을 쥔 남자의 오른팔에 뼈가 뒤틀리는 것 같은 통증이 일었다.

"으아아악!"

남자가 비명을 지르며 칼을 떨어뜨렸다.

"감히 날 공격해? 잘게 다져 물고기 먹이로 뿌려줄까?"

벨페스트는 남자의 눈을 차지한 공포를 똑바로 들여다봤다. 바로 그때 담벼락 위로 우람한 체구의 사내가 불쑥 솟아올랐다. 피할 겨를도 없이 굵은 각목이 머리를 강타했다. 고통과 함께 암흑이 덮치며 벨페스트는 바닥으로 쓰러졌다.

"거봐, 내가 한시도 방심하지 말랬잖아. 보통 놈이 아니란 말이야."

벽에 올라선 덩치 큰 사내가 쿵, 바닥을 울리며 뛰어내렸다. 그 뒤를 이어 오만상을 찌푸린 남자 두 명이 끙끙대며 벽을 넘어왔다.

"그나저나 왜 이렇게 늦은 거야? 하마터면 나 혼자 황천 갈 뻔했잖아! 제길! 아파 죽겠네!"

수염이 더부룩한 남자가 통증이 가시지 않는 오른팔을 치켜든 채 연거푸 욕지거리를 내뱉었다.

"우라질! 아무래도 뼈가 몽땅 빠개진 것 같아!"

"미안하게 됐어. 눈을 까뒤집고 찾아봐도 뭐 받치고 설 만한 게 도통 보이질 않더라고. 그래서 찾다 찾다 하는 수없이 저 두 친구들의 도움을 받았지."

"등짝 부러지는 줄 알았다니까."

"누가 아니래? 집채만 한 황소도 너보단 가벼울 거다! 매일 꾸역꾸역 먹어대더니만 근수만 사정없이 불려놨다니까!"

등을 빌려줄 수밖에 없었던 남자 두 명이 구부정하게 허리를 굽히고 서서 덩치 큰 사내를 노려봤다. 그들 네 사람은 모두 커크 선장 밑에서 일하는 선원들이었다.

"이놈 맞지?"

덩치 큰 사내가 턱짓으로 벨페스트를 가리켰다.

"맞아, 바로 이놈이 갑판장님을 죽였어. 그리고 돌아가신 갑판장님을 그냥 바다 속에……."

목이 메어 말을 잇기 힘들어진 수염 난 선원이 벽을 향해 돌아섰다. 갑판장이 죽임을 당하는 광경을 빤히 보면서도, 두려움에 질려 숨어만 있던 자신의 모습이 떠오르자 얼굴이 일그러졌다.

"난 왜 이렇게 못났을까? 천하에 둘도 없는 겁쟁이! 비겁한 놈!"

그는 지독한 자기혐오를 견디지 못하고 연거푸 벽에 머리를 박았다.

"그쯤 해둬. 정말 골로 가려고 그래? 그 상황에서 '나 잘났네' 하고 나섰으면 너는 무사했을 것 같아? 보나마나 갑판장님과 똑같은 처지가 되었겠지."

"롤프 말이 맞아, 나였어도 너랑 똑같이 할 수밖에 없었을 거야."

무거운 한숨 사이로 희미한 신음성이 섞여들었다. 흠칫한 남자들이 일제히 벨페스트에게 시선을 모았다.

"어쩌지?"

"어쩌긴? 아예 끝장을 봐야지!"

손바닥에 침을 퉤퉤 뱉은 덩치 큰 남자가 각목을 단단히 틀어쥐었다.

"내가 하겠어! 그놈은 내 손으로 죽여야 돼!"

수염 난 사내가 덩치 큰 남자를 가로막고 섰다. 그의 손엔 짤막한 회칼이 들려 있었다. 덩치 큰 남자는 아무 말 없이 뒤로 물러났다. 긴장된 침묵이 흐르는 가운데 날카로운 회칼이 살기를 내뿜으며 벨페스트에게 달려들었다.

✳

무심결에 골목을 지나친 셰이는 이상한 느낌이 들자 발길을 되돌렸다. 우람한 체격의 남자가 긴 각목을 고쳐 쥐는 모습이 눈에 들어왔다. 그녀는 재빨리 돌담에 몸을 숨긴 뒤 조심스레 고개를 내밀었다. 바닥에 한 남자가 피를 흘리며 쓰러져 있었고, 각목을 든 사내를 위시한 네 사람이 그를 둘러싸고 있었다. 첫눈에도 죄 없는 사람을 해치려 드는 강도들로 보였다.

셰이는 망설였다. 도망자 신세인 그녀의 처지로선 괜한 일에 끼어들지 않는 편이 현명했다. 그러나 다른 것도 아니고 사람이 죽을지도 모르는 광경이 코앞에서 벌어지고 있었다. 모르는 체하고 지나치려 해도 도통 발이 떨어지려 하지 않았다.

어떡한담? 사람들의 시선을 끌었다간 위험한 상황에 처할지도 모르는데…….

갑자기 마른 체구의 남자가 앞으로 나섰다. 그의 손에 든 회칼이 허공에 번들거리는 곡선을 그린 순간, 셰이는 자신도 모르게 골목 어귀로 뛰어나갔다.

"당신들 뭐야?"

소스라치게 놀란 남자들이 펄쩍 뛰어오르며 황급히 셰이를 돌아봤다. 범행을 들킨 상대가 한 명의 소녀뿐임을 알게 되자 그들은 벌렁대는 가슴을 쓸어내렸다.

"네가 상관할 일이 아니야! 어서 가!"

"그래, 험한 꼴 당하기 싫으면 네 갈 길이나 가!"

"너희들이나 가, 그 사람은 곱게 놔두고."

셰이는 긴장을 감추기 위해 일부러 위협적인 말투를 사용했다. 무의식중이든 맑은 정신 속에 저지른 일이든, 어차피 발을 집어넣은 이상 꽁무니를 뺄 생각은 없었다.

"이놈은… 그러니까 이놈은……."

적당한 말을 찾아 머리를 쥐어찌던 수염 난 사내가 목에 핏대를 세웠다.

"아주 나쁜 놈이야! 정말 나쁜 놈!"

"맞아! 악질 중의 최고 악질이야!"

"사람 목숨을 똥파리 목숨 취급도 안 하는 놈이라고!"

"이런 놈은 죽어야 해!"

"그럼, 그럼! 이런 놈이 뒈지면 그만큼 세계 평화에 가까워지는 거라고!"

남자들이 열정적으로 서로의 말을 거들었다. 그들의 말을 들으며 자연스레 이샤를 떠올리고 있던 셰이는 맞장구치고 싶은 충동을 참기 위해 입술을 앙다물어야 했다.

저들은 강도야. 나를 따돌리기 위해 말도 안 되는 수작을 부리고 있는 거야.

셰이는 강도들을 물리칠 방법을 궁리하다 선술집 출입문을 겨냥해 발밑에 있는 돌멩이를 힘껏 걷어찼다. 그리고 터져 나온 충격음에 맞춰 크게 소리쳤다.

"어이, 거기 지나가는 건장한 청년 열 명! 여기 떼강도들이 사람을 죽이려 하고 있소! 빨리 좀 와보시오! 빨리!"

"야야! 조용히 해!"

"이쪽이요, 이쪽!"

셰이는 더욱 목청을 높였다.

"에이씨! 누가 가서 쟤 입 좀 막아!"

"가려면 네가 가! 난 몰라! 모른다고!"

겁에 질린 남자가 다리를 버둥대며 허겁지겁 돌담을 기어올랐다.

"가, 같이 가!"

"누가 내 엉덩이 좀 들어줘!"

"지금 니 궁둥짝이나 받치고 있을 짬이 어디 있어? 나도 바빠 죽겠는데!"

엎치락뒤치락하던 사내들이 잠시 후 모두 돌담 너머로 사라졌다.

셰이는 바닥에 쓰러져 있는 남자에게 다가갔다. 머리에서 흘러나온 선혈이 남자의 자주색 머리카락은 물론 바닥에까지 번져 있었고, 옆구리와 복부에 걸쳐 붉은 핏자국이 선명했다.

처음에 셰이는 그가 이미 죽은 것이 분명하다고 생각했다. 미동도 하지 않았음은 물론이고, 반쯤 드러난 얼굴 또한 무서울 정도로 창백했기 때문이다.

그녀가 발길을 돌리려던 찰나였다. 남자에게서 나온 것이 틀림없는 미약한 신음 소리가 들렸다. 뒤를 이어 더 큰 신음성이 셰이의 입술에서 흘러나왔다. 솔직한 심정으로 그녀는 남자가 살아 있다는 사실이 그리 반갑지 않았다. 그녀의 입장에서 보면 살아 있는 부상자만큼 성가신 골칫거리도 드물었다.

그냥 두고 가려니 강도들이 다시 돌아오리란 걱정이 생겼고, 치료소에 데려다 주려 해도 어디로 가야 하는지 몰랐으며, 사람을 부르면 된다는 마지막 방안도 그러다 자신까지 잡혀 들어갈 수 있다는 우려로 인해 접어야 했다. 목격자로서 조사를 받든 공범으로 몰리든, 뒤에 따라올 결과는 크게 다르지 않았다. 결국 셰이는 일단 남자를 깨워 제 갈 길로 보내는 것이 가장 현명한 방법이라는 결론을 내렸다.

"이봐, 정신 좀 차려봐!"

셰이는 손가락으로 남자의 어깨를 슬쩍 건드렸다. 반응이 없자 이번엔 팔을 조금 흔들어보았다. 남자의 긴 속눈썹이 파르르 떨리더니 초점없는 자주색 눈동자가 그녀를 바라봤다. 순간 셰이의 머릿속에 떠오른 건 살려달라고 애원하며 팔을 내밀던 소녀의 간절한 눈빛이었다. 끝내 짐승 같은 남편한테 죽임을 당한 뒤, 복도 바닥에 널브러져 있던 소녀. 그 처참한 형상이 무기력하게 누워 있는 남자의 모습 위로 겹쳐졌다.

"라이……."

남자가 아주 작게 속삭였다.

"정신이 좀 들어? 일어날 수 있겠어?"

셰이는 남자를 부축해 일으켜 세워야겠다고 생각하며 접고 있던 무릎을 폈다.

"가지 마… 내가 잘못했어… 가지 마… 라이… 제발 가지 마……. 라이… 제발……."

남자의 눈꺼풀이 서서히 내리덮였다. 잠시 가느다란 흐느낌이 끊어질 듯 말 듯 이어졌다. 남자의 팔을 잡아 어깨에 두르려던 셰이는 눈가에 맺힌 물기를 선명히 볼 수 있었다.

"난 라이가 아니라 셰이야. 힘도 그리 세지 않은 셰이라고."

하소연하듯 중얼대며 어깨로 남자의 체중을 떠받쳤다. 힘겹게 몸을 일으킨 그녀는 낑낑대며 골목을 나왔다.

이제 남은 방법은 한 가지뿐이야.

셰이는 자꾸만 쓰러지려 하는 정체불명의 부상자를 더욱 단단히 붙잡았다. 그리고 깜박거리는 여관의 등불을 향해 한 발, 한 발 쉽지 않은 걸음을 내디뎠다.

『황금열쇠』 1권 끝